Für alle,
die versuchen, hinter die Masken zu blicken

»Wer nicht weiß, dass er eine Maske trägt,
trägt sie am vollkommensten.«

Theodor Fontane

Teil 1

Prolog

Nic

Feuergeburt

Feuer brannte hinter meinen Lidern, selbst als ich sie geschlossen hielt. Die Flammen fraßen sich immer weiter in die Höhe, krochen an den Zimmerwänden empor und leckten zugleich an meinen Fußspitzen. Ich hatte noch nie im Leben solch eine Hitze verspürt. Sie schraubte sich an mir empor und schälte mir langsam und qualvoll die Haut von den Knochen. Ein schmerzvoller Schrei brach aus mir hervor und wurde sogleich durch den dichten tiefschwarzen Rauch erstickt. Ich keuchte. Das Gewölk drang in meine Lunge ein und verschloss die Luftröhre. Im Rücken spürte ich das Gemäuer des Hauses. Vor mir flackerte die Feuerwand und versperrte mir den einzigen Ausweg aus dieser Hölle. Das nächste Fenster war ebenfalls zu weit entfernt, um es rechtzeitig zu öffnen und zu fliehen. Mal ganz davon abgesehen, dass ich mich im achten Stockwerk des Studentenwohnheims befand. Doch allein der Gedanke daran, dass ich während meines Falls den erfrischend kalten Gegenwind spüren könnte, ließ mich sehnsuchtsvoll aufseufzen, was jedoch mehr nach einem erstickten Röcheln klang.

Was würde ich dafür geben, um dieser Hitze zu entkommen!

Die Schweißperlen auf meiner Stirn verdampften bereits, bevor sie sich vollständig gebildet hatten. In meinen Augen flackerte das Licht des rot glühenden Feuers. Ich hatte bereits so lange hinein gestarrt, dass ich befürchtete zu erblinden.

Doch spielte das überhaupt noch eine Rolle?
Die Flammen kamen immer näher, waren nur noch Zentimeter von der Zimmerecke entfernt, in welche ich mich gepresst hatte. Ich hustete und schluchzte, während mir die Tränen die Wangen hinabliefen. Die Hitze des Feuers brannte ihre Spuren in meine Haut, sodass ich sie bis in alle Ewigkeit spüren würde.
Im Hintergrund schrillte der Feueralarm vor sich hin und untermalte meine nach Hilfe schreienden Gedanken mit seinem Kreischen. Vielleicht war es auch der Todesschrei eines anderen Studenten …

Ich wusste nicht, was den Brand ausgelöst hatte. Ich erinnerte mich bloß daran, dass ich mitten in der Nacht durch den nervtötenden Feueralarm aufgeweckt worden war. Dieser wurde allerdings mehrmals innerhalb einer einzigen Woche ausgelöst, weshalb ich mir keine weiteren Gedanken machte, mich umdrehte und versuchte, wieder einzuschlafen. Womöglich hatte jemand einfach vergessen, beim Kochen in der Gemeinschaftsküche die Dunstabzugshaube anzuschalten. Die Dampfentwicklung hatte schon mehr als zwanzig Mal den Alarm ausgelöst.
Erst als der Alarm nicht stoppte, wurde mir bewusst, dass hier irgendetwas gewaltig falsch lief. Als ich meine Zimmertür öffnen wollte, war der Türgriff bereits so heiß, dass meine Haut bei dieser Berührung zischte. Ich hatte so viel Abstand zwischen mich und die Tür gebracht wie nur möglich. Wenn sich der Knauf derart erhitzt hatte, bedeutete das, dass das Feuer schon im Flur wüten musste.
Ich hatte meine Verletzung gemustert und beobachtet, wie sich Brandblasen auf meiner Handfläche bildeten. Sie schmerzten höllisch. Als würde jemand ein glühendes Eisen auf meine Haut pressen. Ich hatte geflucht und meine zitternde Hand von mir gestreckt, um nicht versehentlich meine Kleidung zu berühren und die Verletzung damit schlimmer zu machen. Aus einem Instinkt heraus griff ich nach einem alten Shirt, das auf dem Boden lag, und der Wasserflasche neben meinem Bett. Ich leerte den kompletten Inhalt über den Stoff und presste ihn gegen mein Gesicht, um mich vor dem Rauch zu schützen.
Nur wenige Sekunden später brach die Zimmertür unter lautstarkem Ächzen und Knarren in sich zusammen. Der Knall hallte

mir immer noch in den Ohren nach. Das Holz hatte sich dunkel, fast schwarz verfärbt und fiel dem lodernden Feuer zum Opfer. Eine Stichflamme war explosionsartig ins Zimmer geschossen und hatte mich in die Ecke gedrängt. Ich konnte das Schmatzen der Flammen immer noch hören. Feuer war ein gefräßiges Monster ohne Gnade. Da war nur dieser endlose Hunger. Dieses Verzehren nach Leben.

Es dauerte nur den Bruchteil einer Sekunde, bis ein Funke auf den rechten Ärmel meines Pullovers übersprang und den staubtrockenen Stoff binnen weniger Herzschläge in Brand steckte. Ich hatte keine Chance. Die Flammen versengten die rechte Hälfte meines Oberkörpers und setzten meinen kompletten Arm in Brand. Ich konnte sehen, wie meine Haut abblätterte wie alte Farbe von einer spröden Wand. Ich beobachtete, wie mein Körper aufriss und offene Wunden meine gesamte rechte Körperhälfte spalteten. Blut sickerte aus den Verletzungen und tropfte brennend zu Boden. Der Aufprall jedes einzelnen Tropfens hallte unendlich in meinen Ohren nach. Ich verlor flüssiges Leben. Und mit jedem weiteren Tropfen näherte ich mich dem unvermeidlichen Tod.

Die Schmerzen waren unerträglich. Dieses Brennen, diese Hitze ... Ich spürte es einfach überall. Die Flammen tanzten nicht nur auf meinem Körper, sondern auch in meinem Kopf. Kein klarer Gedanke konnte sich formen. Da war nur noch dieser Wunsch nach Erlösung, der in meinem Inneren immer und immer wieder echote.

Es soll endlich aufhören! Ich will nicht mehr leiden.

Die Qualen überstiegen meinen Geist. Ich konnte nichts anderes mehr fühlen. Mein Körper wurde taub, als hätte das Feuer jegliche meiner Empfindungen weggebrannt. Mein Blick wandte sich ein letztes Mal meinem Mörder, dem Feuer, zu. Ich wusste, dass ich sterben würde. Ich wusste es einfach. Und ich wollte ins Licht sehen, sobald es so weit war.

Und dann sah ich *sie.*

Sie stand inmitten der Flammen. Geschaffen aus Asche und Glut und Rauch. Eine junge Frau. Sie blinzelte mich erschrocken an, als sie bemerkte, dass ich sie beobachtete. Als hätte sie nicht damit gerechnet, dass ich sie sehen könnte. Das Feuer bedeckte sie wie eine zweite Haut oder ein lebendiges Kleid. Sie schien sich nicht an den Flammen zu stören. Und tatsächlich: Die Naturgewalt verschonte sie und ihren makellosen Körper.

Ich halluzinierte. Anders konnte ich mir das nicht erklären. Das alles spielte sich in den wenigen Sekunden ab, seit die Tür nachgegeben hatte. Mein Hirn musste völlig überfordert sein. Kein Wunder, dass ich begann, Trugbilder zu sehen. Dennoch streckte ich meine verbrannte Hand in ihre Richtung aus. Sie war schwer wie Blei und zitterte unkontrolliert. Ich konnte mich kaum noch konzentrieren, als ich versuchte, mit meinen Lippen einen einzigen Satz zu formen.

Die Fremde ging einen Schritt auf mich zu. In ihren Augen las ich unbändigen Schmerz, obwohl die Flammen ihre Haut nicht versengten oder angriffen. Ich schloss meine Lider und flüsterte in das Knistern des Feuers meine letzten Worte, in der Hoffnung, dass mich die Frau hören würde.

»Hilf mir.«

Gerade als mein Körper in sich zusammensackte und mich jegliche Kräfte verließen, spürte ich, wie jemand meine ausgestreckte Hand ergriff. Eine kühle Welle aus vollkommenem Frieden wogte bei der Berührung durch mein Innerstes und erfüllte meine Seele.

Dann wurde alles schwarz …

Erstes Kapitel

Nic

Begegnung im Jenseits

Das Jenseits bestand aus unendlichem Nichts. Nur Schwärze. Keine Farben, keine Töne, keine Düfte ... einfach nichts.

Es erdrückte mich förmlich, presste meinen Brustkorb zusammen und versetzte mich in eine Starre, aus der ich unmöglich aus eigener Kraft entkommen konnte. Kalte Klauen legten sich um mein Herz, drückten zu und entzogen mir jeglichen Lebenswillen.

Ich spürte, wie ich verschwand. Wie ich verblasste. Ein kleiner, heller Punkt, der von der allumfassenden Schwärze um sich herum absorbiert wurde. Irgendwann würde ich dazugehören. Zum Nichts.

Diese Empfindung war irgendwie beruhigend. Meine Gedanken hallten in Echos um mich herum, doch ich verstand sie nicht länger. Einzelne Worte drangen zu mir vor, doch der große Zusammenhang blieb mir verborgen.

Was soll ich bloß tun?

Ich nahm meinen eigenen Körper kaum noch wahr. Er war wie eine Hülle, ein lästiges Kleidungsstück, das ich jeden Moment abstreifen konnte, wenn ich wollte. Denn er hielt mich fest. Mein Körper war es, der mich im Nichts gefangen hielt und mich bewegungsunfähig machte. Doch was würde geschehen, wenn ich mich von seinen Fesseln löste?

Angst überkam mich, kroch wie ein Parasit in meine Gehirnwindungen und krallte sich dort fest. Ich wollte schreien, doch meine

Lippen blieben fest verschlossen. Kein Laut würde ihnen entweichen. Und gerade, als ich aus lauter Verzweiflung die Verbindung zu mir selbst kappen wollte, erschien *sie* wieder.

Ihr alabasterfarbener Körper hob sich von der Dunkelheit um uns ab, wohingegen ihre schwarzen Haare in wogenden Wellen im Nichts verschwanden. Sie schwebte vor mir, nur Zentimeter von meiner Nasenspitze entfernt und beobachtete mich mit unverhohlener Neugier. Ihre hohen Wangenknochen und ihr spitzes Gesicht verliehen ihr eine geradezu tödliche Eleganz. Als wäre sie nicht von dieser Welt.

Und dann begegnete ich ihrem Blick. Noch nie in meinem Leben hatte ich solche Augen gesehen. Sie waren hell und von einem so strahlenden Violett, dass ich verblüfft blinzeln musste. Ich wollte sie fragen, wer sie war, was sie hier tat und warum sie mir im Feuer begegnet war.

Geschaffen aus Asche und Glut und Rauch.

Sie lächelte mich sanft an und verlor kein Wort. Ihre herzförmigen Lippen bogen sich leicht nach oben und ihre Hände umfassten mein Gesicht. Dort, wo ihre Fingerspitzen mich berührten, kribbelte meine Haut. Ich begann wieder etwas zu fühlen! Ich spürte *mich* wieder.

Auch das fremde Mädchen schien die Veränderung zu bemerken, denn es grinste nun breit.

»Bist du bereit, zu den Lebenden zurückzukehren?«, fragte sie. Die Worte glichen Glockenschlägen. Ihre Stimme zerriss die Finsternis wie Papier und wies mir den Weg zurück in die Lebendigkeit. Es war eine Symphonie aus den schönsten Tönen, die ich jemals vernehmen durfte. Eine Melodie des Lebens.

Noch bevor ich ihre Frage beantworten konnte, hatte sie ihre Augen geschlossen und ihre Lippen auf die meinen gelegt. Die Berührung war sanft und gefühlvoll. Mein Herz sprang mir vor Überraschung beinahe aus dem Brustkorb und ein Prickeln erfasste meinen ganzen Körper. Alles kribbelte und ich verzehrte mich nach *mehr.*

Die Augen hatte ich automatisch geschlossen und meine Lippen öffneten sich leicht, um den Kuss zu vertiefen. Ich konnte die Verbindung zu der fremden Frau geradezu spüren. Wie ein dünnes Band verflochten sich unsere Seelen miteinander.

Und gerade als ich dachte, dass mein Herz zerbersten würde, verschwand sie. Sie löste sich in meinen Armen in Luft auf, sodass ich ins Leere griff. Die Wärme, die mich bei ihrem Anblick durchflutet hatte, wurde von der Kälte ihrer Abwesenheit vertrieben. Das Kribbeln jedoch wurde immer präsenter und schwoll so stark an, dass ich dachte, mein Körper würde entzweigerissen werden. Verzweifelt kämpfte ich gegen das eigenartige Gefühl an. Ich konzentrierte mich darauf, meine Gliedmaßen zu kontrollieren, bis mich schließlich die Kräfte verließen und ich das seltsame Empfinden zuließ.

Ein Schrei bahnte sich in meinem Hals an. Ich spürte ihn wie Säure in meinem Inneren. Er brannte darauf, nach draußen zu gelangen. Er verzehrte mich geradezu innerlich. Schließlich spalteten sich meine Lippen und ein Brüllen entfuhr mir und durchdrang meinen Geist. Es klang dunkel und wild, geradezu animalisch. Ein Befreiungsschrei, den nur ich hören konnte.

Und endlich, *endlich* konnte ich meine Augen öffnen und sehen!

Das Nichts um mich herum hatte sich gelichtet, ich war frei. Ich war nicht länger gefangen in dieser Welt ohne alles. Ohne Gefühle, ohne Licht und ohne Leben.

Unendlich viele Sinneseindrücke strömten gleichzeitig auf mich ein. Direkt neben meinem Kopf war ein schrilles Piepen zu vernehmen, das meine Gedanken durcheinanderbrachte und mir Kopfschmerzen bereitete. Der Rhythmus des hohen Tons war unregelmäßig und disharmonisch.

Meine Augen wurden währenddessen durch ein helles Weiß geblendet, das mir von den Wänden des Zimmers entgegen strahlte, in dem ich mich gerade befand. Ich musste mehrmals blinzeln und meine Augen zusammenkneifen, bis ich mich an das grelle Licht gewöhnt hatte. Gleichzeitig verbiss sich ein starker Geruch nach Desinfektionsmitteln in meiner Nase. Ich krallte die Finger meiner linken Hand in die weichen Bettlaken, die meinen Körper bedeckten. Der Stoff fühlte sich wunderbar auf meiner Haut an. Hier konnte mir nichts geschehen. Die Schwärze würde niemals wieder einen Weg in dieses Zimmer finden. Ich fühlte mich sicher. Ich war dem Nichts entkommen.

Doch wo bin ich überhaupt?

Mein Kopf wog unfassbar schwer. Als sei er in Metall gegossen worden.

Ich ließ meinen Blick langsam über meinen Körper gleiten und erkannte, dass mein Oberkörper, inklusive meinem rechten Arm, mit dicken Verbänden umwickelt war. Ich versuchte ihn zu bewegen, doch selbst meine schwachen Bemühungen schmerzten höllisch. Ich zischte einen leisen Fluch zwischen meinen zusammengepressten Zähnen hindurch. Das piepende Gerät neben mir beschwerte sich daraufhin ebenfalls lautstark, als würde es meine Anstrengungen missbilligen.

In meiner linken Armbeuge steckten unzählige Nadeln, die an dicke Infusionsbeutel angeschlossen waren und mich mit Flüssigkeit und Medikamenten versorgten. Ein größerer Schlauch verschwand in meinem Bauch. War das etwa eine Magensonde? Wurde ich künstlich ernährt?

Ich war mir inzwischen mehr als sicher, dass ich mich im Krankenhaus befinden musste.

Doch was ist geschehen?

Die Erinnerung an den Brand, an das nahende Feuer und den tief hängenden Rauch bahnte sich einen Weg zurück in mein Gedächtnis. Todesangst schlug ihre Krallen in mich, als ich die Flammen vor meinem inneren Auge wüten sah. Der goldene Schein, die unfassbare Hitze. Ich wäre beinahe bei lebendigem Leib verbrannt. Sofort beschleunigte sich mein Herzschlag.

Das hier war real. Ich musste keine Angst haben. Hier gab es kein Feuer. Keine Flammen. Keinen Rauch.

Ich fasste mit zitternden Fingern nach dem Notrufknopf, der direkt neben meinem Krankenbett angebracht war. Wie auf Kommando stürmte ein ganzes Team aus Ärzten und Krankenschwestern ins Zimmer. Sie alle starrten mich ungläubig an, als würden sie einen Geist sehen.

»Nicolo Fiore?«, sprach mich nun einer der Ärzte an. Sein weißer Kittel war ihm eindeutig zu groß und reichte beinahe bis auf den Boden hinab. Die grau melierten Haare standen ihm wirr vom Kopf ab und seine tiefbraunen, fast schwarzen Augen musterten mich zugleich interessiert und erstaunt.

Beim Klang meines eigenen Namens zuckte ich unwillkürlich zusammen. So nannte mich sonst niemand. Mir lag es aus Gewohnheit schon auf der Zunge zu sagen: »*Nennen Sie mich einfach Nic.*« Doch stattdessen nickte ich bloß.

»Können Sie mir sagen, was mit mir passiert ist?«, krächzte ich. Meine Stimme klang geschunden. Sprechen fühlte sich so an, als würde jemand von innen mit spitzen Fingernägeln meinen Hals zerkratzen. Ich schluckte schwer und eine Krankenschwester hielt mir augenblicklich ein Glas Wasser entgegen.

Ich nahm es dankbar an und trank es in wenigen Schlucken aus. Gierig nahm ich die Flüssigkeit auf, die sofort meinen gereizten Hals beruhigte. Als hätte ich seit Wochen nichts zu mir genommen.

»Sie waren einem Brand in ihrem Studentenwohnheim schutzlos ausgeliefert. Als die Rettungskräfte Sie aufspürten, glich es einem Wunder, dass Sie überhaupt noch lebten.« Der Arzt fuhr sich mit der Hand durch die sowieso schon zerstörte Frisur. »Sie waren nicht mehr bei Bewusstsein und erlitten eine schwere Rauchvergiftung. Zudem wurde Ihre rechte Körperhälfte massiven Verbrennungen ausgesetzt. Wir haben getan, was wir konnten und die Wunden in der Notaufnahme versorgt. Um den Heilungsprozess besser kontrollieren zu können, wurden Sie in ein künstliches Koma versetzt. Doch bis heute war nicht klar, wann Sie wieder erwachen.«

Ich hielt bei seinen Worten inne und beobachtete die versammelte Mannschaft aus Ärzten und Pflegern genauer. Doch sie alle hatten steinerne Masken aufgesetzt, die ich unmöglich durchschauen konnte. »Wie lange war ich bewusstlos?«, fragte ich vorsichtig nach. Ich brachte es kaum zustande, meinen Kopf vom Kissen zu heben, so mitgenommen fühlte ich mich.

»Zwölf Tage.« Die Antwort des Arztes ließ mich zusammenzucken.

Zwölf Tage? Das waren fast zwei Wochen!

Ich habe mich zwei Wochen lang in diesem Zustand des völligen Nichts befunden.

Und ich bin nur dank der Frau entkommen.

Moment mal! Die Frau! Ich muss wissen, wie es ihr geht! Sie ist schließlich ebenfalls im Zimmer gewesen.

»Kurz bevor ich das Bewusstsein verloren habe, ist eine Frau in meinem Zimmer aufgetaucht. Wurde sie auch hier ins Krankenhaus verlegt? Hat sie überlebt?«, fragte ich nach. Das piepende Gerät neben meinem Kopf zeichnete natürlich sofort auf, wie sich mein Herzschlag beschleunigte.

Der Arzt sah mich verständnislos an. Doch ich konnte erkennen, wie er sich um eine logische Erklärung bemühte. »Es wurde keine Frau hier oder in ein umliegendes Krankenhaus eingeliefert. Bei Ihrem Wohnheim handelte es sich schließlich um ein reines Männerhaus. Es wurden allerdings noch sechs weitere Kommilitonen von Ihnen in die Notaufnahme gebracht.«

Ich versuchte, meine Gedanken zu sortieren und die Bilder in meinem Inneren zu ordnen.

Habe ich mir die Frau bloß eingebildet?
Ist sie etwa ein Trugbild?
Ein Streich meines geschädigten Gehirns?

Als hätte ich sie mit meinen Gedanken heraufbeschworen, erschien plötzlich am Fußende meines Bettes eine kleine Rauchsäule, die beständig zu einer größeren Wolke anwuchs. Die Ärzte schienen nichts zu bemerken und wuselten eifrig um mich herum, während ich meinen Blick nicht von den Schwaden lösen konnte.

Die Pfleger prüften meine Vitalfunktionen, leuchteten mir in die Augen, fragten mich banale Dinge über mich selbst, während ich meinen Blick fest auf den sich langsam auflösenden Dunst am Ende meines Bettes gerichtet hielt.

Innerhalb weniger Sekundenbruchteile lichtete sich der Rauch und die junge Frau stand mir gegenüber. Eine Gestalt aus Nebel und Geheimnissen. Niemand sonst schien sie zu bemerken und ihr neugieriger Blick haftete ausschließlich auf mir.

Mein Herz raste bei ihrem Anblick. Die schwarz gelockten Haare, die strahlend weiße Haut und die violetten Augen. So etwas konnte ich mir unmöglich einbilden.

Die Ärzte warfen sich einen vielsagenden Blick zu, als sie meine erhöhte Herzfrequenz bemerkten. Einer von ihnen verließ eilig das Zimmer. Ich nahm kaum Notiz davon.

Gerade als ich den Mund öffnen und die seltsame Frau ansprechen wollte, legte sie sich einen Zeigefinger auf die Lippen und zwinkerte mir vielsagend zu.

In diesem Augenblick kehrte der Arzt zurück. In seiner Hand hielt er eine kleine Flasche, die er an meinen Infusionsschlauch anschloss.

Ich wurde jäh aus meinen Gedanken gerissen und wagte es zum ersten Mal, meinen Blick von der Frau zu lösen. »Was ist das?«, fragte ich, während die leicht gelbliche Flüssigkeit in meinem Arm verschwand. Nach wenigen Sekunden spürte ich bereits, wie meine Augenlider schwer wurden und meine Zunge nur noch lallen konnte.

»Ein leichtes Beruhigungsmittel. Keine Sorge, in wenigen Stunden werden Sie aufwachen und vollkommen ausgeruht sein. Das Koma bekommt manchen Patienten einfach nicht gut. Schlafen Sie ein wenig, wir informieren währenddessen Ihre Angehörigen darüber, dass Sie aufgewacht sind.« Die raue Stimme des Arztes begleitete meine abschweifenden Gedanken an einen Ort, den ich vor Müdigkeit nicht mehr erreichte.

Das Letzte, was ich vor dem Schließen meiner Augen sah, war das sanfte, ermutigende Lächeln des fremden Mädchens am Fußende meines Bettes.

Lynn

Ich hätte das nicht tun sollen.
Ich hätte ihn einfach sterben lassen sollen.
Dann wäre alles im Gleichgewicht geblieben.

Ich seufzte innerlich auf, als ich seinen schwachen Körper dort in dem riesigen Krankenbett liegen sah. Er wirkte verloren. Sein Gesicht war eingefallen, sodass die warmen braunen Augen unnatürlich groß wirkten.

Nicolo.

Mein Mundwinkel hob sich leicht an. Das war der Name meiner Seele. Der Name des Lebens, das ich um jeden Preis beschützen und wenn nötig sogar bis in den Tod begleiten würde. Er klang gut. Allerdings wagte ich es noch nicht, ihn laut auszusprechen.

Wann würde der junge Mann sich wohl an meinen Namen erinnern?

Lynn. Ich heiße Lynn.

Ich starrte stumm vor mich hin und betrachtete die Ärzte und Krankenschwestern, die in hektischen, jedoch genau koordinierten Bewegungen um meinen Schützling herumwuselten. Ganz richtig: Ich war Nicolos Schutzgeist. Sein Seelenschatten, der ihn von der Geburt bis zum Tod begleitete. Jeder Mensch hatte einen an seiner Seite. Immer.

Selbst wenn sich die Sterblichen allein und einsam fühlten, waren wir da. Wir wichen keine Sekunde von ihrer Seite. Niemals.

Wir wuchsen zusammen mit ihnen auf und wurden durch die Loyalität des Schutzgeistes aneinandergebunden. Ich kannte Nic, so wollte er schließlich immer genannt werden, schon mein ganzes Leben lang. Als Kinder haben wir sogar eine Zeit lang immer miteinander gespielt. Er hatte alles mit mir geteilt. Nicht nur seine Spielzeuge, sondern auch seine Geheimnisse. Damals konnte er mich noch sehen, obwohl die Augen jedes anderen über mich hinwegglitten. Seine Mutter hatte mich in seinem Beisein sogar einmal als ›imaginäre Freundin‹ betitelt. Jenen Tag würde ich nie vergessen. Es war der Tag, an dem Nic begann mich zu ignorieren. Ich war wütend geworden und hatte ihn gefragt, warum er das tat. Seine Antwort versetzte mir selbst durch die Erinnerung einen schmerzhaften Stich ins Herz. *»Du bist nicht echt. Ich bilde mir dich nur ein.«*

Ich wollte es nicht begreifen. Konnte es nicht verstehen.

»Aber Nic ... ich bin echt. Wirklich!«

Danach war er aufgestanden und hatte mir mit seiner geballten Faust in den Magen geschlagen. Ich hätte Schmerz empfinden sollen, doch seine Hand traf keinen Widerstand. Ich war aus Luft geschaffen. Ein Schutzgeist. Aber das bedeutete doch nicht, dass ich nicht existierte? Oder?

»Du bist nicht echt! Du bist ein Geist!« Das hatte er geschrien. Immer und immer wieder, bis seine Mutter ins Zimmer gerannt kam, um ihren kleinen, weinenden Engel zu beruhigen.

Nic hielt meinen Blick über die Schulter seiner Mutter hinweg gefangen. Seine tränenüberfluteten Augen fokussierten mich starr, während seine Pupillen zitterten. Die Hände hatte er in die Strickjacke seiner Mutter gekrallt. Erst da begriff ich es. Nic hatte Angst. Vor mir.

Das durfte nicht sein. Ich wollte ihn doch beschützen. Ich würde ihm niemals etwas antun.

In diesem Moment beschloss ich, Nic weiterhin zu beschützen. Allerdings auf eine andere Art als bisher. Nicht länger als Gefährtin und Freundin, sondern als Seelenschatten. Diesen Namen hatte ich mir nach diesem Ereignis selbst gegeben. Und bis heute dachte ich, dass er perfekt passte. Also löste ich mich vor seinen Augen in Luft auf und kehrte nie wieder in meiner menschlichen Form zu ihm zurück.

Dennoch war ich immer an seiner Seite, bewahrte ihn vor Unfällen oder lenkte ihn sanft von gefährlichen Situationen fort, indem ich leise Warnungen in sein Ohr sprach, die sich ihren Weg durch sein Unterbewusstsein bahnten. Manche Menschen nannten diese Eingebungen Intuition. Ich nannte sie Schicksal.

Eine Regel gibt es jedoch für die Schutzgeister eines Menschen: Sie durften nie, niemals in seinen Tod eingreifen. Sie durften ihn warnen und unterschwellige Drohungen aussprechen, doch sie sollten unter keinen Umständen direkt in eine Situation eingreifen.

Und natürlich hatte ich die einzige Regel, die es gab, gebrochen.

Nic wäre in dem Feuer gestorben. Diese Erkenntnis hatte mich zusammen mit ihm ereilt. Und ich konnte es nicht zulassen. In ihm steckte so viel mehr. Er hatte noch so viele Jahre vor sich. Er war mir ein guter Freund gewesen und hatte es nicht verdient zu sterben. Wenn es so weit war, dann würde ich an seiner Seite sein und mit ihm zusammen gehen. Doch ich wollte den frühen Zeitpunkt nicht akzeptieren. Ich hatte Nic vor den Flammen geschützt und mich ihm gegenüber offenbart.

Selbst als er im Koma lag und mir immer mehr entglitt, konnte ich ihn nicht loslassen. Ich musste ihm einfach einen Weg durch die Dunkelheit weisen. Ihm einen Ausweg zeigen, obwohl es keinen mehr gab.

Der Kuss zwischen uns war so anders als alles, was ich bisher gespürt hatte. Ich hatte das Seelenband gesehen, das uns beide untrennbar miteinander verknüpfte. Ich besaß zwar kein Herz, das schneller schlagen konnte, aber, obwohl ich nicht das Gefühl einer Berührung genießen konnte, bildete ich mir ein, in diesem Augenblick etwas gespürt zu haben. Eine winzige Regung. Sie glich einem Windhauch, der durch mich hindurchwehte und mir für einen Moment Wärme schenkte. Und so schnell wie das Gefühl aufgetaucht war, so schnell war es auch wieder verebbt. Nun blieb mir nur noch die Erinnerung. Vielleicht hatte ich mir das alles aber auch bloß eingebildet.

Ich betrachtete seinen zerbrechlichen Körper. Die Ärzte hatten sein Krankenzimmer inzwischen wieder verlassen. Sie waren einfach durch mich hindurchgerauscht, als würde ich nicht existieren.

Ich erinnerte mich an die Worte, die Nic vor vielen Jahren an mich gerichtet hatte. Vielleicht war ich wirklich nicht real. Doch die Existenz des Seelenbands war nicht zu leugnen. Ich hatte ein Stückchen von mir selbst weitergegeben, als ich Nic zurück ins Leben geführt hatte. Der Kuss hatte mir ein Stück meiner selbst entrissen und ihm geschenkt.

Ich wusste nicht, was das für Nic oder mich bedeutete, doch ich war mir einer Sache sicher: Es würde alles verändern, denn von nun an konnte er mich sehen. Jemand wusste, dass ich *da* war. Und auch wenn der Rest der Welt mich vergessen hatte, so erinnerte sich der wichtigste Mensch meines Universums vielleicht irgendwann wieder an mich.

Zweites Kapitel

Nic

Fremde auf den ersten Blick

Fahles Licht drang durch meine geschlossenen Augenlider. Ich blinzelte ihm verwirrt entgegen. Meine Glieder fühlten sich schwer und schlaff an, als würden Gewichte sie zu Boden ziehen. Die Schwerkraft rang mich förmlich nieder und meine Gedanken waren von Nebel verhangen, der sich nur langsam lichtete.
War ich etwa eingeschlafen?
Die Ärzte mussten mir ein Beruhigungsmittel verabreicht haben, um mir ein wenig Ruhe zu gönnen. Reichte es denn nicht, dass ich fast zwei Wochen im Koma gelegen hatte? Ich stöhnte auf und versuchte den Kopf leicht anzuheben, um in eine aufrechtere Position zu kommen. Kraftlos sackte er wieder zurück.
»Ich dachte schon, du wachst gar nicht mehr auf«, erklang eine Stimme von der linken Seite meines Bettes. Es war diese Stimme ... hoch und melodisch wie ein sanfter Lufthauch. Ruckartig wandte ich mich der fremden Frau zu. Ihre violetten Augen blickten neugierig auf mich herab. Ihr Haar wogte in weichen rabenschwarzen Wellen um ihren Kopf herum und schien von einer leichten Brise umweht zu werden, obwohl es im Zimmer vollkommen windstill war. Sie trug ein schwarzes Kleid, das vorne auf die Länge ihrer Knie gekürzt worden war und hinten in einer bodenlangen Schleppe endete. Doch das war noch nicht einmal das Seltsamste daran: Das Kleid bestand aus Schatten. Finstere Nebelschwaden stiegen von dem Stoff auf und

verwischten die Konturen des Kleidungsstückes. Die Versuchung, die Fremde berühren zu wollen, wuchs mit jedem Augenblick. Doch als hätte die Frau meine Absicht erahnt, machte sie ein paar Schritte zurück, um außerhalb meiner Reichweite zu bleiben.

Hastig fischte ich nach der Fernbedienung, mit der ich das Bett steuern konnte. Sobald ich den richtigen Knopf gefunden hatte, ließ ich die Rückenlehne hochfahren, sodass ich aufrecht sitzen konnte.

Die junge Frau beobachtete mich währenddessen und grinste amüsiert. Das und ihr geheimnisvolles Äußeres brachten mich völlig aus dem Konzept. Dazu noch dieses unfassbar schöne Lächeln.

»Warum grinst du so?«, fragte ich deshalb, ohne darüber nachzudenken.

Sie zuckte lediglich mit den Schultern, das Lächeln verweilte noch ein wenig auf ihren Lippen. Lippen, die mich geküsst hatten.

Augenblicklich spürte ich die Röte in meine Wangen schießen.

Ist das wirklich geschehen?
Und falls ja: Kann sie sich auch daran erinnern?

»Ich hatte mir unser Wiedersehen auch anders vorgestellt. Glaub mir«, meinte sie nun und ging in betont langsamen Schritten um mein Bett herum. Dabei ließ sie mich nie aus den Augen.

»Unser Wiedersehen? Ich kenne dich doch gar nicht«, murmelte ich. Mein Kopf fühlte sich immer noch an wie in Watte gepackt. Meine Gedanken flossen zähflüssig wie Honig dahin. Ich grub in meinem Unterbewusstsein nach ihrem Gesicht. Ich war mir sicher, dass ich Augen wie die ihren niemals vergessen könnte.

»Ach nein? Da bin ich anderer Meinung, Nic. Streng dich an und dann wirst du von selbst herausfinden, wer ich bin. Und welche Rolle ich in deinem Leben bisher gespielt habe.« Ihre Stimmlage wurde immer tiefer. Dunkler. Als würde sie an etwas zurückdenken, das schon lange in der Vergangenheit begraben lag. Ihr Blick zuckte zu mir hinüber und ich las einen unausgesprochenen Vorwurf darin.

Habe ich ihr etwa wehgetan? Sie verletzt?
Aber dann muss ich mich doch erst recht an sie erinnern!

Doch mein Kopf war wie leergefegt. Eine einzige Steppe, in der ich weit und breit keinen Hinweis auf dieses geheimnisvolle Mädchen finden konnte.

»Wer bist du?«, raunte ich. Sofort klärte sich ihr Blick. Der Schatten, der leise Vorwurf, war daraus verschwunden.

»Ach Nic. Du warst doch immer so schlau. Ich bin mir sicher, dass du schnell auf des Rätsels Lösung kommen wirst. Schließlich liebst du doch Rätsel.« Ihre Mundwinkel zuckten verräterisch.

Sie spielt mit mir.
Wie eine Katze mit der Maus.

»Hör auf mit diesen kryptischen Aussagen. Kannst du es mir nicht einfach verraten?« Ich hörte eindeutig den Frust aus meiner eigenen Stimme heraus. Mir war gerade nicht nach Rätseln. Nicht, wenn ich meinen Kopf kaum bewegen konnte und sich denken wie ein Kraftsport anfühlte.

»Wie schade. Früher hast du gerne mit mir gespielt. Und Rätsel gelöst.« Sie ließ sich nun auf die rechte Seite meines Bettes sinken. Seltsamerweise spürte ich davon absolut nichts. Vielmehr wirkte es so, als würde die Matratze in sie hineinragen. Müsste sich nicht eigentlich die Matratze senken? Oder die Laken um sie herum aufbauschen? Ich runzelte kurz die Stirn, sagte jedoch nichts weiter dazu. Vielleicht spielte mein Gehirn mir gerade einen Streich. Immerhin war ich noch ziemlich angeschlagen.

Ich beobachtete die Fremde nachdenklich.

Was hat sie gerade eben noch gesagt? Dass wir damals gemeinsam Rätsel gelöst hätten?

Ich schloss die Augen, weil meine Gedanken zu sehr rasten. Das grelle Licht im Krankenzimmer brannte auf meinen Lidern und versengte meinen Verstand. Ich musste in Ruhe nachdenken und mich konzentrieren.

Ich ging gedanklich immer weiter zurück in die Vergangenheit. Bildfetzen von meiner Schulzeit, meinen ersten Freundschaften und Erfahrungen mit Mitschülern zogen an mir vorbei. Immer weiter und weiter … auf der Suche nach diesem einen bestimmten Augenpaar. Je weiter ich zurückging, desto verschwommener wurden die Bilder vor meinem inneren Auge. Doch ich gab nicht auf. Bis ich sie schließlich sah. Diese Augen. Groß, unschuldig. Sie blickten mir aus dem Gesicht eines Kindes entgegen. Ein Kind, das nicht existieren durfte.

Ich riss meine Augen auf und starrte das Mädchen vor mir fassungslos an. Konnte es tatsächlich sein? Hatte ich sie mir gar nicht eingebildet? War sie tatsächlich dieselbe wie damals? Meine imaginäre Freundin aus Kindheitstagen?

»Lynn«, hauchte ich atemlos.

Sie musste es sein. Das rabenschwarze Haar, die unnatürliche Blässe und dann diese violetten Iriden. Sie war es. Eindeutig. Und sie war eindeutig nicht imaginär. Oder vielleicht doch? Was für einen Schaden hatte der Sauerstoffentzug durch den Rauch bei meinem Gehirn hinterlassen?

Ihr Blick begann zu strahlen, als hätte sie nur darauf gewartet, dass ich sie wiedererkenne. Sie wirkte wie eine Erscheinung. Ein Geist. So etwas konnte man sich doch nicht einbilden, oder?

Plötzlich ergab alles einen Sinn. Warum sich die Laken unter ihrem Gewicht nicht bogen. Und warum die Ärzte sie nach meinem Erwachen nicht bemerkt hatten. Sie konnten sie nicht sehen. Denn Lynn war für jeden unsichtbar, außer für mich.

»Ich hätte nicht gedacht, dass ich dich jemals wiedersehe«, gab ich zu. Ich wagte es nicht zu blinzeln. Sie könnte sich jeden Moment wieder in Luft auflösen, das wusste ich nur allzu gut. Imaginär oder nicht, Lynn war gerade die einzige Ablenkung, die ich hatte. Und so dämlich es auch klang, ich war froh darum, ein bekanntes Gesicht zu sehen. Zum Glück dämmten die Nachwirkungen des Beruhigungsmittels meine Panik ein, die sich bei dem Gedanken daran einstellte, dass ich möglicherweise mit einem Geist sprach.

»Ich auch nicht. Aber ich konnte dich ja wohl kaum in dieser miefigen Studentenbude sterben lassen.« Sie lachte kurz auf und bemerkte erst danach meinen fassungslosen Blick. »Zu früh für ein bisschen Humor? Tut mir leid.«

Sie wirkte kein bisschen zerknirscht. Mir fiel auf, dass sie insgesamt sehr kalt und unnahbar schien. Als könnte sie nicht einmal mein Erwachen aufrütteln. Doch ich sah großzügig darüber hinweg. Der Schock über ihre bloße Anwesenheit saß mir immer noch in den Knochen. Als hätte jemand mich mit einem Eimer kalten Wassers überschüttet.

Ich musste einfach herausfinden, was sie hier wollte. Warum sie wieder aufgetaucht war. Und warum sie überhaupt *existierte*.

»Was tust du hier, Lynn?«, fragte ich sie direkt, obwohl ich mir im gleichen Augenblick wünschte, ich hätte es nicht getan. Vielleicht wollte ich die Antwort gar nicht hören.

»Ich habe dich gerettet, Dummkopf. Das habe ich dir doch gerade eben schon gesagt.« Ich erinnerte mich zurück an den Moment, in dem ihr Gesicht zwischen den Flammen aufgetaucht war. Als ich sie zum ersten Mal gesehen hatte. Im Angesicht meines Todes.

»Und *was* bist du?« Meine Stimme war so leise, dass selbst ich meine genuschelten Worte kaum verstand. Doch Lynn hatte damit anscheinend keine Probleme. Sie zuckte nicht einmal mit der Wimper.

»Ich bin eine alte Freundin. Und du solltest mir zumindest ein wenig dankbar sein. Immerhin habe ich dich nicht nur vor dem Tod im Feuer bewahrt, sondern dich auch aus dem Koma befreit.« Ihre Umrisse flackerten, beinahe so, als würde sie sich gleich wieder auflösen. Ihre nächsten Worte schien sie mit Bedacht wählen zu wollen, denn obwohl sie mit der Aussprache zögerte, schien sie keine Angst zu haben. Lynn wirkte vollkommen emotionslos. »Obwohl ich das vielleicht nicht hätte tun sollen.«

Ich verstand sie nicht.

Wovon redet sie überhaupt?

Sie hat mich gerettet, vor dem Tod bewahrt, obwohl sie es nicht hätte tun sollen?

Was geht hier eigentlich vor sich?

»Wie meinst du das? Was hättest du nicht tun sollen? Und warum kann ich dich plötzlich wieder sehen?« Ich musste mir eine gewaltige Kopfverletzung zugezogen haben, wenn mir tatsächlich wieder meine imaginäre Freundin aus Kindheitstagen begegnete. Oder ich hatte zu viel Rauch eingeatmet, der jetzt meine Gedanken in einen dicken Dunst hüllte.

Egal was es war, ich konnte es mir einfach nicht ohne Lynns Hilfe erklären.

»Jetzt ist nicht der richtige Zeitpunkt. Du bekommst Besuch. Wir reden später weiter.« Sie schaute hektisch zur Tür, hinter der tatsächlich immer lauter werdende Schritte erklangen. Wie auch schon zuvor legte sie sich einen Finger auf die angespitzten Lippen, um mir zu zeigen, dass ich schweigen sollte. Ich nickte ihr zögerlich zu, obwohl mir noch mindestens tausend weitere unbeantwortete Fragen auf der Zunge brannten.

Die Tür zu meinem Zimmer öffnete sich, und während ich aus dem Augenwinkel mehrere Gestalten auf mich zustürmen sah, hatte ich bloß Augen für die wunderschöne Frau auf der Bettkante, die mir bekannt und fremd zugleich war.

Sie zwinkerte mir zu, während ihre Konturen unschärfer wurden und sie sich schließlich in schwarze Nebelschlieren auflöste.

Mein Blick verharrte noch lange auf der Stelle, an der sie eben gesessen hatte, sodass ich beinahe nicht bemerkte, wie meine Eltern und meine kleine Schwester Ninny sich an mein Krankenbett drängten. Erst die liebevolle, jedoch vorsichtige Umarmung meiner Mutter riss mich aus meiner Starre.

Mein Herz machte einen kleinen Hüpfer, als ich sie alle neben meinem Bett versammelt sah. Immerhin hatte ich vor Kurzem noch gedacht, dass ich meine Familie nie mehr wiedersehen würde. In den folgenden Stunden genossen wir einfach die Gegenwart der jeweils anderen. Niemand sprach über das Feuer und die Narben, die es bei uns allen hinterlassen hatte.

Meine Mutter konnte nicht aufhören mich zu berühren und sich auf diese Weise zu vergewissern, dass es mir gut ging. Mein Vater hatte mir nur kurz auf die gesunde Schulter geklopft und gemeint, dass ich genau wie er hart im Nehmen war. Er hatte mich bewundernd angesehen und ich bemerkte eindeutig die Anerkennung in seinem Blick.

Meine Schwester hatte extra die Schule sausen lassen, um mich sehen zu können. Ich schloss sie mehrmals fest in die Arme. Sie hatte sich schließlich ans Fußende meines Bettes gesetzt, dort wo vor Kurzem noch Lynn gewesen war.

Beim Gedanken an sie überkam mich eine Gänsehaut. Ich musste unbedingt erfahren, warum sie wieder aufgetaucht war. Warum sie in mein Leben zurückgekehrt war.

Befindet sie sich womöglich in diesem Augenblick hier im Zimmer?

Möglichst unauffällig suchte ich die Zimmerecken ab, ebenso wie jeden Schatten, den das grelle Deckenlicht warf. Ich konnte sie nirgends entdecken.

»Wenn du mich finden willst, musst du dich wirklich stärker anstrengen …« Ein sanfter Luftzug strich über mein Ohr hinweg und trug ihre klimpernde Stimme an mich heran. Sie klang wie ein Windspiel, das von einer sanften Brise in Bewegung gebracht wurde. Und ohne es verhindern zu können, schlich sich ein verräterisches Grinsen auf meine Lippen.

Lynn

Ich hatte mich wieder in eine Zimmerecke zurückgezogen und Nic mit seiner Familie allein gelassen. Sie wirkten so glücklich. Vollständig.

Meine menschliche Gestalt hatte ich hinter mir gelassen, um auch für Nic unsichtbar zu werden. Ich war nun nichts weiter als ein Lufthauch für die Welt um mich herum. Eine astrale Erscheinung, die niemand wahrnehmen konnte.

Ich war nicht menschlich und doch spürte ich beim Anblick von Nics Familie ein Rumoren in meinem Inneren. Eine Art Erdbeben, das tief aus meinem Geist herrührte und mein Wesen aufwühlte. Was diese Wandlung hervorrief, konnte ich nicht klar sagen. Einerseits freute ich mich wirklich für meinen Schützling, dass er so glücklich im Beisein seiner Eltern und seiner Schwester war, doch andererseits fühlte ich mich schrecklich … allein.

Natürlich war ich auch in den letzten Jahren beinahe immer allein gewesen, doch nie hatte es mich so sehr beschäftigt wie in diesem Moment. Ich gehörte zu niemandem, außer zu Nic. Niemand außer ihm wusste über mich Bescheid. Niemand kannte mich. Ich war ein Nichts. Unbedeutend.

Wäre Nic in dieser Nacht tatsächlich im Feuer gestorben, dann hätten alle um ihn getrauert. Seine Familie wäre in ihren Grundmauern erschüttert worden, seine Freunde hätten sich niemals verziehen, ihn allein gelassen zu haben, und jeder hätte ihn als Tragödie im Herzen getragen. Sie hätten sich ewig an ihn erinnert.

Aber was war mit mir?

Niemand hätte um mich getrauert oder auch nur einen Gedanken an mich verschwendet. Denn mich gab es in dieser Welt gar nicht. Ich existierte nicht. Keiner von ihnen wusste, dass es mich gab. Während man sich an Nic auch noch Jahre später erinnern würde, wäre ich längst vergessen. Konnte man etwas vermissen, von dem man gar nicht wusste, dass es existierte? Ich denke nicht.

Als hätte Nic meine trüben Gedanken gespürt, suchte er den Raum ab. Ich wusste, dass er nach mir Ausschau hielt. Nach dem kleinen Hinweis, den ich ihm vorhin ins Ohr geflüstert hatte, war er um einiges vorsichtiger geworden. Sobald meine Gedanken abdrifteten, wurde ich unvorsichtig und einige Male meinte ich, dass er mich tatsächlich wahrnehmen konnte, obwohl ich den Schleier der Transparenz über mich gelegt hatte.

Wir Schutzgeister waren eigentlich immer unsichtbar und es bereitete uns auch keine große Mühe, in diesem Zustand zu verweilen, doch seitdem Nic mich in jener Nacht wahrgenommen hatte, fiel es mir unfassbar schwer, ihm gegenüber diesen Schein zu wahren.

Ich wusste, dass noch weitere Geister hier im Raum herumschwirrten, doch ich vermochte nicht, durch ihre Illusionen zu brechen. Da jeder Mensch einen Schutzgeist an seiner Seite hatte, mussten demzufolge auch die Beschützer der Eltern und der Schwester von Nic anwesend sein. Ich konnte sie nicht sehen, ebenso wie sie mich nicht wahrnehmen konnten. Dennoch wussten wir alle, dass wir da waren.

Schutzgeister zeigten sich so gut wie nie. Als Kinder offenbarte man sich oftmals unfreiwillig, aber je älter man wurde, desto besser gelang es einem, die Kontrolle über seine eigenen Fähigkeiten zu behalten. Darunter zählten noch viele andere Dinge, nicht nur das Unsichtbarwerden.

Andere Geister hingegen … tja, die sah man leider oft genug. Meist begegnete man verlorenen Seelen. Verstorbene Menschen, die nicht länger von ihrem Schutzgeist bewacht wurden. Auf die niemand mehr aufpasste und die sich im Jenseits verlaufen hatten. Die meisten von ihnen waren harmlos, man musste ihnen oftmals bloß den richtigen Weg zeigen, um ins Jenseits zu finden. Hier im Krankenhaus trieben sich bestimmt einige von ihnen herum. Bei diesem Gedanken lief mir ein Schauder den Rücken hinab.

Doch diese Geisterbegegnungen waren meist harmlos. Viel schlimmer wurde es, wenn sich etwas Dämonisches oder Bösartiges in der Seele des Verstorbenen festgesetzt hatte und dieses ihn wie ein Anker auf der Erde festhielt. Diese sogenannten *bösen Geister* waren selten, aber gefährlich. Meist verfolgten sie ein eigenes Ziel und konnten erst erlöst werden, sobald sie dieses erreicht hatten oder das Böse in ihnen getilgt wurde.

Ich schüttelte den Kopf. Über so etwas musste ich mir gerade keine Gedanken machen. Jetzt zählte nur, dass Nic wieder gesund wurde und in sein altes Leben zurückkehren konnte.

Seufzend schaute ich auf und begegnete seinem neugierigen Blick.

Mist!

Ich habe schon wieder den Fokus verloren.

Nic lächelte mich an. Seine ganze Familie war um ihn herum versammelt und ließ ihn nicht aus den Augen, doch er sah *mich* an. Als würde ich dazugehören. Als sei ich wichtig für ihn. Gerade als ich begann, mich zu entspannen, drang ein Wispern zu mir.

»Du bist eine Schande für uns alle.«

Wer spricht da?

»Und so etwas wie du schimpft sich Schutzgeist …«

Ich verbarg mich vor Nics Blick und sah mich hektisch im Raum um. Die anderen Menschen schienen die seltsamen Stimmen nicht zu hören. Was ging hier vor?

»Du hast deine Aufgabe nicht ernst genommen.«

»Du hast versagt.«

Ich löste meine Form auf und litt langsam durch den Raum. Irgendeine andere überirdische Macht musste sich hier aufhalten.

»Sprecht ihr mit mir?«, fragte ich zögernd.

»Mit wem sonst?«, erwiderten die Stimmen im Chor.

»Wer seid ihr?«

»Wir sind wie du. Wir beschützen unsere Menschen. Wir sind die Hüter ihrer Seelen.«

Andere Schutzgeister.

Das muss es sein!

Ich konnte sie visuell nicht wahrnehmen, aber sie teilten sich mir dennoch mit und suchten den Kontakt. Allerdings nur, um mir zu offenbaren, dass sie meine Tat verurteilten.

»Wie konntest du nur? Du hast gegen das Weltengesetz verstoßen.« Der Vorwurf grub sich tief in mein Bewusstsein. Sie verabscheuten meine Tat. Dass ich nur Nic hatte helfen wollen, ließen sie dabei völlig außer Acht.

»Was hätte ich denn tun sollen? Ich konnte ihn nicht einfach sterben lassen!«

»Das wäre das Richtige gewesen. Der Tod wird sich holen, was rechtmäßig ihm gehört. Du hast das Schicksal herausgefordert. Und nun musst du dafür bezahlen.« Das Stimmenmeer ebbte ab und ließ mich allein mit meinen Gedanken und Selbstvorwürfen zurück.

Ich habe das Richtige getan. Oder?

Als ich Nic gerettet habe, kam es mir so richtig vor…

Aber wenn selbst die anderen Schutzgeister der Überzeugung sind, dass ich unrechtmäßig gehandelt habe, hat mich vielleicht meine Intuition fehlgeleitet?

Ich versuchte, diese Gedanken von mir fernzuhalten, und baute eine mentale Mauer um mich herum, sodass die wispernden Stimmen der Schutzgeister nicht noch einmal zu mir vordringen würden.

Sobald ich der Überzeugung war, die Kontrolle zurückerlangt zu haben, begegnete ich Nics Blick. Er wirkte besorgt. Vielleicht ahnte er ja, was hier gerade vor sich ging, auch wenn das nahezu unmöglich war.

Plötzlich kam mir jedoch eine Idee: Vielleicht hatte ich Nic gar nicht durch meine Taten verändert, sondern er hatte einfach gelernt *hinzusehen*.

Oftmals fiel einem eine Sache erst richtig auf, wenn man auf diese hingewiesen wurde. Sei es die negative Eigenschaft eines anderen Menschen, oder dass es verdammt oft rote Autos in einer Stadt gab… oder so etwas in der Art.

Mit einem Mal sah man überall rote Autos, man schien ihnen nicht entkommen zu können, und sie fielen einem erst seit diesem Hinweis richtig auf, obwohl sie schon zuvor die ganze Zeit da gewesen waren.

Genauso musste es Nic gerade gehen. Er sah mich überall, obwohl ich vorher schon immer da gewesen war. Doch nun war er in der Lage hinter den Schein zu blicken und mich wahrzunehmen. Als hätte er die Maske, die ihn vor dem Übernatürlichen dieser Welt blind machte, ein für alle Mal abgelegt.

Ich lächelte ihn zögerlich an, während ich innerlich haderte, ob mir diese Wandlung Sorgen machen sollte oder nicht.

Drittes Kapitel

Nic

Schmerzhafte Erinnerungen

Ich musste noch einige Wochen im Krankenhaus bleiben, damit die Heilung meiner Brandwunden beobachtet werden konnte. Ich erfuhr von den Ärzten, dass die Verletzung an meinem Unterarm derart tief reichte, dass sie in einer komplizierten Operation die abgestorbene und verbrannte Haut entfernt hatten. Zudem wurde mir ein sogenanntes ›Eigenhauttransplantat‹ auf die Wunde gesetzt. Kurz gesagt: Sie haben mir eine Hautplatte vom Oberschenkel entnommen und auf die Verletzung gelegt, um die Heilung zu beschleunigen. Eklig, ich weiß.

Die Verbrennungen, die über meine rechte Schulter bis auf meinen Brustkorb reichten, wurden hingegen dem zweiten Grad zugeordnet. Die schmerzenden Blasen, die unter den Mullbinden versteckt lagen, mussten mit einer desinfizierenden Salbe behandelt werden. Alle zwölf Stunden wurde der Verband gewechselt, damit sich keine Keime bilden konnten. Und ganz im Ernst: In diesen Momenten wünschte ich mir beinahe die Bewusstlosigkeit zurück.

Lynn wich mir dabei nie von der Seite. Meine Familie konnte nicht jeden Tag vorbeikommen, doch solange überhaupt *irgendjemand* hier war und sich um mich sorgte, ging es mir gut.

Ich dachte an den Moment zurück, an dem mir zum ersten Mal der Verband gewechselt wurde.

»Bist du bereit?«, *fragte die Krankenschwester und am liebsten hätte ich mit »Nein« geantwortet. Stattdessen presste ich die Lippen zusammen und nickte. Ich wollte eigentlich die Augen schließen und mich von dem Anblick abwenden, doch sobald die Schwester die Klemme des Verbands löste, konnte ich den Blick nicht mehr von dem Geschehen loseisen.*

Die weißen Mullbinden ließen die rote, verbrannte Haut noch schlimmer wirken. Ich sog scharf die Luft ein. Lynn stand direkt neben mir und warf mir einen schnellen Blick zu, als wolle sie sichergehen, dass ich den Anblick ertrug. Sie hingegen war die Ruhe selbst. Ihre Gefühlskälte beruhigte mich seltsamerweise, denn sie vermittelte mir das Gefühl, dass mein Zustand vielleicht nicht so schlimm war wie zunächst gedacht.

Ich starrte auf die große Wunde und die rote Färbung. Mein Kopf erzeugte sofort das Bild von Feuer, das auf meiner Haut tanzte. Ich verfolgte mit meinem Blick die roten Striemen, welche mir bis auf die Brust hinabreichten und höllisch schmerzten.

»Gleich hast du es geschafft.« Die Schwester wollte motivierend klingen, doch ich las die Bestürzung aus ihrem Blick ab. Mit einer geschickten Handbewegung öffnete die Schwester den Deckel.

Dann berührten ihre Finger meine Haut. Die kühle Wirkung der Salbe glich einem Tropfen Wasser auf heißem Stein. Meine gesamte Hautoberfläche schien zu brennen. Ich schluckte einen Schrei hinunter und begann am ganzen Körper zu zittern. Die Krankenschwester hielt kurz inne, gab mir einen Moment, um durchzuatmen. Doch schon nach wenigen Sekunden machte sie weiter, um nicht allzu viel Zeit zu verlieren.

Jede Berührung glich dem Einschlag eines Blitzes, der mich erschütterte und meinen Körper spaltete. Es schien nur noch der Schmerz zu existieren. Meine Muskeln und Sehnen traten vor Anstrengung hervor und meine Zähne knirschten in einem strengen Rhythmus. Schweiß trat auf meine Stirn und ich zitterte unkontrolliert. Ob vor Angst oder Beherrschung wusste ich selbst nicht genau, da die Emotionen ineinanderglitten wie ein reißender Fluss. »Ich kann das nicht«, flüsterte ich immer wieder. »Ich kann nicht mehr.« Erst als Lynn sich vor mich kniete und mir mit ihren klaren Augen geradewegs in die Seele starrte, war ich in der Lage, mich aus meiner Paralyse zu befreien.

»Ich kann das nicht«, flüsterte ich ihr ein weiteres Mal zu.

Die Krankenschwester warf mir daraufhin einen mitleidigen Blick zu. Ich wusste, dass sie keine Schuld traf und sie nur ihren Job tat, aber in diesem Augenblick war sie für mich die Reinkarnation des Bösen.

»Natürlich kannst du das. Du hast schon viel Schlimmeres durchgestanden. Erinnerst du dich an den Kanuunfall bei diesem Klassenausflug in der achten Klasse? Als euer Boot kenterte und du dachtest, du müsstest ertrinken?« Sie lächelte mich sanft an. »Oder als du dir ein Bein gebrochen hast, weil du während des Schaukelns vom höchsten Punkt abgesprungen bist, um zu fliegen?«

»Du warst da?« Ich war so erstaunt, dass ich für einen Moment sogar meine Schmerzen vergaß. Die Krankenschwester beobachtete mich mit zusammengekniffenen Augenbrauen. Offensichtlich war es nicht üblich, dass Patienten anfingen, Selbstgespräche zu führen. Doch das interessierte mich in diesem Moment herzlich wenig. Lynn nickte zaghaft, bevor sie sanft lächelnd hinzufügte: »Ich habe versucht, dich zu fangen.«

Lynn war immer da gewesen. Selbst wenn ich sie nicht gesehen hatte. Sogar in den schmerzhaftesten Momenten meines Lebens. Obwohl ich ihre Existenz geleugnet hatte.

Doch wieso? Was hält sie bei mir?
Sie schuldet mir immerhin nichts.

Ich seufzte auf. Irgendwann würde ich meine Antworten schon noch bekommen. Lynn konnte sich schließlich nicht ewig in Luft auflösen, wenn ich sie danach fragte.

Oder vielleicht doch?

Ich sah in ihre violetten Augen, die mir von der Zimmerecke entgegenblinzelten, während zum letzten Mal mein Verband gewechselt wurde. Dieses Mal schmerzte es natürlich auch, aber es war nicht so eine unmenschliche Qual wie beim ersten Mal. In weniger als einer Stunde würde ich entlassen werden. Ich musste mich natürlich noch schonen und regelmäßig untersuchen lassen, doch im Prinzip war ich danach wieder frei.

Lynn lächelte mir ermutigend zu, sodass ich auch dieses letzte Mal meine Zähne zusammenbiss und das Ganze durchstand. Mit ihr zusammen.

Ich musterte zweifelnd meinen Oberkörper. Die Brandnarben würden für immer bleiben. Die Striemen, die momentan noch in einem langsam verblassenden Rot leuchteten, erinnerten mich wieder an den Moment, in dem die Flammen auf mich übergesprungen waren. Ich konnte nicht begreifen, wie knapp ich dem Tod entkommen war. Es hätten bloß Sekunden gefehlt, um mich vollkommen vom Feuer zerfressen zu lassen.

Was hat Lynn getan, um diese Naturgewalt aufzuhalten?
Um meinen Tod zu verhindern?
Welchen Preis muss sie dafür bezahlen?

Ich setzte das auf die Liste der Fragen, die sie mir noch beantworten musste.

Doch das würde ein anderes Mal geschehen. Ich hatte genug von diesen weißen Wänden. Ich ertrug es nicht länger an die Decke zu starren und nichts tun zu können. Zu Beginn meines Krankenhausaufenthalts durfte ich nicht mal ohne Aufsicht die Toilette aufsuchen!

Doch damit war jetzt Schluss. In wenigen Stunden war ich wieder frei und konnte mich dorthin bewegen, wohin ich wollte.

In den letzten Wochen war ich bloß in meinem Zimmer herumgeschlurft. Immer wieder hatte ich meine Runden von einer Zimmerecke in die andere unternommen und wurde dabei von Lynn begleitet. Meiner ewigen Begleiterin.

»Bist du schon aufgeregt?«, fragte sie mich und riss mich damit aus meinen Gedanken. Die Krankenschwester hatte schon längst das Zimmer verlassen.

»Hm?« Ich blinzelte sie verwirrt an. Sie verdrehte nur kurz die Augen.

»Ich habe dich gefragt, ob du schon aufgeregt bist? Du weißt schon, nach Hause zurückzukehren und deine Familie jeden Tag zu sehen? Du wirst eine Weile lang nicht von dort wegkommen.« Ihre Stimme wirkte sanft, geradezu vorsichtig. Als würde sie auf Zehenspitzen in ein unbekanntes Gebiet vordringen und keinen schlafenden Riesen wecken wollen.

»Oh. Ja, natürlich. Ich werde das Studentenleben vermissen, doch fürs Erste sollte ich wohl gesund werden. Das hat oberste Priorität.« Ich warf ihr ein schüchternes Lächeln zu. Sie nickte bestätigend, doch ich konnte auch die unausgesprochene Furcht in ihren zitternden Pupillen erkennen. »Lynn? Ist alles in Ordnung?«

»Ja, ja natürlich ... Du wirst wieder gesund. Das ist alles, was zählt.« Sie wirkte traurig und starrte in die Ferne, fixierte einen Punkt, den ich nicht sehen konnte.

»Was ist wirklich los? Du kannst es mir sagen.« Ich wollte sie berühren, ihr beruhigend über den Arm streichen, doch bevor meine Fingerspitzen sie auch nur streifen konnten, sprang sie auf und brachte so viel Abstand zwischen uns wie nur möglich.

Das geschah immer, wenn ich Anstalten machte, sie zu berühren. Ich wusste nicht, warum sie das tat. Immerhin hatte sie mich damals sogar *geküsst*.

»Ich habe Angst, okay?«, entfuhr es ihr. Ihre Stimme war so leise, sie machte sich kleiner, als sie war.

»Warum solltest du Angst haben? Du hast mich aus dem Koma befreit und meinen Tod verhindert, schon vergessen?« Ich wagte es sogar, sie anzulächeln. Doch meine Bemühungen prallten ohne Effekt an ihrer steinharten Fassade ab. Ich seufzte und versuchte mich verzweifelt in ihre Lage hineinzuversetzen. »Was fürchtest du mehr als den Tod, Lynn?«

»Vergessen zu werden.« Ihre Stimme war nichts weiter als ein sanfter Lufthauch.

Lynn

So. Jetzt war es raus.

Meine schlimmste Befürchtung.

Ich presste meine Lippen zusammen und starrte Nic abwartend an. Würde er mich auslachen?

»Lynn, wie könnte ich dich je vergessen?« Er klang enttäuscht. Etwa von mir? »Du hast mein Leben gerettet. Ich werde dir ewig dankbar sein.«

»Machen wir uns doch nichts vor.« Ich stützte mich mit beiden Armen auf dem Bettgestell ab. »Sobald du wieder daheim bist, werde ich wieder in den Tiefen deines Unterbewusstseins verschwinden. Ich passe nicht in dein Leben. Das habe ich noch nie.«

Er kämpfte sich auf die Beine und ich sah eindeutig das Beben seiner Knochen. Nic hatte in den letzten Wochen körperlich wahnsinnig abgebaut und die Aufregung, die meine Worte bei ihm verursacht haben mussten, tat nun ihr Übriges.

»Ich werde dich nicht vergessen!«, beteuerte er nun. Ich warf ihm einen prüfenden Blick zu. Offenbar strengte er sich wirklich an, überzeugend zu wirken. Seufzend wandte ich ihm den Rücken zu. Eigentlich sollte es mir egal sein. Es wäre sogar besser, wenn Nic mich einfach vergessen würde. Doch etwas in mir sträubte sich bei diesem Gedanken.

»Wirklich nicht? Das ist dir aber das letzte Mal auch ziemlich gut gelungen.« Ich konnte die Verbitterung nicht aus meiner Stimme verbannen.

»Ich war ein Kleinkind, Lynn! Damals wusste ich nicht, dass du wirklich existierst!« Er klang so überzeugt von sich selbst. Ich wollte seine Hoffnungen nicht zerstören, doch wenn ich es nicht tat, wer dann?

»Und woher weißt du jetzt, dass ich real bin?« Meine Worte drangen nur langsam über meine zitternde Unterlippe. Ich versenkte meine Zähne in ihr, um das verräterische Zucken zu unterbinden.

»Das kann ich nicht wissen.« Ich fuhr zu ihm herum und musste erkennen, dass er bloß wenige Zentimeter von mir entfernt stand. »Ich weiß nur, dass du mich gerettet hast. Ohne dich würde es mich auch nicht geben.«

Ich trat einen Schritt zurück. Nic hatte wieder versucht, mich zu berühren. Lange würde ich ihm nicht mehr ausweichen können.

»Ohne dich gäbe es mich auch nicht«, raunte ich. Die Schatten auf meinen Armen tanzten höher und höher.

»Wie meinst du das? Verrate mir endlich, was es mit deinem Auftauchen auf sich hat, Lynn!« Sein Tonfall war fordernd geworden und er sah mich so flehend an, dass ich gar nicht anders konnte, als lautstark zu seufzen und das Gesicht in den Handflächen zu vergraben.

»Ich meine es genauso, wie ich es gesagt habe.« Ich zwang mich zur Ruhe, bevor ich die Arme senkte und mein Blick dem von Nic begegnete. Er sollte spüren, wie ernst mir das alles war. »Ich bin dein Schutzgeist, Nic. Die Wächterin deiner Seele. Dein Seelenschatten. Ich begleite dich schon dein ganzes Leben lang.«

Er sog scharf die Luft ein. Doch er wirkte nicht schockiert, als hätte er mit so etwas in der Art schon gerechnet.

Eine Geisterfreundin? Wie absurd war das denn bitte?

Er musste sich selbst für vollkommen verrückt halten. Und ich? Ich konnte nur seine Reaktion abwarten. Ich wusste nicht, was ich noch sagen oder tun konnte.

»Schutzgeist? So etwas wie ein Schutzengel?«, fragte er zögernd. Ich rechnete es ihm in diesem Moment sehr hoch an, dass er nicht vollkommen ausflippte.

»Nein. Ein Engel ist doch was völlig anderes. Ich bin eine Begleiterin und Beschützerin. Ich bewache deine Seele und muss aufpassen, dass ihr nichts passiert. Ich bin immer da. Ich begleite dich bis in den Tod, auch wenn ich ihn selbst nicht verhindern darf.« Ich verstummte und wartete auf seine Reaktion. Eigentlich hatte ich schon viel zu viel gesagt. Mein Zögern war auch Nic aufgefallen.

»Ein Schutzgeist …«, murmelte er nachdenklich, als könne er verstehen, was ich war. Doch das würde er nie können. »Und du darfst nicht in mein Schicksal eingreifen?« Diese Frage kam unvorbereitet. Ich nickte zögernd zur Antwort. »Und warum hast du mich dann gerettet? Ist das nicht sozusagen verboten?«

Ich erstarrte und wagte es kaum, mich zu bewegen. Nic hatte meine größte Befürchtung einfach ausgesprochen und damit wahr werden lassen. Ich hatte ganz vergessen, wie clever er war, und verfluchte mich für meine eigene Dämlichkeit. Warum hatte ich auch so viel von mir preisgegeben? Was war ich doch für eine Idiotin!

»Lynn?« Seine Stimme ließ mich aufhorchen. »Was hast du getan?«

Sein fragender Blick und seine vor Überlegungen zusammengezogenen Augenbrauen brachten mich zur Verzweiflung. Aus dieser Situation konnte ich mich unmöglich rausmogeln. Und am allerschlimmsten dabei war, dass ich mich auch noch selbst hineingeritten hatte.

Die Vorwürfe der anderen Schutzgeister kamen mir in den Sinn und augenblicklich verspürte ich das Bedürfnis, mich in einen Mantel aus Unsichtbarkeit zu hüllen und mich für alle Ewigkeit vor der Menschheit zu verstecken. Insbesondere vor Nic.

»Ich habe möglicherweise ein paar weltliche oder überirdische Gesetze gebrochen, um dich ins Leben zurückzuholen.« Ich scharrte mit den Fußspitzen über den Boden und vermied es, Nic direkt anzusehen. Ich wusste, dass ich einen Fehler gemacht hatte, ich brauchte nicht auch noch eine Zurechtweisung von ihm.

Doch wie konnte sich ein Fehler so richtig anfühlen?

Auch Nic schien sprachlos zu sein. Allerdings nur für ein paar Sekunden. »Und was bedeutet das für dich? Und für mich?«

Ich sah kurz zu ihm auf und ließ die Schatten auf meiner Haut tanzen. Ihr dunkles Flackern beruhigte mich ein wenig.

»Ich weiß es nicht«, gestand ich ihm. In meiner Erinnerung hallten die unbarmherzigen Stimmen der anderen Schutzgeister wider, die alle der Überzeugung waren, dass sich der Tod holen würde, was rechtmäßig ihm gehörte. »Das Einzige, was ich mit Sicherheit sagen kann, ist, dass ich in jener Nacht ein Stück meines Geistes aufgegeben habe, um deine Seele zu schützen. Sonst könntest du mich gar nicht wahrnehmen. Ich weiß allerdings nicht, wie viel von mir auf dich übergegangen ist.«

Nic starrte mich mit geweiteten Augen an. Was gäbe ich dafür, jetzt seine Gedanken lesen zu können. Doch diese Fähigkeit war mir noch nie vergönnt gewesen.

»Du hast dich selbst geopfert, um meine Seele vor dem Tod zu bewahren?« Er kam mit stolpernden Schritten auf mich zu, während er sich Halt suchend am Bettgestell festklammerte.

»Nic, ich habe nicht *mich* geopfert, sondern einen Teil meines Geistes. Seitdem kannst du mich sehen. Und ich denke nicht, dass es dabei bleiben wird.« Wenn Nic Geister wie mich sehen konnte, dann vielleicht auch die verlorenen Seelen, die mir häufig über den Weg liefen. Dieser Gedanke war mir zuvor noch gar nicht in den Sinn gekommen! Ich musste ihn vor den möglichen Begegnungen warnen, die auf ihn außerhalb dieses Krankenzimmers warten konnten.

Doch Nic hatte andere Pläne.

»Warum hast du das getan, Lynn?« Die Neugier und Verwunderung standen ihm deutlich ins Gesicht geschrieben. Ebenso wie die

Bestürzung, die sich in den Sorgenfalten auf seiner Stirn verbarg. Er wollte es wirklich wissen? Na schön.

»Aus Loyalität, Nic. Es war meine Aufgabe dich zu schützen, deine Seele zu begleiten. Auch wenn sie diese Welt verlassen sollte. Doch das konnte ich nicht. Noch nicht. Ich konnte dich einfach nicht gehen lassen. Und ich weiß nicht, wie viel ich geben musste, um dich zu retten. Aber das ist mir egal, denn jedes bisschen meines Geistes war es wert, wenn ich dich auf diese Weise verschonen konnte!« Meine Stimme war mit jedem Wort mehr angeschwollen. Ich hatte mich aufrecht vor ihm aufgebaut und war nicht bereit, klein beizugeben. Denn ohne meinen Fehler würde keiner von uns beiden noch hier stehen.

Auch Nic schien endlich zu begreifen, was ich getan hatte, denn er trat einige Schritte zurück. Sein Blick blieb jedoch an mir haften, als könne er immer noch nicht fassen, wozu ich fähig war. Ungläubig ließ er sich auf die Bettkante sinken. Die Bestürzung in seinem Blick würde mich garantiert noch eine Weile verfolgen.

Dachte Nic etwa auch, dass ich einen Fehler gemacht hatte?

»Was wird sich verändern?«, fragte er mit leiser, brüchiger Stimme.

»Alles.« Meine Antwort ließ ihn zusammenzucken. »Ich glaube, du wirst sie sehen können, ebenso wie ich es kann. Die verlorenen Seelen. Die, die es nicht geschafft haben. Diejenigen, die von ihrem Schutzgeist verlassen wurden.« Er musste das einfach wissen. Ich konnte ihn nicht unvorbereitet in die Welt ziehen lassen.

»Du meinst ... tote Menschen? Ich werde Geister sehen können?«

»Nur die, die sich nicht verstecken können. Wir Schutzgeister verbergen uns vor den Menschen. Die verlorenen Seelen nicht. Du solltest dich darauf gefasst machen, einigen von ihnen über den Weg zu laufen.«

»Wie sehen sie aus?« Er blickte mir tief in die Augen und ich war erstaunt über die Stärke in seinem Blick. Würde er das alles verstehen? Noch war es für ihn keine Realität, sondern nur eine abstruse Theorie.

»Du wirst sie erkennen, wenn du ihnen begegnest.« Ich zwinkerte ihm zu, bevor sich ein kleines Lächeln auf meine Lippen stahl. »Ich werde bei dir sein. Wie immer.«

»Es wäre schließlich nicht der erste Geist, den ich sehe.« Er hielt mich mit seinem warmen Blick und dem offenen Lächeln gefangen, bevor auch ich mir ein Lachen nicht mehr verkneifen konnte. Es schallte hell und klar durch den Raum. Beinahe bildete ich mir ein, dass es echt war. Dass andere Menschen es hören konnten.

In diesem Augenblick öffnete sich die Zimmertür einen Spaltbreit und Nics Mutter trat ein. Sie musterte ihren Sohn für einen Wimpernschlag, während dieser meinen Blick noch einen Moment länger festhielt. Für seine Mutter musste es aussehen, als würde er aus dem Fenster blicken.

»Nicolo? Bist du bereit?«, fragte sie und unterbrach damit den Blickkontakt zwischen uns. Nic warf noch einen hektischen Blick über seine Schulter zu mir hinüber, doch ich hatte im selben Moment die schwarzen Nebelschwaden um mich herumwirbeln lassen und war mitten zwischen ihnen verschwunden. Die Unsichtbarkeit war schon zu einer festen Gewohnheit für mich geworden, doch dieses Mal empfand ich sie als nervtötend. Ich wünschte, ich müsste das nicht tun, doch umgeben von verlorenen Seelen sollte ich meine Tarnung besser bewahren.

Nic wandte sich von mir ab und sagte bestimmt: »Ja, ich bin bereit.«

Ich bildete mir ein, dass nur ich das leise Zittern in seiner Stimme vernehmen konnte.

Viertes Kapitel

Nic

Verlorene Seelen

Eine Schwester schob einen Rollstuhl vor sich her und bedeutete mir mit einem knappen Nicken, dass ich mich hineinsetzen sollte. Für einen Moment brandete Widerwillen wie die Gischt einer Sturmflut in mir auf. Doch dann wurde ich mir des Zitterns meiner Beine bewusst. Ich stützte mich sogar am Bett ab, um nicht mein ganzes Gewicht selbst tragen zu müssen. Es war zwecklos: Ich musste mir eingestehen, dass ich noch nicht stark genug war. Selbst wenn ich entlassen wurde, hieß das noch lange nicht, dass ich schon so weit war, das Krankenhaus auf eigenen Beinen zu verlassen. Die Genesung würde noch einige Zeit in Anspruch nehmen. Ich knirschte mit den Zähnen. Verschwendete Zeit.
Wann werde ich wohl wieder fit sein?
Vollständig gesund?
Werde ich überhaupt jemals wieder komplett genesen?
Ich spürte einen flüchtigen Lufthauch an meinem Arm. Nur für den Bruchteil einer Sekunde. Doch er gab mir Hoffnung. Ich wusste, dass es Lynn sein musste, die mir Mut zusprechen wollte. Ich war nicht allein. Solange Lynn an meiner Seite war, wurde alles gut.
Schutzgeist ...
Was für eine seltsame Bezeichnung. Als würde ich konstant Schutz benötigen wie ein unerfahrener Welpe. Dem war garantiert nicht so.

Dann fiel mir jedoch ein, dass sie sich ebenfalls als *Seelenschatten* betitelt hatte. Das gefiel mir deutlich besser und schien auch passender, wenn man die dunklen Schwaden betrachtete, die das Mädchen dauerhaft umwogten.

Ich lächelte meiner Mutter kurz zu, bevor ich mich in den bereitgestellten Rollstuhl sinken ließ. Meine Muskeln entspannten sich automatisch und kribbelten unangenehm. Ich biss mir auf die Zunge und unterdrückte auf diese Weise einen Fluch. Niemand musste bemerken, wie beschissen es mir *wirklich* ging.

Noch bevor ich es mir auf dem dünnen Sitzkissen bequem machen konnte, hatte meine Mutter sich die Reisetasche mit den Wechselklamotten geschnappt und öffnete die Tür zu meinem Krankenzimmer. Die Krankenschwester positionierte sich hinter mir und sobald ich die Füße vom Boden anhob, schob sie mich in Richtung Ausgang.

Ein dünner Schweißfilm bildete sich auf meiner Stirn und mein Atem ging immer flacher, geradezu hektisch. Mein Blick zuckte panisch durch den Raum, auf der Suche nach Lynn. Doch sie war nirgends zu entdecken.

Die Panik überfiel mich wie ein Raubtier. Sie schlug ihre Krallen in meinen Brustkorb und fesselte mich so an Ort und Stelle, während sie mir die Kehle zerbiss und mir kein einziger Atemzug mehr zu gelingen schien. Schwarze Punkte tanzten vor meinen Augen, bis ich mich zur Besinnung zwang und einen Fixpunkt anvisierte, um meine Konzentration zu bündeln. Die Anmeldekabine für die Station am anderen Ende des Flures. Das schien mir ein gutes Ziel zu sein. Ich atmete tief ein und wieder aus.

Mach jetzt bloß nicht auf den letzten Metern schlapp, Nic!

Verzweifelt appellierte ich an meine innere Stärke und versuchte, meinen Körper unter Kontrolle zu bekommen. Für einen Moment lief alles gut. Wir waren bereits zwei Meter über die Türschwelle hinausgekommen und bis jetzt war noch nichts Weltbewegendes geschehen.

Und dann sah ich *sie.*

»*Du wirst sie erkennen, wenn du ihnen begegnest* …« Das hatte Lynn gesagt. Und jetzt wusste ich auch, was sie damit meinte. Innerlich wünschte ich mir zutiefst, ich hätte es niemals herausgefunden. Ich hatte gehofft, dass sich Lynn mit ihrer Theorie, dass ich von nun an Geister sehen konnte, geirrt hatte. Doch in dieser Sekunde fiel meine gesamte Hoffnung wie ein Kartenhaus in sich zusammen.

Verlorene Seelen.
Ich hätte mir keinen passenderen Namen ausdenken können.
Es waren bestimmt über ein Dutzend. Sie schlurften zwischen den lebendigen Patienten durch die Gänge. In ihren langen Krankenhauskitteln wirkten sie beinahe normal. Aber nur beinahe.
Solche Kittel trägt man doch normalerweise nur während einer OP?
Ich spürte, wie Magensäure mir in den Rachen schoss. Verzweifelt hielt ich meine Lippen geschlossen und versuchte, den säuerlichen Geschmack einfach hinunterzuschlucken, doch vergebens. Wenn sie diese Kittel trugen, bedeutete das bestimmt, dass sie während einer OP ... *gestorben* sein mussten.

Allein der Gedanke an diese Möglichkeit trieb mir die Tränen in die Augen. Ich blinzelte sie hektisch fort, denn durch den Tränenschleier verschwammen alle Gestalten um mich herum miteinander. Die Toten und die Lebenden.

Sobald ich mich wieder etwas gefasst hatte, versuchte ich, einen der Verlorenen genauer zu betrachten, ohne auffällig zu wirken. Es war ein junger Mann. Er könnte in meinem Alter gewesen sein, vielleicht auch ein wenig älter. Sein Schädel war an einer Seite beinahe komplett kahl rasiert und wies eine lange, wulstige Narbe auf. Ich wollte gar nicht wissen, woran er zu Lebzeiten gelitten hatte. Der Geist ging gebeugt und ließ die Schultern hängen, als würde eine schwere Last auf ihnen liegen. Zudem ging ein unnatürliches, bläuliches Strahlen von seiner leichenblassen Haut aus. Doch das Schlimmste waren mit Abstand seine Augen. Sie wirkten trüb und milchig. Es gab keine Iris, keine Pupille, nur endloses Weiß.

Ich hielt ungewollt die Luft an und konnte mich nicht von seinem Anblick abwenden. Auch die verlorene Seele schien irgendwie auf meine Gegenwart zu reagieren, denn plötzlich blieb das Wesen stehen, drehte seinen Kopf und fixierte mich mit seinem toten Blick. Ich wusste genau, dass es mich anstarrte. Ich konnte es eindeutig spüren. Es fühlte sich an, als würde ein glitschiger Aal oder eine Schlange über meine Haut gleiten.

»*Du kannst mich sehen*«, raunte es mit brüchiger Stimme. Die Wörter verloren sich in der Ferne, als würde der Tote durch einen Tunnel rufen und lediglich sein Echo zu mir hervordringen. Ich schüttelte unbeholfen mit dem Kopf, auch wenn das völliger Schwachsinn war. Vielmehr noch: Meine Reaktion bewies, dass ich ihn sehr wohl wahrnahm.

Ich bin so ein dämlicher Schwachkopf!

Ich versuchte, meinen Blick von dem Fremden zu lösen, doch ich konnte einfach nicht wegsehen. Es war wie ein Unfall, den man einfach nicht ausblenden konnte. Nun glitt er über den Boden. Seine Füße bewegten sich nicht einmal, als er langsam auf mich zuschwebte. Er hatte keine Eile. Er würde mich so oder so kriegen.

Mein Herz raste wie verrückt und ich versuchte stotternd, ein paar Worte zustande zu bringen, doch kein anständiger Satz verließ meine Lippen. Weder meine Mutter noch die Krankenschwester schienen irgendetwas zu bemerken. Sie gingen seelenruhig den Gang entlang. Diesen endlos langen, scheinbar nie endenden Flur.

Mein Blick zuckte wieder zu dem Toten, der nur noch einen Meter von mir entfernt war. Er streckte langsam seinen Arm aus, als wolle er mich zu sich ziehen, mich festhalten.

Über seine zerfetzten Lippen drangen in einem leisen Echo immer wieder dieselben Worte: »*Erlöse mich, erlöse mich, erlöse mich ...*«

Kurz bevor er mich in seinem Griff gefangen halten konnte, materialisierten sich schwarze Nebelwolken neben meinem Rollstuhl.

Lynn

Das war ja nicht mit anzusehen!

Diese verlorene Seele war mir definitiv zu aufdringlich.

Obwohl ich wusste, dass mich nun jeder Geist in diesem Raum sehen konnte, wagte ich das Risiko und machte mich sichtbar. Nebel tanzte um meine Beine und umwob mich wie ein dunkler Schatten. Der Verlorene, der seine Hand nach Nic ausgestreckt hatte, hielt augenblicklich inne. Ebenso wie jeder andere Geist in diesem Raum.

Die Anspannung glich dem Knistern in der Luft kurz vor einem Gewitter. Wäre ich ein Mensch, hätten sich mir in diesem Moment garantiert alle Härchen am Körper aufgestellt. Zum Glück war dem nicht so und die Situation ließ mich kalt. Kurzerhand schlug ich die Hand des Geistes beiseite. Selbst bei der flüchtigen Berührung spürte ich seine unsagbare Kälte. Als Geistwesen besaß ich kein typisches Wärme- und Kälteempfinden. Vielmehr nahm ich die Energiewellen meines Gegenübers wahr. Als ich Nic im Koma berührt hatte, war das Gefühl in meinem Inneren am ehesten mit Wärme vergleichbar gewesen. Die Begegnung mit der verlorenen Seele fühlte sich hingegen an, als würde ich mitten in einem Schneesturm stehen und von scharfem Wind in Scheiben geschnitten werden.

»Lass ihn bloß in Ruhe«, zischte ich dem Fremden zu. Dieser hatte sich inzwischen vollständig von Nic ab- und mir zugewandt. Tränen schimmerten in seinen milchigen Augen.

O nein, nicht schon wieder ...

Geistertränen waren meine persönliche Schwäche. Denn sobald eine verlorene Seele weinte, konnte ich nicht anders als Mitleid zu empfinden. Sie wandelten teilweise schon seit Jahrhunderten oder Jahrtausenden auf der Erde, konnten sich nicht selbst aus ihrem Elend befreien und waren darauf angewiesen, dass irgendwann jemand kam und sie errettete.

Jemand, der genug Mitgefühl mit einem Toten hatte.

Jemand wie ich.

»*Bitte ... Erlöse mich. Ich kann das nicht mehr. Ich will nicht länger hier verweilen.*« Die Tränen liefen ihm nun in dünnen Rinnsalen an den Wangen hinab. Sie leuchteten in einem strahlenden Weiß und hoben sich sogar gegen die Blässe seiner Haut ab.

Ich sah mich um. Über ein Dutzend Augenpaare beobachteten mich, warteten ab. Einschließlich Nic.

Was soll ich bloß tun?

Ich musterte den armen Geist ein letztes Mal und kannte die Antwort eigentlich schon. Seufzend trat ich vor ihn, fuhr mit meinem Blick jedes Detail seines Gesichts nach. Prägte es mir genau ein.

»Ich werde dich nicht vergessen«, flüsterte ich. Ein kleines Lächeln stahl sich daraufhin auf die Lippen der armen Seele.

»Ich wurde doch schon längst vergessen. Ich weiß nicht einmal mehr, wer ich selbst einmal war.«

»Ich werde mich an dich erinnern. Ich vergesse keinen von euch. Ich behalte jeden, dem ich ins Licht geholfen habe, im Gedächtnis. Auch dich.«

Bevor ich meine eigene Entscheidung hinterfragen konnte, hob ich meine Hand. Die Nebelschatten schälten sich langsam von mir ab, als ich begann in gleißendem Licht zu glühen. Ich konnte fühlen, wie die Energiewellen durch mich wogten und ihren Weg zu meinem Gegenüber fanden. Das Licht wurde immer heller und heller, doch ich wandte mein Gesicht nicht ab. Ich durfte nicht eine Sekunde verpassen, sonst könnte es schiefgehen.

Ich legte meine flache Hand auf die Brust des Geistes. Er stieß ein gequältes Röcheln aus, als würde er versuchen, tief einzuatmen. Ich lächelte ihm besänftigend zu, bevor ich meine Hand immer stärker gegen seinen mentalen Körper presste und schließlich durch den Brustkorb in ihn eindrang. Der Vorgang verursachte kein einziges Geräusch, es war unheimlich still.

Meine Konzentration galt allein der verlorenen Seele. Meine Hand sank immer tiefer in den Geist hinein. Seine Kälte schlug mir entgegen, wütete gegen mein Licht. Doch sie hielt ihm nicht stand und konnte nichts gegen mich ausrichten.

Das Licht besiegt die Dunkelheit. Immer und immer wieder.

Und dann fühlte ich es. Sein altes, längst verstorbenes Herz. Umsponnen von Schattenfesseln, die ihn an diese Erde banden. Langsam löste ich einen Knoten nach dem anderen, indem ich sanft über jede Fessel hinwegstrich. Sie zerfielen in ihre Partikel, sobald mein Licht nahte.

Schließlich lag sein Herz frei. Es war so weit. Der wichtigste Part war gekommen.

Ich schnippte mit meinen Fingern, und als hätte ich zwei Feuersteine aneinandergeschlagen, entsprang meinen Fingerspitzen ein kleiner Funke. Ich legte ihn behutsam in das Geisterherz hinein und nährte ihn mit meinem Licht und meiner Wärme, bis er stetig heranwuchs und die Todeskälte von innen heraus vertrieb.

Langsam zog ich meine Hand zurück und sah zu, wie das Feuer der Erlösung in ihm zu lodern begann. Es erfüllte den Geisterkörper und ließ ihn noch einige Zentimeter höher über dem Boden schweben. Leuchtende Adern und Venen zogen sich unter seiner Haut entlang und er hatte das Gesicht voller Erwartung in Richtung Himmel gereckt. In seinen Augen glitzerten Tränen. Doch es waren nicht länger solche voller Trauer und Verzweiflung, sondern neu geschöpfte Freudentränen.

»*Ich danke dir, Seelenschützerin.*« Seine nun klare Stimme erschütterte mich. Mein eigenes Licht erstarb, als das seine den gesamten Raum erhellte. Eine Welle aus purem Strahlen spülte über mich hinweg, flutete mein Innerstes und erfüllte mich mit tiefer Glückseligkeit. Ich spürte, wie das Echo seines Dankes in mir widerhallte.

Nur den Bruchteil einer Sekunde später war die verlorene Seele verschwunden.

Erlöst.

Ich holte zitternd Luft und versuchte, meine Fassung zurückzuerlangen. Erst jetzt wurde mir die Gegenwart der anderen Geister wieder bewusst. Ihre gierigen und inzwischen fordernden Blicke lasteten auf mir, bedrängten mich förmlich. Das war der Grund, warum ich mich normalerweise zurückhielt. So gerne ich es auch wollte, meine Kraftreserven ließen einfach nicht zu, dass ich jedem helfen konnte.

Ich machte auf der Stelle kehrt und eilte in Richtung der Aufzüge, vor denen bereits Nic und seine Mutter warteten. Nic starrte mich fassungslos an, als könnte er nicht glauben, was ich gerade getan hatte.

Ich zwinkerte ihm zu, sobald ich nur noch wenige Meter von den beiden entfernt war. Hinter mir konnte ich überdeutlich das Rumoren der anderen verlorenen Seelen vernehmen. Derjenigen, die noch auf ihre Erlösung warteten und hofften. Ihre Verzweiflung war beinahe greifbar für mich. Sie bewegten sich auf uns zu wie eine geschlossene Wand, wie ein nahender Tsunami. Doch sie würden uns nicht kriegen. Ich legte meine körperliche Form ab und wurde wieder unsichtbar für jeden in meiner Umgebung.

Trotzdem war ich erst, als die Aufzugtüren aufschwangen und ich mich hineinbegeben konnte, in der Lage aufzuatmen. Nic hämmerte unterdessen geradezu panisch auf die Fahrstuhlknöpfe ein. Die Türen wollten sich einfach nicht schließen und die Geisterfront kam immer näher und näher. Ihre trüben Augen bohrten sich in die meinen, versuchten mich festzuhalten. Ihre klagenden Schreie und Rufe echoten in meinem leergefegten Gehirn umher, sie verlangten nach Befreiung von dieser schrecklichen Welt.

Ich war vollkommen gefangen von diesem Anblick und konnte einfach nicht wegsehen. Erst als die Türen des Fahrstuhls sich nach einer gefühlten Ewigkeit endlich schlossen, wagte ich es, meine Anspannung zu entlassen, und erlangte meine alte Entspanntheit zurück.

Geister konnten sich zwar durch Wände und Materie hindurchbewegen, doch meist verblieben die verlorenen Seelen an den Orten, wo sie sich zuletzt aufgehalten hatten. Zudem mieden sie aus einem mir unbekannten Grund metallische Gegenstände. Der Aufzug gehörte dank seinem eisernen Rahmen mit dazu.

Nic tat es mir im selben Augenblick gleich. Er schien plötzlich unendlich erleichtert und viel entspannter zu sein. Seine Mutter warf ihm einen besorgten Blick zu.

»Was hast du denn, Nic? Du siehst ja aus, als hättest du einen Geist gesehen!«

Ich musste mir ein hysterisches Lachen verkneifen.

Wenn sie wüsste ...

Fünftes Kapitel

Nic

Der Entschluss

Sobald wir das Krankenhaus verlassen hatten, konnte ich endlich wieder durchatmen. Man hatte mich in das *Ospedale di Santo Spirito in Sassia* eingeliefert, wie ich erst jetzt erfuhr. Es lag in unmittelbarer Nähe zu meiner Universität, der *La Sapienza* in Rom.

Meine Hände zitterten immer noch und vor meinem inneren Auge sah ich immer wieder, wie der Körper der einst verlorenen Seele in pures Licht explodierte. Es war ein wundervoller, aber irgendwie auch beängstigender Anblick gewesen. Ich konnte immer noch nicht fassen, dass niemand außer Lynn und mir etwas mitbekommen hatte. Schließlich hatte mein Seelenschatten etwas absolut Selbstloses getan. Sie hatte mich nicht nur beschützt, sondern diesen fremden Geist von seinem qualvollen Dasein auf der Erde befreit. Und dafür bewunderte ich sie zutiefst.

Die automatischen Schiebetüren schlossen sich mit einem leisen Zischen hinter meinem Rücken, während die Krankenschwester meine Mutter und mich noch bis zu unserem Auto begleitete. Ich ließ mich langsam aus dem Rollstuhl gleiten und stieg aus eigener Kraft ins Auto ein. Kaum ließ ich mich in den weichen Ledersitz auf der Beifahrerseite fallen, entfuhr mir ein leises Seufzen. Die nächsten Wochen würden anstrengend werden. Verdammt anstrengend.

»Jetzt sag bloß, du bist schon erledigt.« Lynn beugte sich vom Rücksitz zu mir nach vorne. Auf ihren Lippen lag ein mattes Lächeln und unter ihren Augen zeichneten sich dunkle Schatten ab. Konnte es sein, dass dieses *Leuchten,* das sie erzeugt hatte, um den Geist zu erlösen, womöglich mehr an ihren Kräften zehrte, als es zunächst gewirkt hatte?

Sie musterte mich von oben bis unten, als hätte sie meine Gedanken gehört. Ich warf einen flüchtigen Blick nach draußen, um zu überprüfen, ob meine Mutter immer noch mit der Krankenschwester sprach. Erst dann konnte ich Lynn antworten.

»Du hast mir noch einiges zu erklären, Geistermädchen«, raunte ich ihr zu und zog bedeutsam eine Augenbraue in die Höhe. Sie schmunzelte über diese Geste und lehnte sich in den Sitz zurück.

»Später. Später bekommst du alle Antworten, die du haben willst.«

Das klang tatsächlich sehr verlockend.

»Alles in Ordnung bei dir, mein Schatz?«, fragte mich plötzlich meine Mutter. Sie war um das Auto herumgelaufen und stieg nun auf der Fahrerseite ein. Wahrscheinlich wunderte sie sich darüber, dass ihr Sohn einen leeren Rücksitz anstarrte.

»Ehm, ja klar! Alles super. Ich habe nur … etwas gesucht«, verhaspelte ich mich. Hoffentlich bemerkte sie nicht die offensichtliche Röte, die mir bei dieser Notlüge augenblicklich in die Wangen schoss. Um das Ganze noch schlimmer zu machen, lachte Lynn leise vor sich hin, bevor sie flüsterte: »Du warst schon immer ein schlechter Lügner, Nicolo.«

Ich knirschte zur Antwort lautstark mit den Zähnen. Meine Mutter bedachte mich mit einem nachdenklichen Blick aus ihren dunkelbraunen Augen. In den kleinen hellgrünen Sprenkeln ihrer Iris glomm Sorge auf.

»Keine Sorge. Es ist alles in Ordnung. Ich bin bloß übermüdet. Können wir endlich nach Hause fahren?«, bettelte ich und täuschte ein Gähnen vor.

Meine Mutter hielt meinen Blick noch einen Augenblick länger fest, bevor sie ihre Hand hob und mir sanft über die Wange strich. »Du hast mir gefehlt. Ich bin so froh, dass es dir schon besser geht, Nic. Du hattest wahnsinniges Glück.«

Eine Gänsehaut schlich sich auf meine Arme. Ich spürte überdeutlich Lynns Starren im Nacken. Ein Schauder überfiel mich, bevor ich mit einem geheimnisvollen Lächeln erwiderte: »Vielleicht hatte ich auch nur einen übereifrigen Schutzgeist.«

Wir tuckerten etwa eine halbe Stunde lang durch die verwinkelten Seitengassen von Rom. Der mit unebenen Steinen ausgelegte Boden machte es unserem Auto wirklich schwer und malträtierte meinen Allerwertesten immer wieder aufs Neue. Die engen Straßen brachten meine Mutter zum Fluchen, besonders wenn uns ein Schnellfahrer entgegenkam oder ihr mal wieder die Vorfahrt genommen wurde. In dieser Stadt und insbesondere im Straßenverkehr galt das Recht des Stärkeren. Jede ungenutzte Sekunde des Vorfahrers wurde zum Überholen, Vorbeischlängeln oder Drängeln ausgenutzt, und wenn man das Pech hatte, den Überblick zu verlieren oder gar stehenzubleiben, war man geliefert und konnte damit rechnen, für unzählige Minuten nicht von der Stelle zu kommen.

Meine Mutter hatte ihr Fenster heruntergekurbelt, sodass ihr das schwarz gelockte Haar um die Ohren flatterte. Ihre olivfarbene Haut glänzte im Schein der Sonne. Sie war wirklich eine schöne Frau, doch wenn man ihr die Vorfahrt nahm, ging das südländische Temperament mit ihr durch. Sie schrie wüste Beleidigungen durch das Fenster, die ich nicht einmal im Traum auszusprechen wagte. Dabei sprach sie so schnell, dass ich schon befürchtete, ihre Zunge könnte sich verknoten.

Bei diesem Gedanken lachte ich leise in mich hinein. Meine Mutter wandte sich mir mit fragendem Gesichtsausdruck zu. Auf ihrer Stirn pulsierte eine Ader, die meine Schwester und ich die *Wutanzeige* getauft hatten. Wenn meine Mutter zornig wurde, zeigte sich diese Ader. Wenn es wirklich so weit kam, sollte man besser die Beine in die Hand nehmen und rennen. Doch heute freute ich mich sogar fast darüber, sie so zu sehen.

»Ich habe es vermisst, mit dir Auto zu fahren«, meinte ich mit einem schiefen Grinsen.

Meine Fahrerin lachte kurz auf und wuschelte mir mit ihrer rechten Hand durch die Haare. Nur eine Sekunde später trat sie mit beiden Füßen auf die Bremse und verfluchte unseren Vordermann. Ich genoss das wilde Hupen, die entrüsteten Schreie und das Geräusch der dröhnenden Motoren seltsamerweise. Sonst hatte es immer Hektik und Stress in mir ausgelöst, doch heute war ich einfach froh, dass ich überhaupt noch in der Lage war, das alles zu erleben.

Ich habe wirklich wahnsinniges Glück gehabt, dass Lynn für mich da war.

Ich warf einen Blick in den Rückspiegel, durch den man den Rücksitz beobachten konnte, doch mein Seelenschatten war in dem gespiegelten Glas nicht zu sehen. Für einen Augenblick stolperte mein Herz.

Hat sie sich etwa wieder in Luft aufgelöst?

Prüfend schaute ich über meine Schulter hinweg nach hinten. Sie war noch da. Lynn hatte es sich auf dem Rücksitz gemütlich gemacht und starrte aus dem Fenster. Ihr Blick tigerte an den hohen Fassaden der alten Gebäude hoch und blieb schließlich an den Spitzen der Häuser hängen, die in den hellblauen Himmel hineinragten. Die Sonne strich über die Dächer hinweg und erhellte ihr Antlitz.

Natürlich kann ich sie nicht im Spiegel erkennen. Sie ist ein Geist.

In diesem Moment senkte sie ihren Blick und starrte mir direkt in die Augen. In ihrem geheimnisvollen Lächeln lag ein Versprechen. Der Schwur, dass sie mir meine Fragen beantworten würde. Ich schaute sie einfach nur an, sog ihren überirdischen Anblick in mich auf, bevor sie mir zuzwinkerte und innerhalb eines Atemzugs zwischen dunklen Nebelschwaden verschwand.

Lynn

Dank der aggressiven Fahrkünste von Nics Mutter kamen wir recht zügig voran. Innerhalb einer rekordverdächtigen Zeit waren wir bis ins Stadtviertel *Monteverde* vorgedrungen. Hier lebte Nic mit seiner Familie in einem kleinen, geradezu niedlichen Haus. Die helle Fassade und die dunkelroten Ziegel strahlten Wärme und Herzlichkeit aus, als seine Mutter in der schmalen Einfahrt parkte. Kleine Palmen und Olivenbäume säumten den Vorgarten und grenzten das Grundstück von der Straße ab.

Ich ließ mich einfach durch die geschlossene Wagentür gleiten. Das Bewegen durch Materie fühlte sich so an, als würde man durch Wackelpudding waten. Langsam und geschmeidig, aber irgendwie auch zähflüssig. Ich vermied es eigentlich, mich durch Wände oder Ähnliches zu bewegen, weil es eben genau dieses unangenehme Gefühl erzeugte. Zum Glück war die Wagentür nicht dick und der seltsame Vorgang schnell vorbei.

Ich beobachtete, wie Nics Mutter ihm aus dem Wagen half und unter die Arme griff, um sein Gleichgewicht zu stabilisieren. Den Rollstuhl hatten sie im Krankenhaus gelassen, doch Nic würde ihn ohnehin nicht mehr lange brauchen. Ich konnte seine Entschlossenheit geradezu greifen. Sie glich einem angespannten Drahtseil.

Nics Vater öffnete gerade die Haustür und begrüßte seine Frau mit einem kurzen Kuss auf die Schläfe, bevor er die Reisetasche seines Sohnes aus dem Kofferraum befreite und ins Haus trug. Ehe er die Haustür hinter sich ins Schloss fallen ließ, schob ich mich schnell an ihm vorbei. Bestimmt nahm er nicht viel mehr als einen flüchtigen Luftzug wahr.

»Wir haben dein altes Zimmer ein bisschen zurechtgemacht«, meinte Nics Mutter gerade zu ihm und führte ihn zu einer Tür im Erdgeschoss. Ich konnte die Erleichterung geradezu spüren, die von Nic ausging. Vermutlich hatte er befürchtet, die steile Wendeltreppe ins Gästezimmer hinaufkraxeln zu müssen.

Zu dritt betraten wir sein altes Jugendzimmer und tatsächlich: Es hatte sich kaum etwas verändert. Natürlich war alles viel geordneter und aufgeräumter als zu seiner Zeit, doch insgesamt war alles recht gleichgeblieben.

Da war das überdimensionale *Rise Against* Poster an seiner Tür mit dem Logo der Band. Eine in die Luft gereckte Faust, umgeben von einem Kreis, der in einem Pfeil endete und in dessen Mitte ein Herz prangte. Ich mochte das Bild schon immer. Selbst nach all den Jahren, in denen ich es geradezu pausenlos angestarrt hatte, konnte ich mich an dem Motiv nicht sattsehen.

Doch ich zwang mich dazu, meinen Blick weiter wandern zu lassen. In der Ecke lag der alte Sitzsack, auf dem ich mich jahrelang nachts ausgeruht hatte. Zumindest für wenige Stunden. Immerhin musste auch ich irgendwie meine Kräfte regenerieren.

Nics Bett und sein Schreibtisch standen an den gleichen Stellen. Der einzige Unterschied zu damals bestand darin, dass sein Bett frisch bezogen und die Schreibtischplatte sichtbar war. Früher war sie mit allerlei Müll überhäuft gewesen, den ich niemals hätte sortieren können.

Erst jetzt fiel mir auf, dass wir seit Nics Auszug vor zwei Jahren, nicht ein einziges Mal diesen Raum betreten hatten. Natürlich hatte Nic seine Eltern besucht. Oft sogar. Doch niemals war er in sein altes Zimmer zurückgekehrt.

Seine Mutter half ihm gerade dabei, sich auf das Bett zu setzen, was dank seines verbundenen Arms nicht gerade einfach war. Als das Unterfangen schließlich doch glückte, atmete Nic tief durch. Sobald seine Mutter sich von ihm abwandte, wischte er sich ein paar Schweißperlen von der Stirn, um seine Überanstrengung zu überspielen.

Ich schmunzelte und konnte ihn irgendwie verstehen. Er wollte kein Klotz am Bein sein. Keine Belastung für seine Familie, ebenso wie ich keine für ihn sein wollte. Doch dann kam alles anders.

Ich blinzelte kurz, und bevor sich der Gedanke verfestigen konnte, umschwebten mich bereits die Nebelschwaden und ich wurde sichtbar für ihn. Nic warf mir einen überraschten Blick zu, als hätte er nicht damit gerechnet, mich hier zu sehen. Mein Mundwinkel zuckte nach oben.

»Mom? Könntest du Dad mit meinen Sachen helfen? Ich würde mich gerne solange ausruhen. Ich fühle mich ziemlich schlapp«, meinte Nic plötzlich.

Seine Mutter nickte eifrig und vergewisserte sich ein letztes Mal, dass es ihrem Sohn gut ging, dass genug Schmerzmittel bereitlagen und dass er es bequem hatte auf seinem frisch bezogenen Bett. Zum Glück konnte sie nicht erkennen, wie ich bei jeder Nachfrage übertrieben die Augen verdrehte. Nic konnte es allerdings. Und ich sah ihm deutlich an, dass er sich das Lachen verkneifen musste.

Als seine Mutter endlich das Zimmer verlassen hatte, ließ ich mich am Fußende seines Bettes nieder und wartete darauf, dass er endlich anfing. Ich wusste, dass ihm tausend Fragen auf dem Herzen lagen und dass er Antworten verlangte. Doch ich war mir noch nicht sicher, wie viel ich ihm tatsächlich erzählen wollte.

Nic räusperte sich kurz und setzte sich auf. »Was genau war das vorhin? Was hast du mit der verlorenen Seele gemacht, als wir im Krankenhaus waren?«

Die Antwort würde mir leichtfallen. »Ich habe sie erlöst.«

Nun verdrehte Nic die Augen, woraufhin ich ihn angrinste. »Du weißt genau, was ich meine, Lynn. Erklär es mir, bitte«, flüsterte er, vermutlich aus Angst, von seinen Eltern erwischt zu werden.

Ich seufzte auf und blickte ihn ein letztes Mal abschätzend an.

Ist er bereit für die Wahrheit?

Er hat eigentlich schon viel zu viel gesehen …

»Schutzgeister verfügen über eine besondere Gabe, die tief in ihrem Wesen, sozusagen in ihrem Kern, verankert ist. Es ist die Kraft, Erlösung und Hoffnung zu schenken. Wir vertreiben die Dunkelheit mit unserem Licht. Wir besiegen den Tod.« Ich pausierte und beobachtete gespannt, wie Nic auf meine Worte reagierte. Er schien förmlich an meinen Lippen zu hängen. »Ich habe dieser verlorenen Seele geholfen, indem ich ihr von Finsternis verseuchtes Herz geheilt habe mit meinem Strahlen. Doch das erfordert enorme Kraft und Konzentration. Ich muss mich erst wieder regenerieren und ausruhen, bevor ich das Licht wieder rufen kann.«

»Hast du mich auf diese Weise beschützt? Damals im Wohnheim, während des Feuers?«, fragte Nic vorsichtig. Ich nickte sanft.

»Ich habe das Licht in dein Herz gesandt, so lange ich konnte und bis deine Retter von der Feuerwehr da waren. Ich habe den Tod von deiner Seele ferngehalten.« Meine Stimme wurde mit jedem Wort leiser, bis sie nur noch einem Hauch glich. »Und ich würde es jederzeit wieder tun.«

Nic schien zu verstehen und betrachtete mich lange. Doch natürlich war er noch nicht am Ziel seiner Suche nach Antworten angelangt.

»Da waren so viele von ihnen. So viele Vergessene, Zurückgelassene. Werden sie je erlöst werden?« Er klang traurig, als würde er sich um die fremden Seelen sorgen. Und ich konnte es ihm nicht verdenken, am liebsten würde ich jeder von ihnen helfen.

»Nur wenn jemand so gnädig ist wie ich und ihnen den Weg weist.« Meine Antwort schien ihn für einen Moment aus der Bahn zu werfen, doch nur einen Augenblick später versteinerte sich seine Miene.

»Wir müssen ihnen helfen, Lynn. Jetzt, wo ich weiß, dass es sie gibt, kann ich nicht einfach wegsehen. Wir könnten uns zusammenschließen und sie gemeinsam erlösen. Vielleicht kann ich dir irgendwie zur Seite stehen.« Er schien tatsächlich wild entschlossen zu sein, diesen armen Kreaturen Erlösung zu schenken. Ich hingegen wusste einfach nicht, was ich auf seine Worte erwidern sollte.

»Das ist verrückt!«, meinte ich schließlich. Augenblicklich wich jede Hoffnung aus Nics Augen. Seine Iris trübte sich und seine aufrechte Haltung fiel in sich zusammen. Ich bereute meine Worte sofort. Meine Feinfühligkeit glich anscheinend der eines Steins. Die Jahre der Einsamkeit hatten eindeutig ihre Spuren an mir hinterlassen. Dabei wollte ich Nic nie wehtun. Das hatte ich mir von Anfang an geschworen. Sein Wohl stand für mich als sein Schutzpatron immer an erster Stelle.

Doch kann ich mich wirklich auf so ein Vorhaben einlassen?

Bringe ich Nic womöglich durch diesen irren Plan in Gefahr?

Aber warum sollte es für uns zusammen eigentlich nicht möglich sein, die Seelen in ihr ewiges Glück zu führen?

Vielleicht finden wir ja zusammen einen Weg …

»Wie gut, dass ich verrückte Pläne liebe«, flüsterte ich. Sofort erhellte sich Nics Miene und Hoffnung strahlte aus den goldenen Punkten seiner Iriden. Ich lächelte ihn vorsichtig an und er erwiderte es. Während ich Nic weiterhin betrachtete, schallte immer wieder der gleiche Gedanke durch meinen Kopf:

Worauf hast du dich bloß eingelassen?

Sechstes Kapitel

Nic

Das Leben wartet

Es waren bereits anderthalb Monate vergangen, in denen ich zu Hause rumgehockt und mich geschont hatte. Ich musste immer noch vorsichtig mit meinem Arm umgehen und durfte ihn nicht zu sehr belasten, da die empfindliche Hautschicht, die sich inzwischen über meinen Brandwunden gebildet hatte, jederzeit wieder aufreißen konnte.

Die ständigen Kontrollbesuche beim Arzt zehrten zudem an meinem Selbstwertgefühl. Immer wenn ich dachte, ich hätte einen riesigen Fortschritt gemacht und dem Arzt von meinen Erfolgen erzählte, grummelte dieser ein paar unverständliche Begriffe vor sich hin und verschrieb mir Schmerzmittel oder entließ mich, ohne viele Worte zu verlieren. Als würde er meinen Heilungsprozess nur protokollieren und mich nicht unterstützen wollen.

Beispielsweise hatte ich ihm vor einigen Wochen berichtet, dass ich meine rechte Hand zur Faust ballen konnte, ohne große Schmerzen zu verspüren. Für mich war das ein Wahnsinnsgefühl gewesen, da ich meinen Arm generell kaum bewegen konnte, ohne ziehende Schmerzen zu verursachen. Ein erster kleiner Schritt in die richtige Richtung. Doch der Doktor schien sich kaum darum zu kümmern und hatte sich bloß erkundigt, ob ich etwas gegen die Schmerzen bräuchte. Ich hatte in diesem Moment meine Augen so sehr verdreht, dass sie mir beinahe aus dem Kopf gefallen wären. Lynn hatte währenddessen hinter dem Arzt gestanden und musste sich ein Lachen verkneifen. Sie war für mich zu einer wirklich guten Freundin geworden, denn sie war immer da, wenn ich Hilfe brauchte.

Die Nächte waren im Gegensatz dazu furchtbar. Ich wachte oftmals schweißgebadet auf. In meinen Träumen durchlebte ich immer wieder den Moment meines Todes. Ich wurde vom Höllenfeuer verschlungen und war allein. Lynn konnte mir nicht helfen und hatte mich sterben lassen. Die Flammen tanzten auf meinem gesamten Körper und fraßen von meiner Seele. Stück für Stück nahmen sie sich immer mehr, bis nichts mehr von mir übrig blieb. Ich konnte die unsagbare Hitze spüren, die jeglichen Schweiß von meiner Haut brannte und meine Arme tiefschwarz werden ließ. Der Geruch von verkohltem Fleisch und verbrannten Haaren stieg mir in die Nase und verbiss sich in meinem Verstand, bis ich nicht mehr klar denken, sondern nur noch vor Verzweiflung schreien konnte. Erst wenn ich nichts weiter mehr war als ein schwelender Aschehaufen, konnte ich aufwachen. Das Feuer gab mich nicht eher frei.

Sobald die lichterlohen Flammen vor meinem inneren Auge verblassten, sah ich Lynns Gesicht vor mir. Sie redete beruhigend auf mich ein, während ich wie benommen in meinem Bett lag und versuchte zu verstehen, was geschehen war. Dabei berührte sie mich nie, sie setzte sich bloß an die Bettkante und sandte beruhigende Worte in mein vernebeltes Gehirn.

Du bist in Sicherheit, Nic.
Du musst dir keine Sorgen machen.
Das Feuer ist erloschen ...

Erst wenn ich die zerwühlten Laken sah und meinen schweißgebadeten Körper begutachtete, wusste ich, dass ich wieder einmal geträumt hatte. Den immer gleichen, schrecklich wahren Traum. Niemand wusste davon, außer Lynn. Und sie würde es niemandem erzählen. Nicht, weil sie nicht konnte, sondern weil sie wusste, dass ich es nicht wollte. Ihre violetten Augen zerrten mich immer wieder zurück in die Realität und dafür war ich ihr unendlich dankbar. Sie war immer da. Mein Seelenschatten.

Und heute würde ich mich mit ihrer Hilfe aus meinem Kokon befreien. Ich hatte schon viel zu lange Zeit damit verschwendet, mich zu pflegen und meinen Körper nicht zu strapazieren. Ich hatte das Haus kaum verlassen, außer für meine Arztbesuche.

Dabei hatte ich nicht unbedingt Angst vor der Außenwelt oder vor den Verletzungen, die ich mir unabsichtlich zufügen konnte, wenn ich auch nur eine Sekunde lang unachtsam war. Nein. Mir graute es davor, weitere verlorene Seelen zu sehen. Immer wenn ich die vier Wände meines Zuhauses verlassen hatte, wagte ich es kaum, den Blick vom Boden zu heben. Er klebte an den unebenen Pflastersteinen und krallte sich an meinen eigenen Füßen fest aus Angst, dass ich einen weiteren Vergessenen auf mich aufmerksam machen könnte.

Doch ab heute wollte ich mich nicht mehr verstecken. Heute würde ich mich meinen Dämonen stellen. Durch Lynn hatte ich mich verändert. Ach was, mein ganzes Leben hatte sich verändert. Ich konnte diese Tatsache nicht länger ignorieren. Es war an der Zeit, die Herrschaft über mein Schicksal zurückzuerlangen.

Ich will mich nicht länger verstecken.
Ich will endlich wieder leben.

Ich atmete tief durch. Mein Blick verweilte schon seit einer gefühlten Ewigkeit auf dem Knauf der Haustür.

»Du musst das nicht tun. Morgen ist auch noch ein Tag. Wir haben alle Zeit der Welt«, erinnerte mich Lynn. Sie versuchte meine Unsicherheit zu vertreiben und hatte sich direkt neben mir positioniert. Ihre vorsichtig gewählten Worte verrieten mir, dass auch sie langsam unruhig wurde.

»Nein. Ich muss es tun. Jetzt.« Meine Stimme zitterte ganz leicht und ich hoffte, dass sie es nicht bemerkte. Lynn sah mich mit gerunzelter Stirn an. Natürlich hatte sie es gehört. Sie hörte, sah und spürte alles, was in mir vorging, als könnte sie das Echo meiner Empfindungen wahrnehmen.

»Wie viele?«, fragte ich. Ich schluckte schwer und hielt meinen Blick wieder fest auf die Tür geheftet.

»Nicht so viele wie im Krankenhaus. Es wäre ein Wunder, wenn wir gerade überhaupt einer begegnen. Sie haben bestimmte Fixpunkte, an denen sie sich tummeln, wie das Krankenhaus oder Friedhöfe zum Beispiel. Verlorene Seelen bewegen sich nicht viel. Sie halten sich meist dort auf, wo sie eigentlich ihre letzte Ruhe hätten finden sollen«, erinnerte sie mich. Ich lauschte ihrer Erklärung und atmete tief durch. Lynn hatte mir bereits vor Wochen erzählt, dass außerhalb meines Hauses kaum Gefahren lauerten, dennoch war diese unermessliche Furcht in mir verankert. Allein die Vorstellung, dass ich irgendwann aufblickte und in tote Augen schauen könnte, trieb mir den Schweiß auf die Stirn.

»Du bist sicher, Nic. Ich bin bei dir. Dir kann nichts mehr geschehen.« Lynns Stimme war sanft und leise wie ein Windhauch, der über meine Wange streichelte.

Am liebsten hätte ich nach ihrer Hand gegriffen, doch da der Seelenschatten niemals Berührungen zuließ, entschied ich mich dagegen und ballte die Hand stattdessen zur Faust. Ich konnte das hier auch allein schaffen. Wenn ich mich nicht selbst aufrappeln konnte, wer sollte es denn sonst für mich tun? Die Initiative musste von mir ausgehen. Meine Familie konnte mir noch so sehr den Rücken stärken, Lynns Worte konnten noch so aufbauend sein. Am Ende stand ich doch allein für mich ein. Ich musste es mir selbst beweisen.

Ich bin stark.
Ich bin mutig.
Ich kann das schaffen.

Bevor ich meine Entscheidung noch bereuen konnte, griff ich entschlossen nach dem Knauf und riss die Holztür auf. Sonnenstrahlen blendeten mich. Ein süßer Duft schlug mir entgegen, ebenso wie eine leichte Sommerbrise.

Das Leben erwartete mich bereits.

Lynn

Ich konnte die Furcht von seinem Gesicht ablesen. Ich sah das Zittern seiner Pupillen, die durch seine Nervosität bis in seine Augenwinkel getrieben wurden. Nics Körper verfiel in eine Starre, als sei er mit eiskaltem Wasser übergossen worden. Niemand von uns beiden regte sich. Es wirkte fast so, als sei die Zeit stehen geblieben.

Die Sekunden zogen sich immer länger und wurden schließlich zu Minuten. Die Zeiger der Zeit tickten erbarmungslos voran, zeichneten jeden Augenblick auf, in dem Nic zweifelte. Dabei wusste ich, dass er das hier schaffen konnte.
Er muss bloß an sich selbst glauben.
Er hat die Kraft, um das Leben zurückzuerobern.
Er darf jetzt nicht aufgeben ...
Meine Fingerspitzen kribbelten vor Anspannung. Am liebsten hätte ich seine Hand genommen und ihn über die Türschwelle geführt. Doch Berührungen waren einem Schutzgeist strengstens untersagt. Man wusste schlichtweg nicht, was sie mit den Menschen anrichteten und welchen Schaden sie in ihrer Seele hinterließen.
Damals, kurz nach seinem Unfall, hatte ich ihn geküsst. Das war das einzige Mal, dass ich eine Berührung tatsächlich gefühlt hatte. Mein ganzes Empfinden hatte sich in meinen eigentlich nicht existenten Lippen versammelt, die seinen Mund versiegelt hatten. Mein gesamter Körper war wie elektrisiert gewesen. Die Spannung hatte in mir getanzt und ein Knistern in meinen Gedanken erzeugt. Beinahe hatte ich damit gerechnet, dass zwischen uns ein Blitz einschlug. Und obwohl es sich so unfassbar real angefühlt hatte, war es nicht echt gewesen. Wir hatten uns beide auf einer mentalen Ebene befunden. Es war eine spirituelle Begegnung gewesen.
Ein unechter Kuss, der ihm das Leben zurückgeschenkt hat.
Eine geistige Berührung, die ihn aus dem Tod erwachen ließ.
Ich wurde jäh aus meinen kreisenden Gedanken gerissen, als sich Nic aus seiner Starre löste. Er bewegte sich zuerst nur langsam, beinahe zögernd auf die Türschwelle zu. Als er schließlich genau auf der Grenze zwischen der Außenwelt und seinem Heim stand, hob er den Blick. Ich stellte mir vor, wie er die Welt nun wahrnehmen musste. Die Mittagssonne stand im Zenit und brannte auf die Welt hinab. Der gut gepflegte Vorgarten erstrahlte im besten Licht und leuchtete in sattem Grün. Die Sprinkleranlage ließ Wasserstaub durch die Luft schweben, sodass sich die Sonnenstrahlen in den Abertausenden kleinen Tropfen brachen und bunte Reflexionen in den Himmel warfen.
Die Welt zeigte sich von ihrer schönsten Seite. Und selbst als ich gezielt die gesamte Umgebung absuchte, konnte ich keine verlorene

Seele entdecken. Es gab keinen Grund sich zu fürchten und das schien auch Nic endlich zu realisieren.

Die Anspannung fiel von seinen Schultern, als sei ihm ein Zentner Ballast abgenommen worden. Die durch die Nervosität hervorgetretenen Adern und Venen auf seinen Armen waren inzwischen beinahe wieder verschwunden. Ich bildete mir ein zu hören, wie sich sein Herzschlag wieder beruhigte.

Auch ich konnte mich endlich wieder entspannen. Es gab keinen Grund zur Beunruhigung. Das hier war der erste Schritt in ein neues Leben. Das Leben nach dem Unfall.

Das Leben nach seinem ersten Tod.

Meine Schutzseele konnte sich endlich wieder frei bewegen und in ihr altes Leben zurückkehren. Schon bald wäre Nic wieder an der Uni und würde weiterstudieren. Er könnte jemand besonderen kennenlernen, ein glückliches Leben führen. Vielleicht vergaß er dann auch endlich sein Vorhaben, den verlorenen Seelen helfen zu wollen. Und ich wünschte ihm sein persönliches Glück so sehr. Selbst wenn das bedeutete, dass ich mich dann zurückziehen müsste.

Dieser Gedanke trieb dunkle Wolken über mein eigentlich sonniges Gemüt. Ich hatte Nic zwar bei seiner Genesung helfen können, doch ich würde für ihn nie mehr sein als ein Schutzgeist. Ich war nicht real. Keine echte Freundin, sondern bloß ein Anhängsel.

Ich versuchte mir bloß nicht anmerken zu lassen, was in meinem Kopf gerade vorging. Sobald Nic vollständig geheilt war, würde ich mich wieder in die Schatten zurückziehen müssen. Ich durfte ihm nicht im Weg stehen, wenn er sein Leben in den Griff bekam. Meine Anwesenheit machte alles unnötig kompliziert für ihn und auch für mich.

Wie soll es also weitergehen mit uns?

Ganz ehrlich? Ich wusste es nicht.

Ich war mir nur einer Sache völlig sicher: Ich werde für immer an Nics Seite sein. Ob als Freundin, Seelenschatten oder als vergessener Geist. Ich würde immer für ihn da sein. Immer. Die Verbindung zwischen uns war nicht zu durchtrennen. Unsere Seelen waren aus den gleichen Fäden gewoben.

Ich beobachtete Nic dabei, wie er langsam einen Fuß vor den anderen setzte und sich aus dem Haus wagte. Ich folgte ihm mit ein wenig Abstand. Er verharrte einige Sekunden auf dem schmalen Weg, der von der Einfahrt zur Haustür führte, und nahm die ganzen Eindrücke in sich auf. Ich versuchte mich in ihn einzufühlen. Ich wollte verstehen, was er gerade empfand. Ich schloss die Augen und ließ das Sonnenlicht über mein Gesicht fließen. Die Enttäuschung darüber, dass ich rein gar nichts fühlte, stellte sich nur wenige Sekunden später ein. Ich war ein Geist. Kein Mensch. Und genau deshalb würde ich nie erfahren, wie sich Sonnenstrahlen auf der Haut anfühlten oder das Gras unter meinen Füßen. Blinzelnd kam ich wieder zu mir und folgte Nic, der sich nun mit immer schnelleren Schritten auf die Straße zubewegte.

Er tat es wirklich! Er holte sich die Kontrolle über sein Leben zurück.

Ich kam gerade neben ihm zum Stehen, als Nic sich ratlos umsah. Sobald sich unsere Blicke trafen und ineinander verhakten, musste ich lächeln. Auch Nics Mundwinkel wanderten nach oben. Seine Augen leuchteten in freudiger Erwartung. Sofort drängte ich die Enttäuschung über meine Unmenschlichkeit zurück. Das hier war wichtiger.

»Wir könnten für den Anfang bis zur Kreuzung und wieder zurückgehen«, schlug ich vor. In meinen Füßen vibrierte die Vorfreude. Ich konnte es gar nicht erwarten, mit ihm zusammen die Straße entlangzulaufen und alles neu zu entdecken.

»Warum eigentlich nicht?« Seine raue, tiefe Stimme schien in meinem Inneren widerzuhallen.

Und so beschritten wir in gemächlichem Tempo unseren Weg. Es war nicht weit bis zur Kreuzung, vielleicht ein paar Hundert Meter. Haushohe Palmen säumten den Weg und spendeten uns einige schattige Momente, bevor die Sonne wieder auf unsere Häupter brannte. Die Luft war schwer und stickig, doch daran waren sowohl Nic als auch ich inzwischen gewöhnt. In Italien war es in der Sommerzeit teilweise so heiß, dass es einem die Schuhsohlen beim Begehen der Pfade wegbrennen konnte. Zumindest sagte das Nics Mutter immer, wenn die Sommerhitze mal wieder unerträglich wurde.

Wohnhäuser standen neben der Straße, welche aus unebenen Pflastersteinen bestand. Hin und wieder ratterte ein Auto an uns vorbei. Die Karosserien wurden hier ordentlich durchgeschüttelt.

Doch dann erahnte ich sie. Die Präsenz eines anderen Geistes. Ich nahm die Kälte der vergessenen Seele so überdeutlich wahr, dass ich für einen kurzen Moment die Kontrolle verlor und meine Umrisse zu flackern begannen.

»Wir sollten umdrehen«, wisperte ich. Und obwohl ich viel zu leise gesprochen hatte, verstand Nic.

»Ist es eine von *denen*?«, fragte er. Ich nickte zögerlich in der Hoffnung, wir würden auf der Stelle umdrehen und wieder heimkehren. Ich empfand keine Angst um mein eigenes Wohlergehen. Stattdessen sorgte ich mich um Nic. Ich wusste nicht, wie er eine Begegnung mit einer verlorenen Seele verkraften würde, so kurz nachdem er sich zum ersten Mal seit langem aus dem Haus getraut hatte. Er könnte sich wieder verkriechen und vor der Welt verstecken, obwohl er gerade erst aus seinem Kokon ausgebrochen war. Und das wollte ich keinesfalls.

Doch ich hatte mich anscheinend verschätzt. Statt Verunsicherung glitzerte Tatendrang in den Augen meines Gegenübers.

»Nic? Was hast du vor?« Ich konnte spüren, dass er etwas im Schilde führte. Allein die Tatsache, dass wir uns noch nicht auf dem Rückweg befanden, sprach für sich.

»Ich werde mich meiner Angst stellen. Ich werde nicht mehr weglaufen, das habe ich lange genug getan. Ab heute beginnt ein neues Leben. Ein Leben ohne Furcht.« Er sah mich entschlossen an und seine Worte bohrten sich tief in mein Gedächtnis. Ich bewunderte seinen Mut und seine Entschlossenheit. Und doch war ich der Überzeugung, noch nie etwas Dümmeres gehört zu haben. In meiner Zeit als Schutzgeist habe ich nämlich eine Sache gelernt: Wenn Menschen sich etwas in den Kopf setzten, zogen sie es in den meisten Fällen auch durch. Egal wie gefährlich oder riskant es zu sein schien.

In mir herrschte völliges Chaos. Ich konnte mich einfach nicht entscheiden und fühlte mich wie in zwei Hälften geteilt, die miteinander konkurrierten. Die eine rief mir konstant zu, dass ich damit seine geistige Gesundheit riskierte und ihn in Gefahr brachte. Doch die andere Hälfte redete mir ein, dass er nur so seine Angst besiegen konnte. Ich würde ihn irgendwann vielleicht nicht mehr vor den verlorenen Seelen beschützen können, und wenn es so weit kam, musste Nic auf sich selbst aufpassen können.

Deshalb sah ich entschlossen zu ihm auf und sagte mit fester Stimme: »Dann lass uns gehen.«

Siebtes Kapitel

Nic

Die erste Rettung

Ich atmete tief durch.

Was würde mich erwarten, wenn ich weiterging?

Sollte ich mir ernsthafte Sorgen machen?

Lynns Gesichtsausdruck hatte schon Bände gesprochen. Sie wollte offensichtlich nicht, dass wir diesem Geist über den Weg liefen. Aber ging es ihr dabei wirklich um die verlorene Seele, die wir finden würden, oder vielmehr um meine eigene Gesundheit?

Hält sie mich etwa für zu schwach?

Meint sie, diese Begegnung könnte mich brechen?

Während ich meine Schultern straffte, atmete ich noch einmal tief durch. Sauerstoff strömte durch jede Pore in meinem Körper, in jedes Pochen meines rasenden Herzens und in jede Gehirnwindung, die gerade auf Hochtouren lief.

Ich sollte das nicht tun. Ich sollte das *wirklich* nicht tun. Mein Verstand schrie mich förmlich an und verlangte, dass ich einen Rückzieher machte. Ich würde keinen Rückschritt mehr machen. Ich würde nur noch geradeaus gehen.

Eine Konfrontation mit einer verlorenen Seele stand mir früher oder später sowieso bevor.

Warum soll ich mich länger verstecken?

Ich öffnete die Lider und begegnete Lynns klarem Blick. In ihren violetten Augen schlummerten Geheimnisse, die ich womöglich nie ergründen würde. Sie wusste so viel mehr über diese Welt als ich. Ach Quatsch! Sie wusste mehr über das ganze verdammte Universum als ich oder sonst irgendjemand auf dieser Erde.

Entschlossen nickte ich ihr zu und versuchte, so viel Selbstsicherheit wie möglich mit meiner Haltung auszustrahlen.

Ich streckte den Rücken durch und ließ die Schultern kreisen, um die Anspannung loszuwerden. Doch die Nervosität hatte sich in meine Muskeln verbissen und ließ einfach nicht locker. Wie ein Parasit hatte sie sich in mir eingenistet und fraß nun an meiner Zuversicht. Hoffentlich war das alles eine gute Idee.

Erst jetzt merkte ich, was für ein nervliches Wrack ich gerade war. Meine Fingerspitzen kribbelten ohne Unterlass, sodass ich begann mit ihnen zu schnippen. Das Blut zirkulierte durch meinen Körper und mein Herz pumpte immer schneller. Schließlich begannen wir weiterzulaufen. Einen Schritt nach dem anderen. Einatmen. Ausatmen.

Wir waren nur noch etwa zehn Meter von der Kreuzung entfernt, als ich es spürte. Ein Prickeln zog sich von meinem Nacken an meiner Wirbelsäule hinab und erzeugte an meinem ganzen Körper eine unangenehme Gänsehaut.

Obwohl es Hochsommer war, umspielte mich mit einem Mal eine kühle Brise. Die Kälte floss wie Wasser über meine Haut hinweg und sickerte bis tief in mein Innerstes hinein, sodass ich sie schließlich auch in meinen Knochen spürte. Ich strich mir mit den Händen über die Oberarme und versuchte, die Kühle so von meiner Haut zu wischen, doch mit jedem Schritt, den wir näher an die Kreuzung herantraten, verstärkte sich das unangenehme Gefühl. Ich konnte nichts dagegen tun.

Und dann hörte ich eine Stimme. Eine Kinderstimme.

»Kann mir jemand helfen? Bitte, ich brauche Hilfe!« Ein leises Weinen mischte sich unter die geschluchzten Worte. Das Geräusch drang mir durch Mark und Bein. Es klang so hilflos, so verzweifelt. Mein Herz wurde schwer vor Trauer. Als wäre es mit Beton übergossen worden.

In diesem Moment fasste ich einen Entschluss. Ich würde der Seele helfen. Ich würde ihr nicht nur gegenübertreten und meine Angst besiegen, sondern ihr auch ins Jenseits verhelfen. Das Wesen schien mindestens genauso verzweifelt zu sein wie ich. Wir fürchteten uns beide. Niemand von uns hatte etwas zu verlieren.

Ich warf Lynn einen schnellen Seitenblick zu. Sie lächelte mich aufmunternd an.

»Ich bin für dich da, Nic. Ich werde dich nicht allein lassen«, flüsterte sie. Ihre Finger zuckten, als wolle sie mich berühren. Doch sie hielt sich weiterhin zurück.

Ohne auf ihren Zuspruch einzugehen, trat ich noch ein paar Schritte vor, bis ich sie sehen konnte. Die verlorene Seele.

Es war ein kleiner Junge im Alter von höchstens sechs Jahren. Sein pausbackiges Gesicht und die lockigen braunen Haare sahen vollkommen gewöhnlich aus. Bis ich seine Augen sah. Sie wirkten geradezu unnatürlich groß, da der Junge sie vor Schreck weit aufgerissen hatte. Der milchig weiße Farbton ließ mich einen Schritt zurückweichen. Er war tot. Daran musste ich mich immer wieder erinnern.

In seinen Armen hielt das Kind einen Stoffhasen fest umklammert. Auf dem weichen Stoff erkannte ich dunkelrote Flecken. Blut. Das war eindeutig getrocknetes Blut.

Ich schluckte schwer und ließ mir Zeit, um das Bild des Jungen zu verarbeiten. Seine Umrisse leuchteten in kühlen Farbtönen.

Als ich meinen Blick weiter an seiner Gestalt hinuntergleiten ließ, bemerkte ich, dass er keine Schuhe trug. Doch das war auch gar nicht nötig, da er einige Zentimeter über dem Boden schwebte. Seine Fußspitzen würden nie wieder den Asphalt unter ihm berühren.

Bis jetzt hatte er weder Lynn noch mich bemerkt.

Ich kann immer noch umkehren und einfach wieder zurückgehen.

Niemand würde mich dafür verurteilen.

Niemand würde jemals von mir verlangen, dass ich einem toten Kind half.

Doch ich würde ihn nicht vergessen. Das Bild des kleinen Jungen hatte sich bereits nach so kurzer Zeit in mein Gedächtnis gebrannt. Ich konnte seine Verzweiflung spüren, als wäre es meine eigene. Mein ganzer Körper zitterte aufgrund der Kälte, die er ausstrahlte.

Ich war es ihm schuldig. Niemand sonst konnte ihn sehen oder wahrnehmen, abgesehen von Lynn. Kein anderer Mensch würde ihm helfen. Das war meine Aufgabe.

Ich schüttelte die Furcht von mir ab wie ein lästiges Insekt und versuchte, meine Vorbehalte dem Geist gegenüber zu vergessen. Zugegebenermaßen war meine erste Begegnung mit einer verlorenen Seele nicht gerade optimal abgelaufen, doch das bedeutete ja nicht, dass sie alle gleich waren. Das hier war bloß ein Kind. Es konnte mich nicht verletzen.

Also ging ich auf den kleinen Jungen zu.

Seine Wangen wurden von einem durchsichtigen Netz aus Tränen bedeckt, während er mit leiser Stimme immer wieder »*Mama! Mama, wo bist du?*« flüsterte.

Die Worte wurden von den lauten Motorengeräuschen verschluckt. Ein Motorrad röhrte direkt an der Kreuzung, während zeitgleich der Motor eines Autos aufheulte, das gerade anfuhr. Es war eine der Hauptkreuzungen in unserem Wohngebiet, sodass hier zu jeder Tageszeit viel Verkehr herrschte. Doch ich versuchte, die störende Geräuschkulisse auszublenden, während ich mich auf den Jungen zubewegte.

Sobald ich nur noch wenige Schritte von ihm entfernt war, blickte er zu mir auf. Das Kind reichte mir gerade mal bis zur Hüfte. Ich warf dem kleinen Jungen ein vorsichtiges Lächeln zu. Ungläubig starrte er mich an. Und so verharrten wir. Wir standen beide vollkommen still und beobachteten einander schweigend.

Das taten wir so lange, bis sich das Kind mit dem Arm über die Nase wischte und lautstark schniefte, als würde es weitere Tränen zurückhalten.

»*Du kannst mich sehen?*«, fragte es vorsichtig. Ich nickte bloß zur Antwort. Mir war es ehrlich gesagt immer noch nicht ganz geheuer, mit einem Geist zu sprechen, abgesehen von Lynn. Sie war die Ausnahme dieser Regel.

»*Das konnte niemand vor dir. Als sei ich unsichtbar.*«

Der Junge beobachtete nun die an ihm vorbeiziehenden Autos. Natürlich hatte bisher keiner der Fahrer auf ihn reagiert. Schließlich konnten sie ihn nicht sehen.

»Soll ich das hier übernehmen?«, fragte Lynn vorsichtig hinter mir. Als ich mich umwandte, erkannte ich, dass sie sich wieder unsichtbar gemacht hatte. Das tat sie immer, wenn sie die Präsenz anderer Geister spürte. Ich schüttelte leicht mit dem Kopf.

»Sag mir einfach, was ich tun soll«, antwortete ich im Flüsterton, um die Aufmerksamkeit des Kindes nicht auf meinen Schutzgeist zu lenken.

»Du musst ihm sehr nahekommen. So nah, dass du ihn berühren kannst. Weise ihm den richtigen Weg.« Lynns Worte ergaben in meinen Ohren kaum Sinn. Doch ich konnte nicht mehr nachhaken, was sie damit meinte, da die Aufmerksamkeit des Jungen von den Autos nun auf mich zurückschwenkte.

Ich räusperte mich kurz, als hätte ich mich bloß verschluckt, anstatt mit meinem Schutzgeist zu sprechen.

»Was ist denn passiert? Kannst du dich an etwas erinnern?«, fragte ich vorsichtig und kniete mich hin, damit ich mit ihm auf Augenhöhe war.

Für die Passanten und vorbeifahrenden Autofahrer musste es bestimmt seltsam aussehen, wie ich hier mit dem Nichts redete. Sie hielten mich garantiert für einen Verrückten. Doch das war mir herzlich egal.

»*Mama hat mich vom Kindergarten mit dem Auto abgeholt. Und wir haben uns gestritten. Meinst du, meine Mama ist sauer auf mich und hat mich deswegen hier allein gelassen?*«

»Das glaube ich nicht. Deine Mama hat dich bestimmt wahnsinnig lieb.«

Der Junge schniefte ein weiteres Mal und endlich versiegte die Quelle seiner Tränen. Er schaute mich hoffnungsvoll an.

»*Meinst du echt?*«, hakte er noch ein weiteres Mal nach.

»Auf jeden Fall. Aber sag mal, worüber habt ihr euch denn gestritten?« Ich widerstand der Versuchung dem kleinen Kind über den Arm zu streichen und behielt meine Finger lieber vorerst bei mir.

»*Sie war sauer, weil ich meinen Anschnallgurt gelöst habe, und hat sich sehr aufgeregt. Und dann war da dieser Knall.*«

»Ein Knall?«

»*Ja. Es war unglaublich laut! Ich musste sogar die Hände auf meine Ohren halten. Und dann war da so ein Knirschen. Es hat total eklig geklungen. Und zum Schluss habe ich nur noch ein Knacken gehört, bevor kurz alles schwarz wurde.*«

Ich schwieg betroffen bei den Worten des Jungen. Das klang verdächtig danach, dass er in einen Autounfall geraten war. Und wenn es tatsächlich stimmte, dass er nicht angeschnallt gewesen war, könnte der Unfall der Grund seines Todes sein. Dieses Knacken, das er beschrieben hatte ... war das vielleicht sein gebrochenes Genick gewesen? Der letzte Laut, den er in seinem Leben gehört hatte.

»Was kam nach der Dunkelheit?«, fragte ich nun zaghaft.

»*Ich bin hier aufgewacht. Keiner war da. Meine Mama war weg. Und Bella auch.*«

»Bella?« Diesen Namen hatte er vorher garantiert nicht erwähnt.

»*Meine beste Freundin. Mama sagt, ich bilde sie mir nur ein, doch das kann gar nicht sein. Sie ist immer da und spielt mit mir. Sie war auch in dem Auto. Geht es ihr gut?*« Die Augen des Jungen wurden immer größer, geradezu flehend. Und da verstand ich. Bella war seine Lynn. Sein Schutzgeist, sein Seelenschatten. Sein Schutzgeist hatte ihn verlassen. Wandelte er vielleicht deshalb noch auf der Erde?

»Bella ist jetzt an einem anderen Ort. Doch ich bin mir sicher, dass es ihr gut geht.«

»*Ganz sicher?*«

»Ganz sicher.« Ich lächelte ihn vorsichtig an. »Willst du zu ihr?«

Das Kind nickte eifrig und aus einer Intuition heraus hielt ich ihm meine Hand hin. Ohne zu zögern, griff der Junge zu. Beinahe wäre ich vor der Berührung zurückgeschreckt aufgrund der stechenden Kälte, die von seiner Haut ausging. Doch ich beherrschte mich.

»Schließ deine Augen«, flüsterte ich und der Junge tat wie geheißen. »Konzentrier dich auf Bella, ruf nach ihr. Sie wird dich hören. Du musst dich nur genug anstrengen.«

Einige Sekunden lang geschah gar nichts. Die Augen des Jungen bewegten sich hektisch hinter seinen Lidern und ich konnte die verzweifelten Rufe, die er innerlich aussandte, beinahe hören. Doch das Kind blieb völlig still, während meine Unruhe ins Unermessliche wuchs.

Ich war gerade drauf und dran, Lynn um Hilfe zu bitten, als die Luft neben dem Jungen zu flirren begann. Es wirkte so, als würde sich das Licht an dieser Stelle brechen. Es erinnerte mich an Sonnenstrahlen, die sich auf Wassertropfen brachen und bunt schillernde Reflexionen in die Luft warfen. Die Umrisse einer Gestalt wurden sichtbar, doch mehr auch nicht.

Nur einen Augenblick später öffnete der Junge seine Augen und ließ den Blick suchend umherschweifen. Er blieb schließlich an dem seltsamen Lichtwesen hängen.

»Bella?«

Ein hoher Klang ging von dem Wesen aus, beinahe wie von einem Glockenspiel. Als hätte es dem Kind geantwortet. Und obwohl ich kein Wort verstand, schien der Junge zu wissen, was zu tun war. Er ließ meine Hand los und streckte sie stattdessen der Gestalt hin.

Ich hielt angespannt die Luft an.

Was wird jetzt geschehen?

Einen Wimpernschlag später bewegte sich auch die fremde Lichtgestalt. Sanfte Strahlen umhüllten zunächst nur die Hand des Geisterjungen. Doch sie bahnten sich ihren Weg immer weiter. In dünnen Flüssen schlängelte sich das Licht über ihn hinweg, bis es ihn vollkommen umhüllte und erfüllte. Schließlich leuchtete der Junge vor mir so hell, dass ich mehrmals blinzeln musste, um seine Silhouette überhaupt noch zu erkennen.

Ich konnte vor mir nicht mehr bloß einen, sondern zwei kleine Körper erahnen, die in goldenes Licht getaucht wurden und sich an den Händen hielten. Ihre Wärme sickerte durch meine Haut in mein Innerstes und ließ mein Herz aufgeregt höherschlagen.

Die Luft um sie herum begann zu flirren und das Licht löste sich langsam in dünner werdende Leuchtfäden auf, die schlierenartig in den Himmel stiegen. Ich verharrte in meiner knienden Position, bis auch die letzte Lichtspur der beiden Gestalten in den Himmel aufgestiegen war.

Die verlorene Seele war verschwunden. Ich hatte ihr Frieden geschenkt.

Lynn

Ich kann es nicht fassen!
So etwas habe ich noch nie gesehen!

Eigentlich war ich davon ausgegangen, dass Nic sich bloß mit dem kleinen Jungen ein bisschen auseinandersetzen wollte, um seine Angst gegenüber den Geistern einzudämmen, doch wer hätte denn ahnen können, dass er in der Lage sein würde, dem Kind inneren Frieden zu schenken? Und das ganz ohne übernatürliche Gabe! Ich hatte ja nicht einmal gewusst, dass es Menschen überhaupt möglich war, einer verlorenen Seele zu helfen. Allerdings war ich zuvor auch noch keinem Menschen begegnet, der Tote sehen konnte.

Ich beobachtete, wie die letzten Lichtfetzen im wolkenfreien Himmel über Rom verschwanden und Nic sich langsam wieder aufrichtete. Bis jetzt war immer ich diejenige gewesen, die den Vergessenen ihre langersehnte Erlösung geschenkt hatte.

»Und wie war ich?«, fragte Nic mit einem schelmischen Grinsen auf den Lippen. Erst jetzt wurde mir bewusst, dass der Schleier der Unsichtbarkeit von mir gefallen war.

»Das war einfach unglaublich! Ich wusste gar nicht, dass so was möglich ist. Du hast einer verlorenen Seele geholfen und das, obwohl …«

»… obwohl ich nur ein Mensch bin«, brachte er meinen Satz zu Ende. Ich starrte ihn immer noch fassungslos an.

»Das war so ein berauschendes Gefühl, Lynn. Ich habe diesem Jungen tatsächlich helfen können.« Seine Augen strahlten vor Freude und ich konnte einfach nicht anders. Meine Mundwinkel wanderten wie von selbst nach oben.

»Du warst wirklich genial«, gestand ich mir ein.

»Zwar verfüge ich nicht über so coole Superkräfte wie du, aber anscheinend haben meine Worte etwas in ihm ausgelöst.«

»Die Vergessenen wollen erhört werden. Sie wollen in Erinnerung bleiben, das ist es, was sie schlussendlich erlöst«, wisperte ich. Die Worte wogen schwer auf meiner Zunge aufgrund ihrer großen Bedeutung. »Das hast du diesem Kind vermittelt. Verständnis.«

Mein Gegenüber nickte. Er hatte seine Stirn in Falten gelegt, als würde er über etwas nachdenken.

»Es gibt so viele von ihnen. Von den Verlorenen und Vergessenen«, murmelte er. »Ich muss ihnen helfen. Es muss doch möglich sein, ihnen Frieden zu schenken. Niemanden sonst scheint es zu interessieren.«

»Ganz langsam!« Ich bremste Nic ja nur ungern aus, doch meinte er mit seinen Worten etwa ... »Willst du mir gerade sagen, du willst dein Leben den Geistern verschreiben?«

»Ich will sie aufspüren, ihnen helfen. Ich weiß, ich kann nicht jeden retten, doch ich muss es einfach versuchen.« Die Zuversicht in seiner Stimme wogte in einer Welle der Begeisterung und Euphorie über mich hinweg.

Könnte das wirklich klappen?

Nic wusste nicht einmal ansatzweise, worauf er sich einließ. Er würde sein Leben für die Toten leben. Doch das selbstsichere Lächeln und das abenteuerlustige Funkeln in seinen Augen versprachen mir, dass dies alles in seinem Willen geschah. Er wollte das hier. Und nichts anderes.

Diese Entscheidung war jedoch erst der Beginn unserer Reise ...

Teil 2

Achtes Kapitel

Nic

Ein Jahr später

Seit meiner ersten Seelenrettung war so unfassbar viel Zeit verstrichen. Und es hatte sich viel geändert. Die Nahtoderfahrung, das Feuer und der Aufenthalt im Krankenhaus hatten mein gesamtes Leben umgekrempelt. Die Flammen hatten nicht nur bleibende Narben auf meiner Haut hinterlassen, sondern auch Teile meiner Seele versengt. Jeden Tag, wenn ich in den Spiegel blickte, sah ich das vernarbte Gewebe, das sich in dicken Striemen bis auf meinen Brustkorb hinabschlängelte. Der Anblick versetzte meinem Herzen jedes Mal einen schmerzhaften Stich, denn er erinnerte mich immer wieder daran, was für ein Leben mir durch den Unfall verwehrt geblieben ist.

Das Feuer hatte mir vieles genommen, doch es hatte mir auch jemanden geschenkt: Lynn. Seitdem es sie an meiner Seite gab, hatte sich mein Fokus auf andere Dinge verlagert.

Vor einem Jahr waren meine Ziele noch ein guter Studienabschluss gewesen, ebenso wie ein vernünftiger Job und vielleicht irgendwann in ferner Zukunft das Gründen einer Familie.

Doch ihre Gegenwart erinnerte mich tagtäglich daran, dass es eine Parallelwelt voller paranormaler Wesen neben der unseren gab, von der niemand etwas wusste. Niemand, außer ihr und mir. Wir konnten sie sehen. Jeden Tag.

Was hätte ich tun sollen?

Ich konnte die Gestalten schließlich unmöglich für den Rest meines Lebens ignorieren.

Mir blieb also die Wahl: Ich konnte mich durch die Gegenwart der Geister beeinflussen lassen, indem ich ihnen aus dem Weg ging oder womöglich sogar floh. Doch wer wollte schon sein ganzes Leben auf der Flucht sein?

Also traf ich eine andere Entscheidung. Damals entschloss ich mich dazu, mich meinen Ängsten zu stellen. Sobald ich gemerkt hatte, dass ich dem kleinen Geisterjungen mit meinen Worten und Taten wirklich helfen konnte, schien etwas in meinem Inneren an seinen richtigen Platz zu rücken. Als hätte ich ein fehlendes Puzzlestück gefunden, das mich nun vollständig machte.

Ich will den Seelen helfen, die auf dieser Erde gefangen sind.
Ich will mich an die Vergessenen erinnern.
Ich will die Verlorenen finden und ihnen den rechten Weg weisen.

Und so hatte alles begonnen. Seit diesem Moment schaute ich nicht mehr weg, sondern hal£, wo ich nur konnte. Mit Lynn an meiner Seite begab ich mich noch mehrmals auf die Suche nach verlorenen Seelen, um zu wiederholen, was ich mit dem kleinen Jungen getan hatte.

Mein Schutzgeist blieb immer bei mir und ließ mich meinen eigenen Weg finden. Sollte die Situation dennoch zu brenzlig werden, griff Lynn ein und brachte den Frieden zu den Untoten, indem sie ihr Herz mit Licht und Hoffnung erfüllte.

Während Lynn ihre übernatürlichen Fähigkeiten zur Verfügung hatte, musste ich mich auf die Kraft meiner Worte verlassen. Nach einigen Aufeinandertreffen mit sehr widerspenstigen und aufdringlichen Geistern entschloss ich mich dazu, mein Repertoire ein wenig aufzurüsten.

Zuerst war ich zu Hause ausgezogen und hatte mir eine kleine Wohnung etwas außerhalb von Rom gesucht. Lynn hatte mir erklärt, dass verlorene Seelen auf bestimmte Materialien und Kräuter beziehungsweise Gerüche abweisend reagierten. So waren sie beispielsweise leicht mit einem Stück Eisen abzuwehren. Sie selbst vertrug das Material zum Glück viel besser und hatte keine Probleme damit. Vermutlich, weil sie ein Schutzgeist war und keine bösen Energien in sich trug wie die Untoten.

Nur wenige Wochen nach meinem Auszug ließ ich mir zwei Dolche aus Eisen fertigen, um mich immer wehren zu können, falls es nötig sein sollte. Dazu suchte ich einen speziellen Schmied auf, der sich auf das Kaltschmieden spezialisiert hatte. Während einer Beratungssitzung hatte er mir erklärt, dass kaltgeschmiedete Waffen, also solche, die lediglich durch das Hämmern des Materials angefertigt wurden, in der frühen Eisenzeit zum Schutz gegen Geister und Feen verwendet wurden. Ich lächelte höflich und versuchte mir nicht anmerken zu lassen, wie nah seine Worte an die Wahrheit heranreichten.

Die Dolche wogen schwer in der Hand und waren zu Beginn nicht leicht zu führen. Doch ich übte jeden Morgen und jeden Abend meine Hiebe. Nach und nach perfektionierte ich die Abwehrhaltungen und meine Verteidigung. Es gab zwar noch eine Menge zu lernen, doch ich wurde mit jedem Mal besser.

Nach einigen Wochen hatte sich Lynn an meinem Training beteiligt. Sie trainierte mit mir zusammen Ausfallschritte, versteckte Angriffe und Überwältigungen. Schließlich waren wir sogar so weit gegangen, dass wir gegeneinander kämpften. Wir hatten alle Möbel an die Wände geschoben, sodass in dem Zimmer meiner Wohnung genügend Platz war, um sich verteidigen, angreifen und ausweichen zu können.

Zunächst war ich Lynn überlegen, da ich natürlich schon länger geübt hatte als sie, doch mein Seelenschatten holte schnell auf, sodass wir nach wenigen Monaten gleichauf waren. Wir konnten stundenlang in der Wohnung gegeneinander kämpfen, ohne dass einer von uns beiden zu Boden ging. Ich genoss diese Stunden, denn ich konnte geradezu fühlen, wie meine Kräfte wuchsen und ich mit jedem Mal geschickter wurde.

Doch natürlich schulten wir nicht nur unsere Muskelkraft, sondern wappneten uns auch gegen die Untoten. Lynn brachte mir bei, dass man Fenster und Türen seines Hauses mit getrocknetem Wacholder behängen konnte. So hielten sich die bösartigen Geister erst recht von einem fern. Zusätzlich konnte man seine eigenen vier Wände auch noch mit Weihrauch ausräuchern, um einen besseren Schutz zu gewährleisten. Doch als wir dies ein einziges Mal ausprobiert hatten, bekam ich so penetrante Kopfschmerzen, dass ich den restlichen Weihrauch sofort in den Müll gepfeffert hatte.

Man könnte beinahe sagen, dass ich nun ein Doppelleben führte. Tagsüber jobbte ich in einem kleinen Café als Kellner, um mir den Unterhalt für die Wohnung zu finanzieren, und nach Feierabend trainierte ich entweder mit Lynn oder zog durch die Straßen, um den verlorenen Seelen zu helfen. Von der Uni hatte ich mir erst einmal eine Auszeit genommen. Zu diesem Zeitpunkt war es für mich unmöglich in einer Vorlesung zu hocken und dem Geschwafel eines besserwisserischen Dozenten zuzuhören. Vielleicht kehrte meine Lust zu studieren bald zurück, doch gerade genoss ich das Gefühl, tatsächlich etwas in dieser Welt zu bewirken und gegen das Böse anzukämpfen.

An manchen Tagen war dieses Leben wirklich anstrengend, besonders wenn ich meine Entscheidungen vor meiner Familie rechtfertigen musste. Meine Eltern hatten eigentlich gehofft, dass sich nach dem Unfall mein Leben wieder normalisieren würde. Mein Auszug und der Studienabbruch hatten ihnen ziemlich den Wind aus den Segeln genommen. Doch immer, wenn ich sie besuchte, konnten sie sehen, wie glücklich mich mein neues Leben machte, weshalb sie nur noch selten Widerworte an mich richteten. Sie ließen mir die Freiheit, über mein eigenes Leben zu bestimmen und dafür war ich ihnen unendlich dankbar. Wahrscheinlich dachten sie einfach, das Feuer und mein Beinahe–Tod hätten meinen Stimmungsumschwung verursacht. Ich ließ sie in diesem Glauben, da die Wahrheit zu riskant für uns alle war. Mein Elternhaus und auch meine Schwester wollte ich so weit wie möglich von allem Übernatürlichen fernhalten.

Ich war glücklich. Und das war alles, was gerade zählte.

Tatsächlich erfüllte mich meine Aufgabe, den verlorenen Seelen zu helfen, mehr als gedacht. Allein das Wissen, dass ich diesen armen Menschen zur Seite stehen und ihnen Frieden schenken konnte, ließ meine Brust vor Stolz anschwellen.

Und so bestritt ich seither mein Leben.

Am Tag ein unauffälliger Kellner und bei Nacht ein geheimer Erlöser.

Neuntes Kapitel

Nic

Himmelsjagd

Endlich wieder daheim!

Mit einem erleichterten Seufzen trat ich durch die Wohnungstür und riss die Schürze von mir. Heute war ein absoluter Scheißtag gewesen. Die Kunden hatten das kleine Café, in dem ich arbeitete, beinahe überrannt und mich den ganzen Tag lang von einer Ecke in die nächste gescheucht. Mein sonst so gelassener Chef hatte ebenfalls grauenhafte Laune gehabt und sie natürlich an mir ausgelassen, indem er mir einen Befehl nach dem anderen an den Kopf geworfen hatte. Mein Hirn fühlte sich an wie Matsch. Sicherlich sickerte es gleich aus meinen Ohren heraus.

Momentan war Hochsaison in Rom. Die Touristen schwirrten durch die Stadt wie Insekten über einen Kadaver. Dieser Vergleich war vielleicht etwas makaber, jedoch traf er es auf den Kopf. Inzwischen war ich einfach nur noch genervt von den ganzen Besuchern und wünschte sie weit, sehr weit weg. Am besten ans andere Ende der Welt.

Stöhnend massierte ich meine Schläfen und goss mir eine Schüssel Milch ein, in die ich noch etwa eine Handvoll Cornflakes schüttete. Frühstück am Abend. Ich musste beinahe grinsen, doch meine Wangen taten von dem stundenlangen Anlächeln der Kundschaft bereits dermaßen weh, dass ich bloß amüsiert schnaufte.

Ausgestattet mit einer Jogginghose ließ ich mich schließlich auf das breite Sofa fallen, das ebenfalls als mein Schlafplatz fungierte. Ich schaufelte mir einen großen Löffel meines Abendessens in den Mund, während ich zeitgleich den Fernseher anschaltete.

Nur wenige Sekunden später materialisierte sich Lynn neben mir. Sie warf mir ein schüchternes Lächeln zu, woraufhin ich sie anzwinkerte.

»Und wie war dein Tag?«, fragte sie mit einem schnippischen Unterton in der Stimme. Immerhin wusste sie haargenau, dass er viel zu turbulent ablief. Sie war schließlich die ganze Zeit an meiner Seite gewesen. Aus diesem Grund warf ich ihr bloß einen Blick zu, der sagen sollte: »*Willst du mich auf den Arm nehmen?*«

Ein leises Lachen erklang von der anderen Sofaecke, als ich meine Aufmerksamkeit auf den Fernseher richtete. Die Nachrichten liefen gerade. Interessiert setzte ich mich ein wenig aufrechter hin.

Die Nachrichtentante meinte gerade mit absolut gelangweilter Stimme: »Und nun schalten wir zu Adriana Cattaneo, unserer Außenreporterin, die das seltene Naturschauspiel mit eigenen Augen gesehen hat.«

Das Bild wechselte und nun sah man eine Frau von vielleicht dreißig Jahren, die sehr adrett gekleidet war. Sie stand auf einer Art Aussichtsplattform. Hinter ihr war der langsam düster werdende Himmel zu sehen, während unter ihrem Oberkörper eine Textpassage eingeblendet wurde, die verriet, dass sie sich momentan in Venedig befand.

»Es ist wirklich kaum zu fassen, Nadia, doch seit vorgestern berichten die Bewohner Venedigs von seltsamen Schauspielen am Nachthimmel. Als würden böse Geister durch die Wolken jagen. Die meisten meinten sogar, Personen in den Gebilden am Himmel zu erkennen. Ich glaubte ihnen zunächst kein Wort, bis ich es mit eigenen Augen beobachten konnte. Doch seht selbst, liebe Zuschauer.« Die Reporterin trat zur Seite und ließ ihren Arm über das Firmament schweifen, während sie aus dem Bild trat. Zunächst geschah gar nichts. Nach wenigen Sekunden wurde jedoch ein Videoclip eingeblendet, der laut Bildunterschrift am gestrigen Abend entstanden sein sollte.

Das zunächst schwarze Bild wurde von Blitzen erhellt, die in einem rötlichen Licht aufleuchteten. Eine seltsame Wolkendecke formierte sich am Himmel von Venedig, obwohl es Hochsommer und sonst kaum ein Wölkchen zu finden war.

Doch im Fernsehen sah es aus, als würde sich ein wahres Unwetter zusammenbrauen. Kurz nach den grellen Blitzen grollten mehrere Donnerschläge durch meine Lautsprecheranlage. Beim ersten Mal zuckte ich sogar erschrocken zusammen, da die enorme Lautstärke mich überraschte. Dann konzentrierte ich mich jedoch wieder auf die Bilder, die der Bildschirm mir bot. Und ich konnte es kaum fassen.

Die Wolkengebilde schienen einer dynamischen Masse zu gleichen. Sie bewegten sich ohne Unterlass und formten sich immer wieder neu. Das Gewitter erleuchtete die seltsame Szenerie nur etappenweise, sodass man immer nur einen flüchtigen Blick auf die Formen erhaschen konnte.

Doch eines wurde mir viel zu schnell klar: Es waren Gesichter. Längliche Gesichter mit tiefschwarzen Augenhöhlen und einem weit aufgerissenen Schlund, der den Himmel verschluckte. Sie schienen zu brüllen und zu leiden. Ihre stummen Schmerzensschreie wurden durch den grollenden Donner untermalt, während das rote Licht der Blitze ihre Fratzen entstellte. Die Haare auf meinen Armen richteten sich auf, so unangenehm war mir dieser Anblick.

Was zur Hölle ist das?

Die Reporterin hatte davon gesprochen, dass der Anblick dieses Spektakels aussah, als würden böse Geister durch den Himmel jagen. Und unweigerlich musste ich ihr recht geben.

Was hat es mit diesem seltsamen Phänomen auf sich?

Eine letzte, überdimensional große Fratze formierte sich aus den Hunderten, die zuvor den Nachthimmel gefressen hatten. Ihr Schlund schien ganz Venedig verschlingen zu wollen und ich hielt angespannt die Luft an.

Was geschieht da?

Ein Blitz, greller und strahlender als jeder vorherige, fuhr durch das Wolkengesicht und spaltete es entzwei. Das darauffolgende Grollen glich einem erbosten Schrei, einem animalischen Brüllen voller Verzweiflung und Wut. Daraufhin lösten sich die Wolken spurlos auf. Sie zerfielen einfach und verschwanden in der tiefschwarzen Nacht. Genauso, wie sie auch aufgetaucht waren.

Die Nachrichtensprecherin in ihrem Studio wurde wieder eingeblendet. Auf ihren Lippen lag ein falsches Lächeln. Sie versuchte offenbar, ihren Schrecken zu verbergen, als sie mit einem geheuchelten Lachen sprach: »So was sieht man tatsächlich nicht alle Tage, nicht wahr?«

Wie recht sie damit hatte.

Lynn

Ich konnte mir schon denken, was er sagen würde, noch bevor er seinen Mund geöffnet hatte. Dafür kannte ich Nic einfach zu gut.

»Wir müssen herausfinden, was es damit auf sich hat!«, meinte er gleich darauf. Ich hatte es geahnt und seufzte.

»Bist du dir sicher, dass das überhaupt in unseren *Aufgabenbereich* fällt? Ich meine, hast du dir das gerade genau angesehen?« Allein die Erinnerung an die geisterhaften Fratzen in den Wolken beunruhigte mich. Da waren definitiv höhere Mächte am Werk als bloß ein paar verlorene Seelen. »Das ist zu groß für uns, Nic. Das sind Kräfte, die wir unmöglich kontrollieren oder einschätzen können.«

»Also gibst du zu, dass da etwas Übernatürliches am Werk ist?« Er starrte mich mit großen Augen an.

»Ja, doch ich habe keine Ahnung, was es sein könnte. Vielleicht ein böses Omen oder ein Dämon. Oder etwas noch Schlimmeres.« Ich starrte ihn nachdenklich an. Es könnte alles Mögliche sein …

»Dann müssen wir herausfinden, was es ist, bevor wir es aufhalten.« Ein siegessicheres Lächeln schlich sich in seine Züge. Er wusste, er hatte gewonnen. Nic kannte mich inzwischen ebenso gut wie ich ihn. Er wusste um meine Neugier.

»Und wie willst du das bitte anstellen?«, fragte ich ihn neckend.

»Zunächst müssen wir recherchieren. Wenn wir die Ursache für diese Erscheinungen erfahren, wissen wir vielleicht etwas mehr über diesen Geist, Schrägstrich Dämon.« Nic erhob sich mit diesen Worten und streckte sich ausgiebig. Die Nachrichtensprecherin plapperte immer noch im Hintergrund, während sich Nic in die Küche begab, um sein Geschirr wegzubringen.

Ich richtete mich ebenfalls auf und ging ihm hinterher.

»Und wie willst du dabei vorgehen, Signore ›*Ich habe immer eine Antwort parat?*‹ Er wandte sich zu mir um und lehnte sich gegen die Spüle. Ich baute mich vor ihm auf. Da ich einen guten Kopf kleiner war als er, musste ich ein wenig zu ihm hinaufsehen.

»Wir gehen an einen Ort, an dem man Antworten auf all seine Fragen bekommt, wenn man an den richtigen Stellen sucht.« Ein wissendes Lächeln umspielte seine Mundwinkel. Mein Blick blieb daraufhin an seinen Lippen haften. Ich wusste bereits, wie weich und sanft sie sich anfühlen konnten und welche Reaktion eine Berührung von ihnen in meinem Inneren auslösen würde. Mein ganzer Körper schien unter Spannung zu stehen. Ich konnte die Anziehungskraft zwischen uns fast greifen. Räuspernd trat ich einen Schritt zurück, um meine durcheinandergeratenen Gedanken zu entwirren und zu signalisieren, dass ich und Nic uns nicht auf diese Art begegnen würden. So sehr ich mich auch danach verzehrte, ihn noch ein einziges Mal berühren zu können.

»Und der wäre? Google kann es schon mal nicht sein«, stellte ich mit belegter Stimme fest.

»Die Bibliothek natürlich«, erwiderte er leichthin und grinste mich frech an. Ich konnte gar nicht anders, als sein Lächeln zu erwidern.

Zehntes Kapitel

Nic

Biblioteca Casanatense

Nur zwei Tage später hatte ich endlich frei, sodass wir uns auf den Weg zu einer Bibliothek machen konnten. Zuvor hatte ich mich bereits im Internet schlau gemacht und diejenige herausgesucht, die am ehesten eine Lösung für unser *kleines* Problem versprach.

Die Biblioteca Casanatense war unser Ziel und lag glücklicherweise nicht weit von meiner Wohnung entfernt, sodass wir sie in etwa einer Stunde zu Fuß erreichen konnten. Schließlich besaß ich nicht genug Einkommen für ein Auto und ein Taxi wollte ich bei den übertreuerten Preisen erst recht nicht zahlen. Zum Glück schien Lynn nichts gegen meinen Plan zu haben und machte sich am Vormittag mit mir zusammen auf den Weg.

Wir streiften durch die engen Seitengassen Roms und genossen die schattigen Stunden, da die Sonne noch lange nicht im Zenit stand. Die hohen Gebäude schotteten uns von ihrem Licht ab und gönnten uns eine kleine Verschnaufpause von der alltäglichen Hitze. Ich wusste diese Auszeit wirklich zu schätzen, besonders da die Luft noch nicht so drückend und schwer war wie sonst. Ich streifte mit meinen Händen über das raue Gestein und die vereinzelten Ranken, die sich an den Fassaden der Gebäude emporkrallten.

Der wolkenfreie Himmel über uns hellte meine Laune sofort auf. Die frische Luft tat meinem Verstand gut und befreite von dem Stress der vergangenen Tage. Ich genoss diesen kleinen Spaziergang, der uns immer weiter ins Zentrum von Rom trug.

Nach einer Weile, während der Lynn und ich schweigend nebeneinander hergegangen waren, gelangten wir an eine Brücke, die Ponte Garibaldi. Ihre eleganten Bögen machten es uns möglich, den Tiber ohne große Probleme zu überqueren. Vereinzelt fuhren Autos an uns vorbei, doch niemand nahm wirklich Notiz von mir, sodass das Rattern der Motoren nach wenigen Minuten in der Ferne verklang. Heute war ein wirklich ruhiger Tag. Das war für eine Stadt wie Rom, in der eigentlich ohne Unterlass das Leben pulsierte, wirklich selten. Es wirkte beinahe so, als hätte man bei einem Kassettenrekorder die Pause-Taste gedrückt. Mir war gar nicht bewusst gewesen, wie gut mir diese kleine Auszeit von dem sonstigen Alltagsstress tat. Meine Muskeln entspannten sich langsam und mein Gang wurde immer lockerer und langsamer. Als wir losgegangen waren, hatte ich ein straffes Tempo vorgelegt, doch nun schlenderten wir gemächlich vor uns hin. Sobald wir etwa auf der Mitte der Brücke angelangt waren, hielt ich inne und beugte mich über die Brüstung. Für einige Sekunden starrte ich einfach auf den Fluss hinab, der unter uns stetig gegen den massiven Stein spülte. Das Wasser war von einem dunklen Grün und die unruhige Oberfläche verzerrte jedes Spiegelbild. Für einen Wimpernschlag war mein Gesicht in den Wellen sichtbar, doch im nächsten Augenblick war es schon fortgespült. Lynn stand neben mir und blickte ebenfalls in die Tiefe hinab. Sie wirkte in Gedanken versunken, während mein Kopf völlig leergefegt war. Wie gerne hätte ich in dieser Sekunde gewusst, was in ihr vorging.

Als mein Blick zurück zur Wasseroberfläche schweifte und ich nur eine schemenhafte Person an der Brüstung der Brücke lehnen sah, fuhr ich unmerklich zusammen. Natürlich konnte ich Lynn nicht im Wasser erblicken, sie war schließlich immer noch ein Geist. Das vergaß ich immer wieder. Und es verwunderte mich jedes Mal, wenn sie an einem Spiegel vorbeilief und ich ihr Ebenbild darin nicht sehen konnte.

Unweigerlich kam in mir die Frage auf, ob Lynn überhaupt wusste, wie sie selbst aussah. Kein Foto hatte sie bis jetzt eingefangen, kein Spiegel hatte je ihr Antlitz gezeigt. Mich würde diese Unwissenheit schier wahnsinnig machen.

Mit einem unguten Gefühl in der Magengegend stieß ich mich von der Brüstung ab und setzte meinen Weg fort. Dieses Mal mit bedeutend schnelleren Schritten als zuvor. Lynn hatte dennoch kein Problem damit, mit mir Schritt zu halten.

Je näher wir an Roms Zentrum herankamen, umso mehr Menschen kamen uns entgegen oder schlossen sich unserem Weg an. Schließlich waren wir umzingelt von Fremden, die sich in den engen Gassen drängten und gegenseitig vorantrieben. Über uns hatte sich die Sonne ins Zenit erhoben und schien nun erbarmungslos auf uns herab. Die Hitze wuchs mit jeder vergehenden Sekunde und trieb mich an, schneller zu laufen, um endlich zu unserem Ziel zu gelangen. Lynn hatte sich inzwischen wieder in Luft aufgelöst, um nicht durch die Menschenmassen hindurchgleiten zu müssen. Trotzdem erhaschte ich ab und an kleine Anzeichen von ihr, die mir versicherten, dass sie noch bei mir war. Manchmal sah ich ihr Gesicht ein paar Meter vor mir auftauchen, ein anderes Mal wisperte sie mir etwas Unverständliches ins Ohr.

Und so zogen wir durch die verzweigten Gassen und Straßen, wichen vereinzelten Autos aus, die sich durch die Menschenmenge drängten, und quetschten uns durch Seitenstraßen.

Vorbei am Piazza di Santa Maria Sopra Minerva, der um diese Zeit bereits von mehreren Touristengruppen gut besucht war. In der Mitte des Platzes konnte man einen Elefanten bestaunen, der aus purem weißem Marmor bestand und auf einer Art Podest präsentiert wurde. Aus seinem Rücken, der mit einem steinernen Tuch bedeckt worden war, ragte ein gigantisches, spitz zulaufendes Monument heraus. In den Stein waren mehrere unlesbare Symbole gehauen, die allesamt auf die Spitze zielten, welche durch ein gusseisernes Kreuz gebildet wurde.

Normalerweise hätte ich hier ein wenig Rast gemacht und wäre wieder zu Atem gekommen, doch wir hatten es eilig. Den Elefanten sah ich jeden Tag auf meinem Arbeitsweg, also konnte ich heute sehr gut darauf verzichten. Wir mussten schließlich nur noch um eine Ecke biegen und auf die Via del Seminario zuhalten, dann wären wir da.

Ein Pulk aus Touristen hatte sich uns angeschlossen. Jeder von ihnen plapperte in einer anderen Sprache, während der Führer in einem unterdurchschnittlichen Englisch versuchte, die Masse zu beruhigen. Sein starker italienischer Akzent ließ die englischen Worte geradezu ineinander verschwimmen, sodass selbst ich nicht wusste, was er den Leuten mitteilen wollte. Vermutlich war die Gruppe auf dem Weg zur Fontana di Trevi, welche nur wenige Straßen weiter lag. Immerhin war der Brunnen ein beliebter Hotspot für Touristen.

Sobald es möglich war, kapselte ich mich von den Reisenden ab und ging auf die Bibliothek zu, die ich bereits von Weitem dank ihres auffälligen Erscheinungsbildes erkannte. Es gab zwei Türen, die jeweils mit kleinen Säulen und wunderschön verzierten Giebeln ausgestattet waren. Die gesamte Front des Gebäudes bestach durch Verschnörkelungen, den leicht abgenutzten Stuck und die abgerundeten Fenster. Ein kleiner Balkon war zur Straße hin ausgerichtet und erzeugte einen halbrunden Vorsprung. Das leicht wellenförmige Dach setzte dem Ganzen schließlich die Krone auf. Ich blieb einen Moment lang ehrfürchtig vor der Bibliothek stehen und nahm ihren Anblick in mich auf. Die Menschen um mich herum, insbesondere die Touristen, schienen das wunderschöne Gemäuer nicht einmal wahrzunehmen.

Erst als ich entnervt von einem Passanten angerempelt wurde, wurde ich aus meinen Tagträumereien gerissen. Ich entschuldigte mich bei dem Vorbeigehenden und räusperte mich kurz. Ein leises Lachen drang an mein Ohr, kurz bevor ich Lynn neben mir sah.

»Na, warst du in Gedanken versunken?«, fragte sie und zog eine Augenbraue in die Höhe.

Ich zwinkerte ihr nur kurz zu, da ich ihr umgeben von so vielen Menschen unmöglich antworten konnte, ohne für verrückt gehalten zu werden. Also wartete ich nicht länger, sondern betrat endlich die Biblioteca Casanatense in der Hoffnung, Antworten auf meine Fragen zu bekommen.

Lynn

Schweigend folgte ich Nic durch die schwere Eingangstür. Er hielt sie einen Moment länger offen als nötig. Für jeden anderen Menschen würde es so aussehen, als würde er bloß eine Sekunde ausharren, doch auf diese Weise ermöglichte er es mir, das Gebäude zu betreten, ohne durch die Wände gehen zu müssen.

Ich positionierte mich neben ihm und betrachtete das Innenleben der Bibliothek voller Erstaunen. Ich war Nic schon oft in die Unibibliotheken gefolgt und dachte, ich hätte mich an den Anblick Tausender Bücher auf einmal gewöhnt. Doch weit gefehlt. Die Biblioteca Casanatense übertraf jede meiner Erwartungen. Stumm sog ich den gewaltigen Anblick in mich auf. Mein Blick tigerte durch den Raum und nahm alles genau unter die Lupe.

Das strahlend weiße Gemäuer war von innen gewölbt, sodass die Fenster in Vertiefungen saßen und den Raum in ein blasses Licht tauchten. Der gesamte Saal wurde von beiden Seiten durch gigantische, mehrere Meter hohe Bücherregale flankiert. Es gab sogar einen schmalen Gang aus massivem Holz, der sich in etwa zwei Metern Höhe an der Mauer entlang wand, um das Erreichen der höher gelegenen Bücher zu ermöglichen. Sie waren nur über kleine Wendeltreppen zugänglich, die sich am anderen Ende des Saales hinter einigen Holzsäulen versteckten.

Jeder Millimeter der dunkelbraunen Bretter war bis zum Rand ausgefüllt mit in Leder oder Karton gebundenen Büchern. Staub wirbelte durch die Luft und leuchtete im Schein der hereinfallenden Sonnenstrahlen auf. Die Regale waren mit detailreichen Schnitzereien verziert und wurden an ihrer oberen Kante durch goldene Ornamente, welche kleine Marmorplatten umrahmten, miteinander verbunden. Auf das weiße Gestein waren Buchstaben eingraviert, um die Organisation zu erleichtern. Es gab Unzählige von ihnen.

Das gegenüberliegende Ende des Raumes wurde durch ein gewölbtes Regal ausgemacht, das die gesamte Wand einnahm. Eine kleine Empore machte es möglich, sich die Bücher anzusehen. In das Holz war die Fassung einer gigantischen Uhr eingearbeitet, die von zahlreichen Ornamenten verziert wurde.

Die Mitte des Saals wurde durch eine lange Reihe an Vitrinen eingenommen. Die gläsernen Kästen wirkten unberührt und unheimlich kostbar. Ich konnte mir nicht annähernd vorstellen, was darin aufbewahrt wurde.

Nic schien sich schneller gefasst zu haben als ich, denn er bewegte sich bereits auf das erste Regal zu. Damit riss er mich schlagartig aus meinen Schwärmereien. Diese Bibliothek hatte eine seltsame Wirkung auf mich. Das alte Gemäuer und die Bedeutungsschwere der Tinte in diesen Abertausenden Büchern ließen mich einfach nicht los. Als würden die Worte allein beim Anblick der Bücher durch mein Bewusstsein sprudeln und mich mit Wissen erfüllen. Es war ein berauschendes Gefühl. Unbeschreiblich.

»Wonach suchen wir überhaupt?«, fragte ich im Flüsterton. Die Stille in diesem Saal war so allumfassend und gewaltig, dass ich mich nicht einmal traute, etwas zu sagen, obwohl ich mir sicher war, dass mich sowieso niemand hören konnte.

Es hatte einfach etwas mit dem Respekt vor diesem Ort zu tun. In einer Bibliothek herrschte das geschriebene Wort, nicht das gesprochene. Und ich wollte diese Regel auf keinen Fall brechen.

Nic blickte rasch über seine Schulter, um zu sehen, ob uns jemand beobachtete. Doch abgesehen von einem alten Bibliothekar, der in gebückter Haltung durch die Gänge streifte und ihn beim Hereinkommen mit einem Kopfnicken begrüßt hatte, war niemand zu sehen. An einem heißen Sommertag verbrachten die meisten Menschen ihre Zeit anscheinend woanders als in einer Bibliothek.

Als mein Begleiter sich sicher war, dass niemand Notiz von uns nahm, senkte er den Kopf zu mir hinab.

»Wir brauchen Hinweise. Irgendetwas, das erklären könnte, worum es sich bei der Erscheinung am Himmel von Venedig handeln könnte.«

Ich nickte ihm kurz zu, um ihm zu signalisieren, dass ich verstanden hatte.

»Ich widme mich den Vitrinen«, raunte ich ihm noch zu, bevor ich mich zurückzog. Natürlich konnte ich die Bücher nicht selbst untersuchen. Jeder normale Mensch würde schließlich nichts weiter als ein schwebendes Buch sehen. Jemandem wie dem alten Bibliothekar könnte ich damit einen Herzinfarkt verpassen.

Stattdessen strich ich im Vorbeigehen mit meinen Fingerspitzen über die Buchrücken, die ordentlich in den Regalen standen. Ich spürte natürlich nichts. Aber ich versuchte mir vorzustellen, wie sie sich anfühlen könnten. Jene, die in Leder gebunden und ziemlich zerlesen waren, würden sich weich an meine Finger schmiegen. Als hätten raue Hände die Bücher wie Schleifpapier immer angenehmer werden lassen.

Ich konnte die Geschichten spüren, die aus den vergilbten Seiten strömten. Sie verlangten danach, gelesen zu werden. Die Sehnsucht in meinem Inneren wuchs immer weiter an, doch ich zwang mich zur Kontrolle. Mit einem leisen Seufzen löste ich mich von den Bücherregalen.

»Ein anderes Mal«, versprach ich den Schätzen aus Papier und Tinte. Dabei wusste ich genau, dass dies nie passieren würde.

Also widmete ich mich den Vitrinen im Innenraum. Es waren insgesamt zwanzig Stück, in zwei Reihen aufgeteilt und natürlich von beiden Seiten einsehbar. Am besten arbeitete man sich einfach vom einen Ende des Raumes zum anderen vor.

Ich baute mich vor der ersten Vitrine auf und blickte durch das klare Glas. Dort war ein aufgeschlagenes Buch präsentiert, dessen Titel ich einem kleinen Aufkleber entnahm, der am Rand des Glases angebracht war. Dieses Buch handelte über die Entstehung von Rom und der Sage von Romulus und Remus. Die detailreichen Illustrationen des Buches fesselten mich für einen Moment an seinen Anblick, doch schließlich schüttelte ich den Kopf.

Deswegen bin ich nicht hier.
Such weiter, Lynn.

Und so arbeitete ich mich stetig durch die Reihen der Vitrinen. Immer wieder überwältigte mich das Bedürfnis innezuhalten und die geschriebenen Worte in mich aufzusaugen wie ein ausgetrockneter Schwamm.

Ich wollte mehr wissen, mehr erfahren, mehr von diesen Welten kennen, die es nur in diesen Büchern gab.

Doch sie würden immer unerreichbar für mich sein.

Elftes Kapitel

Nic

Der Fund

Es dauerte unzählige Stunden, bis ich etwas Brauchbares fand.
Ohne Unterlass fuhren meine Hände über die Buchrücken und die teilweise eingestanzten Titel. Meine Fingerkuppen malten die goldenen Verzierungen nach und betasteten die eisernen Schnallen, die manche Bücher verschlossen. Hin und wieder dauerte es mehrere Minuten, bis ich den Titel eines Buches entziffern konnte, da der Einband bereits so abgegriffen war.

Wirkte die Überschrift vielversprechend, so wagte ich einen Blick ins Innere. Nicht selten schlug mir dabei eine kleine Staubwolke entgegen. Ich verkniff mir ein Husten und begutachtete stattdessen das Inhaltsverzeichnis. Die vergilbten Seiten knisterten zwischen den Fingerspitzen. Das Papier fühlte sich bereits so alt an, dass ich befürchtete, es würde jeden Moment zerfallen.

So vorsichtig wie möglich nahm ich ein Buch nach dem anderen unter die Lupe. Jedes Mal stellte ich es resigniert wieder zurück und nahm das nächste aus dem Regal. Die Bibliothek war zwar wunderschön anzusehen, doch ich verstand ihr System einfach nicht. In der Unibibliothek hatte ich mich nach urzer Zeit problemlos zurechtgefunden, doch hier, inmitten von all den antiken Büchern und den wertvollen Ausstellungsstücken in den Vitrinen, konnte ich einfach keine Ordnung erkennen.

Ich schob gerade mein zwölftes Buch zurück ins Regal, als ein Räuspern hinter mir ertönte. Ich wandte mich um und erwartete schon, Lynn vor mir zu sehen, doch überraschenderweise sah ich mich dem Bibliothekar gegenüber.

Seine gebückte Haltung und die grauen, nach allen Seiten abstehenden Haare erinnerten mich ein wenig an das Abbild eines verrückten Wissenschaftlers. Die Hornbrille, deren Gläser beinahe einen Zentimeter dick waren und seine Augen um ein Vielfaches vergrößerten, bestätigte diesen Eindruck. In seinem viel zu großen, zerknitterten Hemd und der von Staub befleckten Hose drohte er zu versinken, so klein und zusammengesunken war er. Die tiefen Falten um Mund und Augenwinkel verrieten mir, dass er gerne und viel lachte.

Auch jetzt trug er ein warmes Lächeln auf den Lippen, während er die klobige Brille auf seiner Nase zurechtrückte.

»Kann ich Ihnen helfen? Sie scheinen etwas Bestimmtes zu suchen«, meinte er mit rauer Stimme. Eine schwache Rauchnote drang mir in die Nase. Ich konnte mir nur allzu gut vorstellen, wie der Mann vor mir die ein oder andere Zigarre rauchte.

Er wirkte vertrauensvoll. Vielleicht sollte ich ihn um Hilfe bitten. Was konnte schon schiefgehen? Im schlimmsten Fall würde er sagen, dass er mir nicht weiterhelfen könne und ich woanders nach Antworten suchen müsse.

Bevor ich auch nur blinzeln konnte, hatte sich Lynn hinter dem alten Herrn materialisiert. Seelenschatten oder Schutzgeister konnten sich über kurze Strecken teleportieren, auch wenn sie diese Technik nicht besonders oft anwandten. Lynn hatte mir schon mehrmals erklärt, dass sie es nicht mochte, sich durch einen Raum ohne Materie zu bewegen. Dann war es tatsächlich so, als würde sie nicht mehr existieren. Anscheinend wollte sie das Gespräch zwischen mir und dem Bibliothekar nicht verpassen, sonst hätte sie sich garantiert nicht vom anderen Ende der Bibliothek zu uns herübergebeamt. Sie grinste mich wissend an, als hätte sie meine Gedanken gelesen, und legte einen Zeigefinger an ihre Lippen.

Offenbar musste ich etwas irritiert dreingeschaut haben, denn der alte Mann drehte sich fragend um. Eigentlich hätte er Lynn sehen müssen, sie stand schließlich direkt hinter ihm. Doch wie so oft nahmen die anderen Menschen sie nicht wahr, weshalb der Blick des Bibliothekars über sie hinwegglitt und nur den leeren Saal aufnahm. Sobald er sich mir wieder zugewandt hatte, überrumpelte ich ihn mit meiner Frage. Hoffentlich hielt er mich nicht jetzt schon für vollkommen verrückt.

»Ich könnte tatsächlich ein bisschen Hilfe gebrauchen.« Ich setzte ein falsches Lächeln auf, während es in meinem Kopf ratterte. Ich brauchte dringend eine passende Ausrede! »Ich benötige für eine Hausarbeit an der Uni dringend Informationen über Venedig.« Perfekt! Niemand würde einen harmlosen Studenten hinterfragen.

Der Bibliothekar runzelte jedoch seine Stirn. »Nehmen Sie es mir nicht übel. Doch ich frage mich gerade, warum Sie dafür nicht die Biblioteca Universitaria Alessandrina aufgesucht haben. Dort sind sie für die Themen der Universität sehr gut ausgestattet.«

Ich schluckte. Mist! Daran hatte ich gar nicht gedacht. Natürlich wurde mit der Exmatrikulation auch mein Bibliotheksausweis ungültig gemacht. Wie sollte ich mich da jetzt rausreden? Als ich einen verzweifelten Blick über die Schulter des Bibliothekars hinüber zu Lynn warf, konnte sie auch nichts weiter tun, als ratlos mit den Schultern zu zucken.

»Ehm, Sie müssen wissen, dass mein Thema sehr speziell ist und mein Dozent mir geraten hat, es lieber hier in der Bibliothek zu versuchen. Ich zähle wirklich auf Ihre Hilfe.«

Der Bibliothekar runzelte nachdenklich die Stirn und starrte mich für einige Sekunden durchdringend an, als würde er abschätzen, ob ich ihm die Wahrheit sagte. Unter seinem strengen Blick schmolz meine Selbstsicherheit zu einem kümmerlichen Haufen zusammen. Ich knirschte mit den Zähnen und versuchte seinem Blick standzuhalten. Der Anblick seiner gigantisch vergrößerten Augen brannte sich förmlich in mein Gehirn.

»Na gut, ich schaue mal, was ich für Sie tun kann«, murmelte er. Die Verwunderung war ihm allerdings immer noch anzusehen.

Das ist ja gerade nochmal gut gegangen ...

Fast hätte ich erleichtert aufgeatmet, als der alte Mann mir den Rücken zuwandte und mir mit seinem gekrümmten Zeigefinger befahl, ihm zu folgen.

Lynn streckte einen Daumen nach oben und hauchte mir ein lautloses »*Gut gemacht*« zu. Ich zog eine Augenbraue in die Höhe, als wolle ich erwidern »*Denkst du das etwa wirklich?*«. Mein Schutzgeist wusste schließlich, was für ein grauenhafter Lügner ich war, und das bereits seit frühester Kindheit. Ich konnte nicht mal leugnen, dass ich das Gemüse vom Mittagessen tagtäglich an unseren Hund verfüttert hatte. Ich musste fast auflachen, als ich mich daran erinnerte. Für einen Moment hing ich mit meinen Gedanken so in der Vergangenheit fest, dass ich die Gegenwart vergaß. Der Bibliothekar war vor mir stehen geblieben. Es hätte nur noch ein Schritt gefehlt und ich wäre in ihn hineingerannt.

Der alte Mann warf mir einen verwirrten Blick zu, als hätte er noch nie einen so seltsamen Besucher in seiner Bibliothek gehabt. Dann schüttelte er jedoch schnell den Kopf und schien sich von diesem Gedanken zu befreien. Stattdessen wandte er sich den Regalen vor ihm zu. Liebevoll strich er über die Buchrücken, als würde er alte Freunde begrüßen. Mich hätte es nicht gewundert, wenn er jetzt angefangen hätte, mit den Büchern zu sprechen.

»Suchen Sie etwas Spezifisches?«, fragte er.

»Ja, das kann man so sagen«, nuschelte ich, woraufhin ich einmal mehr einen schiefen Seitenblick von meinem Gegenüber erntete. Bevor er mich auf die seltsame Aussage ansprechen konnte, fügte ich schnell hinzu: »Ich brauche Informationen über Geister- und Dämonenlegenden innerhalb Venedigs. Geben Sie mir einfach alles, was Sie haben, ich arbeite mich schon durch.«

Lynn

Ich musste mich wirklich bemühen, um nicht lautstark loszulachen. Es war einfach zu witzig, Nicolo dabei zuzusehen, wie er sich selbst zwang, seriös zu wirken. Die verwirrten Seitenblicke des Bibliothekars waren dabei die Kirsche auf dem Sahnehäubchen.

Besonders wenn er versuchte, mir wortlos mitzuteilen, was er dachte, konnte ich kaum den Mund geschlossen halten. Ich wusste,

dass er mich innerlich dafür verfluchte, dass ich tun und lassen konnte, was ich wollte, ohne entdeckt zu werden. Doch ohne meine Anwesenheit wäre es für ihn garantiert verdammt langweilig geworden in dieser Bibliothek.
Nic sollte mir wirklich dankbar sein.
Ich grinste über diesen Gedanken und nahm mir fest vor, ihm dies bei der nächsten Gelegenheit unter die Nase zu reiben.
Währenddessen beobachtete ich, wie der schmächtige Bibliothekar sich auf eine der unzähligen Leitern schwang, die zuhauf gegen die Bücherregale gelehnt waren. Er schien nach etwas Bestimmten zu suchen und zog mehrere Bücher aus den Reihen heraus. Jedes Mal, wenn er einen Treffer landete, murmelte er etwas wie »Ja, das könnte es sein« und reichte das Buch an Nic weiter. Inzwischen hatte sich auf seinen Armen ein gewaltiger Stapel angesammelt und der Bibliothekar schien noch lange nicht am Ende seiner Suche angelangt zu sein.
Als Nic ihm von dem Thema seiner *Hausarbeit* erzählt hatte, hatte der alte Herr für eine Sekunde komisch dreingeblickt, doch offenbar schien ihn das nicht allzu sehr zu beunruhigen. Mein Begleiter hatte heute schon so viel seltsames Zeug von sich gegeben und sich für einen Sterblichen wirklich absonderlich verhalten, weshalb ihn das Thema anscheinend nicht weiter beunruhigte.
»Ich wünschte, ich könnte dir helfen, aber na ja, du weißt schon…«, säuselte ich in Nics Ohr, während ich mit einem sarkastischen Grinsen um ihn herumstolzierte. Manchmal hatte es tatsächlich Vorteile, ein Geist zu sein.
»Ja, ja, ist schon klar«, grummelte er bloß und warf mir einen gespielt bösen Blick zu.
»Haben Sie etwas gesagt?« Der Bibliothekar sah von oben auf Nic hinab und hatte seine Augen zusammengekniffen.
»Nein, nein. Ich habe bloß … äh« Sein Blick schnellte zu mir und ich konnte eindeutig die peinliche Verzweiflung darin schimmern sehen. »… mit mir selbst geredet. Das mache ich manchmal. Das beugt angeblich Demenz vor.« Nic bemühte sich um ein entschuldigendes Lächeln, doch es verrutschte in seinem Gesicht. Ich prustete los und konnte mir das Lachen nicht länger verkneifen.

»O Gott, das ist zu gut!« Ich wischte mir eine imaginäre Träne aus dem Augenwinkel. In meinem Bauch kitzelte es, sodass das Lachen aus mir heraussprudelte, ohne dass ich es aufhalten konnte.

Der Bibliothekar musste Nic für vollkommen bekloppt halten. Ich würde es vermutlich auch, wenn ich nicht den Grund für sein idiotisches Verhalten gekannt hätte. Und irgendwie machte es mich unfassbar glücklich, dass ich der Grund für sein seltsames Auftreten war.

Der alte Herr kletterte langsam die Sprossen der Leiter hinab und klopfte sich den Staub ab. Er musterte Nic von oben bis unten. Sein Gesicht sah so verkniffen aus, als würde er nicht wissen, ob er lachen oder ihm mit Misstrauen begegnen sollte. Ich würde an seiner Stelle zu beidem tendieren.

Ohne Nics notdürftiger Erklärung Beachtung zu schenken, dirigierte der alte Mann ihn zu einem Tisch, auf dem mein Begleiter seine Bücher ablegen konnte.

»Am besten arbeiten Sie hier weiter. Falls Sie Hilfe benötigen, finden Sie mich gleich dort drüben.« Der Mann deutete auf einen gigantischen Eichenholzschreibtisch, der nicht weit von unserem Platz entfernt lag. Vermutlich wollte er Nic bloß im Auge behalten.

Dieser lächelte ihn dankbar an und setzte sich dann mit dem Rücken zu dem Schreibtisch. Mit den Büchern baute er eine kleine Mauer auf. Dann nahm er zwei vom Stapel und legte eines vor sich und das andere auf die Seite des Tisches, die sich hinter der Mauer befand.

Als der Bibliothekar uns allein ließ und sich langsam von unserem Tisch entfernte, wagte es Nic, mir etwas zuzuflüstern: »Setz dich auf die andere Seite, hinter die Bücher. Von dort aus sieht er es nicht, wenn sich die Seiten bewegen.«

Ich hielt kurz inne. »Ich soll dir also dabei helfen, dich durch diesen Bücherstapel zu arbeiten?«, hakte ich unnötigerweise nochmal nach.

»Natürlich. Allein würde ich eine Ewigkeit brauchen, bis ich mich hier durchgearbeitet habe.« Er war unbewusst etwas lauter geworden, woraufhin der Bibliothekar wieder auf ihn aufmerksam wurde. Er schob seine dicke Hornbrille etwas runter und beobachtete Nic über den Brillenrand hinweg. Dieser räusperte sich kurz, als hätte er sich verschluckt, und winkte ihm schüchtern zu. Das Lachen bildete sich in meinem Inneren wie eine Seifenblase und drohte, in meinem Mund zu zerplatzen.

Nic hatte sich demonstrativ vor mich gesetzt und den Rücken zum Schreibtisch gedreht. Er blickte mich auffordernd an. Ich konnte mir ein Grinsen einfach nicht verkneifen und ließ mich ihm gegenüber in einen der Holzstühle sinken.

Ohne Nic noch ein weiteres Mal in Schwierigkeiten zu bringen, widmete ich mich endlich dem Buch, das Nic vor mich hingelegt hatte.

Das antike Venezien.

Das würden ein paar spannende Stunden werden. Ich konnte es ganz deutlich spüren.

Nicht.

Immer wenn ich ein Buch durchgearbeitet hatte, räusperte ich mich leise. Nic tauschte dann so schnell wie möglich die Bücher aus und stapelte die bereits gelesenen neben sich. Zum Glück konnte der Bibliothekar dank der Bücherwand und Nic vor mir nicht sehen, wie die Seiten des Buches sich wie von Geisterhand umblätterten.

Geisterhand ... Haha!
O Gott, war der Witz flach.

Es dauerte Stunden, bis ich beim Lesen über etwas Brauchbares stolperte. Tatsächlich hatte ich mich mehrmals dabei ertappt, nicht mehr ordentlich nach Hinweisen zu suchen, sondern stattdessen lustlos durch die Seiten zu blättern.

Doch jetzt, nach dem Zigtausendsten Buch, erweckte etwas meine Aufmerksamkeit.

»*Als würden böse Geister durch den Himmel jagen ...* «

Waren das nicht in etwa die Worte gewesen, die die Reporterin im Fernsehen verwendet hatte? Konnte es etwa sein, dass ich gerade die Lösung zu unserem Rätsel in der Hand hielt?

Bevor ich jedoch etwas zu Nic sagen konnte, musste ich ganz sicher sein. Wir konnten uns Irrtümer nicht leisten. Das hier war zu wichtig, um es zu versauen.

Ich richtete mich gerade auf und konzentrierte mich nun vollkommen auf den Text. Die Worte waren so klar und eindeutig vor meinem inneren Auge, dass ich mich wunderte, warum sie mir nicht schon viel früher aufgefallen waren. Das stundenlange Lesen hatte mich wahrscheinlich abgestumpft gegenüber diesen eindeutigen Hinweisen.

So las ich die letzte Passage noch mal und sogar noch ein bisschen über das Zitat hinaus. Als ich alle Informationen beisammen hatte, die ich brauchte, konnte ich einfach nicht anders, als Nic ein triumphierendes Lächeln zuzuwerfen.

Sobald er es bemerkte, schlich sich Unglauben in sein Gesicht. Wahrscheinlich hatte er nicht mehr daran geglaubt, dass wir hier brauchbare Informationen finden würden. Doch dieser Ausdruck war wie weggewischt, als ich sagte: »Ich glaube, ich habe gerade die Antworten auf unsere Fragen gefunden.«

Zwölftes Kapitel

Nic

Die Legende

Der Kosmograph, der Luzifers Träume stahl«, wisperte Lynn.
Ihre leisen Worte durchbrachen die Stille, die in der Bibliothek herrschte. Sie zerschnitten die Luft wie scharfe Messer. Ihr Blick wanderte kurz zu mir, bevor sie ihn wieder auf das kleine Buch vor sich richtete. Es war in schwarzes Leder eingebunden worden, das am Buchrücken bereits etwas abgegriffen war. Auf der Vorderseite konnte man verschnörkelte goldene Buchstaben sehen, die den Titel des Werkes freigaben: »Leggende veneziane e storie di fantasmi.«
Venezianische Legenden und Geistergeschichten.
Könnte das die richtige Spur sein?
Befinden wir uns auf dem richtigen Weg?
Das können wir nur herausfinden, indem wir mehr erfahren.
Ich nickte Lynn vorsichtig zu, damit sie weiterlas. Die restlichen Bücherstapel um mich herum waren vergessen.
»Fra Mauro war sehr alt, als er im Jahre 1459 starb«, raunte der Seelenschatten. Plötzliche Kälte hüllte mich in ihr eisiges Gewand. Eine Gänsehaut bildete sich auf meinen Armen, während mein Herz immer schneller schlug. Es wirkte so, als hätte Lynn mit ihren Worten den Geist des Verstorbenen heraufbeschworen, so gegenwärtig war sein Tod für mich nur nach diesem einen Satz. Auch Lynn hielt für einen Moment inne und schien die Veränderung zu spüren. Als hätte das Aussprechen des Namens ebenfalls etwas in ihr ausgelöst.

Dann schüttelte sie den Kopf und fuhr mit gesenkter Stimme fort: »Er war ein Kartograph und arbeitete tagein, tagaus in seinem Labor auf San Michele.«

»Von diesem Ort habe ich schon gehört«, unterbrach ich sie so leise wie möglich und warf einen Seitenblick hinüber zum Bibliothekar, doch dieser schien mehr an seinem Papierkram interessiert zu sein als an seinem einzigen Besucher. So wandte ich mich wieder Lynn zu, die mich neugierig musterte. »In einem dieser Bücher … «, ich deutete auf den bereits von mir gelesenen Stapel » … stand etwas darüber. San Michele ist eine Insel in der Lagune von Venedig. Auf ihr befindet sich ein Friedhof.«

Lynns Augen weiteten sich unweigerlich bei meinen Worten, bevor sie sich wieder dem Buch widmete. Ich stand unter Strom, meine Gehirnzellen arbeiteten auf Hochtouren und meine Beine begannen zu zappeln. Das taten sie immer, wenn ich unter Druck stand. Doch jetzt war es die Neugier, die mich an meine Grenzen trieb. Ich konnte sie in meinen Händen spüren, die unruhig über meine Kleidung rieben und einfach keine Ruhe fanden. Meine Finger kribbelten, als seien sie eingeschlafen, und mein Atem ging immer schwerer.

»Fra Mauro fertigte eine Weltkarte an, ebenso wie eine Karte des Kosmos, die von König Alfonso in Auftrag gegeben wurde. Seine Arbeit war detailgenau und für die historischen Verhältnisse absolut korrekt.« Lynn schaute zu mir auf. »Und das, obwohl er nie außerhalb von Venedig war. Er ist nie gereist. Er kannte nur diese eine Stadt und das, obwohl er scheinbar die ganze Welt gesehen hat.«

Ich sog die Luft tief ein und versuchte meine rasenden Gedankengänge zu kontrollieren.

Wie ist das möglich?
Hat der Mann vielleicht andere Quellen verwendet?
Möglicherweise hat er mit Reisenden gesprochen oder auch mit Seglern?
Doch konnte seine Karte dadurch wirklich so perfekt werden, wie sie es anscheinend war?
Was hat Fra Mauro getan, um seinen königlichen Auftrag zu erfüllen?

Ich musste mich regelrecht dazu zwingen, mein Gedankenkarussell zum Stillstand zu bringen und nicht noch weiter zu rätseln. Es war wie das Spielen mit Dominosteinen. Stieß man nur einen an, so brachte man eine ganze Kette zum Fallen und plötzlich sah man sich einem totalen Chaos gegenüber.

»Was hat das zu bedeuten?«, zischte ich, während ich meine zu Fäusten geballten Hände unter der Tischplatte versteckt hielt. Lynn musste ja nicht merken, wie nervös mich das Ganze machte.

»Er könnte seine Informationen natürlich von anderen Menschen und Reisenden erhalten haben, doch das ist ziemlich unwahrscheinlich, wenn man die Detailgenauigkeit seiner Arbeit betrachtet. Fra Mauro hat sich einer anderen größeren Quelle bedient. Er ging einen Handel ein.« Lynns violette Augen fixierten mich. In ihnen brannte ein Feuer, das unmöglich zu löschen war. Der Durst nach mehr, der Hunger nach Wissen. »Er schloss einen Pakt mit dem Teufel.«

Für einen Wimpernschlag lang schienen wir uns in einem Vakuum zu befinden. Der komplette Sauerstoff schien aus dem Raum gewichen zu sein und meine Lungen drohten zu implodieren. Mein Brustkorb zog sich schmerzhaft zusammen, nur um einen Moment später wieder erlöst und von Luft durchströmt zu werden. Ich keuchte auf und unterdrückte ein Husten, um nicht die Aufmerksamkeit des Bibliothekars auf mich zu lenken.

Warum trifft mich das Schicksal dieses Fremden so sehr?

Nun, die Frage konnte ich leicht beantworten:

Weil sein Leben sich anscheinend noch auf unseres auswirkt.

Ich wurde einfach das Gefühl nicht los, dass dieser Fra Mauro etwas mit den seltsamen Geschehnissen in Venedig zu tun hatte. Die ganze Geschichte stank doch zum Himmel.

Auf welche Geheimnisse wir wohl noch stoßen werden?

Was hat dieses Buch noch zu verbergen?

»Der Teufel bot dem Kartenmacher an, seine Träume lesen zu können, während er im Gegenzug nach seinem Tod die Besitzansprüche an Fra Mauros Seele hatte. Ein Leben im Reichtum schien dem Geschäftsmann wichtiger zu sein als ein friedliches Seelenheil und so ... « Lynn schluckte schwer. Offenbar tat sie sich schwer mit den folgenden Worten, obwohl ich schon ahnen konnte, was sie sagen würde. » ... und so stimmte Fra Mauro zu. Seine Seele gegen die Träume des Teufels.«

Mein Gehirn war wie leergefegt.

Wie kann man sich nur auf so einen Deal einlassen?
Was ist in diesem Menschen vorgegangen, dass er dem Teufel seine Seele überlassen hat?
So hat er vielleicht einige Jahrzehnte in Saus und Braus genossen, doch die Unendlichkeit mit ihren Höllenqualen überwog definitiv.
Lynns Stimme echote in meinem Kopf immer und immer wieder. Ihre Worte brannten sich in mein Gedächtnis. Sie schlugen ihre Krallen in mein Herz und zerrten daran, als wollten sie mich spüren lassen, wie sich der Kartograph gefühlt haben musste.
Seine Seele gegen die Träume des Teufels ...

Lynn

Ich brauchte einen Moment, um mich zu sammeln.
Was hat diesen Mann dazu getrieben, so zu handeln?
Er musste unfassbar unter Druck gesetzt worden sein, wenn er im Auftrag eines Königs gearbeitet hatte. Womöglich stand sein Leben auf dem Spiel. Menschen konnten so kurzsichtig sein, wenn es um ihre Sterblichkeit ging.
Ich wollte mir gar nicht vorstellen, was in den vergangenen Jahrhunderten mit seiner Seele geschehen war. Durch den Pakt mit dem Teufel war sie endgültig von ihrem Seelenschatten getrennt worden, niemand konnte sie mehr beschützen.
»Lies weiter«, raunte mir Nic mit tiefer Stimme zu. Zum Glück konnte er dank des Bücherstapels vor mir nicht erkennen, wie unruhig ich war. Diese ganze Angelegenheit schien mir nicht geheuer. Mein Instinkt riet mir, diese Entdeckung schnellstmöglich zu vergessen und Nic in Sicherheit zu bringen. Die Buchstaben verschwammen vor meinen Augen zu einem schwarzen Meer und das weiße Papier knisterte verschwörerisch.
»Fra Mauro bezog seine Informationen aus den Träumen des Teufels. Luzifer hatte schließlich ein allumfassendes Wissen und war so in der Lage, dem Kartenmacher jeden Winkel dieser Welt zu zeigen. Und Fra fing all seine Träume ein. Mit Stift und Papier hielt er jeden

Traum gefangen, damit er nicht aus seinem Kopf entschwinden konnte. Doch nicht nur Fra war in der Lage die Träume zu sehen. Sie wurden an den Himmel über Venedig projiziert wie ein Film.« Ich schaute auf. Nic starrte mich mit weit aufgerissenen Augen an.

Bilder, die den Himmel von Venedig zieren ...

Kann es sich hierbei um das Phänomen handeln, das vor ein paar Tagen im Fernsehen lief?

Ein ungutes Gefühl beschlich mich.

In mir fochten Neugier und Angst einen knappen Kampf miteinander aus. Die Neugier lenkte meine Augen schließlich immer wieder zurück aufs Papier und zwang mich zum Weiterlesen, während die Furcht mich starr und steif werden ließ. Ich war kaum noch in der Lage, mich zu bewegen und spürte eine Taubheit in meine Glieder kriechen, die ich so noch nicht kannte.

Ich muss es einfach wissen.

Ich holte noch einmal tief Luft, bevor ich den Kopf schüttelte, als wolle ich mich selbst aus meiner Tatenlosigkeit aufwecken.

Du bist so ein Angsthase, Lynn. Das hier ist nur ein Buch, kein Grund zur Panik.

Doch wieso fühlt sich das alles so verdammt echt an?

»Nach Fra Mauros Tod hörte der Spuk jedoch nicht einfach auf. Von Nacht zu Nacht verschlimmerten sich die Teufelsträume, die Venedigs Nachthimmel zierten. Es schien, als hätte Fra mit seinem Tod die Kontrolle über die Träume verloren, die nun wie böse Geister über den Himmel jagten.«

Ich erinnerte mich zurück an die Fratzen, die am Firmament zu sehen gewesen waren. Vor meinem inneren Auge tat sich der gefräßige Schlund auf, der die Stadt unter sich zu verschlingen drohte.

Erst als ich mehrmals blinzelte, wurde ich wieder zurück in die Gegenwart geholt, während in meinem Kopf immer noch der Donner grollte.

»Zu Lebzeiten hatte Fra die Kontrolle über seine Dämonen, über die Träume, die ihn jede Nacht heimsuchten. Er konnte sie bündeln und sammeln. Er war der Herrscher. Nach seinem Tod verfügte er nicht mehr über diese Möglichkeiten«, flüsterte ich. Meine Stimme brach. Kein Ton drang mehr über meine Lippen, als ich sie fest aufeinanderpresste. Ich konnte mir das alles nicht vorstellen und doch war es so unfassbar real. So gegenwärtig.

»Was könnte mit dem Sammeln und Bündeln gemeint sein?«, fragte Nic nachdenklich. Er hatte das Kinn auf die linke Handfläche gestützt und starrte mich aus seinen warmen Augen an.

Ich zuckte nur hilflos mit den Schultern. Bis mir plötzlich die zündende Idee kam.

»Die Karte! Er hat die Träume verwendet, um die Karte anzufertigen. Also hat er gewissermaßen jeden Traum an diese Karte gebunden und jeden Dämon, der sich darin verbarg, so unter Kontrolle gebracht. Nic, diese Karte ist der Schlüssel. Immerhin war sie der Ausgangspunkt für das ganze Chaos.« Die vorherige Starre war inzwischen von mir gewichen und vom Erfolgsgefühl fortgespült worden. Wir waren auf der richtigen Spur, das wusste ich einfach!

Der Ehrgeiz hatte mich nun gepackt, und obwohl mir der Schock über die Geschichte des heimgesuchten Kartenmachers noch in den Gedanken herumspukte, konnte ich das triumphierende Gefühl in meinem Inneren einfach nicht ignorieren.

»Das könnte es tatsächlich sein«, murmelte nun auch Nic. Er begann zu lächeln und strahlte mich freudig an. »Und wo befindet sich diese Karte momentan?«

Ich richtete meinen Blick sofort wieder auf das Buch und blätterte eine Seite zurück, da ich mir sicher war, diese Information schon etwas früher gelesen und beim Vortragen übersprungen zu haben.

Da!

»Momentan befindet sich die kosmographische Karte, das Lebenswerk des Künstlers, in der Biblioteca Apostolica Vaticana.« Mein Blick glitt zurück zu Nic.

»Im Vatikan? Sie bewahren die Karte im Vatikan auf?«, stöhnte Nic entnervt, bevor er merkte, dass er zu laut gesprochen hatte.

Ich legte einen Finger an meine gespitzten Lippen, um ihm zu bedeuten, leiser zu sein, doch es war bereits zu spät. Hinter Nic ertönten bereits schlurfende Schritte und nur wenige Sekunden später legte sich eine faltige Hand auf seine Schulter.

»Junger Mann, ist alles in Ordnung bei Ihnen?«, fragte der Bibliothekar mit misstrauischem Unterton.

»Ja natürlich. Alles bestens. Ich glaube, ich bin hier fertig.« Bevor ich auch nur ein Wort an ihn richten konnte, riss Nic das Buch an sich und klappte es energisch zu. »Wenn es ginge, würde ich dieses Buch gerne ausleihen.«

Der alte Herr sah ihn mit gerunzelter Stirn an, wodurch er im Endeffekt doppelt so viele Falten wie zuvor hatte. »Es tut mir leid, ich kann Ihnen dieses Buch nicht ausleihen. Sehen Sie diesen Stempel hier vorne?« Der Mann klappte das Buch auf und zeigte Nic die erste Seite des Buches, auf die ein Vermerk gekritzelt war, ebenso wie der Stempel der Bibliothek. »Das bedeutet, von diesem Buch gibt es nur ein einziges Exemplar. Deshalb ist es von der Ausleihe ausgeschlossen.«

Nic machte zunächst ein zerknirschtes Gesicht, doch dann nickte er verständnisvoll, als hätte er keine andere Wahl. »Das ist natürlich schade, aber nachvollziehbar. Warten Sie, ich trage die Bücher noch zurück zum Tresen.«

Nic setzte ein breites Lächeln auf. Die Art von Lächeln, die so herzlich und freundlich war, dass niemand ihm etwas ausschlagen konnte. Er beherrschte es schon, seitdem er ein kleiner Junge war, wie ich aus verlässlichen Quellen wusste.

Der Bibliothekar ließ sich davon jedoch nicht beeindrucken, was mich ziemlich amüsierte. Sonst waren die Menschen immer von Nics Charme wie verzaubert, doch dieser alte Mann ließ sich nicht so leicht von ihm um den Finger wickeln.

Und so begleitete ich Nic, während er einen Bücherstapel nach dem anderen nach vorne zum Schreibtisch trug, damit der Bibliothekar die Bücher später wieder einsortieren konnte. Ich bemerkte sofort, dass mein Schützling sich ungewöhnlich oft umsah und immer schneller wurde, als würde er aus der Bibliothek verschwinden wollen.

Als wir zum Ausgang gingen, musste er sich ziemlich beherrschen, um nicht loszurennen.

Was ist denn bloß los mit ihm?

Sobald wir durch die schwere Eingangstür traten und das Sonnenlicht ihn für einen Moment blendete, atmete Nic aus. Ich wartete neben ihm, bis er plötzlich wie von der Tarantel gestochen losrannte. Er eilte schnell durch ein paar umgrenzende Gassen, sodass ich nur in meiner formlosen Gestalt schnell genug war, um ihm zu folgen.

Es kam mir vor, als würde er im Zickzack laufen. Erst nach einer gefühlten Ewigkeit wurde er endlich langsamer und ich konnte ihn einholen.

»Was war das denn?«, fragte ich und materialisierte mich direkt vor ihm.

Nic hatte sich die Hände in die Seiten gestemmt und atmete hektisch ein und aus.

»Wie viele Jahre brennt man in der Hölle, wenn man jemanden bestiehlt?«, fragte er. Ich runzelte verwirrt die Stirn.

»Was ist denn das für eine Frage?« Und dann fiel es mir wie Schuppen von den Augen. Sein überstürzter Abgang und seine Flucht. Das konnte nur eines bedeuten. »Du hast doch nicht etwa …?«

Meine schlimmste Befürchtung bewahrheitete sich, als Nic nach hinten griff und aus seinem Hosenbund das kleine schwarze Buch herauszog. Er hatte sein Shirt darüber fallen lassen, sodass man es zuvor nicht sehen konnte. Doch natürlich würde der Diebstahl früher oder später auffallen. Spätestens, wenn der Bibliothekar die Bücher einsortierte.

»Wie? Und warum hast du das getan?«, fragte ich fassungslos.

»Wir brauchen Antworten«, entgegnete Nic nüchtern. »Und dieses Buch hat uns schon sehr weitergeholfen. Vielleicht bringt es uns noch ein bisschen weiter. Ich habe es vom Tresen genommen, als ich die Bücherstapel dort abgestellt habe. Alter Taschenspielertrick.« Er grinste mich an, als würde er erwarten, dass ich ihm nun anerkennend auf die Schulter klopfte und sagte: »*Gut gemacht!*«

»So angesäuert, wie du gerade schaust, wird dir meine nächste Idee auch nicht gefallen.« Er klang beinahe schon neckend, doch ich konnte einfach nicht anders, als entnervt aufzustöhnen.

»Was hast du denn jetzt wieder vor?«, fragte ich überflüssigerweise nach. Mir schwante Übles. Egal was er geplant hatte, es würde mir garantiert nicht gefallen. Mein Blick zuckte immer wieder zu dem Buch, das Nic aus der Bibliothek entwendet hatte.

»Wir werden den Vatikan bestehlen.«

Dreizehntes Kapitel

Nic

Warum?

Ich wünschte, ich hätte eine Kamera dabei gehabt, um Lynns Gesichtsausdruck für immer festhalten zu können. Bis mir einfiel, dass man sie auf dem Foto vermutlich gar nicht sehen könnte.

Sie starrte mich so schockiert an, dass ich befürchtete, ihr würde gleich die Kinnlade herunterfallen. Am liebsten hätte ich mit meinem Finger ihr Kinn leicht angehoben, doch da ich wusste, dass mein Seelenschatten nichts für Berührungen übrighatte, verschränkte ich meine Arme wortlos vor meiner Brust.

Zugegeben: Meine Idee war vielleicht nicht die beste.

Okay, okay. Sie ist grauenhaft.

Doch wäre es wirklich *so* schlimm?

Bestimmt würde niemand eine alte, gammelige Karte vermissen, oder? Schließlich kannte niemand ihren wahren Wert. Die Karte könnte Venedig vor den seltsamen Erscheinungen am Nachthimmel bewahren. Wir mussten sie nur in unsere Hände bekommen.

»Bist du von allen guten Geistern verlassen?«, spie Lynn aus. Ihre Augen waren weit aufgerissen und ihre Nase begann zu zucken. Beinahe wie bei einem Kaninchen, wenn es Gefahr witterte. Das machte sie immer, wenn sie mit einer meiner Ideen ganz und gar nicht einverstanden war.

»Nein, bin ich offenbar nicht. Schließlich bist du noch bei mir«, erwiderte ich neckisch. Ein freches Grinsen hatte sich auf meine Lippen geschlichen.

Lynn brauchte einen Moment, bis sie mein Wortspiel verstand. Als Reaktion darauf stöhnte sie leise auf und raufte sich die Haare. Sie verdrehte die Augen so sehr, dass ich beinahe hören konnte, wie sie in ihrem Schädel rollten.

»Das ist nicht witzig, Nicolo! Schon dass du dieses Buch geklaut hast ... « Sie deutete auf das kleine, in Leder gebundene Buch in meiner Hand. » ... könnte dich in große Schwierigkeiten bringen. Wir müssen vorsichtiger sein. Und du musst vorher mit mir absprechen, wenn du irgendwelche halsbrecherischen Aktionen startest!« Sie klang fordernd und ihre hohe Stimme zitterte leicht. Hatte ich es echt geschafft und meinen eigenen Schutzgeist in den Wahnsinn getrieben?

»Ich dachte, wir sind ein Team. Wir wären auch über andere, weniger riskante Wege an unser Ziel gekommen.«

In ihren violetten Augen tat sich ein dunkler Abgrund auf und ich konnte eindeutig den Schmerz hinter ihren bunten Iriden erkennen, den ich mit meinem Verhalten ausgelöst hatte. Sie war enttäuscht von mir.

Sobald ich die Empfindungen in ihrem Blick gedeutet hatte, wandte Lynn ihren Kopf ab und starrte stur die steinerne Fassade neben sich an.

Ich konnte verstehen, dass sie sauer und verletzt war über mein Verhalten, doch warum verstand sie nicht, dass dieser Schritt notwendig gewesen war?

Hätte ich das Buch einfach zurücklassen sollen?

Dann würden wir immer noch auf der Stelle treten.

»Lynn. Bitte sei mir nicht böse.« Ich trat einen Schritt auf sie zu, doch sie wich gleichzeitig einen vor mir zurück. Ich verstand die Botschaft. Sie wollte mir gerade nicht zu nahekommen. »Ich wollte dich wirklich einweihen, doch wie hätte ich das tun sollen, während der Bibliothekar in meiner Nähe war?« Ich ließ meine Arme locker neben meinem Körper hängen. »Er hätte meinen Plan vereitelt und vermutlich die Polizei gerufen.«

»Und du meinst, das wird er jetzt nicht tun?«, zischte sie. Ihr Blick glitt kurz zu mir herüber.

»Darauf wollte ich nicht hinaus. Ich hätte es dir erzählt, wenn ich gekonnt hätte.« Ich versuchte mich an einem aufmunternden Lächeln, doch ich befürchtete, dass es eher wie eine misslungene Grimasse aussah.

Lynn seufzte auf und wandte sich mir schließlich wieder vollständig zu.

Ihre Blicke tasteten meinen Körper ab, von oben bis unten, als würde sie mich genauestens mustern, um abzuwägen, ob ich die Wahrheit sagte.

»Hättest du es mir vorher erzählt, hätte ich dich wahrscheinlich sowieso davon abgehalten«, grummelte sie. Doch dann sah ich ihren linken Mundwinkel zucken. In diesem Moment wusste ich, dass alles wieder gut werden würde. Lynn wäre mir nicht auf Dauer böse. Als sich jedoch unsere Blicke trafen und ineinander verhakten, meinte ich, immer noch einen Hauch Verletztheit darin zu erkennen. Offenbar nahm sie das Ganze mehr mit, als ich dachte.

»Schließ mich bitte nicht mehr aus«, flüsterte sie so leise, dass ein Lufthauch ihr die Worte von den Lippen reißen und in der Welt verstreuen konnte.

Sie fürchtet sich immer noch vor dem Vergessenwerden.

Offenbar haben die Jahre der Einsamkeit ihre Spuren bei Lynn hinterlassen.

Das schlechte Gewissen traf mich unerwartet. Mein Innerstes zog sich bei ihren gewisperten Worten schmerzhaft zusammen. Denn ich wusste ganz genau, dass der Ursprung dieser Angst meine Ablehnung gewesen war.

Lynn war mir zwar nicht böse oder nachtragend, schließlich hatte ich sie als kleines Kind von mir gewiesen, doch das bedeutete nicht, dass sie nicht immer noch mit den Folgen dieser Ablehnung zu kämpfen hatte.

»Das werde ich nicht«, raunte ich, während ich einen Schritt auf sie zuging. Dieses Mal wich sie nicht vor mir zurück. »Nie mehr.«

Sie war mir so nahe, dass ich sie hätte berühren können. Nur wenige Zentimeter trennten uns voneinander. Ich müsste bloß meine Hand ausstrecken, dann könnte ich sie ertasten. Doch ich ballte meine Finger entschlossen zur Faust. Nein. Sie wollte das nicht, aus welchen Gründen auch immer, und das würde ich respektieren.

Und so verharrte ich schweigend in meiner Position und musterte sie eingehend. Ihre weichen Gesichtszüge und die strahlend weiße Haut, die wie feinster Alabaster wirkte. Die dunklen Haare, die ihr Gesicht in sanften Wellen umrahmten und die violetten Augen, die wie zwei Edelsteine im Sonnenlicht funkelten.

»Dann verrate mir eines ... «, flüsterte Lynn.

Mein Blick lag auf ihrem herzförmigen Mund. Ich konnte mich einfach nicht von diesem Anblick lösen, so sehr ich meine Gedanken auch von dieser Stelle hinfortzulenken versuchte.

»Warum?«

Lynn

»Warum?«, wiederholte er meine Worte. Er hauchte sie nur so dahin, als hätte seine Stimme die Kraft verloren, sie lauter auszusprechen.

Nic war mir so unfassbar nah. Ich bildete mir ein, dass er nach frisch gebrühtem Kaffee und ein wenig nach dem Staub der Bücher duftete, die er noch vor Kurzem durchgewälzt hatte.

Ich wünschte, ich könnte ihn berühren. Nur zu gerne würde ich wissen, wie sich der Stoff seines Shirts zwischen meinen Fingerspitzen anfühlte. Ob seine dunklen Locken genauso weich waren, wie sie aussahen, und ob seine Lippen sich beim Küssen immer noch so wahnsinnig gut anfühlten wie in meiner Erinnerung.

Ich blinzelte irritiert und versuchte mich zu fokussieren. Nics Nähe brachte meine Gedanken zum Abschweifen. Und obwohl ich in diesem Augenblick um meiner selbst willen vor ihm zurückweichen wollte, hielten mich seine tiefbraunen Augen an Ort und Stelle gefangen.

Also holte ich bloß tief Luft, um mich zu sammeln.

»Ja genau, warum? Warum bist du so auf diese Geschehnisse in Venedig fokussiert? Was motiviert dich so sehr daran, der Sache auf den Grund zu gehen?«, fragte ich. So. Endlich war es raus. Diese

Fragen brannten mir seit dem Betreten der Bibliothek auf der Zunge. Nic schien inzwischen so in diese Geschichte vernarrt zu sein, dass er selbst nicht mehr bemerkte, welche Grenzen er überschritt.

»Wieso fragst du das, Lynn? Willst du diesen Menschen etwa nicht helfen? Du hast doch im Fernsehen gesehen, was mit der Stadt passiert. Da geht etwas nicht mit rechten Dingen zu.« Er sah mich offen an. In seinem Blick erkannte ich keine Geheimnisse oder Lügen, doch seine Worte waren einfach nicht genug. Ich brauchte mehr. Ich brauchte eine anständige Begründung. Und ich würde sie bekommen.

»Nic, es ist eine Sache, ein paar verlorenen Seelen zu helfen, doch eine andere, einen vermutlich uralten Dämon zu überwältigen. Ich denke nicht, dass du weißt, worauf du dich da einlässt.«

»Soll ich etwa mein altes Leben weiterführen und so tun, als wüsste ich nichts? Lynn! Ich kann diesen Menschen wirklich helfen!« Seine Stimme schwoll mit jedem Wort an wie ein Fass, das mit Wasser gefüllt wird. Ich konnte ahnen, dass es bald über den Rand quellen würde.

»Warum willst du das wirklich, Nic? Um dir selbst etwas zu beweisen oder um der Menschen willen?«, fragte ich. Meine Tonlage war ruhig, beinahe monoton. Doch natürlich hörte Nic die versteckte Provokation heraus. Ich wusste, dass er unter Druck zu knacken war. Mein Schützling offenbarte erst sein ganzes Selbst, wenn er keine andere Wahl mehr hatte.

Ein schweres Seufzen drang aus seiner Kehle.

Ich wartete geduldig ab.

»Nenn mir einen vernünftigen Grund und ich werde dir helfen«, bot ich an. Die Worte verließen meinen Mund, ohne dass ich sie aufhalten konnte. Doch sobald sie ausgesprochen waren, wusste ich, dass sie stimmten. Sollte Nic wirklich das Verlangen verspüren, diesen Menschen zu helfen, so würde ich ihn nicht aufhalten können. Dann würde niemand diesen verfluchten Dickkopf aufhalten können. Und als sein Schutzgeist würde ich ihm zur Seite stehen. In jedem Moment seines Lebens.

Nic warf mir einen überraschten Blick zu.

Hat er tatsächlich an meiner Unterstützung gezweifelt?

»Ich ... Ich weiß es nicht, Lynn. Seit diesem Unfall, seit dem Augenblick, in dem ich dich zwischen den Flammen gesehen habe, schlägt ein zweites Herz in mir. Ich kann nun eine andere Welt wahrnehmen, die parallel zu der unseren existiert. Mir ist bewusst, dass es Geister, verlorene Seelen und Dämonen gibt. Ich weiß das alles. Doch andere Menschen tun das nicht. Und sie werden ins offene Messer rennen, wenn ich die Klinge nicht abwenden kann. Ich könnte Großes vollbringen.« Er holte tief Luft, während ich wie gebannt an seinen bebenden Lippen hing. »Mir wurde eine zweite Chance geschenkt. Ein zweites Leben. Und ich werde es nutzen, um zu helfen. Wenn ich auch nur einen Tod verhindern kann, werde ich das tun. Wenn ich auch nur einen Dämon zur Strecke bringen kann, werde ich das tun. Und wenn ich nur eine Seele ins Licht führen kann, so werde ich auch das tun.«

Ich versank in seinen warmen Augen und spürte seinen Blick wie eine Umarmung an meinem gesamten Körper. Er hatte mich noch nie so angesehen. So voller Ehrlichkeit und Zuneigung.

Seine Worte hallten noch lange in mir nach. Nach einer gefühlten Ewigkeit spalteten sich meine Lippen. Ich hatte meine Entscheidung getroffen. Sie fühlte sich verdammt richtig an.

»Und ich werde dir dabei zur Seite stehen.«

Vierzehntes Kapitel

Nic

Biblioteca Apostolica Vaticana

Es war bereits später Nachmittag, als wir das Gelände des Vatikans betraten. Ich kontrollierte meine Armbanduhr und erkannte, dass vier Uhr schon längst verstrichen war. Gepresst atmete ich aus. Wir würden das hier schaffen. Lynn und ich hatten alles, so gut es eben ging, durchgeplant. Mein Schutzgeist hatte sich unsichtbar gemacht, doch ein sanfter Lufthauch verriet mir, dass sie immer in der Nähe war. Ansonsten war es vollkommen windstill.

Ich musterte das Gebäude. Der rechteckige Bau war gigantisch und erstreckte sich über mehrere Hundert Meter. In der Mitte war eine freie Fläche geschaffen worden, die sich aus mehreren kleinen begehbaren Wegen und einigen Rasenflächen zusammensetzte. Topfpflanzen und Bänke säumten die Pfade und einige Besucher hatten sich Rast suchend darauf niedergelassen. Ich schaute mich weiter um und begutachtete das Gebäude, dessen rotbraune Gesteinswand besonders durch die vielen Bogenfenster ausgemacht wurde. Um die Fenster herum waren Rahmen in den Stein geschlagen, ebenso wie eine dazugehörige kreisrunde Öffnung. Alles wirkte akkurat und irgendwie starr. Hier lebte nichts, hier wurde bloß alles kontrolliert.

Doch das war längst noch nicht alles. Das Herz der Anlage war ein Kunstwerk, neben dem ich in diesem Augenblick stand. Es war eine riesige goldene Kugel im Zentrum der freien Fläche. Alle Wege liefen auf den gigantischen Ball zu, als sei er ihr Mittelpunkt.

Ich schaute nach links. Dort endete das Gebäude in einer nach innen gerichteten Kuppel. Ein steinernes Wappen war über dem Eingang angebracht worden, den man nur über eine weiße Treppe erreichen konnte. Diese wurde wiederum von zwei Figuren flankiert und mündete in einer gusseisernen Skulptur, die mich seltsamerweise an einen Tannenzapfen erinnerte. Ich legte den Kopf schief und betrachtete das Ding argwöhnisch. Ich wäre vermutlich kein besonders guter Kunstanalytiker geworden.

Seufzend wandte ich mich nach rechts, wo das Gemäuer in eine kleine Überdachung mündete, die wiederum von acht Säulen getragen wurde. Vier männliche Statuen befanden sich auf dem Dach und blickten in verdrehten Posen auf die Besucher der Bibliothek hinab.

Eine kleine Treppe führte zu einer Flügeltür hinauf, aus der viele Touristen und Besucher der Bibliothek herausströmten.

Ich verharrte an Ort und Stelle und beobachtete sie ganz genau.

»Willst du nicht reingehen?« Ein leises Flüstern wurde an mein Ohr getragen. Ich erkannte die melodische Stimme sofort. Lynn war also immer noch bei mir. »Rein und wieder raus. Du weißt, wonach wir suchen.«

Ich nickte unmerklich mit dem Kopf und krempelte die Ärmel meines schwarzen Hemds nach oben. »Dann mal los«, raunte ich dem Nichts zu, während ich auf den Eingang der Bibliothek zuschritt.

Gerade als ich mich auf den Weg machen wollte, sah ich sie. Eine verlorene Seele. Sofort versteifte ich mich und hielt inne.

Mist!

Warum ausgerechnet jetzt?

Obwohl ich Lynns zischende Stimme vernahm, die mich beschwor, jetzt bloß nichts Unüberlegtes zu tun, näherte ich mich der untoten Person.

Je näher ich mich an die verlorene Seele heranpirschte, desto kälter wurde mir. Ein deutliches Zeichen für übernatürliche Aktivitäten. Inzwischen konnte ich erkennen, dass es sich bei der Seele um das Ebenbild eines alten Mannes in langer Robe handelte. Er trug eine Art Haube, unter der sich helles Haar kräuselte.

Glücklicherweise bewegte sich der Mann am Rande der Anlage entlang, sodass sich nicht viele Touristen in unserer Nähe aufhielten.

Ohne lange zu zögern, ging ich auf ihn zu und stellte mich ihm in den Weg.

»Guten Tag, darf ich Sie kurz stören?«, fragte ich. In der letzten Zeit hatte ich gemerkt, dass die erwachsenen Untoten zugänglicher waren, wenn man die Höflichkeitsformen der Sterblichen beachtete.

Der alte Mann stoppte abrupt und blickte mich erstaunt an. »Sprechen Sie etwa mit mir?« Seine milchig weißen Augen waren weit aufgerissen, als könnte er es einfach nicht begreifen. »Ich wusste, irgendwann würde jemand kommen, der mich erlösen würde! Sie haben sich ganz schön lange Zeit gelassen, junger Mann.«

Warte ... Was?

»Woher sollten sie das wissen?«, hakte ich nach.

Eine verlorene Seele wie er war mir noch nie begegnet. So besonnen und ruhig. Vielleicht auch ein wenig hochnäsig.

»Weil ich Gottvertrauen habe, mein Junge. Wie ist dein Name, wenn ich fragen darf? Bist du einer der Erzengel? Vielleicht Gabriel? Oder die Reinkarnation des Messias? Wirst du mich nun in den Himmel geleiten?«

Mir klappte die Kinnlade nach unten.

Was zur Hölle ist bitte in diesen Mann gefahren?

In den vergangenen Monaten hatte ich gelernt, dass es manchmal sinnvoller war, den verlorenen Seelen nicht die Wahrheit zu sagen. Die Realität machte sie oft nicht glücklich, was ihre Erlösung nur unnötig erschwerte. Also spielte ich mit und setzte mein seligstes Lächeln auf.

»Ja. Mein Name ist Nicolo und ich wurde gesandt, um Sie in die ewigen Gefilde zu führen. Sind Sie bereit für diese letzte Reise?« Ich redete langsam und ruhig, um die Seele in Sicherheit zu wiegen. Der Mann lächelte mich an und rückte seine Kappe zurecht.

»Den Namen Nicolo habe ich noch nie gehört. Bist du ein Engel?«

»So was in der Art. Sie können mir vertrauen.«

Mein Gegenüber atmete tief durch. Vermutlich aus reiner Gewohnheit, denn er besaß offensichtlich schon lange keine Lunge mehr.

»Also, was muss ich tun?«

»Schließen Sie die Augen.« Der Mann folgte meinem Befehl. Ich ergriff seine Hand. Die Berührung fühlte sich jedes Mal neu und ungewohnt an. Ein Kälteschauder fuhr meine Wirbelsäule hinab.

»Haben Sie keine Angst, Sie werden nicht allein sein. Es wird Sie jemand erwarten, der sich um Sie sorgen wird. Es wird Ihnen an nichts fehlen. Sie dürfen diesen Ort nun verlassen.« Ich sammelte mich und schloss selbst die Augen, um mich besser zu konzentrieren. »Sie sind frei.«

Meine Handfläche, mit der ich die Hand des Mannes umfasst hatte, kribbelte verräterisch und statt der alles verzehrenden Kälte spürte ich nun eine angenehme Wärme, die meine Haut kitzelte.

Ich wartete noch einige Sekunden ab, bevor ich meine Augen öffnete und erkannte, dass der Mann verschwunden war. Stattdessen hatte sich Lynn neben mir positioniert. Sie lächelte mich vielsagend an.

»Du kannst es einfach nicht lassen, oder?«, fragte sie provokant. Sie spielte darauf an, dass ich versuchte, jeder verlorenen Seele zu helfen, egal in welcher Situation.

»Er brauchte meine Unterstützung. Das hast du doch gesehen.«

»Du hast gerade einen Kardinal erlöst, Nic! Das ist eine große Sache. Und es ist dir so leicht von der Hand gegangen.«

Ein Kardinal? Das erklärt zumindest die seltsame Kappe.

Lynn zog die Augenbrauen zusammen, als hätte sie meine Gedanken gelesen.

»Du wusstest doch, dass es ein Kardinal war, oder?«

»Lynn, dir sollte doch inzwischen klar sein, dass ich keinen Unterschied zwischen den Menschen mache, oder? Ich helfe ihnen, egal ob es Kinder oder Erwachsene sind. Es ist mir gleichgültig, ob sie zu Lebzeiten reich oder arm waren. Vor mir hätte auch der Papst stehen können. Ich hätte genauso versucht, ihm zu helfen.«

Wir sahen uns einen Augenblick schweigend an, bis Lynn sich schließlich kopfschüttelnd wegdrehte. Mir entging dennoch nicht das kleine Lächeln auf ihren Lippen.

»Du solltest dich beeilen, wenn du unseren Plan immer noch in die Tat umsetzen willst.«

Die Bibliothek würde bald schließen und die Touristenführungen waren inzwischen alle beendet. So unauffällig wie möglich betrat ich das Gebäude.

Die pompöse Ausstrahlung der Biblioteca Apostolica Vaticana brachte mich vollkommen aus dem Konzept, weshalb ich für einen kurzen Moment ins Stolpern geriet.

Heilige Sch …!

Ich riss meine Augen weit auf und blickte mich staunend um. Die Ausmaße des Inneren der Bibliothek waren einfach unfassbar. Ungläubig drehte ich mich im Kreis und wusste gar nicht, was ich zuerst betrachten sollte.

Der glatt polierte Boden war mit Steinplatten versehen, die zum einen Marmor glichen und zum anderen eingefärbt waren, wodurch abstrakte Muster entstanden.

Die säulenartigen Wände schraubten sich scheinbar unendlich in die Höhe, sodass ich meinen Kopf in den Nacken legen musste, um zu sehen, wie sie sich über mir zu unzähligen Bögen vereinten.

Reich verzierte Säulen stützten die Torbögen, welche ebenfalls das Muster des Bodens zeigten. Vereinzelt erspähte ich an den Decken ovale Ornamente, in denen religiöse Abbildungen zu sehen waren. Die Feinheit und Detailgenauigkeit, mit der die Personen und ihre Kulissen gemalt worden waren, raubte mir den Atem.

Egal, in welche Richtung ich mich drehte oder wendete, ich konnte immer wieder etwas Neues entdecken.

Seien es die hohen Bogenfenster, die das Sonnenlicht in goldenen Wellen über den glatten Marmor fließen ließen. Oder die unzähligen Statuen von Heiligen, deren berühmteste Posen für die Ewigkeit in Stein gehauen wurden. Oder die Altäre und Opfertische, die mit Gold und Edelsteinen verziert worden waren und ihre glitzernden Reflexionen an die Wände warfen. Es gab so viel zu sehen und ich hatte das Gefühl mit meinen Augen einfach nicht alles zu erfassen.

Alte lateinische Inschriften schlängelten sich an der gewölbten Decke entlang. Reich dekorierte Emporen mit kleinen Dächern und eigenen Säulen bildeten Fixpunkte für die restlichen Touristen, die sich hier herumtrieben. Von jeder Ecke erschallten entzückte Ausrufe, wie »*Ohh*« und »*Ahh*«.

Der Prunk legte sich wie ein schimmernder Nebel über meine Gedanken und verschleierte jeden meiner Entschlüsse. Meine Blicke glitten von einem Objekt zum nächsten, sodass ich nie zur Ruhe kam. Alles funkelte, glänzte und wirkte so alt und zugleich edel. Ich konnte mir nicht annähernd vorstellen, welche Reichtümer sich noch in diesen Hallen versteckten.

Ich trat einige Schritte in die ausladende Halle hinein und lauschte, wie meine Schritte in einem endlosen Echo durch die Gänge hallten.

Wow.

So etwas habe ich in meinem ganzen Leben noch nicht gesehen.

»Konzentrier dich, Nic. Wir haben eine Aufgabe«, wisperte eine scharfe Stimme in mein Ohr. Die Besitzerin der melodischen Worte klang eindeutig sauer.

Ich fuhr unmerklich zusammen.

Was tue ich hier eigentlich?

Ich lasse mich von ein bisschen Glitzer doch nicht von meiner Aufgabe ablenken!

Schließlich bin ich keine Elster auf Beutezug.

Ich schüttelte den Kopf, um wieder klar denken zu können. Der Anblick der Bibliothek hatte mich einfach vollkommen überrumpelt. In meiner Vorstellung hatte der Vatikan zugegebenermaßen nicht so übermäßig groß gewirkt.

Wie soll ich hier drinnen überhaupt irgendetwas finden?

Das ist ein Ding der Unmöglichkeit!

Zwar hatten Lynn und ich uns zuvor schlaugemacht, in welchem Gebäudeabschnitt der Bibliothek die Karten aufbewahrt wurden, doch würde unsere Suche wirklich von Erfolg gekrönt sein?

Oder würden wir scheitern?

Lynn

So ging das doch nicht weiter!

Es fehlte nur noch, dass Nic beim Anblick der Reichtümer anfing zu sabbern.

Was haben diese Sterblichen bloß immer mit ihrem Gold und dem Glitzer?

Ich stöhnte betont theatralisch auf und materialisierte mich vor seinen Augen, damit er endlich damit aufhörte, diese bemalten Säulen anzustarren.

»Lass uns mit der Suche beginnen«, zischte ich ihm zu, woraufhin er bloß verwirrt blinzelte. Nic wusste, dass ich mich eigentlich nicht gerne in der Gegenwart großer Menschenmengen sichtbar machte. Doch besondere Situationen erforderten eben besondere Maßnahmen. So wie diese hier.

Hätte ich ihn berühren können, so hätte ich ihn jetzt am Ärmel seines Hemds gepackt und mit mir geschleift. Doch da mir diese Freude nicht gegönnt war, zwinkerte ich ihm einfach vielsagend zu und ging mit großen Schritten davon. Ich hatte bereits zwei Torbögen durchquert, bis Nic mich einholte. Er sagte kein Wort, sondern sah sich immer wieder um.

Während ich Ausschau nach Schildern hielt, die uns den Weg zu den aufbewahrten Büchern wiesen, verweilte Nic immer wieder vor den detaillierten Wand- und Deckenmalereien. Er umrundete prunkvolle Säulen und legte ein ums andere Mal den Kopf in den Nacken, um bloß kein Ornament, keine Verzierung und kein noch so kleines Bild zu verpassen.

Überall glänzte es. Edelmetalle verbargen sich in jeder Ecke, an jedem Türknauf und jedem Geländer.

Widerwillig musste ich mir eingestehen, dass mich dieser maßlose Prunk zwar beeindruckte und auch staunen ließ, doch ich verstand die Obsession der Menschen einfach nicht. Warum hatten sie etwas derart Massives und Gewaltiges errichten lassen?

Was bezweckten sie damit?

Ich konnte über diese Maßlosigkeit nur den Kopf schütteln. Immer größer, immer besser, das schien das Motto der Lebenden zu sein. Doch sie hatten den Sinn und Zweck des Ganzen vergessen. Den Grund, warum sie das alles errichtet hatten. Nämlich für einen allmächtigen Herrscher, der sich nicht um Materialität und Reichtum scherte. Erst wenn man tot war, begriff man, dass die Dinge, die einem im Leben wichtig waren, im Jenseits nichts mehr zu bedeuten hatten.

Was nützt einem Gold und Edelsteine, wenn man keinen Wert in seiner Seele trägt?

Deshalb konnte ich bloß entnervt schnauben, als Nic ein weiteres Mal innehielt.

Diesmal wartete ich nicht auf ihn, sondern ging allein voran. Er würde schon hinterherkommen, wenn er so weit war.

»Hier irgendwo muss es doch sein«, murmelte ich gerade, als ich einen weiteren Torbogen durchquerte.

Kaum kamen die Worte über meine Lippen, blieb ich abrupt stehen.

Vor mir erstreckte sich ein langer Saal, der vom Licht, das durch Dutzende Bogenfenster fiel, beleuchtet wurde. Die gewölbte Decke endete in Säulen aus dunklem Holz, an denen jeweils zwei Etagen aus Regalen angebaut waren. In den einzelnen Regalbrettern stapelten sich die Bücher bis unter die Decke. Ich selbst schien auf einer Art Empore zu stehen, denn ich sah von hier aus in das untere Stockwerk hinab, wo vor jedem einzelnen Regal jeweils eine Marmorbüste aufgestellt worden war.

Zwar konnte ich von hier aus nicht erkennen, welche Menschen dort dargestellt waren, doch sie mussten eine große Bedeutung für die Kirche und die Literatur gespielt haben, wenn sie die Ehre hatten, hier ausgestellt zu werden.

An den Büsten entlang war eine lange rote Kordel angebracht, die eine Vitrine umrandete, die gleichzeitig das Zentrum des Raums bildete.

Ich begann zu lächeln beim Anblick der unzähligen Bücher. Wir waren am Ziel.

Das Licht der langsam untergehenden Sonne tanzte über die Buchrücken und ließ mich verträumt aufseufzen.

Das hier, dieser Saal, besaß mehr Reichtum als alle Hallen, die Nic und ich zuvor durchquert hatten. Denn hier wurde im wahrsten Sinne des Wortes Geschichte geschrieben.

Nicht Gold und Juwelen sind die Schätze dieser Welt, sondern die Geschichten, die sich zwischen den Buchrücken verbergen. Worte sind so viel mächtiger als prunkvolle Schwerter und beschriebenes Papier hatte mehr zu sagen, als es eine prächtige Wandmalerei jemals könnte.

Ich atmete tief durch und legte meine Hände auf die Brüstung, die die untere Etage von der oberen trennte. Ein Sonnenstrahl schien direkt durch meinen Körper hindurch und ließ meine Haut noch blasser wirken, als sie sowieso schon war. Ein Schemen, nicht mehr als ein Schatten.

Seufzend stieß ich mich von dem Geländer ab, um Nic zu suchen.

Sobald ich ihn nur wenige Meter vom Eingang des Saals entfernt gefunden hatte, konnte ich nicht anders, als ihn überlegen anzugrinsen und zu sagen: »Komm mit, das musst du dir unbedingt ansehen.«

Fünfzehntes Kapitel

Nic

Der Raub

Lynn führte mich in einen neuen Saal, den sie selbst vor wenigen Minuten betreten hatte. Mein Blick verweilte noch einen Moment auf den reich verzierten Wänden und Säulen, bevor ich ihr folgte.

Hat sie vielleicht die Karte gefunden?

Verdammt! Ich habe viel zu viel Zeit verschwendet und mich auf die unwichtigen Dinge konzentriert.

Entschlossen, mich nicht mehr von den Reichtümern des Vatikans ablenken zu lassen, betrat ich den Saal.

»Was möchtest du mir zei … « Mein Atem stockte, als ich die Ausmaße der Bibliothek vor mir sah. Eine solche Masse an Büchern hatte ich selten gesehen. Es wirkte fast schon magisch, wie die Abendsonne das Holz und das Papier in ihr warmes Licht hüllte. Stille legte sich über meine Ohren. Eine Stille, die nur durch die Gegenwart von Büchern und Geschichten hervorgerufen wurde. Ehrfurcht.

Ich konnte nichts anderes denken außer: »Wow.« Das Wort floss wie ein leiser Hauch über meine Lippen. Ich schluckte schwer, als Lynn sich neben mir positionierte und ihren Blick über die untere Etage wandern ließ.

»Beeindruckend, nicht wahr?«, fragte sie. Ihre Stimme verklang in der Weite des Saals, bis ich mir wieder darüber bewusst wurde, dass ich der Einzige war, der sie hören konnte.

»Oh, ja. Dieser Ort ist … unfassbar. Meinst du, die Karte ist hier irgendwo zu finden?«, fragte ich im Flüsterton.

»Ich gehe davon aus. Wenn sie wirklich das ist, was wir denken, dann könnte ich sie vielleicht sogar erspüren. Sie muss eine derart große Macht haben, dass man ihre Präsenz auf irgendeine Art und Weise wahrnehmen muss«, meinte sie.

»Du denkst, du kannst sie mithilfe deiner Geistersinne aufspüren?«, raunte ich.

Lynn nickte zur Antwort. »Ich denke, eine so starke Präsenz wie die Karte würdest aber auch du wahrnehmen oder zumindest ansatzweise spüren.«

Ihre Worte erweckten meinen Tatendrang auf der Stelle. Ich machte bereits Anstalten, einen Weg ins untere Stockwerk zu finden.

»Warte!« Bevor ich lospreschen konnte, hielt Lynn mich mit ihrem Befehl zurück. »Wir brauchen eine Vorgehensweise. Wir können nicht einfach auf gut Glück losrennen und hoffen, etwas zu finden. Bei der Größe dieser Bibliothek könnte es Tage dauern, bis wir auf etwas stoßen, selbst wenn ich die Karte erspüren kann. Wir müssen uns aufteilen.« Ihr klarer Blick holte mich zurück auf den Boden der Tatsachen.

»Und was schlägst du vor?«, fragte ich meinen Schutzgeist, während ich die Arme verschränkte.

»Ich nehme mir das untere Stockwerk vor und du das obere. Einverstanden?« Sie hatte eine Augenbraue vielsagend in die Höhe gezogen. Ohne einen Kommentar abzugeben, nickte ich ihr zu und drehte mich nach links, um zunächst die Regale auf dieser Seite des Saals unter die Lupe zu nehmen.

Beim Anblick der unzähligen Buchrücken keuchte ich auf.

Es könnte Tage, Wochen – ach was! – Monate dauern, bis wir hier etwas finden!

Doch man konnte nichts finden, wenn man nicht danach suchte. Und so begann ich die Regalreihen abzulaufen und die Initialen auf den Buchrücken zu entziffern, um herauszufinden, ob sich in ihnen vielleicht wertvolle Informationen befanden.

In manchen Fächern waren tatsächlich Karten ausgestellt, die sich allesamt in edlen Glaskästen befanden. Sie schienen fest verschlossen zu sein, doch meistens waren es bloß Aufzeichnungen von Rom oder anderen umliegenden Städten. Keine von ihnen barg einen Hinweis auf Venedigs Kosmographen.

Aber ich gab die Hoffnung nicht auf. Noch nicht. Hier irgendwo befand sich die Karte, die uns ans Ziel führen würde. Und ich würde sie so lange suchen, wie es nötig war.

Lynn

Nic hatte sich bereits auf die Suche gemacht und lief die Regalreihen ab, während ich noch untätig in der Gegend herumstand und mich umsah. Um in die untere Etage zu gelangen, hatte ich mich einfach über das Geländer geschwungen und hinabfallen lassen. Es waren höchstens fünf Meter gewesen. Ein Klacks für mich. Nun schritt ich langsam durch den Saal, vorbei an den Marmorbüsten. Steinerne Mienen starrten mich ununterbrochen an und gruben ihre Blicke in meine Seele. Es fühlte sich an, als würde ich tatsächlich beobachtet werden. Irgendwie kam ich mir plötzlich eingeengt vor in meiner Beweglichkeit, obwohl sich augenscheinlich nichts und niemand außer Nic hier im Saal befand.

Ich wischte das absurde Gefühl mit einer Handbewegung von meinen Armen und nahm mir vor, mir zunächst einmal einen Überblick zu verschaffen, indem ich mir alle Regale grob ansah.

Mit jedem Schritt, den ich tiefer in die Bibliothek trat, schien weniger Licht aus den hohen Bogenfenstern zu mir vorzudringen. Die Schatten an den Wänden wurden mit jeder vergehenden Sekunde länger und schwärzer, als würden sie sich von der nahenden Dunkelheit nähren. Eine unnatürliche Kälte kroch an meinen Gliedern hoch wie eine Ranke, die sich an meinem Körper emporwand. Ein eindeutiges Zeichen für geisterhafte Aktivitäten. Ich konnte spüren, wie mich etwas am Bein berührte. Doch sobald ich herumfuhr, mit rasendem Herzen und weit aufgerissenen Augen, war nichts weiter zu sehen als die Schatten, die über den Boden schlichen.

Ich blieb stehen. Inzwischen war ich ein gutes Stück vom Eingang des Saals entfernt. Von Nic fehlte jede Spur und nicht der kleinste Laut drang an mein Ohr. Es schien beinahe so, als sei die Bibliothek vollkommen ausgestorben.

Zögernd wandte ich mich wieder um. Bald schloss die Bibliothek ihre Pforten. Bevor das geschah, mussten wir unbedingt die verdammte Karte finden.

Erneut meinte ich, eine kühle Berührung zu spüren. Ich zuckte vor dem unsichtbaren Feind zurück und versuchte, einen klaren Kopf zu bewahren. Panik war in dieser Situation definitiv nicht von Vorteil.

Scheiß auf die Karte! Wir hätten den Plan von Anfang an in die Tonne treten sollen.

Am besten gehen wir jetzt einfach zurück nach Hause.

Ich nickte voller Zustimmung über meine eigenen Gedanken und drehte mich auf der Stelle, um zum Eingang der Bibliothek zurückzulaufen. Sobald ich in das Licht der untergehenden Sonne trat, wurde die Geisterkälte von mir gewaschen.

Ich atmete erleichtert aus und wollte gerade Nic rufen, um ihm zu sagen, dass wir verschwinden sollten, als mich ein Gedanke überfiel. Er sprang mich an wie eine listige Raubkatze und schlug seine Fänge so tief in meinen Kopf, dass ich ihn einfach nicht ignorieren konnte.

»Moment mal ... «, hauchte ich. Vor wenigen Minuten hatte ich Nic noch selbst erklärt, dass wir beide möglicherweise dazu in der Lage waren, die Karte durch unsere Empfindungen und Fähigkeiten ausfindig zu machen. Und nur kurz darauf überfielen mich diese Wahnvorstellungen von Berührungen, Kälte und Dunkelheit. Das konnte unmöglich ein Zufall sein!

Keuchend wandte ich mich wieder dem Ende des Saals zu. Und obwohl die Bibliothek aus meiner momentanen Position hell, warm und geradezu freundlich wirkte, konnte ich nun ganz genau die Schatten sehen, die sich in den Ecken versteckten und ihren heiligsten Schatz beschützten. Ich war mir nun zu einhundert Prozent sicher, dass ich mich auf der richtigen Spur befand.

»Nic! Komm runter, ich glaube, ich habe etwas gefunden!«, rief ich zu den oberen Regalen empor. Nur wenige Sekundenbruchteile später war sein verwuschelter Lockenkopf zu sehen. Er grinste mich breit an und zeigte mir einen Daumen nach oben. Ich lächelte vielsagend zurück und winkte ihn zu mir.

Kurze Zeit später hatte er eine Wendeltreppe gefunden, die die beiden Stockwerke der Bibliothek miteinander verband. Allerdings konnte ich erst richtig aufatmen, als er wirklich neben mir stand.

Die Wärme von Nics Augen vertrieb sofort die Kälte, die sich in meinen Knochen eingenistet hatte. Sie erinnerte mich ein wenig an den eisigen Schauer, der mich überfiel, wenn ich in die Nähe von verlorenen Seelen gelangte. Doch diese Kälte reichte tiefer, bis auf den Grund meines Daseins hinab.

Ohne ein weiteres Wort zu verlieren, deutete ich auf das andere Ende des Saals.

»Die Karte muss sich dort befinden, ich kann es spüren«, flüsterte ich. Ich bemerkte selbst, wie belegt meine Stimme klang. Nic sollte nicht bemerken, wie sehr mich die unsichtbare Kraft einschüchterte, die hier am Werk war.

»Bist du dir sicher?«, fragte er noch mal nach, woraufhin ich schwach nickte. Sobald er das andere Ende des Saals anvisierte, konnte ich seine Pupillen zittern sehen. Als würde ihm das Ganze auch nicht behagen.

Wir können immer noch umdrehen ...

Ich beachtete die Fistelstimme in meinem Kopf nicht weiter, die wohl einmal meine Vernunft gewesen sein musste.

Stattdessen sahen Nic und ich uns erneut tief in die Augen, bevor wir uns mit festen Schritten auf den Weg machten. Mit jedem zurückgelegten Meter wuchs meine Anspannung.

Konzentrier dich, Lynn!

Wie auch zuvor verdunkelte sich der Saal zunehmend. Ich spürte sofort, wie die Schatten sich zu meinen Füßen bewegten. Sie reckten uns ihre knochigen Hände entgegen, umschlossen unsere Knöchel und ließen eine Sekunde später wieder los, sodass wir nur den Hauch einer Berührung erahnen konnten.

Ich sah, wie die Dunkelheit von den Wänden triefte, wie die Finsternis die Luft um uns herum in Schwärze tauchte und mit jedem Schritt allgegenwärtiger wurde.

Während die Angst mich immer mehr zu kontrollieren schien, wirkte Nic wie die Ruhe selbst. Als könne er nicht sehen, was hier vor sich ging. Und da fiel es mir wie Schuppen von den Augen: Er sah sie nicht. Er konnte die Schatten nicht wahrnehmen.

Zwar spürte er, dass hier etwas nicht mit rechten Dingen zuging, doch seine Wahrnehmung war lange nicht so fein wie die meine.

Mein Blick ruckte wieder nach vorne, weg von Nic. Er durfte auf keinen Fall merken, was passierte. Das könnte unser ganzes Vorhaben gefährden. Je weniger er von den Mächten, die hier herrschten, mitbekam, desto besser.

Wir legten noch einige Meter zurück, bevor wir vor einer großen Glasvitrine zum Stehen kamen. Ihre Füße bestanden aus geschwungenem Gold und das Glas glänzte wie feinster Kristall. Doch in dem Kasten sah ich nur eins: Schwärze. Finsterer Nebel, der sich von innen gegen die Vitrine presste und auszubrechen versuchte. Wie ein Monster, das sich einen Weg ins Freie bahnen wollte.

Er bewegte sich unaufhörlich, waberte wie eine dunkle Vorahnung umher und schien uns in seinen Bann ziehen zu wollen. Ich musste die Karte nicht sehen, um zu wissen, dass es die richtige war.

»Das ist sie«, keuchte ich. Meine Stimme war nicht mehr als ein raues Flüstern. Die Berührungen an meinen Armen und Beinen wurden immer hektischer und passierten immer öfter. Als könnten sich die Geister nicht länger beherrschen. Was würde passieren, wenn wir die Vitrine öffneten?

In meinem Kopf begannen mit einem Mal Stimmen zu erschallen. Wie ein Echo aus längst vergangenen Zeiten.

Befreie uns…

Rette uns…

Hilf uns…

ERLÖSE UNS!

Ich zuckte einen Schritt von der Vitrine zurück. Das mussten die Bitten und Klagen der gefangenen Träume sein, die nach mir riefen, denn ich konnte sie hören. Das hatten sie längst begriffen.

Dämonenträume und Teufelswünsche.

Sie wollten befreit werden aus ihrem Gefängnis, aus der Karte.

Es war eine dumme Idee gewesen, hierherzukommen. Eine unbeschreiblich dumme Idee.

»Ich hole sie«, meinte Nic plötzlich. Er machte sich sogleich am Schloss der Vitrine zu schaffen, als würde er sie aufknacken wollen. Sobald ich das begriff, fokussierte mein Blick den gefangenen Schatten. Bildete ich mir das bloß ein oder wurden seine fließenden Bewegungen immer schneller?

»He! Was tust du da?«, erklang eine tiefe Stimme hinter uns. Ich fuhr zusammen und hätte beinahe aufgeschrien, bis ich realisierte, dass es bloß ein Mensch war, der Nic angesprochen hatte. Mit schnellen Schritten kam ein Mann in Uniform auf uns zu. Er trug ein Abzeichen an seiner Brust, dessen glänzender Schein von den Schatten um uns herum verschluckt wurde. Das musste ein Wachmann sein! Und er erwischte Nic gerade dabei, wie er versuchte, ein wertvolles Artefakt zu stehlen.

»Shit«, fluchte Nic neben mir. Ich konnte ihm da nur zustimmen. Verzweifelt sah ich zwischen ihm, dem Wachmann und dem gefangenen Schatten hin und her.

»Tu doch etwas, Nic!«, keifte ich ihn an, weil ich so überfordert war, dass ich nicht mehr weiter wusste.

Noch bevor ich etwas anderes hinterherschreien konnte, ließ Nic seinen Ellenbogen auf die Vitrine niedersausen. Ein zorniger Schrei erklang hinter unseren Rücken, während das Glas zu splittern begann. Die krachenden Schritte des Wachmanns kamen immer näher, während Nic seinen Ellenbogen ein zweites Mal auf das Glas schmetterte. Ich beobachtete wie versteinert, wie sich feine Risse über die Oberfläche zogen und sich schwarze Nebelschlieren aus ihnen herauswanden.

Um das dunkle Grauen nicht länger ansehen zu müssen, schaute ich mich nach dem Wachmann um. Er war höchstens noch zehn Meter von uns entfernt, als Nic seinen Ellenbogen ein drittes Mal zum Einsatz brachte. Ein kreischendes Geräusch ertönte, als das Glas vollständig zerstört wurde. Es regnete Splitter, die die Finsternis der Schatten Abertausend Male spiegelte. Sie tanzten und wirbelten um uns herum, bevor sie mit einem Prasseln auf dem Marmorboden aufschlugen.

Ohne eine Sekunde zu zögern, griff Nic in die Vitrine. Der Arm des Wachmanns war inzwischen direkt hinter ihm und streckte sich nach seiner Schulter aus, um ihn herumzureißen.

Aus reinem Reflex griff ich nach Nics Hand, bevor uns die Finsternis verschluckte und untote Schreie in meinen Ohren widerhallten.

Sechzehntes Kapitel

Nic

Geistersphäre

Wir fielen durch Zeit und Raum. Zumindest fühlte es sich so an.

Nachdem Lynn meinen Arm ergriffen hatte, hatte uns vollkommene Schwärze eingeschlossen. Wie ein Schatten, der uns verzehrte. Das Einzige, was ich wahrnahm, war Lynns Berührung auf meiner Haut. Ihre Finger hatten sich in mein Fleisch gekrallt, als wäre ich ihr letzter Halt, ihr Anker in der Finsternis.

Ehrlich gesagt hatte ich mir den Moment, in dem sie mich zum ersten Mal berührte, ein wenig anders vorgestellt. Nicht so vollgepumpt mit Angst und Panik. Ich konnte die Furcht in ihren Augen lodern sehen. Die violetten Iriden strahlten so hell, dass ich blinzeln musste, um ihren Anblick zu ertragen. Doch da war noch etwas anderes: Ein dunkler Flecken, der sich am Rande ihres Blickfelds angesammelt hatte und dort unheilvoll waberte. Als würde die Finsternis bloß darauf warten, über uns hereinzubrechen.

Und plötzlich wurde mir bewusst, dass Lynn sich nicht vor dem Wachmann fürchtete, der uns dicht auf den Fersen war, sondern vor einer anderen Gefahr. Einer wesentlich größeren.

Was sieht sie?

Was versetzt meinen Schutzgeist derart in Schrecken?

Sobald unsere Körper aufeinandertrafen, schien die Welt um uns herum zu verstummen. Wir wurden von einem Vakuum, einem schwarzen Loch aufgesogen, das uns jenseits alles Bekannten beförderte. Für einen Moment war ich so orientierungslos, dass ich meinte, wir würden schweben. Schwerelos im Nichts. Selbst meine Gedanken waren still. Nur Lynn war für mich sichtbar.

Nur einen Sekundenbruchteil später wurde die Finsternis zerrissen. Zerfetzt von Lichtpunkten, die immer größer und breiter wurden und schließlich überall um mich herum aufflackerten. Ihr Licht wärmte nicht, doch es war auch nicht kalt. Es war einfach *da*.

Der Anblick der Lichtrisse im endlosen Schwarz beruhigte mein rasendes Herz. Ungekannter Gleichmut strich über meinen Körper, betäubte mich geradezu, während ich den Lichtschlieren dabei zusah, wie sie sich beharrlich ihren Weg zu mir bahnten.

Wie ein verlangsamter Blitz glitten sie immer weiter nach vorne. Lynn beobachtete das Geschehen mit großen Augen. Wie in Zeitlupe begann sich ihr Mund zu öffnen, als wolle sie schreien. Ihre dunklen Haare umwehten ihren Kopf, als würden wir uns unter Wasser befinden und nicht in dieser Endlosigkeit.

Dieser Ort, oder besser gesagt dieser Nicht–Ort, erinnerte mich an damals. An die Zeit nach meinem Unfall, in der ich im Koma gelegen hatte und die Dunkelheit mein einziger Freund gewesen war.

Unbehagen breitete sich in mir aus und vertrieb die Gefühllosigkeit aus meinen Gliedern. Ich begann mich zu bewegen und spürte, wie jede meiner Bemühungen verlangsamt wurde. Obwohl ich meine Beine zum Rennen zwang, machten sie nur träge Bewegungen. Als würde ich durch Moor waten und mit jedem Schritt weiter in die Tiefe gezogen werden.

Die Lichtblitze kamen immer näher und näher. Angst nistete sich in meinen Knochen ein und stellte sich meiner Konzentration in den Weg. Jede Bewegung wurde zur Qual, zu einem endlosen Kampf, den ich unmöglich gewinnen konnte. Das wurde mir in diesem Moment schmerzlich bewusst.

Mein Kopf wandte sich zu Lynn. Falls das hier unser Ende sein sollte, würde sie das Letzte sein, was ich sah, das schwor ich mir.

Es dauerte eine halbe Ewigkeit, bis unsere Blicke sich trafen.

Sofort erlahmten jegliche meiner Bewegungen und ich fokussierte mich voll und ganz auf sie.

Lynn schien zu verstehen, denn auch sie hörte auf, sich um ein Fortkommen zu bemühen.

Stattdessen formten ihre herzförmigen Lippen in quälender Langsamkeit ihre letzten Worte. Kein Laut drang an mein Ohr, als wäre ich vollständig taub. Oder als würde die Umgebung jedes Geräusch verschlucken.

Deshalb versuchte ich, von ihren Lippen zu lesen.

Es …

Tut …

Mir …

Leid.

Eine winzige Perle, eine einzige Träne stahl sich aus Lynns Augenwinkel und schwebte in einer klitzekleinen, perfekten Blase vor ihrem Gesicht. Ich hatte meinen Seelenschatten noch nie weinen gesehen. Ich wusste nicht einmal, dass das möglich war. Diese Träne war ein Zeuge ihrer Gefühle und der unumstößliche Beweis dafür, dass sie aufgab.

Doch das wollte ich so nicht stehen lassen. Der Kampfgeist packte mich und trieb mich dazu an, meinen Arm zu heben. Ich öffnete meine Hand wie in Zeitlupe und beobachtete, wie die schwebende Träne nur wenige Zentimeter über meiner Haut im Nichts tanzte.

Gleich hab ich dich!

Aus dem Augenwinkel konnte ich erkennen, dass einer der Lichtblitze uns gefährlich nahe kam. Es würde nur wenige Herzschläge dauern, bis er uns erreichte.

Ich sammelte noch ein letztes Mal meine gesamte Konzentration und fokussierte mich auf meine ausgestreckte Hand.

Der Lichtriss flammte neben mir auf, tauchte alles in seinen grellen Schein und schien das Nichts zu verzehren. Jeden Schatten, jede Kontur, jeden Schemen, bis nichts weiter blieb als Licht. Im selben unendlich hinausgezögerten Wimpernschlag, in dem mich das Licht mitten in die Brust traf, schloss sich meine Hand um Lynns Träne.

Für einen Moment stand alles still. Doch dann ging mein ganzer Körper in Flammen auf. Ich spürte die Hitze, das Feuer und das Licht. Es verätzte meine Haut wie unsichtbare Säure und brannte sich tief in meine Seele, bis ich nichts mehr spürte außer diesen endlos andauernden Qualen.

Ein Schrei grollte in meinem Inneren und bahnte sich brüllend an die Oberfläche, zerschnitt die Luft und die Stille, bis nichts mehr blieb außer Licht und Schatten und Schmerz.

Lynn

Nics Schrei hallte immer und immer wieder durch meinen Kopf, selbst als er bereits verstummt war. Das Licht hatte uns vollständig eingenommen, uns umhüllt und jeden Partikel unseres Seins erfüllt. Allerdings hatte es uns nicht vernichtet, wie ich zuerst vermutet hatte, sondern gerettet. Gerettet vor der Finsternis.

Ich blinzelte. Über mir erblickte ich das sternenlose Nachtfirmament von Rom. Der Mond schien mir hingegen in seiner Sichelform regelrecht zuzublinzeln. Ich fühlte mich weiterhin in der Schwerelosigkeit gefangen. Im Nichts und ohne Ausweg.

Erst als ich versuchte, mich zu bewegen, begriff ich, dass dem gewissermaßen auch so war. Meine Bemühungen wurden durch Widerstand gedämpft. Schwerer als Luft, aber leichter als das Nichts.

Wasser.

Ich setzte mich auf und sah mich überrascht um. Tatsächlich waren wir umgeben von knietiefem Wasser. Es floss durch mich hindurch, als wäre ich gar nicht da. Ich musste weder husten noch Wasser spucken. Mir ging es blendend.

So viel Glück kann man doch gar nicht haben.

Neben mir schoss Nic in die Höhe. Er keuchte schwer, als er die Oberfläche durchbrach. Erleichtert starrte ich ihn an. Hoffentlich ging es ihm gut!

»Nic«, flüsterte ich.

Sofort ruckte sein Kopf zu mir herum. Seine Augen weiteten sich bei meinem Anblick und ich konnte eindeutig sehen, wie er mich in diesem Moment in die Arme schließen wollte. Doch bevor es ihm gelang, rückte ich entschieden von ihm ab. Dass ich ihn in der Bibliothek berührt hatte, war ein Notfall gewesen. Um uns zu retten und etwas zu bewirken, auch wenn alle Hoffnung verloren war.

Sobald Nic bemerkte, was ich tat, sah ich die Enttäuschung in seinen Augen. Mein schlechtes Gewissen meldete sich wieder einmal.

Um den Anblick nicht ertragen zu müssen, schaute ich mich hastig um. Wir waren anscheinend in einem gigantischen marmornen Brunnen gelandet, dessen türkisfarbenes Wasser selbst bei Nacht mit Lampen zum Strahlen gebracht wurde. Ich wandte mich um meine eigene Achse und starrte geradewegs auf die Fassade des Palazzo Poli. Prächtige Säulen schossen vor uns in den Himmel und stützten die reichlich mit Ornamenten verzierte Vorderseite des edlen Palastes. Ein Gebilde aus Steinen und Felsen ragte davor in die Höhe und wurde zum Schauplatz verschiedener Statuen, die sich in dramatischen Posen präsentierten. Vom höchsten Punkt des Felsberges ergoss sich ein kleiner Wasserfall in den Brunnen. Sein Rauschen nahm mein ganzes Denken ein. Ich konnte meinen Blick einfach nicht von dem prächtigen Bau abwenden, während ein einziger Gedanke mein Handeln dominierte.

»Wir müssen hier sofort raus!«, meinte ich energisch zu Nic, sobald ich mich ihm wieder zugewandt hatte. Sein Blick wirkte verschlossen, als hätte er eine Mauer zwischen uns errichtet, die mich von seinen Gedanken und Gefühlen abschottete. Und das alles nur, weil ich mich nicht berühren ließ?

In jeder anderen Situation hätte ich ihn gefragt, was mit ihm los war, doch nicht jetzt. Nicht hier.

»Das hier ist der Trevi-Brunnen, Nic. Wir müssen hier raus, bevor dich jemand sieht.«

Nun schien der Schock auch zu ihm durchzudringen. Nachdem er sich kurz einen Überblick verschafft hatte, begann sich zu erheben. Das Wasser floss in Bächen an seinem Körper hinab und tropfte beständig zu Boden.

Zum Glück waren mitten in der Nacht nicht allzu viele Touristen unterwegs, doch diejenigen, die Nic im Brunnen gesehen hatten, schüttelten tadelnd oder missbilligend den Kopf. Ich konnte es ihnen nicht verdenken. Und obwohl mich niemand sehen konnte, schämte auch ich mich in Grund und Boden. Hitze schoss in meine Wangen und ich folgte Nic so schnell wie möglich in das Netz aus verdunkelten Gassen, um den stillen Vorwürfen der Menschen zu entkommen.

Erst als wir eine beachtliche Strecke zurückgelegt hatten, brach ich das Schweigen zwischen uns.

»Es tut mir leid. Das Ganze war ein totaler Reinfall ... Wir hätten das nicht tun sollen.« Zerknirscht schaute ich zu ihm empor. Nic seufzte bloß.

»Na ja, ich würde es nicht direkt einen Reinfall nennen«, meinte er. Ich sah ihn mit gerunzelter Stirn an. Als er meinen Blick bemerkte, zog er ein zusammengerolltes Stück Pergament aus seinem Ärmel hervor.

Was?

Oh, mein Gott, hat Nic etwa ...?

Ist das ...

»Ganz genau, das ist die Karte von Fra Mauro. Hoffentlich war sie das ganze Theater wert.«

Nic betrachtete die Karte, die einen leichten Wasserschaden von unserem Erwachen im Trevi–Brunnen davongetragen hatte. Hoffentlich war sie überhaupt noch lesbar.

Mein Blick hatte sich förmlich an das dünne Stück Papier getackert. Ich konnte die Schatten nicht mehr wahrnehmen, die zuvor das Papier umwogt hatten, doch trotz allem schien an dem Pergament Pech zu haften. Ich musste es nicht einmal berühren, um zu erkennen, dass eine Bösartigkeit drin hauste, die nicht einmal ich begreifen konnte.

Wie aus weiter Ferne hörte ich wieder die Stimmen zu mir wispern. Die flehenden Bitten der gefangenen Dämonen.

Befrei uns!

Rette uns!

ERLÖSE UNS!

Ich begann zu zittern, jedoch nicht vor Kälte oder der Nässe des Brunnens, sondern weil die Stimmen an meinem Inneren zerrten und rissen.

Ich konnte bloß hoffen und beten, dass sie mich nicht irgendwann zerbrachen.

Siebzehntes Kapitel

Nic

Erkenntnisse

Lynn hatte kein Wort mehr gesagt, nachdem ich ihr die Karte gezeigt hatte. Eigentlich hatte ich gedacht, dass sie sich freuen würde. Immerhin bedeutete der Besitz der Karte, dass wir die ganzen Strapazen nicht umsonst auf uns genommen hatten.
Ich meine: Hallo? Wir sind im Trevi-Brunnen gelandet!
Was zur Hölle geht hier eigentlich für verrücktes Zeug ab!
Doch da Lynn offenbar nicht mit unserer neusten Errungenschaft konfrontiert werden wollte, schob ich das Stück Pergament zurück in meinen Hemdärmel. Mein Seelenschatten entspannte sich augenblicklich und atmete tief durch. Ich beobachtete Lynn genauer. Das Brunnenwasser hatte überhaupt keine Spuren an ihr hinterlassen. Es hatte eindeutig Vorteile, ein Geist zu sein. Doch wie ging sie ansonsten mit der ganzen Situation um? Sie stand einfach nur stumm und steif da, ihre Augen zuckten panisch umher, als würden sie in jeder Ecke Gefahren lauern sehen, die für mich unsichtbar waren.
Am liebsten hätte ich sie in den Arm genommen und sie nach Hause gebracht, doch ihre Reaktion vorhin im Brunnen war mehr als eindeutig gewesen. Offenbar hatte die Berührung in der Bibliothek keine Bedeutung für sie. Es war bloß ein Reflex gewesen, eine Reaktion auf die lauernde Bedrohung.
Denn anscheinend waren wir wieder zu unserer alten *Wir-berühren-einander-nicht*-Regel zurückgekehrt. Ich biss mir auf die

Unterlippe, um die Worte zu unterdrücken, die bereits auf meiner Zunge lagen.

Wovor hast du Angst?

Warum lässt du mich nicht in deine Nähe?

Es ist unfair, weißt du? Du kennst mich in- und auswendig, doch du bist immer noch ein Mysterium für mich. Ein einziges großes Rätsel, das ich nie lösen werde.

Doch ich schluckte all die Fragen hinunter, auf die ich sowieso nie eine Antwort bekommen würde. Meine Gedanken schweiften ab zu dem seltsamen Ereignis, das nach unserer Berührung gefolgt war. Diese *Teleportation* war ganz schön beunruhigend gewesen. Ich war eigentlich der festen Überzeugung gewesen, dass Lynn und ich kurz davor waren zu sterben.

Allein beim Gedanken daran wurde mir wieder schlecht. Sofort begann der Herzschlag in meinen Ohren zu dröhnen.

Ich schüttelte den Kopf.

Daran will ich jetzt nicht denken.

Wir haben die Karte und sind entkommen.

Das ist ein Grund zur Freude.

Entschlossen hielt ich Lynns unsicheren Blick fest und versuchte, ihr stumm zu vermitteln, dass es nichts gab, wovor sie sich fürchten müsste. Sie war sicher, ich war sicher, niemand konnte uns beiden etwas anhaben. Zumindest vorerst.

Lynns Pupillen weiteten sich, doch endlich schien sie sich wieder einigermaßen gefasst zu haben. Ich konnte sie so gut verstehen, mir machte das alles auch unfassbare Angst.

Vielleicht konnte ich mit Lynn alles rekapitulieren, im Detail durchgehen, was geschehen war. So konnten wir vermutlich am besten herausfinden, was passiert war. Vielleicht wussten wir dann, was wir als Nächstes tun sollten.

»Komm, lass uns nach Hause gehen«, flüsterte ich ihr zu.

Ihre violetten Iriden leuchteten im Licht der flackernden Straßenlaternen auf und für einen Wimpernschlag lang schien ihre Gestalt in der Nacht zu verblassen. Das sonst so selbstsichere Mädchen, das immer ein geheimnisvolles Lächeln auf den Lippen trug und mir zuzwinkerte, wenn eine Situation brenzlig wurde, schien langsam zu verschwinden. Stattdessen ließ sie nun die Schultern hängen.

Lynn muss sich dringend ausruhen.
Schlafen Geister überhaupt?

Soweit ich wusste, konnte Lynn ruhen. Allerdings nur, wenn ich auch schlief. Immerhin war es ihre Aufgabe, mich auf Schritt und Tritt zu bewachen. Sobald ich auch nur aufstand, um in die Küche zu gehen und ein Glas Wasser zu holen, schrillten bei ihr die Alarmglocken und sie war wach. Das musste unglaublich ermüdend und erschöpfend sein. Ich beschloss, dass ich Lynn zumindest heute und morgen keine Schwierigkeiten verursachen würde. Sie sollte sich ausruhen und ihre Kraftreserven aufladen.

Zumindest das war ich ihr schuldig.

Wir traten den Heimweg an. Glücklicherweise war es in Rom im Sommer selbst bei Nacht sehr warm, sodass ich auch in meinen durchnässten Sachen kaum fröstelte. Obwohl wir uns beeilten, brauchten wir etwa eine Stunde durch die verwinkelten Straßen meiner Heimatstadt, bis wir schließlich vor dem winzigen Haus ankamen, in dem sich meine Wohnung befand.

Sobald ich die Wohnungstür aufgeschlossen hatte, knipste ich die Lampe an. Schnell legte ich die Karte auf den klapprigen Couchtisch, damit ich sie nicht verlieren konnte. Ohne weiter auf Lynn zu achten, zog ich mir das Hemd über den Kopf. Der Stoff klebte unangenehm auf der Haut, weswegen ich es gar nicht abwarten konnte, mir das lästige Kleidungsstück vom Körper zu reißen.

Als ich mich zur Wohnungstür umwandte und Lynn dort stehen sah, hielt ich kurz inne. Sie starrte mich mit großen Augen an. Offensichtlich war sie es nicht gewohnt, mich ohne Oberteil zu sehen. Ihr Blick wanderte über meine sehnigen Muskeln, die sich innerhalb des letzten Jahres durch mein regelmäßiges Training gebildet hatten, bis hin zu meinen Brandnarben. Sie schluckte schwer und ich konnte förmlich spüren, wie ihr Blick Spuren in meine Haut grub. Und es gefiel mir.

Unwillkürlich bildete sich ein spitzbübisches Grinsen auf meinen Lippen. »Gefällt dir, was du siehst?«

Als hätte ich sie damit aus einem Tagtraum gerissen, zuckte Lynn zusammen. Ihre großen Augen waren vor Schreck geweitet. Könnte sie rot werden, so würde ihr Kopf vermutlich explodieren. Mein Lächeln wurde breiter. Irgendwie war sie ziemlich niedlich, obwohl sie ein Geist war.

Auf meine Frage hin öffnete sie den Mund, doch kein Laut drang daraus hervor. Sie schien zu stocken und nicht zu wissen, was sie sagen sollte.

Wer hätte das gedacht?
Ich habe einem Geist die Sprache verschlagen.

»Dachte ich mir«, raunte ich ihr zu, als ich mich langsam auf sie zubewegte. Dieses Mal zuckte Lynn nicht vor der drohenden Berührung zurück, als ich meinen Arm ausstreckte. Scheu blickte sie zu mir auf, als würde sie nicht wissen, was sie tun sollte. Doch anstatt ihren Arm zu streifen oder ihr zu nahe zu kommen, wartete ich geduldig darauf, dass sie die Wohnung betrat, damit ich die Tür hinter ihr schließen konnte.

Eine Sekunde länger als nötig verharrte ich in dieser Position dicht vor ihr und wagte es, ihrem Blick zu begegnen. Augenblicklich ertrank ich in einem violetten Meer, das mich immer tiefer in seine dunklen Abgründe zog. Nach Luft schnappend ließ ich von ihr ab und stolperte auf die Badezimmertür zu.

Ich raufte mir die Haare, während ich über die Schulter nach hinten blickte und eine sprachlose Lynn vorfand, die mich nachdenklich musterte. Sie hatte den Kopf schief gelegt und schien vollkommen in ihren Gedanken gefangen zu sein.

Mit einem Seufzen wandte ich mich von ihr ab und betrat endlich das Badezimmer.

Ich schloss die Tür nicht ab. Niemals.

Lynn

Was zum Teufel ist bloß los mit mir?
Wieso ist mein Kopf wie leergefegt, wenn Nic mich mit diesem Blick ansieht?

Wenn er sich mir nähert?
Wenn er mich beobachtet, als wäre ich mehr für ihn als bloß ein Schutzgeist?
Ich stöhnte gequält auf, als er die Badezimmertür hinter sich zuzog, und hoffte einfach, dass er es nicht hörte. Ich ließ mich auf die Couch fallen, die den Großteil der winzigen Wohnung für sich beanspruchte. Meine Kräfte waren erschöpft, als wäre ich ein Gefäß und man hätte meinen Inhalt verschüttet. Ich fühlte mich müde und leer.
Fühlen sich Menschen etwa so nach einem langen Arbeitstag?
Während Nic sich im Bad fertig machte, versuchte ich mich zu konzentrieren. Ich musste einfach ordnen, was geschehen war. Während ich tief durchatmete, ließ ich meine innere Ruhe wieder von mir Besitz ergreifen. Das Atmen erdete mich, brachte meine tosenden Gedanken zur Ruhe, auch wenn es nicht lebensnotwendig für mich war. Es stoppte den Sturm, der in mir tobte, und löste ihn in nichts als dünne Luft auf. Fürs Erste.
Ich atmete ein. Und aus.
Ein. Und aus.
Als ich meine Augen wieder öffnete, fühlte ich mich wieder mehr wie ich selbst und konnte geradezu spüren, wie meine alte Selbstsicherheit zu mir zurückkehrte. Die Geschehnisse in der Bibliothek des Vatikans hatten mich aus der Bahn geworfen, doch nun hatte ich meinen Weg wiedergefunden. Und ich hatte nicht vor, erneut vom Pfad abzukommen.
Ich konnte immer noch überdeutlich die Präsenz der Karte und ihrer dunklen Mächte spüren, doch nicht mehr so stark wie in der Bibliothek. Vermutlich hatte die jahrelange Gefangenschaft in der Vitrine bewirkt, dass sich die Magie um den Aufbewahrungsort gesammelt und diese seltsamen Schatten gebildet hatte. Inzwischen hatte ich realisiert, dass es sich dabei unmöglich um echte Dämonen handeln konnte. Jeder echte Dämon hätte uns innerhalb weniger Sekundenbruchteile angegriffen und dem Erdboden gleichgemacht. Mal abgesehen davon, dass er sich bestimmt nicht von einer dünnen Glasschicht aufhalten ließ. Die Schattenwesen in der Bibliothek waren genau das gewesen: Schatten der gefangenen Dämonen. Machtlos und dennoch angsteinflößend.

Anders konnte ich mir das alles nicht erklären.

Doch wenn das noch nicht einmal die echten Dämonen waren, wie wird es dann sein, auf die wahren Kreaturen zu treffen?

Ich wurde aus meinen Gedanken gerissen, als sich die Badezimmertür quietschend öffnete. Nic kam mir entgegen. Er trug sein Schlafshirt und Boxershorts, als er sich neben mir auf die Couch fallen ließ. Sofort war jeder Gedanke an die Dämonen vergessen.

»Du siehst viel besser aus«, gestand er und beobachtete jede meiner Bewegungen genau. Ich räusperte mich kurz, bevor ich ihn sanft anlächelte.

»Heute war ein harter Tag. Tut mir leid, wenn ich dich nicht so beschützen konnte, wie es eigentlich meine Aufgabe gewesen wäre.« Ich senkte beschämt den Kopf. Irgendwie hatte ich das Gefühl, als Schutzgeist versagt zu haben, denn ich hatte Nic all diesen Gefahren ausgesetzt, ohne auf sein Wohl zu achten.

Doch der schüttelte vehement den Kopf. »Du hast alles in deiner Macht Stehende getan. Du hast mich sogar … « Er sah mir ratlos in die Augen, als wolle er die Worte nicht aussprechen. Doch er tat es trotzdem. » … berührt.«

Ich schluckte schwer, als ich mich an das Gefühl der Berührung zurückerinnerte. Warm, geborgen, sicher. Er war mein Anker in der Schwerelosigkeit gewesen, mein Licht in der Dunkelheit.

»Warum hast du das getan?«, murmelte er mehr zu sich selbst als zu mir. Doch ich wollte ihm die Frage trotzdem beantworten.

»Ich hatte keine Wahl. Die Schattendämonen der Karte wollten gerade über uns herfallen und beinahe hätte dich der Wachmann gefasst. Ich wusste nicht, was geschehen würde, doch ich musste dich einfach berühren, weil ich ahnte, dass es einen Unterschied machen könnte. Und das hat es.« Ich presste meine Lippen fest aufeinander und wartete auf eine Reaktion von Nic. Er nickte bloß, um mir zu zeigen, dass ich fortfahren sollte. Also holte ich tief Luft. »Ich vermute, dass wir durch meine Berührung in die Geistersphäre gelangt sind.«

»Der Ort, an dem ich während meines Komas war.«

Überrascht schaute ich Nic an. »Du hast ihn wiedererkannt?«, fragte ich fassungslos.

»Ich habe ihn nicht erkannt. Es hat sich einfach genauso angefühlt wie damals. Hilflos und bewegungsunfähig.« Seine Stimme wurde tief und dunkel, als würde ihn die Erinnerung beunruhigen. Ich rutschte auf meinem Platz hin und her.

»Ich vermute inzwischen, ich habe uns unbeabsichtigt dorthin geführt. Doch es war alles so einschüchternd. In dieser Sphäre bedeuten Zeit und Raum nichts. Deshalb sind wir wahrscheinlich auch Stunden später im Trevi-Brunnen gelandet. Ich glaube, das alles war meine Schuld.« Ich senkte den Blick. So. Jetzt war es raus. Meine schlimmste Befürchtung war zur Sprache gekommen. Durch meine Berührung hatte ich uns beide in eine andere Metasphäre entführt und unser Leben riskiert.

Wir hätten für immer dort gefangen sein können!
Doch wäre die Alternative besser gewesen?

»Du willst mir also gerade sagen, dass du mich durch deine Berührung sozusagen in eine andere Sphäre transportiert hast?« Nics Augen weiteten sich, als er meine Aussage vollends begriff. »Deshalb darfst du mich nicht berühren.«

Ich nickte zaghaft. »Es könnte wieder passieren. Oder es geschieht etwas gänzlich anderes. Die Macht eines Schutzgeistes ist nicht einschätzbar. Ich weiß nicht, was passiert. Ich kann es nicht kontrollieren und ich will dich da nicht mit reinziehen oder dich in Gefahr bringen.«

Sobald diese Angst laut ausgesprochen war, schien ein Knoten zwischen uns geplatzt zu sein. Nic und ich begannen über alles zu reden. Ich erzählte ihm von den Schattendämonen, die ich gesehen hatte, und davon, was die Karte Fra Mauros bei mir auslöste. Wir redeten noch die halbe Nacht, bevor sich Nic schlafen legte und auch ich mich dazu durchringen konnte, ein bisschen zu entspannen.

Sobald ich meine Augen schloss, schlich sich ein sanftes Lächeln auf meine Lippen. Trotz der Strapazen des vergangenen Tages fühlte ich mich in diesem Moment glücklich. Ich war froh, in Nic einen Verbündeten und einen Freund gefunden zu haben.

Vielleicht würde doch noch alles gut werden.

Achtzehntes Kapitel

Nic

Die Karte

Ich fühlte mich total gerädert, als ich aufwachte. Der Kopf brummte und die Lider wogen so schwer, dass ich es gerade einmal schaffte, leicht zu blinzeln. Tageslicht brannte in meinen Augen und blendete mich. Mit einem Stöhnen ließ ich mich wieder zurück ins Kissen sinken. Zum Glück hatte ich meine Schichten getauscht und würde erst gegen Nachmittag arbeiten müssen. In diesem Zustand konnte ich nicht einmal aufstehen.

Verfluchter Mist, warum bin ich so erledigt?

Ich versuchte, meine Gedanken zu sortieren, um herauszufinden, was gestern Abend passiert war. Für einen Moment fühlte ich mich in meine Studentenzeit zurückversetzt. Damals hatte ich ziemlich oft mit meinen Kumpels einen gehoben, auch wenn am nächsten Tag eine Vorlesung anstand.

Von meinen ehemaligen Freunden habe ich auch schon lange nichts mehr gehört.

Nach meinem Unfall erkundigten sich viele von ihnen nach meiner Gesundheit. Manchmal kam es auch vor, dass mich alte Studienkollegen zu Hause besuchten. Doch als sie sahen, dass ich mich vollkommen zurückzog, hörten sie irgendwann auf sich zu melden. Und als ich schließlich mein Studium abbrach, verlief alles erst recht im Sand.

Mir war sehr wohl bewusst, dass das zum Teil auch meine Schuld war. Ich hätte mich mehr bemühen und sie an meinem Leben teilhaben lassen können, doch ich hatte ihnen nicht die Chance dazu gegeben.

Ich stöhnte ein weiteres Mal auf. Die Gedankenflut ließ meine Schläfen schmerzhaft pochen. Erneut versuchte ich, meine Augen zu öffnen, dieses Mal gelang es mir schon ein bisschen besser. Langsam richtete ich mich auf und sah mich im Zimmer um. Ich war auf der Couch eingeschlafen und hatte mich in einer dünnen Decke verheddert, die sich wie ein Spinnennetz um meine Beine gewickelt hatte.

Nachdem ich mich befreit hatte, setzte ich mich aufrecht hin und strich mir durch die abstehenden Locken. Ich wollte gar nicht in den Spiegel schauen. Bestimmt wirkte ich wie ein Zombie, wenn mein Aussehen auch nur ansatzweise meinem körperlichen Empfinden entsprach.

Ein schüchternes Räuspern erklang links von mir.

Mein Kopf ruckte herum und erfasste Lynn, die mich mit einem vielsagenden Blick ansah.

»Na, gut geschlafen?« Ein schiefes Grinsen erschien auf ihrem Gesicht.

»Wie man's nimmt. Ich fühle mich total fertig, als hätte ich zu viel getrunken oder wäre gestern einen Marathon gelaufen.« Ich stützte meine Ellenbogen auf den Knien ab und begrub mein Gesicht in den Handflächen. Die Dunkelheit durch den Schatten meiner Hände tat mir erstaunlich gut. Selbst das fahle Licht, das in meine Wohnung drang, war zu viel für meinen dröhnenden Kopf.

»Kein Wunder, schließlich sind wir gestern in der Geistersphäre gewandelt und haben einen Diebstahl begangen. Das kann den menschlichen Körper ziemlich belasten.« Lynns Stimme wirkte wie Balsam für meine Seele und brachte mein wild drehendes Gedankenkarussell endlich zum Stehen. Ich beobachtete sie durch die Lücke zwischen meinen Fingern, bevor ich meine Hände vom Gesicht zog und ihre Erscheinung vollständig aufnahm.

Ihre überirdische Schönheit verschlug mir wieder einmal die Sprache, sodass mir keine Antwort auf ihre Aussage einfiel. Ich hatte mich schon so sehr an Lynns Gegenwart gewöhnt, dass ich nur in Momenten wie diesen realisierte, dass sie nicht selbstverständlich war.

Lynn war die Freundin, die ich in anderen Menschen vergeblich gesucht hatte. Doch sie war ein Geist. Sie gehörte hier nicht her und doch war sie da. Wegen mir. Mein Schutzgeist, mein Seelenschatten. So viele Geheimnisse und Mysterien spiegelten sich in ihren Augen, von denen ich nicht wusste, ob ich sie jemals ergründen würde.

Ich riss mich von ihrem Anblick los. Als ich zu sprechen begann, zitterte meine Stimme ein wenig: »Was sollen wir jetzt tun?«

Wir hatten das Buch und die Karte.

Doch wie geht es jetzt weiter?

»Vielleicht sollten wir einen Blick auf die Karte werfen?« Sie klang geradezu zögerlich, als würde sie auf meine Zustimmung warten und selbst nicht wissen, ob das die richtige Herangehensweise war. Ich nickte müde.

»Ja, das könnten wir machen. Aber bevor ich mich weiteren übernatürlichen Gefahren stelle, brauche ich erstmal einen Kaffee.« Ich rieb mir mit der rechten Hand übers Gesicht, um endlich ein bisschen wacher zu werden. Lynn lachte leise, woraufhin mein Herzschlag kurz stolperte. Das Geräusch klang in meinen Ohren wie ein Windspiel, das von einem Lufthauch zum Klimpern gebracht wurde. Es gab kein schöneres Geräusch als Lynns Lachen. Doch besonders schön wurde es erst, wenn ich der Grund dafür war.

Mit einem Lächeln auf den Lippen richtete ich mich endlich auf. Ich musste einen Augenblick im Stehen verharren, da plötzlich schwarze Punkte vor meinem Sichtfeld tanzten und ich nichts mehr erkennen konnte. Offensichtlich war mein Kreislauf im Keller. Ich stützte mich am Sofa ab, während ich tief ein- und ausatmete und darauf wartete, dass die Punkte verschwanden. Und tatsächlich: Nach weniger als einer Minute verblassten sie und zerstoben in alle Richtungen.

Oh, ja, ich brauche diesen Kaffee dringend!

Ich schlurfte langsam in Richtung Küchenzeile. Meine Bewegungen waren lahm und schwer, als hätte jemand Gewichte an meinen Fersen befestigt.

Allein beim Gedanken daran, später noch arbeiten zu müssen, hätte ich die Hände über dem Kopf zusammenschlagen können.

Stattdessen gähnte ich ausgiebig und bediente die Kaffeemaschine, während ich Lynn aus dem Augenwinkel beobachtete. Schummriges

Morgenlicht fiel durch die weißen, fast durchsichtigen Vorhänge und umhüllte ihre zierliche Statur. Das Licht schien sie gemalt zu haben, so sanft wirkten ihre Züge. Mein Seelenschatten hatte ihr Gesicht in Richtung der Sonnenstrahlen gewandt und ließ das Licht über ihre geschlossenen Lider streichen wie einen Pinsel. Ich fragte mich, welche Bilder die Sonne wohl zeichnete.

Lynn

Nachdem Nic sich mit einer großen Tasse seines Wachmachers ausgestattet hatte, schlurfte er wieder zurück in Richtung Couch. Er plumpste neben mir in die Sitzkissen. Neugierig lugte ich über den Rand seiner Tasse und erkannte, dass der Kaffee komplett schwarz war. Keine Milch. Nic musste es wirklich miserabel gehen, wenn er auf solch harte Maßnahmen setzte.

Eigentlich trank er seinen Kaffee immer mit einem großen Schuss Milch, sodass man das helle Gebräu eigentlich nicht mehr Kaffee nennen konnte. Nur an schlechten Tagen trank er ihn ohne alles. Ich runzelte besorgt die Stirn, aber Nic ignorierte meinen forschenden Blick gekonnt. Stattdessen stellte er seine Tasse auf den Couchtisch und griff nach der Karte Fra Mauros, die er gestern Abend dort liegen gelassen hatte.

Er will also direkt zur Sache kommen.

Ich rückte ein wenig von ihm ab und nahm mehr Abstand zu der Karte ein, als vielleicht nötig gewesen wäre. Doch selbst auf diese Entfernung konnte ich das ungute Kribbeln spüren, die Gegenwart von schwarzer Magie.

Nic bemerkte meine ablehnende Reaktion und schaute mich abwartend an. »Bist du sicher, dass wir das tun sollten?«, fragte er mich.

Er will also meine Zustimmung.

Er wird mich nicht drängen, selbst wenn das bedeutet, dass wir auf der Stelle treten und nichts herausfinden werden.

Eine ungekannte Wärme breitete sich in meinem Inneren aus, als ich Nics Blick auf mir spürte.

Er macht sich Sorgen. Um mich.

Es war die richtige Entscheidung gewesen, dass ich mich ihm gestern Abend anvertraut hatte. Auch wenn ich Mitleid verabscheute wie die Pest, so tat es gut, einen Verbündeten zu haben, der Rücksicht nahm.

Rücksicht bedeutet nicht gleich Mitleid.

Daran würde ich mich gewöhnen müssen.

»Es geht schon. Ich will ihr nur nicht …« Meine Stimme stockte und ich warf der Karte einen hektischen Blick zu. »Ich will ihr nicht zu nahe kommen.«

Allein die Vorstellung, dass die dunklen Kräfte dieser Karte in mich hineinsickern könnten, beunruhigte mich und sorgte dafür, dass ich die Karte am liebsten verbrennen wollte. Ich verschränkte die Arme vor der Brust und starrte Nic auffordernd an, dabei versuchte ich, meine Furcht mit allen Mitteln hinter einer Maske der Undeutbarkeit zu verbergen.

Wer Angst hat, zeigt Schwäche.

Und Schwäche kann tödlich sein, besonders wenn man es mit den dunklen Kräften zu tun hat.

Nics prüfender Blick glitt über mich hinweg und ich musste mich wirklich anstrengen, damit er das unregelmäßige Verschwimmen meiner Umrisse nicht bemerkte.

Schließlich wandte er sich von mir ab und faltete die Karte auseinander. Ich beobachtete jede seiner Bewegungen und versuchte zeitgleich, das Pergament genauestens unter die Lupe zu nehmen. Augenblicklich überfiel mich die Erinnerung an die dämonischen Schatten aus der Bibliothek. Ihre Kälte und Gier, die mich trotz der Körperlosigkeit heimgesucht hatten, beunruhigten mich. Wir wussten nicht, welche Mächte hier am Werk waren. Jede Unachtsamkeit konnte uns das Leben kosten. Wir mussten vorsichtig sein.

Nach kurzer Zeit lag die Karte ausgebreitet vor uns auf dem Couchtisch. Die feinen Zeichnungen auf dem brüchigen Material wirkten unangetastet. Anscheinend hatte das Wasser aus dem Trevi-Brunnen keinen Schaden angerichtet.

Das ist ein magisches Artefakt, Lynn. Geschaffen aus den Träumen des Teufels und seinen Dämonen. Ein bisschen Wasser wird ihnen natürlich nichts anhaben.

Ich schluckte schwer, als sich diese Erkenntnis in mein Bewusstsein brannte. Das vergilbte Pergament wirkte rau und spröde, doch ich wagte nicht, es anzufassen, um meine Vermutung zu überprüfen. In der Mitte der Karte war ein Kreis gezeichnet, in dem sich wiederum eine detaillierte Darstellung der westlichen Welt befand. Kontinente, Länder, ja sogar Städte waren in einer solchen Genauigkeit aufgeführt, dass ich beeindruckt innehielt.

Allerdings hat er nicht allein gearbeitet.

Ich konnte eindeutig spüren, wie die unbekannte Macht von etwas Dunklem über dem Pergament wogte. Es war in jede Faser des Papiers gesickert, hatte sich in die Farben der Pinsel gemischt und haftete nun an den topographischen Linien wie finsteres Gewölk. Manchmal meinte ich sogar, schwarze Schlieren aufsteigen zu sehen, doch sie verblassten bereits kurz nachdem sie sich gebildet hatten.

In mir prickelte das Bedürfnis, das Papier zu streifen, mit meinen Fingerkuppen über die Striche zu fahren und zu fühlen, wie die Schreie der Dämonen unter meiner Berührung aufwallten. Ich konnte sie wahrnehmen. Ihre Rufe. Wie aus weiter Ferne schienen sie mich anzuflehen. Ich sollte ihnen die Freiheit schenken, die Fra Mauro ihnen geraubt hatte. Er hatte die Träume des Teufels auf Papier gebannt, seine Dämonen bezwungen und sie vom Antlitz der Welt gewischt.

Die Karte löste ungute Gefühle in mir aus, doch der Detailreichtum einer Weltkarte brachte uns nicht weiter. Ich konzentrierte mich besonders auf das stiefelförmige Land, unsere Heimat. Italien.

Aber auch hier war kein Hinweis zu finden, keine Inschrift, keine ausgefallenen Zeichnungen oder Symbole.

»Ich glaube, das hier führt zu nichts«, meinte ich, nachdem Nic und ich bereits über eine halbe Stunde die Karte nach Hinweisen untersucht hatten. »Die Karte ist wertvoll, das steht außer Frage, doch sie wird uns keine Antworten liefern.«

Und wir können schlecht die Dämonen fragen, die offensichtlich von ihr Besitz ergriffen haben ...

»Also war alles umsonst? Der Raub? Unser Sprung in die Geisterwelt? Alles?« Sein Unglaube traf mich unvorbereitet, weshalb ich schnell den Kopf schüttelte. Nic starrte mich fragend an. »Was schlägst du dann vor?«

Ich verhakte meinen Blick mit dem seinen und legte alle Überzeugungskraft, die mir noch blieb, in meine Stimme. Ich wollte, dass er begriff, dass es mir ernst war. Das hier war nicht zu unterschätzen.

»Wir müssen zu dem Ort, an dem alles begonnen hat. Wir müssen die Wurzel des Übels finden.« Ich konnte selbst hören, wie rau meine Stimme klang.

»Du meinst … « Nics Augen wurden groß, als er erkannte, was ich meinte.

»Genau. Wir müssen nach Venedig.«

Neunzehntes Kapitel

Nic

Roadtrip

Also begannen wir zu planen. Lynn und ich überlegten, wie wir die Strecke zwischen Rom und Venedig am besten überbrücken konnten.

»Vielleicht könntest du das Auto deiner Eltern benutzen«, schlug mein Seelenschatten als Erstes vor. Doch ich musste nicht mal eine Sekunde darüber nachdenken, um ihr diese Idee aus dem Kopf zu schlagen. Ich schüttelte energisch den Kopf.

»Meine Eltern brauchen das Auto, um zur Arbeit zu kommen. Sie würden es nicht ohne weiteres hergeben, besonders, da mir eine triftige Begründung fehlt.« Lynn und ich hatten uns darauf geeinigt, dass ich allen sagen sollte, ich würde mir Urlaub nehmen. Seit meinem Unfall letztes Jahr hatte ich keine richtige Auszeit mehr gehabt und die Genesungszeit im Krankenhaus und daheim zählte ja wohl kaum.

»Ja, da hast du wahrscheinlich recht.« Sie blies sich eine widerspenstige Haarsträhne aus dem Gesicht und legte die Stirn in Falten. Ich konnte geradezu sehen, wie der Rauch aus ihren Ohren quoll, wenn sie nachdachte. Bei diesem Gedanken schlich sich ein Grinsen auf mein Gesicht. Auch Lynn bemerkte es.

»Solltest du nicht lieber auch nach einer Lösung suchen, anstatt mich anzustarren?«

»Ich habe doch gar nicht gestarrt.«

»Doch hast du.« Ihre Augen verengten sich zu Schlitzen, durch die sie mich musterte. Der Anblick war so komisch, dass ein leises

Lachen in meinem Bauch gluckerte. Doch ich hielt meinen Mund verschlossen.

»Ich habe fleißig überlegt, vielleicht hat es mir ja geholfen, dich anzustarren.« Ich zog vielsagend eine Augenbraue in die Höhe.

»Also gibst du zu, mich angestarrt zu haben!« Ein triumphierendes Lächeln zupfte an ihren Mundwinkeln und ihre Augen glitzerten voller Freude.

»Ich glaube, abstreiten bringt nichts mehr.«

Lynn nickte zustimmend bei meinen Worten.

Ein warmes Kribbeln lief gefühlt über jeden einzelnen Nerv in meinem Körper und meine Wahrnehmung fokussierte sich vollkommen auf das Mädchen vor mir. Ich musste mich regelrecht dazu zwingen, den Blick von ihr abzuwenden und auf den Laptop vor mir zu richten. Die Karte von Fra Mauro hatten wir vorerst zur Seite gelegt, damit wir in Ruhe unsere Reise planen konnten. Ich musste zugeben, dass Lynns Idee, nach Venedig zu fahren, mich zunächst überrumpelt hatte. Ich wusste im ersten Moment gar nicht, wie ich reagieren sollte, sodass ich mit offenem Mund vor ihr gesessen und sie mehrere Minuten wortlos angestarrt hatte. Doch je länger ich darüber nachdachte, desto mehr Sinn ergab das Ganze. Die Lösung des Problems lag in der Vergangenheit von Fra Mauro begraben und dieser hatte seine gesamte Lebenszeit in Venedig verbracht.

Und so hatte ich meinen Chef angerufen und für heute Nachmittag meine Schicht abgesagt. Ich war mir ziemlich sicher, dass ich meinen Job in dem Café nicht lange behalten würde, wenn ich in der Hochsaison mit Abwesenheit glänzte. Doch noch war mir mein Arbeitgeber wohlgesonnen. Er verzieh mir diesen Ausrutscher.

Doch wäre das immer noch der Fall, wenn ich ihm von meinem geplanten Urlaub in Venedig erzähle?

Wird er mich feuern?

Kann ich meine Wohnung überhaupt noch bezahlen?

Ich räusperte mich zögernd, als mich diese Gedanken überfielen. Würde ich für unser Vorhaben wirklich meinen ganzen Lebensstandard aufs Spiel setzen? War ich dazu bereit?

»Wie lange werden wir weg sein?«, fragte ich leise. Irgendwie hatte ich Angst vor der Antwort. Wenn wir zu lange weg waren, würde ich mir das alles vielleicht gar nicht leisten können.

»Eine Woche mindestens, schätze ich«, meinte Lynn und zuckte gleichzeitig ratlos mit den Achseln, als wüsste sie selbst nicht, was in Venedig auf uns zukam.

»Ich muss schauen, wie viel ich in den letzten Monaten angespart habe«, meinte ich zähneknirschend. Eigentlich hatte ich auf ein Auto gespart, doch das Geld würde nun anders verwendet werden. Jeden Monat legte ich von meinem Gehalt ein wenig zur Seite, um für Notfälle gerüstet zu sein. So hatte ich mir ein kleines finanzielles Polster geschaffen, falls mich irgendwann einmal etwas Unvorhersehbares aus der Bahn werfen sollte.

So etwas wie ein jahrhundertealter Dämon, der eine gesamte Stadt in Angst und Schrecken versetzt.

Allein bei dem Gedanken an die Bilder aus dem Fernsehen fühlte ich mich unwohl.

Innerhalb der letzten Tage hatten Lynn und ich die Nachrichten im Auge behalten und im Internet täglich nach neuen Informationen gesucht. Inzwischen wurden die Wolkenformationen von den Medien als seltsame Wetterphänomene abgestempelt. Doch mein Schutzgeist und ich wussten es besser. Besonders die kurzen Interviews der Bewohner, die von den unnatürlichen Geschehnissen berichteten, hatten sich in mein Gedächtnis gebrannt. Die Angst hatte tiefe Furchen und Sorgenfalten in die Gesichter der Menschen gegraben. Sie befürchteten, dass hinter dem Ganzen etwas anderes als bloß das Wetter steckte.

»*Das ist doch nicht normal! Wie können die Medien das bloß ignorieren oder gar so herunterspielen? Seht ihr nicht, was ich sehe?*«, hatte sich ein alter Herr im Fernsehen empört. Ihm war die Panik anzusehen gewesen. Und nicht nur er war davon betroffen, sondern alle Bewohner Venedigs. Ich hatte sogar auf diversen Internetseiten nachgelesen, dass einige Touristen abgereist waren, weil ihnen das Ganze nicht geheuer war. Und das während der Hochsaison!

Seufzend griff ich nach meiner Spardose, einem einfachen Marmeladenglas. Es war ungefähr zwei Drittel mit Scheinen und Münzen gefüllt. Ich schüttete den Inhalt auf dem kleinen Couchtisch aus und begann mein Erspartes zu zählen.

Lynn saß stumm neben mir und schien mit den Gedanken ganz woanders zu sein.

»Ich glaube, ich habe die Lösung!«, meinte sie schließlich nach Minuten des Schweigens und lächelte mich breit an, sodass ich sogar ihre Zähne aufblitzen sah.
Mist! Jetzt habe ich mich verzählt.
Also nochmal von vorn ...
»Wir könnten den Zug nehmen. Das ist im Vergleich zu allen anderen Möglichkeiten ziemlich billig und da wir innerhalb von Venedig sowieso kein Fahrzeug brauchen, abgesehen von einem Boot oder einer Gondel vielleicht, wäre das ideal.«

Ich wog den Kopf hin und her. Die Idee war nicht schlecht, und wenn es wirklich nicht so teuer war, könnte es klappen.

»Wir werden sehen, lass uns erst einmal nach dem Geld schauen.«

Doch Lynn hörte mir gar nicht mehr zu. Anscheinend war das alles für sie schon eine beschlossene Sache. Meine Einwände prallten an ihrer Wand aus purem Optimismus wirkungslos ab.

»Du wirst schon sehen, es wird alles klappen!« Sie lachte herzhaft. Ich musste nur dieses atemberaubende Lächeln sehen und schon wusste ich, dass ich die Diskussion verloren hatte.

Lynn

Eine Woche später

Ich grinste Nic triumphierend an.

»Das hat doch alles ganz hervorragend geklappt!«, meinte ich fröhlich. Er schenkte mir nur einen grummeligen Seitenblick. Frühes Aufstehen war einfach nicht sein Ding. Deshalb übernahm er im Café auch immer die späteren Schichten, doch heute musste es sein.

In meinen Ohren dröhnten die Motoren der Züge. Ein langgezogenes Quietschen kündigte das Einfahren des nächsten Zuges an. Die Bremsen mussten dringend mal wieder nachgebessert werden. Im Hintergrund war die Durchsage eines Bahnmitarbeiters zu hören, doch der Lärmpegel der Menschen um mich herum verschluckte die genuschelten Worte, sodass ich nur Bruchstücke verstand.

» … Verspätung … Ankunft … Minuten … «

Ich verdrehte die Augen und hoffte innerlich, dass es nicht unsere Zugverbindung war, von der der Mitarbeiter dort sprach.

Wir waren umgeben von unfassbar vielen Menschen, was mich in Unruhe versetzte, da ich fürchtete, Nic jeden Moment aus den Augen zu verlieren. Der Roma Termini war noch gewaltiger, als ich ihn mir vorgestellt hatte. Die großen, modernen Hallen mit ihren Tausenden Lichtern, Fenstern und Geschäften zogen viele Reisende an und auch ich lugte in das ein oder andere Schaufenster. Nic ließ sich sogar noch öfter ablenken als ich, weshalb ich ihn mehrmals zur Eile ermahnen musste.

Es lief alles nach Plan.

Bis wir an die Gleise gelangten.

Nic und ich versteiften uns, als wir die bekannte Kälte erahnten und uns die bleichen Augen einer verlorenen Seele vom anderen Gleis aus anstarrten. Augenblicklich streifte ich den Schleier der Unsichtbarkeit über mein Haupt und hoffte, dass die verlorene Seele uns noch nicht bemerkt hatte.

»Geh einfach weiter«, hauchte ich Nic ins Ohr. Er sah sich verwirrt um, doch erkannte schnell die Situation, und dass ich nicht länger sichtbar für ihn war.

»Wieso?«, raunte er zurück. Mein Blick peitschte nach vorne, dort, wo unser Zug gerade eingefahren war. Die hydraulischen Türen öffneten sich bereits mit einem lautstarken Zischen.

»Wir haben dafür jetzt keine Zeit. Und außerdem sind zu viele Menschen hier. Du kannst es nicht riskieren, dich jetzt um sie zu kümmern.« Mein Herz zog sich bei diesen Worten schmerzhaft zusammen.

Ich riskierte einen Blick zu der verlorenen Seele hinüber. Es war eine junge Frau, die immer wieder am Gleis auf- und ablief und anscheinend etwas suchte, das sich einst auf den Schienen befunden hatte.

Warum ist dieser Ort ihr Fixpunkt?
Ist sie hier etwa gestorben?
Hat sie sich vor einen Zug geworfen?
Oder ist sie vielleicht geschubst worden?

Die offenen Fragen brannten mir auf der Seele. Ohne lange nachzudenken, richtete ich mich an Nic.

»Geh in den Zug. Ich kümmere mich um sie.«

Er schien mir widersprechen zu wollen, doch dann fiel sein Blick auf die Uhr. Wir hatten nur wenig Zeit zur Verfügung und ein doppelter Gleiswechsel würde nur dafür sorgen, dass wir den Zug verpassten. Ich sah ihm das Widerstreben an und trotzdem nickte er.

Ohne lange zu zögern, stob ich in meiner transparenten Gestalt über die Schienen, hinüber zu der verlorenen Seele. Sie stand am Rande einer Menschentraube und wirkte vollkommen verstört. Innerhalb eines Wimpernschlags materialisierte ich mich vor ihr. Ihre bleichen Augen weiteten sich und ihr Mund öffnete sich vor Erstaunen.

»Bist du etwa …«, begann sie zu reden. Ihre Stimme klang heiser und sie sprach unglaublich langsam. Zu langsam für mich und meinen Geduldsfaden.

»Ich bin hier, um dir zu helfen«, erwiderte ich ein wenig zu ruppig. Innerlich zwang ich mich zur Ruhe. Das hier konnte nur funktionieren, wenn ich mich konzentrierte.

Im Hintergrund hörte ich, wie der Zug, in dem Nic saß, zischende Geräusche von sich gab und die Türen geschlossen wurden. Ich hatte nicht viel Zeit.

»Ich suche etwas … « Abwartend schaute ich die Geisterfrau an. » … aber ich weiß nicht was. Ich habe es vor langer Zeit hier verloren. Meine Erinnerungen sind weit weg. Ich glaube, ich suche meine sterbliche Hülle.«

Mein Blick musterte die verlorene Seele von oben bis unten. Dabei fiel mir auf, dass sie zwar vollständig gekleidet war, aber keine Schuhe trug. Eine dunkle Vorahnung suchte mich heim, doch ich wollte ihr keinen Platz geben. Meine Aufgabe war es, dieser verlorenen Seele zu helfen, egal was zu Lebzeiten mit ihr geschehen war.

Ich streckte langsam meine Hand aus und horchte in mich hinein, um das Licht zu rufen. Es loderte unter der Oberfläche und wartete nur darauf auszubrechen. Es schien, als würde meine Fähigkeit von der Gegenwart des Geistes angezogen werden.

»Ich kann dir helfen, sie wiederzufinden«, flüsterte ich, um die Seele nicht noch weiter zu beunruhigen.

»Das kannst du?« Die Ehrfurcht in ihrem milchigen Blick wirkte kindlich, sodass ich ihr sanft zulächelte.

»Ja.«

»Erlöse mich, bitte«, wisperte sie nun.

Ich vernahm das Rattern von Rädern und das Quietschen des Zuges in meinem Rücken. Er setzte sich in Bewegung.

»Das werde ich.«

Keine weitere Sekunde durfte vergeudet werden. Ich zögerte nicht lange, sondern tauchte meine Hand in den Brustkorb der Frau. Sofort brach das Licht aus mir hervor, als hätte es die ganze Zeit nur auf diesen Moment gewartet. Es erfüllte mein ganzes Dasein und schenkte mir Zuversicht. Das hier war nicht das Ende. Der Tod war nicht das Ende.

Ich ließ all meine Kraft in den Geist der Frau strömen und spürte langsam, wie sie unter meiner Berührung zu Lichtpartikeln zerfiel. Das Letzte, was ich von ihr wahrnahm, war ein leises Seufzen. Es klang erleichtert. Als sei sie endlich all die Last losgeworden, die sie auf der Erde hielt.

Sobald die Geisterfrau vollkommen verschwunden war, gönnte ich mir einen Moment der Ruhe.

Zumindest so lange, bis mir bewusst wurde, dass Nics Zug gerade dabei war aus dem Bahnhof zu fahren. Ich konnte spüren, wie sich das Seelenband zwischen uns beiden über die weite Distanz spannte. Noch tat es nicht weh, aber je mehr Abstand ich zwischen ihn und mich bringen würde, desto schmerzhafter würde die Trennung werden.

Mir blieb nur noch die Möglichkeit der Teleportation, um zu Nic zu gelangen. Ich löste mich kurzerhand auf, waberte für einen Moment in der Luft und verfolgte dann Stück für Stück das Band, das das Schicksal zwischen Nic und mir geknüpft hatte. Es dauerte höchstens einen Wimpernschlag, bis ich neben ihm im Zug auf den Sitz fiel, doch für mich war die Anstrengung vergleichbar mit einem Marathonlauf.

Vollkommen ausgelaugt sackte ich neben ihm zusammen und versicherte ihm schnell, dass die Erlösung der Frau erfolgreich war.

Er schluckte schwer und nickte schließlich, während er langsam den Blick abwandte.

Ich war bereits mit meinen Gedanken ganz woanders. In meinem Kopf formten blutleere Lippen immer wieder die Worte:

»Erlöse mich.«

Teil 3

Zwanzigstes Kapitel

Nic

Ankunft

Wir waren etwa vier Stunden lang unterwegs gewesen. Während die Landschaft an unserem Zug vorbeizog, hatte Lynn durchgehend apathisch aus dem Fenster gestarrt. Als könne sie die Geisterfrau noch immer sehen. Ich musste mir wirklich Mühe geben, sie nicht großartig zu beachten. Schließlich waren auch andere Fahrgäste im Zug anwesend, die mich nicht zwangsläufig für verrückt halten mussten, weil ich mit der Luft sprach.

Dennoch hatte ich immer wieder versucht, Lynns Aufmerksamkeit auf mich zu ziehen und sie so von ihren Sorgen abzulenken. Doch es brachte alles nichts, sie schien in ihrem Astralkörper gefangen zu sein und mich gar nicht wahrzunehmen. Ihre ruhelosen Pupillen wanderten über die Landschaft, die grünenden Felder und Weinberge, die flachen Hügel und über die Dächer der kleinen Dörfer, durch die wir fuhren.

Ich hatte bloß tief geseufzt und mich in den Sitz zurücksinken lassen. Mir gefiel es ganz und gar nicht, dass nicht einmal ich zu ihr durchdringen konnte. Ein ungutes Gefühl breitete sich in meiner Magengrube aus. Ich wollte nichts lieber, als ihr helfen und diesen ruhelosen Ausdruck aus ihrem Gesicht wischen. Doch manchmal konnte man einfach nichts tun und musste abwarten.

Erst als wir Stunden später im Bahnhof von Venedig, der Stazione di Venezia Santa Lucia, einfuhren, schien sie aus ihrer Emotionslosigkeit zu erwachen. Nachdem wir die Pforten des Bahnhofs hinter uns gelassen und eine Transportmöglichkeit zum Hostel gesucht hatten, begann sie endlich wieder zu reden, wenn auch nur über nebensächliches Zeug.

Mir war währenddessen ihre Anspannung nicht entgangen. Sie musste tatsächlich jeden Moment damit gerechnet haben, wieder auf eine verlorene Seele zu stoßen. Eine Gänsehaut begann auf meinen Armen zu prickeln, als ich an die blasse Erscheinung der Frau am Bahnhof dachte. Ich vermied es jedoch tunlichst, Lynn darauf anzusprechen.

Stattdessen machte ich einen Wasserbus ausfindig, den wir kurze Zeit später bestiegen, um zu unserer Unterkunft zu gelangen. Die Wasserbusse wurden von den Einheimischen auch Vaporettos genannt, wie ich schnell erkannte, als ich Gesprächsfetzen der Personen neben mir aufschnappte. Das Schiff war lang und relativ flach, damit es sich durch die Kanäle der Stadt winden konnte. Zudem waren die Sitzgelegenheiten überdacht, sodass Wind und Wetter den Fahrgästen nichts ausmachten. Ich sicherte mir einen Fensterplatz, während unser kleines Dampfschiff damit begann, den Canal Grande hinabzufahren.

Das Plätschern des Wassers gegen die bleierne Außenwand des Schiffs war nach wenigen Minuten, dank des Dröhnens des Dieselmotors, nicht mehr zu vernehmen, was ich ziemlich schade fand. Das Geräusch hatte etwas Beruhigendes an sich und dies konnte ich nach der langen Anreise wirklich gut gebrauchen.

Doch die laute Geräuschkulisse tat der Schönheit der Stadt keinen Abbruch. Am Fenster zogen die Fassaden reichlich verzierter Häuser vorbei. Sie erstrahlten in blassen pastellfarbenen Tönen und besaßen ihren ganz eigenen Charme durch die vielen Ornamente. Säulen schraubten sich in die Höhe und stützten die Hauseingänge oder Balkone. Über der Stadt strahlte ein wolkenloser blauer Himmel, während die goldenen Strahlen der Sonne sanft über die Dächer Venedigs strichen. Lynn hatte sich dicht neben mich gepresst, natürlich ohne dabei eine Berührung zu riskieren, um besser sehen zu können.

Dieses Mal war die Stille zwischen uns nicht durch Unbehagen geprägt, sondern durch Faszination. Wir beide fanden keine Worte für die Schönheit, die sich uns offenbarte.

Wir mussten nichts sagen, um zu erahnen, was der andere dachte.
Es ist die richtige Entscheidung gewesen, hierherzukommen.

Glücklicherweise waren meine anderen drei Zimmergenossen gerade nicht anwesend, sodass ich guten Gewissens die Zimmertür schließen und mich in Ruhe mit meinem Seelenschatten beratschlagen konnte.

Ich warf meine schwer beladene Reisetasche auf das einzige Hochbett, das noch nicht besetzt war, und ließ mich auf die untere Matratze fallen. Die Anreise hatte nicht nur meine Nerven strapaziert, sondern auch an meinen Kräften gezehrt. Ich fühlte mich schlapp und ausgelaugt und wollte bloß für eine Sekunde die Augen schließen. Das klapprige Bettgestell ächzte unter meinem Gewicht, sodass ich es kurz mit der Angst zu tun bekam.

Das Teil wird doch nicht auf mir zusammenklappen, oder?

Ich runzelte die Stirn und schloss doch die Augen, als ich merkte, dass das Bett mein Gewicht trug.

Wogende Schwärze breitete sich von meinen Augenwinkeln bis in mein Sichtfeld aus und zog mich ganz langsam hinab in die Tiefe eines beruhigenden Schlafs. Doch gerade als ich vollends wegdämmerte, riss mich ein Räuspern unsanft in die Höhe. Ich fuhr auf und wurde schmerzhaft von einem harten Gegenstand gebremst.

»Verdammtes Hochbett!«, dachte ich, während ich mir die schmerzende Stirn rieb. Stöhnend schwang ich meine Beine über den Bettrand und versuchte, meine Gedanken zu sortieren. Als mein Blick durch den Raum tigerte, blieb er an Lynn hängen. Zum ersten Mal seit heute Morgen schien sie wieder entspannt zu sein. Sie schien sich sogar ein Lachen verkneifen zu müssen. Als wäre mein Anblick so witzig.

Doch ich konnte nicht sauer auf sie sein. Das glückliche Grinsen auf ihren Lippen war alles, was für mich zählte. Ich konnte meinen Blick kaum von diesem Anblick lösen. Mein Herz raste immer noch. Allerdings nicht mehr vor Schreck …

Ich nahm mein Kopfkissen und warf es nach ihr. Natürlich segelte es direkt durch ihren Bauch hindurch, als wäre sie nichts weiter als Luft.

Was ja technisch gesehen auch stimmt.

»Hör auf, mich auszulachen, und sag mir lieber, was wir heute machen sollen«, schnaufte ich, als Lynn mich empört anstarrte.

»Du warst doch derjenige, der beinahe weggepennt ist, obwohl wir uns beraten wollten!«, versuchte sie, sich zu rechtfertigen, doch ihre gespielte Wut verrauchte schnell wieder. Ihre Stimme blieb jedoch klar und ernst: »Der Plan für heute ist, dass wir *es* uns selbst ansehen werden. Wir werden die Geister durch die Wolken wüten sehen.«

Lynn

Nic stimmte dem Plan zu. Er wäre garantiert am liebsten sofort losgeprescht, um auf Spurensuche zu gehen, mit der Karte Fra Mauros in der Hand. Doch das war absolut sinnlos. Wir mussten schließlich erst wissen, womit wir es zu tun hatten, bevor wir uns blind in die Gefahr stürzten.

So ließ ich ihm für einige Stunden seine Ruhe und ein wenig Schlaf. Er würde seine Kräfte noch brauchen. Mir selbst gelang es indessen nicht, zur Ruhe zu kommen. Seit unserer Ankunft in Venedig hatte sich etwas verändert. Ich konnte es spüren. Mein Instinkt reagierte auf die Stadt. Diese Stadt war so alt und mystisch, dass sie unwirklich erschien. Sie hatte eine ganz andere Atmosphäre als Rom. Ich war förmlich in der Lage, die Geheimnisse zu erfassen, die hier an jeder Ecke lauerten. Mein Blick schweifte aus dem Fenster hinaus zum Kanal vor unserem Hostel. Das Plätschern der Wellen beruhigte meine angespannten Nerven und faszinierte mich immer mehr. Und so starrte ich auf das fließende Wasser, während meine Gedanken langsam in mein Bewusstsein sickerten und es beherrschten.

Diese Stadt hat Geheimnisse, die größer und älter waren, als alles, was ich je kennengelernt habe.

Bin ich wirklich bereit dazu, sie aufzudecken?

Wenn ich unvorsichtig bin, werden sie uns mit Haut und Haar verschlingen.

Mein Blick ging zum schlafenden Nic hinüber. Er sah so friedlich aus. Seine Locken standen ihm wirr vom Kopf ab und seine Lippen waren leicht geöffnet.

Nur ein Fehler meinerseits gefährdet sein Leben.
Und das ist das Letzte, was ich will.

Ich richtete meine Aufmerksamkeit wieder auf die Wellen, ließ mich durch ihren plätschernden Klang einlullen und meine Gedanken hinfortspülen.

Vor zwei Stunden war die Sonne untergegangen. Es war kurz vor Mitternacht und Nic und ich saßen seitdem auf einem kleinen Steg, der von niemandem genutzt wurde. Das morsche Holz war nass und glitschig, als wir uns dort niedergelassen hatten. Unsere Beine baumelten nur wenige Zentimeter über dem Wasser.

Nic hatte kurz zuvor noch eine Pizza aus dem kleinen Restaurant, das sich neben unserem Hostel befand, verdrückt. Das Essen war laut Nic okay, aber nichts Besonderes. Ich hatte bloß die Augen verdreht. Ich würde in meinem ganzen Leben wahrscheinlich nie in den Genuss einer Pizza kommen, also sollte er sich bloß das Gerede über ihren durchschnittlichen Geschmack sparen.

Und so saßen wir da. Seit zwei Stunden. Schweigend. Darauf wartend, dass etwas passierte.

Um Punkt Mitternacht läuteten die Glocken des Markusturms. Der scheppernde Klang war in ganz Venedig zu hören, so auch für uns.

Nic hatte die Augen geschlossen und zählte leise die Glockenschläge mit, als mir etwas Seltsames auffiel. Am Horizont braute sich etwas zusammen. Eine Wolkenfront. Ich wollte schon etwas sagen, doch Nic bemerkte auch ohne meine Worte schnell, was los war.

Gespenstische Stille legte sich über die ganze Stadt, als würde jeder Einwohner den Atem anhalten. Ich könnte schwören, dass der letzte Glockenschlag erstickt wurde von der Wolkenmasse, die sich vom Weltenrand über die Stadt wölbte. Das finstere Gewölk verwehrte uns jeglichen Blick auf den zuvor sternenklaren Himmel.

Die gigantischen Wolken tauchten alles in tiefe Schatten und mit einem Mal kam mir meine Idee, das Phänomen hier draußen zu beobachten, furchtbar schlecht vor. Doch bevor ich auch nur vorschlagen konnte, dass wir uns nach drinnen begaben, unterbrach ein grollender Donner meine Worte. Im selben Wimpernschlag zuckte ein Blitz über die Stadt und tauchte jedes Haus in grelles Licht.

Doch es sollte nicht bei einem bleiben. Plötzlich erhellte sich die Welt überall um uns herum. Ich versuchte, die Blitze gerade noch mit meinen Blicken zu erhaschen, da waren sie auch schon wieder in der dunklen Nacht verblasst. Donner rollte über uns hinweg und brachte die Erde zum Beben. Das Holz des Piers unter uns knarzte und ächzte, während die zuvor sanften Wellen des Kanals immer heftiger gegen die Planken krachten und in die Höhe schlugen.

Als ich dachte, dass es nicht mehr schlimmer kommen könnte, begannen die Wolken sich zu formieren. Sie bewegten sich unablässig wie eine dynamische Masse aus Rauch und Hass. Und da sah ich sie. Die Gesichter.

Sie jagten über den Himmel, erleuchtet von den Blitzen, die eine seltsame rote Farbe angenommen hatten. Ihre Fratzen schrien und kreischten, während der Donner um uns herum immer weiter anschwoll. Ich widerstand dem Drang, mir die Ohren zuzuhalten, und starrte unablässig zu den Wolken hinauf.

Schließlich verschmolzen die Gesichter zu einer großen, undefinierbaren Masse. Sie formten ein schwarzes Loch, einen Schlund, der die Stadt verschlucken könnte, wenn er wollte. Die Dunkelheit kam näher, sodass selbst das Licht der Blitze ihr nicht mehr standhalten konnte. Ein erstickter Laut drang über Nicolos Lippen, als sich völlige Finsternis über Venedig legte.

Es dauerte keine Sekunde, dann war alles vorbei.

Die Dunkelheit zerfloss am Nachthimmel wie Tinte und legte die Sterne wieder frei, die ihrerseits blinkten und strahlten, als sei nie etwas geschehen. Pure Erleichterung ließ die Klauen der Angst, die sich in mein Herz gekrallt hatten, etwas lockerer werden. Doch ganz verschwanden sie nicht.

Das ist es also.
Der Grund, warum wir hier sind.
Unser Gegner, der Feind.

Ich wusste nicht, ob wir dem gewachsen waren. Oder ob wir es je sein würden.

Einundzwanzigstes Kapitel

Nic

Geweihte Hallen

In dieser Nacht bekam ich kein Auge zu. Meine Gedanken kreisten unablässig um die Fratzen, die ich am Himmel gesehen hatte. Immer wenn der Schlaf drohte mich einzuholen und die Müdigkeit mich überwältigte, blitzte es vor meinem inneren Auge und ein gewaltiger Schlund verschlang mich mit Haut und Haaren.

Ich zitterte unkontrolliert am ganzen Leib und hatte die Decke bis zum Kinn hochgezogen. Lynn lehnte gegen die Wand und starrte nachdenklich aus dem Fenster. Wir konnten uns nicht unterhalten, da meine Zimmergenossen sonst aufwachten.

Also blieb ich still liegen und starrte auf den Lattenrost über mir. Unter meiner Matratze konnte ich die versteckte Karte Fra Mauros geradezu spüren, ebenso wie das gestohlene Buch aus der Bibliothek. Unsere beiden wichtigsten Mitbringsel.

Mein ganzer Körper stand unter Hochspannung, als wäre ich unter Strom gesetzt worden. Mein Bein begann zu zucken. Ich stöhnte entnervt auf und warf mich auf die andere Seite. Verzweifelt presste ich meine Lider aufeinander und zählte Schafe. Nach dem fünfunddreißigsten begann sich meine Atmung endlich zu beruhigen und abzuflachen. Nach dem sechzigsten wich die Anspannung aus meinen Gliedern und nach dem hundertfünfzigsten hörte ich schließlich auf zu zählen. Die Dunkelheit des Schlafs hüllte mich ein. Doch dieses Mal war es keine tiefschwarze Finsternis, die mir nach dem Leben trachtete, sondern beruhigende Schwärze, die meine zum Zerreißen gespannten Nerven entknotete und mich in den Schlaf wiegte.

Ich bemerkte nicht mehr, wie ich die Grenze zwischen Realität und Traum überschritt und mein Bewusstsein langsam dahinschwand.

Sonnenstrahlen kitzelten auf meiner Haut und ein seltsamer Geruch drang in meine Nase. Es roch nach Algen und Meer.

Warum riecht es in meiner Wohnung so seltsam?
Sonst duftet es fast durchgehend nach Kaffee.

Blinzelnd schlug ich die Augen auf und sah mich um. Im ersten Moment erkannte ich die Hochbetten und die schmuddeligen Wände nicht wieder. Der alte Holzfußboden war mir fremd, ebenso wie die Kleidungsstücke, die überall verteilt waren. Plötzlich huschte ein Schatten an mir vorbei.

Ich fuhr in die Höhe und wurde mit einem metallischen *Klonk* und einem schmerzenden Schädel dafür belohnt. Der drückende Schmerz auf meiner Stirn nahm stetig zu, als ich mich aus dem Bett schwang. Die ganze Welt schwankte, während ich meine Hand gegen die Verletzung presste. Mich überkam der Eindruck eines Déjà-vus.

Mit der freien Hand hielt ich mich krampfhaft am Bettgestell fest. Inzwischen hatte ich realisiert, dass ich mich in Venedig befand. Um genauer zu sein, in einem Hostel.

Der Schatten positionierte sich vor mir, doch als ich aufblickte, war wider Erwarten nicht Lynn vor mir zu sehen, sondern ein bärtiger Mann mittleren Alters.

»Alles in Ordnung, Junge? Das muss weh getan haben.« Er warf mir einen sorgenvollen Blick zu. Schuld spiegelte sich in seinen blauen Augen. »Ich wollte dich nicht erschrecken, ich war gerade dabei aufzubrechen.« Er deutete über seine Schulter auf einen bereitstehenden Wanderrucksack. Erst da begriff ich langsam: Der Mann vor mir musste einer meiner Zimmergenossen sein.

»Kein Problem, so schlimm ist es nicht«, meinte ich und zwang mir ein Lächeln auf die Lippen. Es musste wie eine Grimasse aussehen, so wie der Mann bei meinem Anblick dreinschaute. Das hielt ihn aber offenbar nicht davon ab, das Gespräch fortzusetzen.

»Hast du gestern auch das seltsame Unwetter gesehen?«, fragte er völlig unvermittelt.

Ich war so perplex von dieser Frage, dass ich die Gelegenheit verpasste, rechtzeitig zu antworten.

»Meiner Meinung nach benötigt die ganze Stadt einen Exorzismus. Diese verzerrten Gesichter in den Wolken ... das war verdammt gruselig.«

»Einen Exorzismus?«, hakte ich nach.

»Hier in der Stadt stimmt irgendwas nicht. Ich weiß nicht, was es ist. Aber seit meinem letzten Besuch hat sie sich verändert.«

Ich nickte verständnisvoll, denn ich konnte nachvollziehen, warum sich der Mann mit einem Mal unwohl fühlte in dieser ihm eigentlich bekannten Stadt.

Nach einem kurzen Wortwechsel verabschiedete er sich schließlich von mir und verließ das Zimmer. Ich seufzte erleichtert und nur eine Sekunde später materialisierte sich Lynn direkt vor meiner Nase. Sie stellte ein schelmisches Grinsen zur Schau.

»Wage es ja nicht, mich auszulachen!«, drohte ich ihr im Spaß. Sie zuckte bloß mit den Schultern, doch das Lächeln verweilte auf ihren Lippen.

Ich rieb mir stöhnend über die Stirn. Bei dieser Berührung zog sich ein Ziehen durch meinen kompletten Kopf, sodass ich schon schwarze Punkte über mein Sichtfeld huschen sah.

»Und was machen wir heute?«, wollte ich wissen. Meine Stimme klang belegt vom Schlaf. Wie lange hatte ich geruht?

Vielleicht drei Stunden? Vier?

Allzu lange konnte es auf jeden Fall nicht gewesen sein.

Ich hatte vor dem Einschlafen bereits sanfte Sonnenstrahlen gesehen, die ins Zimmer gekrochen kamen. Doch darüber wollte ich jetzt nicht nachdenken.

Stattdessen suchte ich mir ein paar Kleidungsstücke zusammen, außerdem Handtücher, Shampoo und meine Zahnbürste.

»Ich denke, wir müssen irgendwie auf die Insel gelangen, auf der Fra Mauro gestorben ist. Vielleicht ist dieser Ort sein Fixpunkt und wir finden Hinweise auf die seltsamen Erscheinungen am Nachthimmel«, erklärte Lynn mir.

»Ich habe auch eine Idee«, eröffnete ich ihr. »Genauer gesagt hat mich unser Mitbewohner darauf gebracht. Wir sollten einen Priester aufsuchen.«

»Einen Priester?« Sie hatte die Augenbrauen vielsagend in die Höhe gezogen. »Warum denn einen Priester?«

»Nun ja, müssten die nicht sozusagen Experten in dämonischen Aktivitäten sein? Vielleicht könnte jemand sich unsere Karte ansehen und uns weiterhelfen. Fragen kostet immerhin nichts.«

Lynn dachte nach, nickte schließlich zustimmend und meinte: »Weißt du was? Vielleicht ist das gar keine schlechte Idee.«

Mir entgingen dabei nicht die Sorge und das seltsame Schimmern in ihren Augen. Ich starrte sie unnachgiebig an. Mit einem leisen Seufzen, das meine Stimme untermalte, fragte ich: »Was ist los, Lynn?«

Sie zuckte beim Klang ihres eigenen Namens zusammen, bevor sie es wagte, den Mund zu öffnen und mir zu antworten: »Ich fühle mich hier nicht sicher. Diese Bilder von gestern Abend gehen mir einfach nicht aus dem Kopf. Ich sehe immer noch die Geisterfratzen durch die Wolken jagen, als würden sie uns ... « Sie schluckte schwer und wollte den Satz nicht zu Ende bringen. »Ich weiß nicht, ob wir dafür gewappnet sind.«

Sie schaute bittend zu mir auf, in ihrem Blick lag Hilflosigkeit.

Am liebsten hätte ich sie in die Arme geschlossen, um sie von ihren Befürchtungen abzulenken und ihr zu beweisen, dass es uns trotz allem gut ging und wir beide unversehrt waren. Doch ich hielt mich zurück. Wir kannten beide die Konsequenzen. Schließlich hatten wir sie am eigenen Leib erfahren.

»Wir sind nicht so weit gekommen, um jetzt klein beizugeben. Ich werde die Menschen hier nicht dieser Gefahr aussetzen und dabei zusehen, wie eine fremde Macht ihr Leben zerstört.« Meine Stimme bebte, als ich Lynn mit meinem Blick fixierte und versuchte, ihr zu zeigen, dass ich meiner Sache sicher war.

Um ehrlich zu sein, tobte die Angst in meinem Inneren wie ein Tornado, der nichts als Chaos hinterließ. Eine Schneise der Zerstörung zog sich durch mein Bewusstsein und doch war ich nicht bereit, mich zurückzuziehen. Ich kämpfte lieber.

Auch wenn der Kampf aussichtslos ist.
Erst recht, wenn es keine Hoffnung mehr gibt.

Lynn

Es war bereits früher Nachmittag, als wir endlich aufbrachen. Wir hatten uns quer durch die verwinkelte Stadt gearbeitet und waren dabei schwerer vorangekommen als gedacht.

Immer wieder hielten Nic und ich inne und schauten an den wunderschönen Fassaden der Häuser empor, überquerten unzählige Brücken, eine schöner als die andere. Mehr als einmal blieben wir am höchsten Punkt stehen und ließen unseren Blick über die Kanäle gleiten. Das grünblaue Wasser plätscherte vor sich hin, während sich Menschen in hektischen Bewegungen an uns vorbeidrängten.

Wir nahmen uns sogar die Zeit, einen Gondoliere zu beobachten, der in trägen Bewegungen sein Ruder in die Wellen stieß und mit rauer Stimme ein Lied vor sich hin sang. Er schien völlig in der Bewegung und der Musik versunken zu sein. Das hier schien wahrlich die Stadt der Träumer zu sein.

Obwohl wir uns so langsam fortbewegten, erreichten wir irgendwann unser Ziel. San Moisè. Eine Kirche in der Nähe des Markusplatzes.

Das Gebäude war kaum zu übersehen. Es erstrahlte in weißem Gestein und hob sich damit von den anderen Bauten ab. Die Fassade war üppig verziert mit Figuren und Ornamenten aus Marmor. Über dem Hauptportal war eine gewaltige Büste in den Stein gemeißelt worden. Insgesamt erinnerte mich die Ausarbeitung der Kirche an die Epoche des Barock mit seinem schier endlosen Prunk.

»Sollen wir reingehen?«, fragte ich Nicolo, sobald ich mich von dem überwältigenden Anblick losreißen konnte. Zu unserem Glück trieben sich hier nur wenige Tourist en herum, sodass es nicht auffällig wirkte, als mein Begleiter mir mit einer Kopfbewegung andeutete, dass ich vorausgehen sollte.

Bevor Nic die Tür aufstieß, um die Kirche zu betreten, verschaffte ich uns einen Überblick, indem ich mich durch das dicke Holz gleiten ließ.

Keine Menschenseele schien sich hierhinein verirrt zu haben. Die Holzbänke wirkten alle verlassen. Ich nahm mir ein paar Sekunden

Zeit, um mich gründlich umzusehen. Von innen war das Gebäude mindestens genauso beeindruckend und edel eingerichtet, wie es von außen den Anschein machte.

Am Boden ergaben verschiedene Gesteine und Fliesen ein wundervoll symmetrisch geformtes Mosaik in Rot- und Blautönen. Die Wände wurden durch große Bögen und Säulen geprägt, die genauso wie die Fassade der Kirche von Figuren und Ornamenten verschönert wurden. Goldene und marmorne Elemente verliehen diesem Ort einen ungeheuren Wert. Übertroffen wurde das alles durch einen riesigen Altar am Kopf der Kirche. Hinter dem steinernen Koloss prangte ein Relief an der Wand, das durch gedeckte Farben und dynamische Abbildungen beinahe echt wirkte. Nur zu gern hätte ich mir das alles noch näher angesehen, doch Nic und ich hatten einen Plan.

Ich trat erneut durch die Tür hindurch, um Nic kurz zu bedeuten, dass die Luft rein war. Er konnte es anscheinend kaum erwarten, die Kirche zu betreten, weshalb er nicht lang zögerte.

Gemeinsam gingen wir den Mittelgang entlang und verblieben in ehrfürchtiger Stille. Nic sah sich mit großen Augen um, ebenso wie ich es vor wenigen Minuten getan hatte.

Unschlüssig ließen wir uns auf die vorderste Holzbank nieder. Das Geräusch des knarzenden Holzes war der einzige Laut, der die heilige Stille durchbrach.

Wir warteten und warteten.

Aber worauf?

Darauf, dass einfach so ein Priester erschien?

Ich wollte gerade den Mund öffnen, um Nic zu sagen, dass wir einen anderen Plan austüfteln sollten, als plötzlich aus einem der Seiteneingänge eine Gestalt auf uns zutrat. Vermutlich lag dahinter irgendwo die Sakristei.

Nic versteifte sich augenblicklich und auch ich richtete mich gerade auf, obwohl mich der Sterbliche garantiert nicht sehen konnte.

Es handelte sich tatsächlich um einen Priester. Sein langes schwarzes Gewand und die typische schwarze Kopfbedeckung verrieten ihn. Der Mann schien in den Fünfzigern zu sein. Sein kurzes Haar kräuselte sich und verfärbte sich an den Spitzen weiß. Seine von der Sonne gegerbte Haut wies einige Falten auf. Dennoch waren seine dunkelbraunen Augen wachsam und erfassten Nic sofort.

Nachdem sich der Priester vor dem Altar verbeugt hatte, kam er sogleich auf uns zu. Genauer gesagt auf Nicolo.

»Was kann ich für dich tun, mein Freund?«, fragte der Mann mit überraschend ruhiger Stimme.

»Ich brauche Ihre Hilfe.« Nic hatte sich gut unter Kontrolle. Einzig sein wippendes Bein verriet seine Nervosität.

Der Priester wirkte nicht überrascht, obwohl mein Begleiter ihm so kryptisch geantwortet hatte. »Und wie kann ich dir helfen?«

Ich bewegte mich keinen Zentimeter. Obwohl mich der Priester nicht wahrnehmen konnte, hatte ich Angst davor, die Situation zu zerstören.

»Sie haben bestimmt bereits die unerklärlichen Wolkenformationen über Venedig jeden Abend bemerkt, nicht wahr?«

»Allerdings.«

»Und denken Sie, dass es sich dabei um ein natürliches Wetterphänomen handelt?«

Der Priester kniff die Augen ein wenig zusammen. »Worauf willst du hinaus, Junge?«

Nic atmete tief durch, bevor er zu seiner Erklärung ansetzte. Diesen Part hatte ich mit ihm zusammen mehrmals geübt und trotzdem sah ich ihm seine Unsicherheit an. »Ich weiß, dass meine Erklärung in Ihren Ohren vielleicht unrealistisch wirken könnte, aber bitte hören Sie mir bis zum Schluss zu.«

Ich hatte das Bedürfnis, ihn irgendwie zu beruhigen. Bis jetzt machte er das wirklich gut.

»Ich vermute, dass hinter diesem Phänomen viel mehr steckt. Bei meinen Recherchen bin ich auf eine Person gestoßen, die in der Vergangenheit in Venedig gelebt hat. Sagt Ihnen der Name Fra Mauro etwas? Er war ein Mönch hier in Venedig.«

Gespannt warteten wir beide ab. Der Priester schien einen Moment lang nachzudenken. Kurz darauf glätteten sich die Falten auf seiner Stirn, als würde er nun begreifen, in welche Richtung sich dieses Gespräch entwickelte. »Du willst mir also sagen, dass du denkst, eine uralte venezianische Legende könnte hinter all dem stecken?« In seiner Stimme lag kein Vorwurf, sondern nur der Wunsch nach Verständnis.

»Indirekt ja. Ist Ihnen die Legende vertraut? Wissen Sie von den Teufelsträumen?«

Der Priester nickte schwerfällig.

»Gut. Dann bitte ich Sie nun um absolute Diskretion.« Nic griff in das Innenfutter seiner Jacke und zog die zusammengefaltete Karte hervor.

»Ist das etwa … ?«

»Die Karte, die Fra Mauro mithilfe des Satans angefertigt hat? Ja.«

»Wird sie nicht im Vatikan verwahrt?«

Ein diebisches Lächeln schlich sich auf Nics Lippen. »Nicht mehr.«

Der Priester schüttelte den Kopf und wollte sich abwenden. »Ich will damit nichts zu tun haben. Verschwinde von hier, Junge. Wenn du deine Sünden beichten willst, kannst du zurückkehren.«

»Warten Sie!« Nic sprang nun von der Holzbank auf und trat näher an den Priester heran. »Ich hatte keine Wahl. Ich versuche nur zu helfen. Sie müssen doch verstehen, dass die Menschen hier in Gefahr sind, wenn es sich tatsächlich um Dämonen handelt, die Venedig heimsuchen.«

»Und wie kommst du darauf, dass ich dir glaube? Wieso sollten Dämonen diese Insel heimsuchen? Und was willst du mir mit dieser Karte überhaupt beweisen, abgesehen davon, dass du ein Dieb bist?«

Der Vorwurf in der Stimme des Priesters traf Nic mehr als gedacht. Er stolperte sogar einen Schritt zurück.

Am liebsten wäre ich in diesem Augenblick aufgesprungen, um ihn zu beschützen und diesem Priester einige unreife Dinge an den Kopf zu werfen.

Ich beobachtete, wie der Priester sich umdrehte, um die Kirche zu verlassen. Doch so leicht gab Nic nicht auf. Ich begriff in dem Moment, was er vorhatte, als er nach vorn zum Altar stürzte. Auf dem steinernen Tisch erkannte ich eine silberne Schale. Sie war bis zum Rand gefüllt mit einer durchsichtigen Flüssigkeit.

»Hey! Was tust du da? Lass das Weihwasser in Ruhe!«, rief der Priester ihm zu. Ich löste mich auf und flog in meiner körperlosen Form hinüber zu Nic. Der Beschützerinstinkt wallte plötzlich in mir auf.

Ohne darüber nachzudenken, warf ich mich zwischen Nic und dem Priester. Ich manifestierte mich wieder zu einer Person und streckte dem Mann meine Handfläche entgegen, als könne ich ihn so stoppen.

Zwar konnte er mich nicht sehen, aber mir standen andere Wege offen, um ihn für kurze Zeit abzulenken. Ich begann zu *wispern*, wie ich diese Fähigkeit nannte. Durch meine leise gehauchten Befehle drang ich in die mentale Ebene des Mannes vor und irritierte ihn auf diese Art und Weise. Schon nach zwei einfachen Worten, die ich immer und immer wieder wiederholte, verharrte der Priester plötzlich und starrte Nic erwartungsvoll an.

Warte ab ...
Warte ab ...
Warte ab ...

Das war mein Befehl gewesen.

»Was tust du da?«, erklang mit einem Mal eine fremde Stimme in meinem Kopf. Sie musste von dem Schutzgeist des Priesters stammen. Einem anderen Menschen als dem eigenen Schützling einen Befehl durch das *Wispern* aufzuzwingen, gehörte sich eigentlich nicht und war hochgradig verpönt. Harte Zeiten erforderten allerdings harte Maßnahmen.

»Lass sofort meinen Menschen in Ruhe!«

»Es tut mir leid, aber es war notwendig. Du wirst es gleich verstehen.«

In diesem Augenblick fuhr ich zurück zu Nic, der inzwischen die Karte Fra Mauros auf dem Altar ausgebreitet hatte und die silberne Schale mit dem Weihwasser über sie hielt. Er kippte die Schale leicht an, sodass nur wenige Tropfen über den Rand schwappten.

Sie fielen scheinbar in Zeitlupe auf das Pergament hernieder. Ich hielt unbewusst inne und bemerkte, dass es mir der Priester gleichtat. Sein Schutzgeist war ebenfalls verstummt.

Sobald der erste Tropfen des geweihten Wassers auf das dämonenverseuchte Papier traf, ertönte ein lautes Zischen. Kleine schwarze Rauchschlieren bildeten sich auf dem Papier an dieser Stelle.

Nic trat einen Schritt zurück. Ich teleportierte mich an seine Seite, um ihn im Ernstfall schützen zu können. Zum Glück passierte nichts weiter. Allerdings schien der Priester nun seine Meinung geändert zu haben.

Er schaute uns lange an und betrachtete zwischendurch immer wieder die nebligen Säulen der Karte. In seinen Pupillen sah ich Furcht und Unglauben zittern. »Ich kann euch nicht helfen, so gerne ich es auch will«, meinte er schließlich.

Nic ließ enttäuscht die Schultern sacken.

»Aber ich kenne jemanden, der es vielleicht kann. Allerdings kann derjenige nur durch ein spezielles Ritual gerufen werden.«

Nic und ich wurden sofort hellhörig. »Ein Ritual?«, wiederholte er.

Der Priester nickte.

»Und wen beschwört dieses Ritual?«

Wäre ich ein Mensch gewesen, hätte ich nun vermutlich gespannt die Luft angehalten. Stattdessen versuchte ich, die Wahrheit aus dem Mann nur mit meinen Blicken herauszupressen.

»Jemanden, der so alt ist wie das Leben selbst.« Der flüchtige Blick des Priesters streifte mich, als würde er spüren, dass Nic nicht allein war. »Den Tod.«

Zweiundzwanzigstes Kapitel

Lynn

Der Fährmann

Wir befolgten den Rat des Priesters und suchten noch am selben Tag die perfekte Stelle auf, um den Tod zu beschwören.
Okay, selbst in meinen Gedanken klingt es nach einem furchtbaren Plan.
Wir hatten uns immer mehr in Richtung der Lagune bewegt, von der aus man die Friedhofsinsel erspähen konnte. Von einem langen hölzernen Pier aus konnten wir sie mühelos sehen.
San Michele.
Die Heimat Fra Mauros.
Ich schluckte schwer und beobachtete das Stückchen Land mit großer Skepsis. Mir war nicht wohl dabei, der Insel so nahe zu sein. Ich konnte geradezu spüren, wie die dunklen Mächte ihre Finger nach mir ausstreckten und nach meinem Licht gierten. Eine Gänsehaut kroch über meine Arme und ließ mich trotz der hochstehenden Sonne und der allgegenwärtigen Hitze schaudern.
Dabei sah dieser Ort so friedlich aus. Ich konnte eine Mauer erkennen, erbaut aus rotem Stein. Ein großer Torbogen war uns zugewandt, während sich dahinter die Türme einer Kirche in die Höhe schraubten.
»Hinter der Mauer liegt der Friedhof«, raunte Nic mir zu. »Sie haben mit Platzproblemen zu kämpfen, weshalb die Toten nach einiger Zeit in ihren Gräbern exhumiert und in Blöcken gestapelt

werden.« Seine Stimme klang rau und ausgetrocknet. Ich warf Nic einen ungläubigen Blick zu, der sagen sollte: *Woher zur Hölle weißt du das?*

Er erwiderte mein Starren bloß mit einer hochgezogenen Augenbraue.

»Im Gegensatz zu dir habe ich mich vorher schlaugemacht.« Ein wissendes Grinsen umspielte seine Lippen. Die schnippische Erwiderung erstarb mir auf der Zunge, als mich die Bedeutung seiner Worte mit voller Wucht traf. Ich blinzelte verwirrt und wusste nicht mehr, was ich sagen wollte. Stattdessen wandte ich mich der Mauer zu und beobachtete sie misstrauisch. Hinter ihr rankten sich ein paar Bäume in die Höhe, die auf die Entfernung dunkel und unnahbar wirkten.

»Wie viele verlorene Seelen treiben sich dort drüben wohl rum?«, hauchte ich und starrte in die Ferne. Nics Blick blieb eine Sekunde länger als nötig an mir hängen, bevor er sich ebenfalls der Insel zuwandte.

»Sollen wir mit dem Ritual beginnen?«, fragte ich nach einer Weile.

Hoffentlich hat uns der Priester nicht irgendeinen Mist erzählt.

Wir befanden uns am richtigen Ort. Wellen schwappten gegen den Steg und untermalten die Stille zwischen uns.

»Dann mal los«, murmelte Nic entschlossen und holte aus seiner Jackentasche eine kleine Flasche hervor, zusammen mit einem Zettel. Ich positionierte mich neben ihm und beobachtete angespannt, wie Nic den Verschluss von dem gläsernen Flaschenhals schraubte. Mit seiner rechten Hand hielt er daraufhin den Zettel in die Höhe, um ihn besser lesen zu können.

Es kann gar nichts schiefgehen.

Ich versuchte, mich selbst davon zu überzeugen, dass wir gar nichts falsch machen konnten. Selbst wenn der Plan nicht funktionierte, würden wir dadurch nichts verlieren.

Während Nic die Flasche kippte und den Inhalt in kreisförmigen Bewegungen in das Wasser unter uns fließen ließ, erhob er seine Stimme und las die Beschwörungsformel für das Ritual vom Zettel ab, den uns der Priester mitgegeben hatte. Ich sah dabei zu, wie das geweihte Wasser bei der Berührung mit dem Meer unheilvoll zu blubbern begann.

*»Ich beschwöre dich, Begleiter der Vergangenen.
Ich rufe dich, Freund der Vergessenen.
Ich bitte dich, zeig dich uns.*

*Ich flehe dich an, Herrscher über das Unwissende.
Ich brauche dich, Unterstützer aller Hilflosen.
Ich bitte dich, zeig dich uns.*

*Ich befehle dir zu kommen.
Ich befehle dir zu bleiben.
Ich befehle dir zu helfen.*

Ich bitte dich, zeig dich uns.«

In meinem Kopf echote das Ritual immer und immer wieder. Der Priester hatte Nic die Flasche, gefüllt mit Weihwasser, mitgegeben. Das Ritual beschwor den Begleiter der Toten, den Fährmann. Wenn sich jemand mit den Problemen der Untoten auskannte, dann er.

Der Priester konnte uns nicht versichern, dass die Beschwörung glücken würde, aber sie war unsere beste Chance an Informationen zu gelangen. Ich stieg in den gleichmäßigen Singsang von Nic ein.

Sobald das letzte Wort verklungen und der letzte Tropfen des Weihwassers im Meer versiegt war, warteten wir. Wir drehten uns nicht um, sondern starrten auf die Insel hinaus, die von den Toten belagert wurde und der Ursprung aller Probleme zu sein schien. Eine ungekannte Ruhe ergriff Besitz von mir. Dieser Moment war fast schon friedlich. Erst nach wenigen Sekunden bemerkte ich, dass es unnatürlich still geworden war in unserer Umgebung. Das Wellenrauschen drang kaum noch bis zu mir vor. Keine Möwen kreischten über unseren Köpfen und nicht einmal der Wind rauschte durch die Lagune hindurch.

Nur wenige Sekunden später realisierte ich, wieso mit einem Mal diese, im wahrsten Sinne des Wortes, Totenstille herrschte.

»Kann ich euch behilflich sein?«, echote eine Stimme wenige Meter neben uns. Erschrocken fuhren Nic und ich herum. Ein hagerer Mann in langer Kutte stand dort in einer Gondel und beobachtete uns eindringlich. Faltige Haut und ein kahler Schädel waren stumme Zeugen seines hohen Alters. Es schien ihm Mühe zu machen, sich gegen den schweren Stoff seiner Kutte aufrecht zu halten.

Ist das etwa der Fährmann?
Und hat er uns gerade beide angesprochen?
Kann er mich sehen?
Er ist schließlich ein Geisterwesen, wundern würde es mich nicht.

Testweise hob ich vorsichtig meine Hand zum Gruß. Der Mann erwiderte meine Begrüßung nicht, doch sein Blick zuckte zu mir herüber. Er hatte mich gesehen. Er konnte mich tatsächlich sehen!

Auch Nic hatte dieses wichtige Detail bemerkt und warf mir einen stechenden Blick zu. Es schien beinahe so, als würde er sich über meine Sicherheit Gedanken machen.

Der Kopf des alten Mannes ruckte herum. Zu schnell, um es als flüssige Bewegung erfassen zu können. So bewegten sich nur Geister.

»Er ist es«, hauchte ich. »Der Fährmann.«

Nun galt die Aufmerksamkeit des untoten Gondolieres ganz allein mir. Er starrte mich aus stechend gelben Augen an, sodass ich verwirrt blinzeln musste, um den Anblick zu verkraften. Ein eisiger Lufthauch umwirbelte mich wie eine Schlinge, die sich immer enger zog und mich zu ersticken drohte.

Wieso waren mir seine Augen nicht schon viel früher aufgefallen?

Ich schluckte schwer, als der Mann die Lippen spaltete, um seine Worte an mich zu richten: »Das ist richtig.« Er befeuchtete seine Lippen mit einer Zunge, die seltsam spitz geformt war. Wie die eines Reptils. »Ich bin der Fährmann. Der Wegbegleiter der Toten und ihrer Schutzgeister. Und ich komme mit einer Warnung.«

Nic

»Ich dachte, Eure Existenz sei bloß eine Legende«, raunte Lynn ungläubig, als könne sie immer noch nicht fassen, dass unser Ritual tatsächlich funktioniert hatte. Ich konnte es ja selbst kaum glauben. Mein Schutzgeist hatte den Kopf schief gelegt, als würde sie Schwierigkeiten damit haben, ihre Gedanken zu sortieren. Ich biss mir auf die Lippe, um nicht selbst tausend Fragen zu stellen, auch wenn es mir verdammt schwerfiel.

»Wenn sogar die Geisterwelt uns für Humbug hält, dann haben wir unser Ziel erfüllt«, grollte der Fremde mit dunkler Stimme.

»Was für ein Ziel?«, entfuhr es mir schließlich doch. Der stechende Blick des Fährmanns wanderte zu mir herüber, als hätte er vergessen, dass ich auch noch anwesend war.

»Das Vergessen ist unser Bestreben. Man soll nicht wissen, dass es uns gibt. Wir begleiten die Toten auf ihrem letzten Weg ins Jenseits, zu ihrer Ruhestätte. Dabei sind keine Störungen erwünscht, weder von Geistern noch von Lebenden.« Er blinzelte nicht. Starrte mich in Grund und Boden. Sein Blick brannte auf meiner Haut, sodass ich unruhig von einem Fuß auf den anderen trat. Offensichtlich hielt er uns für so eine Störung, da wir ihn bei seiner Tätigkeit unterbrochen hatten.

»Aber wieso?«, hakte nun Lynn nach. Der Blick des Fremden löste sich von mir und ich atmete insgeheim auf, als hätte man ein schweres Gewicht von meinen Schultern genommen.

»Es gibt nicht viele von unserer Art. Wir treten nur an besonderen Orten in Erscheinung und dieser ist einer davon.« Seine Stimme schien im Nichts zu verhallen, ein endloses Echo, das von niemandem gehört werden konnte, außer von uns.

»Und warum zeigst du dich uns? Du hättest unseren Ruf auch ignorieren können«, fragte Lynn. Wir mussten vorsichtig sein. Wenn dieser Geist besondere Kräfte besaß, die wir nicht kannten, wäre er uns innerhalb kürzester Zeit überlegen. Wir bewegten uns auf sehr dünnem Eis, das jederzeit splittern und uns einbrechen lassen konnte.

»Ich spüre es. Die Macht. Ihr tragt etwas bei euch, das zu dieser Insel gehört.«

Die Karte!

Er meint die Karte Fra Mauros!

Wir hatten uns kurzfristig dazu entschlossen, die Karte doch mitzunehmen, da es zu gefährlich gewesen wäre, sie im Gemeinschaftszimmer des Hostels zurückzulassen. Ich griff mir automatisch an den Rucksack, den ich auf dem Rücken trug und in dem sich die Karte versteckte. Dadurch lenkte ich die Aufmerksamkeit des Fährmanns wieder auf mich.

»Ich kann sie spüren, die dunklen Mächte, die in dieses *Ding* eingewoben sind. Ich kann die Verdammten schreien hören.«

Bildete ich es mir bloß ein oder schien selbst der furchteinflößende Fährmann einen respektvollen Abstand zu dem Gegenstand in meinem Rucksack halten zu wollen?

»Ihr müsst von hier verschwinden.«

Lynn räusperte sich und trat einen Schritt vor. Und dann tat sie etwas, von dem ich dachte, dass es eine der mutigsten Taten war, die ich je gesehen hatte: Sie widersprach dem Fährmann. Sie verteidigte unseren Standpunkt gegenüber einem tausendjährigen Geist, der bloß in Gesellschaft toter Seelen vor sich hinvegetierte. Und dafür bewunderte ich sie zutiefst.

»Wir können nicht gehen. Wir sind von Rom aus angereist, weil wir wussten, dass hier unerklärliche Dinge vorgehen. Die Fratzen, die sich am Nachthimmel zeigen, könnten ein böses Omen sein für Geschehnisse, die kurz bevorstehen. Wir wollen die Menschen hier beschützen, ihnen helfen. Doch der einzige Weg, um das zu bewerkstelligen, führt dorthin.« Mein Seelenschatten deutete mit ausgestrecktem Finger auf die Insel in der Lagune.

»Wenn ihr diese Insel betretet, werdet ihr alte Geister wecken. Ihr werdet Gefahren heraufbeschwören, von denen ihr nicht einmal zu träumen gewagt habt.« Das Gesicht des Fährmanns ließ keine einzige Emotion erahnen.

Besaß er überhaupt so etwas wie Gefühle?

Ich bezweifelte es stark.

Doch jetzt nachzulassen, wäre das Dümmste, was wir machen könnten.

»Was, wenn es das wert ist?«, raunte ich. Ein Windzug riss mir die Worte von den Lippen, doch ich war mir sicher, dass der Fährmann sie trotzdem vernommen hatte. »Was, wenn wir Venedig vor einem größeren Unheil bewahren?«

»Es gibt kein Unheil, das ich nicht unter Kontrolle bekommen könnte«, erwiderte der Fremde entschlossen. Wir sprachen gegen eine Wand. Unsere Argumente prallten wirkungslos an ihm ab.

»Ich werde dir beweisen, dass es sich hierbei um eine Gefahr handelt, die auch deine Fähigkeiten übersteigen wird«, meinte Lynn selbstbewusst und trat einen Schritt vor. Sie hatte das Kinn in die Höhe gereckt und starrte den Fährmann auffordernd an.

Ihr ungeheurer Mut schwappte auf mich über, ließ mich aufrechter stehen und meinen Blick eisern werden. Ich schaute nicht weg, während der Fährmann uns mit seinen gelben Augen durchbohrte.

»Und was sollte mich bitte überzeugen können, euch Zugang zu der Insel zu gewähren?« Seine Stimme klang tiefer und grollender als je zuvor. Als wäre er ein Raubtier auf der Lauer, das nur darauf wartete, uns anfallen zu können.

»Nic«, Lynn richtete die Worte an mich, ohne den Blickkontakt zu dem Fährmann zu unterbrechen. In ihren Augen spiegelte sich ein unbekanntes Gefühl. Unnachgiebigkeit. Sie würde nicht klein beigeben. Wir waren schon so weit gekommen und würden nicht zurückweichen. Niemals. »Zeig ihm die Karte.«

Ein hartes Lächeln hatte sich in ihre sonst so weichen Züge geschlichen. Ich zögerte keinen Moment und zog die Karte des Kosmographen hervor. Ich vertraute Lynn. Und hoffte innerlich, dass sie wusste, was sie tat.

Lynn

Nic entfaltete die Karte und hielt sie mit beiden Händen fest. Der Fährmann schaute seltsam drein, als würde er auf den großen Knall warten, den ich ihm indirekt versprochen hatte.

Doch nur eine Sekunde später geschah es. Die schwarze, leicht verblasste Tinte auf dem Pergament schien sich zu intensivieren und mit jeder Sekunde dunkler zu werden. Als würde Finsternis aus der präzisen Zeichnung sickern.

Dunkelheit triefte auf die Holzlatten des Piers. Schatten begannen sich aus dem Pergament zu winden. Sie schlängelten sich in dünnen Schlieren in die Höhe und zerfaserten in der Luft. Ich verfolgte atemlos das Geschehen und die dunklen Mächte, die die Karte preisgab.

Mein Körper begann zu zittern und zu beben, als würde er auf die Gegenwart der finsteren Magie reagieren. Ein unnatürlich kalter Wind umwehte mich und ließ meine Haare aufwirbeln, doch ich löste meinen Blick weder von der Karte noch von dem Fährmann. Er schien sich sichtlich unwohl in seiner Haut zu fühlen. Seine Augen wurden immer größer, als die Schattentinte begann, sich in seine Richtung zu winden. Er trat sogar einen Schritt zurück, ob vor Angst oder Ehrfurcht konnte ich nicht sagen.

»Was ist das?«, fragte er atemlos.

Ich schluckte schwer, bevor ich ihm antwortete: »Eine Karte. Geschaffen aus den Träumen des Teufels. Festgehalten durch eine menschliche Hand.«

Der Blick des Fährmanns suchte den meinen. Seine Gesichtszüge waren ihm vollkommen entgleist, als hätte ihn diese Antwort aus allen Wolken fallen lassen. Deshalb seufzte ich bloß leise, bevor ich erklärte: »Wir vermuten, dass sich der Ursprung dieser Macht auf der Insel befindet. Wir müssen es aufhalten, bevor es zu mächtig wird.«

Ich legte eine stumme Bitte in diese Worte, die der Fremde hoffentlich nicht ausschlagen würde.

Nic starrte mich wiederum ratlos an. Also konnte er immer noch nicht die dunklen Schlieren sehen, die sich auf der Karte sammelten. Ich vermutete, dass er nicht genug von meinen Fähigkeiten übernommen hatte, als ich ihn vor dem Tod gerettet hatte. Das hier war zu gewaltig für ein einfaches, menschliches Bewusstsein. Ich bedeutete ihm wortlos, dass er die Karte wieder zusammenfalten konnte. Ihr Dienst war hiermit getan.

»Sonnenwende«, entfuhr es dem Fährmann plötzlich. Er schien vollkommen in seine Gedanken versunken zu sein. Als hätte der Anblick der Karte etwas in ihm erweckt. Eine beängstigende Vermutung.

»Morgen Abend, am einundzwanzigsten Juni, findet die Sommersonnenwende statt. Eine Nacht, aufgeladen mit purer Magie. An einem legendären Ort wie Venedig. Der perfekte Zeitpunkt, um Geister und Dämonen zum Leben zu erwecken.« Die kryptischen Worte des Fährmanns ergaben in meinen Ohren kaum einen Sinn, doch er war noch lange nicht fertig: »In der morgigen Nacht wird der Schleier der Unsichtbarkeit von allen Geistern genommen. Sie werden frei wandeln können, wie es ihnen beliebt. Doch in dieser Nacht ist die Magie so stark, dass sie missbraucht werden kann. Um die Falschen zu beleben. Dämonen, Teufel ...«

Und da verstand ich. Während der Sonnenwende würde der Schleier fallen und die Magie ungebändigt durch die Straßen und Kanäle Venedigs fließen. Ein Strom, von dem sich jeder nähren könnte. Ich zitterte am ganzen Körper. Das bedeutete ...

»Morgen werden die Illusionen am Nachthimmel real«, hauchte ich. Nic sah mich fassungslos an. Als könne er nicht glauben, was ich da sagte. Ich konnte es ja selbst nicht begreifen.

»Und nicht nur das«, fügte der Fährmann hinzu. »Auch dich wird man sehen können, Schutzgeist. Du wirst leben. Für eine Nacht darfst du menschlich sein.«

»Der Zauber hält nur für eine Nacht? Dann werden die Dämonen nach dieser Nacht doch auch keinen weiteren Schaden anrichten können«, stellte Nic fest.

Er hatte recht. Ein Hoffnungsschimmer funkte in meinem Inneren auf wie die Spitze eines Streichholzes.

Der schwere Blick des Geists senkte sich auf uns beide. »Eine Nacht reicht aus, um ganz Venedig dem Untergang zu weihen.«

Diese Tatsache ließ uns kurz verstummen.

»Aber wie kommt es, dass diese Ereignisse nicht schon früher aufgetreten sind? Warum genau in diesem Jahr?«, fragte Nic schließlich.

Der Fährmann schien zu zögern, bevor er uns antwortete. »Ich vermute, dass Fra Mauro seine Kräfte erst wieder regenerieren und die Oberhand über die Dämonen erlangen musste. Niemand kann einschätzen, warum gerade jetzt dieser Zeitpunkt gekommen ist oder wie stark er momentan ist. Das Einzige, dessen wir uns wirklich sicher sein können, ist die Tatsache, dass etwas Schreckliches geschehen wird.«

»Und wir werden es verhindern, dafür sind wir schließlich hierhergekommen«, erwiderte ich furchtlos. Ich würde diesen Dämonen das Leben verwehren, auch wenn ich dafür in den Kampf ziehen musste. Ich drückte meinen Rücken gerade durch und reckte das Kinn. Auch wenn mich die Worte des Fährmanns zum Schwanken und Zweifeln brachten, so würde ich dennoch nicht fallen.

»Doch dazu benötigen wir Zugang zur Insel.« Die Forderung klang fremd von meinen Lippen. Ich wusste nicht, woher dieses Selbstbewusstsein kam, doch mir war klar, dass ich diesen Moment nutzen musste.

Nic trat neben mich. Er baute sich geradezu vor dem Fährmann auf. Sein fester Stand, die breiten Schultern und der kalte Ausdruck seiner sonst so warmen Augen bescherten mir eine Gänsehaut. Er wirkte stark. Unbändig.

Ich ließ meinen Blick einen Wimpernschlag länger als für gewöhnlich auf ihm ruhen, bevor ich mich mit hochgezogener Augenbraue an den Fährmann wandte.

Würde er unserer Forderung nachkommen?

Oder sich uns gar in den Weg stellen?

Doch er begegnete uns mit ungekannter Stärke. Wir bildeten zwei Fronten.

Wer knickt zuerst ein?

»Ich werde euch hinüberführen. Allerdings braucht ihr einen vernünftigen Plan. Ihr könnt nicht einfach blind in euer Verderben rennen.«

Ich legte den Kopf schief, ein Zeichen, dass ich ihm zuhörte.

»Ihr müsst die Dämonen an die Karte binden, damit sie weiterhin darin gefangen sind.«

»Und wie sollen wir das anstellen?«, hakte Nic nach.

»Ihr müsst die Karte um Mitternacht, wenn die Sommersonnenwende auf den Höhepunkt zustrebt, zerstören. Zu dieser Zeit ist die Macht dieses besonderen Tages am stärksten, was sowohl euer Vor- als auch Nachteil ist, denn es wird der Moment sein, in dem die Dämonen versuchen werden auszubrechen. Die Grenzen sind zum Zerreißen dünn. Genau dann müsst ihr die Karte zerstören.« Der Fährmann klang angespannt.

Ist er sich wirklich sicher, dass dieser Plan klappt?

Oder versucht er uns sogar in eine Falle zu locken?

»Womit sollen wir die Karte denn bitte vernichten?« Nic konnte seine Anspannung nicht verbergen.

»Mit allem, was euch zur Verfügung steht. Weihwasser, Eisen, Feuer, Salz. Ihr dürft nichts unversucht lassen. Ansonsten könnte es euch das Leben kosten.«

Das klingt ja vielversprechend.
Und so schworen wir einem Totengeist, dass wir die Stadt der Geister und Geheimnisse vor den Dämonen des Teufels beschützen würden. Ich hoffte, dass ich diese Entscheidung nicht bereuen würde.

Dreiundzwanzigstes Kapitel

Nic

Ein Traum aus Taft und Seide

Auf dem Rückweg ließen wir uns viel Zeit. Langsam schlenderten wir durch die Gassen von Venedig. Das Wasser der Kanäle floss beständig neben uns her und erzeugte ein leises Plätschern. Immer wieder drang Stimmengewirr zu uns durch und mehr als einmal kam uns eine Touristengruppe entgegen.

Doch ich beachtete die anderen Menschen nicht, meine gesamte Konzentration fokussierte sich auf die Worte des Fährmanns. Immer und immer wieder ging ich das Gespräch mit ihm durch und versuchte die wichtigsten Informationen herauszufiltern.

Morgen Abend würden die Grenzen zwischen Geister- und Menschenwelt ineinander verschwimmen.

Werde ich überhaupt zwischen ihnen unterscheiden können?

Und was bedeutet das für Lynn?

Mein Blick glitt zu ihr hinüber, während ich in Gedanken ihr Gesicht nachzeichnete. Ihre spitze Nase, die hohen Wangenknochen, die geschwungenen Lippen ...

Wie wäre es wohl, sie zu berühren, ohne Angst vor den Konsequenzen zu haben?

Ihr über die Arme zu streichen, ihre Taille zu umfassen, sie zu halten, während ich meinen Kopf zu ihr hinabsinken lasse und ...

Ich holte tief Luft und riss mich von ihrem Anblick los. Mein rasendes Herz schlug schnell und schien meinen Brustkorb auseinandersprengen zu wollen. Verräter.

Doch statt mir etwas anmerken zu lassen, räusperte ich mich kurz und beschleunigte meine Schritte. Ich konnte gerade gar nicht genug Abstand zwischen uns beiden haben. Keine Distanz schien groß genug zu sein, um mein Herz wieder zu beruhigen.

Erst nach einigen Minuten begann ich zu begreifen, wie kindisch ich mich aufführte. Deshalb lenkte ich meine Aufmerksamkeit auf etwas anderes und betrachtete ein Plakat, das an der spröden Hauswand neben mir angebracht worden war. Sofort hielt ich inne.

Eine schwarze Maske war auf dunkelrotem Grund abgebildet. Dornenranken wanden sich am Bildrand, während in goldenen Lettern auf dem Poster geschrieben stand: *Sommersonnenwende – Tanz der Masken am 21. Juni auf dem Markusplatz.*

Ich schluckte schwer. Als ich meinen Blick umherschweifen ließ, konnte ich erkennen, dass das Plakat an gefühlt jeder Hauswand zu finden war. Also fand morgen zu allem Übel auch noch ein Maskenball statt, an dem vermutlich die halbe Stadt teilnahm.

Und während ich noch immer in meine Überlegungen vertieft war, materialisierte sich vor mir ein gewisses Geistermädchen. Lynns violette Augen schienen Funken zu sprühen.

»Sag mal, versuchst du mich zu ignorieren? Warum hast du so getan, als wäre ich unsichtbar, obwohl hier keine Menschenseele unterwegs ist?«, forderte sie zu wissen. Ich starrte sie bloß an und wusste nicht, was ich sagen sollte.

Wegen dir.
Weil du Gefühle in mir erwachen lässt, die ich nicht verstehen kann.
Weil ich dich berühren will und nicht darf.
Weil das mit uns nie funktionieren wird, selbst wenn du das Gleiche empfindest wie ich.

Doch statt ihr die Wahrheit zu sagen, zuckte ich bloß mit den Schultern und strich mir verlegen durch die Haare.

»Ich brauchte nur ein bisschen Zeit zum Nachdenken.« Ich konnte die Lüge auf meiner Zunge schmecken. Sie war bitter und zäh, beinahe wie Lakritz. Zudem wandte ich meinen Blick ab, um ihr nicht in die Augen sehen zu müssen.

»Ach so?« Ihre Stimme wirkte brüchig. Ihre Pupillen zitterten, als würde sie mich nicht richtig fokussieren können. Lynn biss sich auf die Unterlippe und zerkaute sie regelrecht, als müsse sie die Worte, die sie mir am liebsten gegen den Kopf schleudern wollte, gewaltsam zurückhalten.

»Wenn du genug von mir hast, dann musst du nur ein Wort sagen und du wirst mich nie wieder sehen. Ich habe mich damals in dein Leben gedrängt, nach diesem Unfall, und dich nie wirklich gefragt, ob ich bleiben soll.« Ihre Stimme wurde mit jedem Wort leiser. Erst jetzt begann ich zu begreifen, was ich mit meiner flüchtigen Ausrede angerichtet hatte. Lynn dachte nun bestimmt, dass sie nicht erwünscht sei. Dass ich sie loswerden wollte.

»Das würde ich nie wollen, Lynn. Ich werde dich nie aus meinem Leben streichen, du darfst so lange bleiben, wie du mich ertragen kannst.« Ich war einen Schritt auf sie zugetreten und lächelte sie schüchtern an. Doch in ihrem Blick lagen noch immer Zweifel. Wie zerbrochenes Glas, das man nicht würde reparieren können. Die Risse würden immer bleiben. Gebrochenes Vertrauen.

Mein Lächeln verblasste. Ich hatte sie wirklich mehr verletzt, als ich angenommen hatte.

Doch wäre die Wahrheit besser gewesen?
Oder hätte sie womöglich noch mehr Schaden angerichtet?

Ich musste das unbedingt wieder gut machen. Mein Blick schweifte zurück zum Plakat, zu den goldenen Buchstaben und der schwarzen Maske.

»Lass es mich beweisen«, meinte ich mit rauer Stimme. Lynn legte den Kopf schief, als würde sie nicht nachvollziehen können, worauf ich hinauswollte. Doch ihre Neugier drängte ihre Verletzlichkeit schließlich in den Hintergrund.

»Würdest du mich auf den Ball begleiten?«, fragte ich und deutete eine kleine Verbeugung an. Meine Gefühle überschlugen sich und hinterließen nichts als Chaos in meinem Inneren. Zuneigung und Angst zerfetzten sich gegenseitig, während die Panik die Kontrolle übernahm und meinen Verstand vom Thron stieß.

Was, wenn sie mich zurückweist?
Was, wenn sie mein Angebot falsch versteht?
Was, wenn sie für immer verschwindet?

Für einen Wimpernschlag schien die ganze Welt stillzustehen. Ihr glänzender Blick war alles, was ich wahrnahm. Das sanfte Schlagen der Wellen rückte weit in den Hintergrund. Es war, als würden wir uns wieder in der Geistersphäre befinden. Nur wir beide zählten. Wir hielten uns an der Existenz des jeweils anderen fest, unfähig dazu, irgendetwas anderes zu tun.

»Eine Nacht, in der ich lebendig sein darf. Eine Nacht, in der ich *menschlich* sein darf.« Ihre gewisperten Worte drangen kaum zu mir durch und doch waren sie das Einzige, was zählte.

»Eine Nacht, in der wir zusammen sein können ohne irgendwelche Grenzen«, sagte ich mit rauer Stimme. Ich hielt die Luft an und wartete auf ihr Urteil.

Lynns Blick hellte sich immer mehr auf, als ihr klar wurde, was das bedeutete. Winzige Sterne schienen in ihren violetten Iriden zu schweben und verliehen ihr einen überirdischen Glanz, als sie mich ansah. Ein ehrliches, glückliches Lächeln schlich sich auf ihre Lippen, als sie antwortete: »Das hört sich tatsächlich verlockend an.«

Lynn

Nachdem ich Nic zugesagt hatte, den Maskenball mit ihm zusammen zu besuchen, schien er glücklich zu sein. Ein warmes Strahlen lag in seinem Blick und ging auf mich über. Obwohl seine Worte mich zuvor komplett aus der Bahn geworfen hatten, hatte er es irgendwie geschafft, meine Verletzlichkeit in so etwas wie Vorfreude umzuwandeln.

Was wird morgen Abend wohl geschehen?
Kann ich wirklich als Mensch in Erscheinung treten?

Ich blinzelte schnell und holte mich so zurück in die Realität. Nic und ich waren noch durch ein paar Straßen geschlendert, bis er vor einer kleinen Boutique haltgemacht hatte. Beinahe wäre ich in ihn hineingerannt, so plötzlich hatte er seine Hacken in den Boden gerammt. Doch ich beschwere mich nicht. Stattdessen beobachtete ich fasziniert, wie Nic sich dem Schaufenster näherte. Schließlich bat er mich mit einem vielsagenden Lächeln, draußen zu warten.

Sofort schrillten in meinem Kopf die Alarmglocken los. Einem Schutzgeist war es untersagt, seine Seele aus den Augen zu lassen.

Eigentlich mussten wir unseren Schützlingen auf Schritt und Tritt folgen. Genau genommen mussten wir allerdings nur in Erscheinung treten, wenn Gefahr drohte.

Ich sah mich um. Beobachtete die ruhige Seitengasse ganz genau, nahm den Gondoliere unter die Lupe, der gerade seine Bahnen durch den Kanal zog, und studierte die Schatten der umliegenden Gebäude. Es war ruhig, geradezu idyllisch. Hier drohte wirklich niemandem Gefahr, es sei denn, man fiel kopfüber ins Wasser.

Also nickte ich meinem Begleiter zögerlich zu. »Du hast fünf Minuten, dann komme ich nach«, stellte ich schnell klar, bevor Nic das Geschäft betrat.

Er zwinkerte mir vielsagend zu, als würde er mir versichern wollen, dass er nicht einmal fünf Minuten brauchen würde.

Und so wartete ich. Das ganze Leben schien sich in Zeitlupe abzuspielen und es dauerte eine gefühlte Ewigkeit, bis Nic die Boutique wieder verließ.

Was wollte er denn überhaupt darin?

Ich runzelte die Stirn und versuchte, nicht allzu neugierig in die Tüte zu spähen, die er bei sich trug.

Doch Nic brachte sie schnell in Sicherheit und tadelte mich: »Nicht spicken! Das soll schließlich eine Überraschung werden.«

Sein Lächeln steckte mich sofort an und ich konnte nicht anders, als breit zu grinsen. Vergessen waren die unschönen Worte, die wir noch vor Kurzem gewechselt hatten. Nic wollte mir beweisen, dass ich ein wichtiger Teil seines Lebens war. Und ich brannte darauf, zu erfahren, was er geplant hatte. Ich wusste, dass er kein Mann vieler Worte war. Er handelte stattdessen.

Und so folgte ich ihm bis zu unserer Unterkunft.

Die Sonne sank bereits, als wir am Canal Grande entlang schlenderten. Morgen um diese Zeit würden die Geister dieser Stadt lebendig werden. Und mit ihnen bestimmt auch einige Dämonen. Und dennoch mussten wir uns bis Mitternacht gedulden, um die Karte zu zerstören. So hatten wir es schließlich mit dem Fährmann abgemacht. Die hellroten Strahlen des Sonnenuntergangs ließen die Stadt wie ein Gemälde wirken. Das Licht strich über die Häuser und verwandelte das Wasser in ein flammendes Meer. Es schien so lebendig, so echt, dass ich einen Moment lang ehrfürchtig innehielt.

Nic führte mich stumm auf den Steg, auf dem wir gestern die Himmelsfratzen beobachtet hatten. Er ließ sich am Rand nieder, sodass seine Beine über dem Abgrund baumelten. Seine Schuhspitzen berührten die Wasseroberfläche und erzeugten dort ein leichtes Kräuseln. Auch ich ließ meine Füße ins Wasser gleiten, doch bei mir veränderte sich nichts. Bei meiner Berührung erzeugte das Wasser nicht einmal einen kleinen Ring. Auch mein Spiegelbild war nicht zu sehen. Auf der Reflexion des Wassers sah es so aus, als würde Nic hier ganz allein sitzen. Als würde ich nicht existieren.

Ich schluckte schwer und versuchte, die Tränen wegzublinzeln, die sich in meinen Augenwinkeln sammelten.

»Hey.« Nics Stimme war leise. Und doch riss sie mich aus meiner Trance und meiner negativen Gedankenspirale. »Sei nicht traurig. Morgen ist schließlich unser großer Abend.« Er schenkte mir ein ehrliches Lächeln. Mein Mundwinkel zuckte leicht nach oben. Dennoch durften wir nicht unsere Aufgabe vergessen.

Als hätte er meine Gedanken gelesen, meinte Nic plötzlich: »Mach dir keine Sorgen. Wir werden diese Dämonen morgen dahin zurückjagen, wo sie hergekommen sind. Zurück in die Hölle.« Ein dunkler Schatten huschte über seine Augen, als würde ihm der Gedanke an die Konfrontation auch nicht gefallen. »Doch niemand hat davon gesprochen, dass wir nicht vorher noch ein bisschen Spaß haben können.«

Ich stutzte für einen Moment. So hatte ich das Ganze noch nicht betrachtet. Ein Grinsen breitete sich auf meinem Gesicht aus.

»Du hast recht«, meinte ich bloß.

Nic betrachtete mich einen Moment lang. Ich konnte förmlich spüren, wie sein Blick über meine Gesichtszüge glitt und er sich jeden Millimeter genau einprägte. Eine prickelnde Spur zog sich über meine Haut und brachte mein Herz dazu, schneller zu schlagen. Ich hielt angespannt inne. Ich war mir sicher, mich gleich in Luft auflösen zu müssen, um seinem Blick zu entgehen, wenn er mich auch nur eine Sekunde länger musterte.

Schließlich senkte er seinen Blick und räusperte sich kurz, als würde er sich so für sein Starren entschuldigen wollen. Er reichte mir wortlos die Tüte aus der Boutique.

»Kannst du es mir zeigen?«, fragte ich vorsichtig.

Ich konnte zwar Gegenstände berühren und bewegen, doch ich hielt mich damit immer ziemlich zurück. Immerhin konnten normale Menschen mich nicht sehen, sondern nur das schwebende Objekt. Nic schien zu verstehen, was ich meinte, und nickte kurz. Nachdem er aufgestanden war, griff er in die Tüte und zog ein langes Stück Stoff heraus. Ich hielt angespannt die Luft an.

Hat er etwa ... ?
Nein, das kann nicht sein.
Oder etwa doch?

Erst als er das Kleidungsstück vollkommen auseinanderfaltete, war ich mir sicher. Es war ein Ballkleid. Und es war wunderschön.

Ich konnte nichts sagen, sondern bloß starren und staunen. Der violette Stoff wirkte seidig glatt und reichte bis zum Boden hinab. Über dem eigentlichen Stoff war eine dünne Schicht Tüll angebracht worden, auf der sich am Saum ein paar Verzierungen aus Spitze befanden. Von der Taille an aufwärts ging das Kleid in eine Korsage aus brombeerfarbener Spitze über. Die feinen Ornamente und Schnörkel, die durch das Material gebildet wurden, erzeugten einen wunderhübschen Schnitt. Am liebsten hätte ich es sofort angezogen.

»Wie findest du es?«, fragte Nic schüchtern. Sein Blick suchte meinen und ich konnte nicht fassen, dass er tatsächlich noch zweifelte.

»Es ist wundervoll ...« Ich stockte. »... einfach atemberaubend.« Ich erhob mich und strich vorsichtig mit meinen Fingerspitzen über den Stoff. Ich wünschte mir sehnlichst, dass ich ihn erfühlen konnte. Morgen Abend würde dieser Wunsch tatsächlich Wirklichkeit werden.

»Ich liebe es«, hauchte ich und schaute ihm tief in die Augen. Ein warmes Kribbeln überzog meinen gesamten Körper. Das sanfte Rauschen der Wellen, der rotgoldene Schein der Abendsonne und dieser magische Moment ... das alles wirkte zu perfekt, um wahr zu sein.

»Es hat die Farbe deiner Augen, deshalb habe ich es ausgesucht.« Er betrachtete zuerst den glänzenden Stoff, dann mich.

Unsere Blicke trafen einander wie zwei Kometen, deren Flugbahnen sich kreuzten. Die Wucht der Gefühle, die ich in seinen Augen erkannte, warf mich beinahe von den Füßen. Meine Silhouette zitterte so sehr, als hätte mich ein Erdbeben erschüttert.

Doch ich blieb stehen. Und schaute nicht weg. Unsere Blicke verhakten sich ineinander und ließen nicht los. Selbst als ich mit leiser Stimme wisperte: »Bis eben wusste ich nicht einmal, welche Farbe meine Augen haben.«

Vierundzwanzigstes Kapitel

Nic

Das Spiegelbild

Genau vierundzwanzig Stunden später brachen wir zum Ball auf dem Markusplatz auf. Der Abend war gerade angebrochen und die sinkenden Sonnenstrahlen tauchten die Fassaden Venedigs in warmes Licht. Beinahe wirkte es, als sei die gesamte Stadt aus Gold gegossen worden.

Ich starrte aus dem Fenster unserer Unterkunft und versuchte, meine Aufmerksamkeit nicht auf das Mädchen hinter mir zu lenken. Ich hörte das Rascheln des Stoffs, wie sie andächtig mit den Fingern über die Spitze fuhr und ihn sich schließlich überstreifte. Ein leises Lachen ertönte. Es wirkte so frei und gelöst, beinahe wie das eines Kindes, dem man ein wundervolles Geschenk gemacht hatte.

»Darf ich mich umdrehen?«, fragte ich vorsichtig. Meine Ungeduld wuchs ins Unermessliche und verzehrte sich danach, Lynn endlich sehen zu dürfen. Sie zu berühren.

Den ganzen Tag lang hatten wir uns damit zurückgehalten, da die Sommersonnenwende offiziell erst bei Nacht begann. Ihre helle Stimme zitterte, als sie vorsichtig erwiderte: »Ja. Du darfst.«

Ich war nicht vorbereitet auf das, was ich sah. Blinzelnd ließ ich meinen Blick von oben bis unten über sie gleiten. Und dennoch konnte ich sie nicht komplett erfassen. Sie war wie ein Gemälde. Jedes Mal, wenn ich hinsah, entdeckte ich ein neues Detail, etwas, das mir vorher noch nicht aufgefallen war. So unfassbar schön.

Ich ballte meine Hände zu Fäusten, um das Zittern meiner Finger zu kontrollieren. Mein Hals schnürte sich zu, weshalb mein Atem stockte. Nur ein einziges Wort fand seinen Weg von meinem Kopf über meine Lippen.

»Wow.«

Lynn lächelte mich an.

Und dieses Lächeln ... Es brachte mich um den Verstand. Ich hatte vorher schon gedacht, dass sie schön war. Sie als Mensch zu sehen, war noch mal etwas vollkommen anderes. Dieser Glanz, dieses Strahlen in ihren Augen. Mein gesamter Fokus hatte sich auf sie verlagert. Sie war der Mittelpunkt meines Seins. Und in dieser Nacht würde ich sie endlich berühren können. Ich würde die dunklen Locken, die sich in einer Hochsteckfrisur auf ihrem Kopf befanden und aus der sich einzelne Strähnen gelöst hatten, durch meine Finger gleiten lassen. Ich würde ihre schmale Taille umfassen und in ihre violetten Augen sehen, während ich ihr ein Lächeln schenken würde, das dem ihren nicht einmal ansatzweise gerecht wurde.

»Bist du etwa sprachlos?«, meinte Lynn neckisch.

Ich schluckte schwer. Mein Mund war vollkommen ausgetrocknet wie eine Wüste. Ich wusste nicht, was ich sagen sollte. Doch offenbar erwartete Lynn auch keine Antwort, als sie langsam auf mich zuging.

Das bodenlange Kleid umfloss ihre Statur geradezu perfekt. Es schmiegte sich an ihre Kurven und ließ ihre innere Schönheit umso mehr zur Geltung kommen. Ein seliges Lächeln breitete sich auf meinem Gesicht aus.

Wie kann man bloß so wunderschön sein und es nicht wissen?

Wenn ich daran dachte, dass Lynn noch nie in einen Spiegel hatte blicken können, ihr Gesicht nie hatte sehen dürfen, wurde mir mulmig zumute.

Wie es wohl sein muss, nicht zu wissen, in was für einem Körper man steckt?

Mein Blick zuckte zum Spiegel, der in dem Mehrbettzimmer an der Wand angebracht war, direkt neben der schmalen Garderobe. Glücklicherweise waren meine Zimmergenossen schon lange unterwegs. Sie würden ebenfalls den Ball besuchen.

»Sieh selbst«, meinte ich bloß. Das Beben meines Brustkorbs brachte meine Stimme zum Vibrieren. Ich hoffte, dass Lynn es nicht bemerkte. Ich deutete auf den Spiegel am anderen Ende des Raumes.

Mein Schutzgeist warf mir einen schnellen Blick zu und zog eine Augenbraue in die Höhe, als wolle sie mir sagen: »*Du weißt doch, dass ich mich nicht sehen kann.*«

Doch ich war schon längst auf ihre Zweifel vorbereitet. »Wenn du wirklich menschlich bist, dann wirst du dich auch im Spiegel sehen können«, meinte ich bloß. Ich hoffte wirklich, dass ich mit dieser Vermutung recht hatte, denn ansonsten könnte es als große Enttäuschung für sie enden.

Lynns Blick verriet immer noch, dass sie an meiner Aussage zweifelte. Doch sie war bereit, sich darauf einzulassen.

»Du bist nicht allein«, raunte ich ihr zu, als ich näher an sie herantrat. Uns trennten höchstens ein paar Zentimeter voneinander. Zentimeter, die wir noch nicht bereit waren, zu überbrücken. Mein Herz stürmte wie eine Gewitterfront. Es donnerte und grollte in meinem Brustkorb. Eine Naturgewalt, die ich unmöglich unter Kontrolle halten konnte. Ich atmete scharf ein und versuchte, Lynn nicht direkt in die Augen zu sehen, als ich zum Spiegel deutete. »Ich werde die ganze Zeit bei dir sein.«

Sie wandte sich von mir ab und trat langsam auf den Spiegel zu. Ich folgte ihr Schritt für Schritt und war nicht bereit, sie allein gehen zu lassen. Es dauerte höchstens Sekunden, bevor sie vor der spiegelnden Oberfläche stand. Doch das Echo ihrer Schritte hallte noch ewig in meinem Kopf nach.

Ich wagte es noch nicht, in den Spiegel zu sehen, sondern hatte mich zunächst nur daneben positioniert. Doch ich wusste, was Lynn sah, als sie hineinblickte. Ich konnte die Enttäuschung wie Wellen aus ihren Augen fluten sehen. Für einen Augenblick meinte ich, das verräterische Glitzern einer Träne zu entdecken. Sie konnte sich immer noch nicht sehen.

Verdammt, warum habe ich das überhaupt vorgeschlagen?
Ich bin so ein Idiot!

Ich war sofort an ihrer Seite, um mich selbst von dem fehlenden Spiegelbild überzeugen zu können. Und tatsächlich: Neben mir war niemand zu entdecken. Ich stand allein im Zimmer.

Lynn ließ neben mir den Kopf hängen. Eine einsame Träne bahnte sich ihren Weg über ihre Wange hinab zu ihrem Kinn. Der schmale Fluss, den sie dabei hinterließ, schien Lynn nicht zu stören. Sie verharrte lediglich an Ort und Stelle. Mit hängendem Kopf und herabgesunkenen Schultern.

»Ich hätte es wissen müssen ...«, wisperte sie. Ihre Stimme zitterte nur ganz leicht, als würde sie sich kontrollieren müssen, um nicht vollends im Moor der Enttäuschung zu versinken.

Gerade als ich ein paar aufmunternde Worte an sie richten wollte, erweckte etwas am Rand meines Sichtfelds meine Aufmerksamkeit.

Ich schaute ein weiteres Mal in den Spiegel. Und mein Gedankenkarussell stand still. Ich konnte nur schweigen und beobachten. Ein dunkler Schatten waberte am unteren Rand des Spiegels und wand sich immer weiter in die Höhe. Er schwoll immer mehr an, wuchs und wuchs, bis er einen blassen Schemen bildete. Das Abbild einer Person.

Zunächst erkannte ich bloß den Umriss, die weibliche Silhouette neben mir. Und dann verblasste der Schattennebel. Er zerstob in alle Himmelsrichtungen und gab Lynns Spiegelbild frei. Mein Atem rasselte, als sich ein sanftes Lächeln auf meine Lippen schlich. »Lynn«, meinte ich mit sanfter Stimme. »Das solltest du dir ansehen.«

Und tatsächlich hob sie zögerlich den Kopf. Nur um sich dann erstaunt ihrem eigenen Spiegelbild gegenüberzusehen. Sie richtete sich gerade auf und musterte ihr Gegenüber von Kopf bis Fuß. Sie streckte eine zitternde Hand aus und legte sie auf das kühle Glas.

Ihr Spiegelbild tat es ihr gleich.

Stumme Tränen flossen nun über ihre Wangen, doch das freudige Glitzern ihrer Augen und das breite Lächeln verrieten mir, dass es keine Tränen der Trauer und Enttäuschung waren, sondern der Freude.

»Das bin ich«, schluchzte sie und legte ihre freie Hand vor den Mund, als ihr ein weiterer Schluchzer zu entwischen drohte. »Das bin ich ...« Ihre Stimme brach, als sie ihren eigenen Blick festhielt.

Und mit einem Mal erkannte ich, warum ihr dieser Anblick, ihr eigenes Spiegelbild, so viel bedeutete. Es war nicht nur die schlichte Tatsache, dass sie noch nie ihr eigenes Antlitz gesehen hatte. Das hier war der Beweis für sie, dass sie tatsächlich existierte. Seitdem ich sie damals mit den Worten »*Du bist nicht real*« aus meinem Leben gestrichen hatte, hatte sie diese Angst verfolgt. Bis zu diesem Moment. Ihr eigener Anblick konnte ihr diese Furcht endlich nehmen.

Lynn atmete tief durch und ließ ihre Hände sinken. Tränenspuren zierten ihre Wangen und ließen ihre Haut im dämmrigen Licht des Zimmers glitzern. Sie wischte sie schnell hinfort und schenkte mir ein ehrliches Lächeln. Eines, das zeigte, wie gebrochen man im Inneren war.

»Danke, Nic«, flüsterte sie leise. »Ich werde das hier nie vergessen.«

Ein Ruck ging durch mein Innerstes, als würde jemand mein Herz entzweireißen. Denn ich wusste nur allzu gut, dass das meine Schuld war. Wäre ich nicht so rücksichtslos gewesen, hätte Lynn niemals diese Selbstzweifel entwickelt.

Ich senkte meinen Blick und versuchte tief durchzuatmen.

»Ich habe noch etwas für dich«, meinte ich bloß und trat zögerlich einen Schritt zurück. Erst als ich ihr den Rücken zugewandt hatte, war ich in der Lage, mein Gedankenchaos wieder etwas unter Kontrolle zu bekommen.

Konzentrier dich, Nicolo.
Ihr habt heute noch eine Aufgabe zu erledigen.
Lass dich nicht zu sehr ablenken von deinen dämlichen Gefühlen.

Ich holte die Tüte hervor, in der sich gestern noch das Kleid befunden hatte, und zog eine kleine weiße Schachtel heraus. Als ich mich damit wieder zu Lynn umwandte, runzelte sie verwirrt die Stirn.

»Ein Geschenk. Für dich«, erklärte ich kurz angebunden. Mein rechter Mundwinkel zuckte verräterisch. »Du musst die Augen schließen.«

Lynn warf einen letzten Blick in den Spiegel, als würde sie befürchten, dass ihr Ebenbild verschwinden könnte, sobald sie wegsah. Schließlich schloss sie doch die Augen.

Ich atmete tief durch und betete, dass sie das Hämmern meines Herzens nicht hören würde, als ich dicht hinter sie trat und die Schachtel öffnete. Prüfend schaute ich noch einmal kurz in den Spiegel und lächelte, als ich sah, dass Lynns linkes Lid ein wenig geöffnet war.

»Nicht schummeln«, wies ich sie an, woraufhin sie beide Augen fest zusammenkniff. Ich lachte leise, mein Atem streifte ihren Nacken.

Ein Schauder schien durch ihren gesamten Körper zu gehen und ließ sie erbeben.

Und obwohl meine Finger zitterten wie Espenlaub, bekam ich den feinen Gegenstand in der Box zu fassen. Ich legte die Schachtel zur Seite und spannte das Geschenk, um es schließlich über Lynns obere Gesichtshälfte zu legen. Es bedeckte ihre Nase und umfasste ihre Augen. Als alles richtig anlag, band ich mit zwei Bändern eine Schleife an ihrem Hinterkopf. Dabei achtete ich penibel darauf, sie nicht zu berühren.

Ich betrachtete mein Werk zufrieden und flüsterte schließlich in ihr Ohr: »Du darfst nun hinschauen.«

Lynn riss sofort die Augen auf. Ihr Mund formte ein breites, glückliches Lächeln, während sie atemlos hauchte: »Sie ist wunderschön.«

Es war eine goldene Maske. Geschaffen aus einem dünnen Metall, das sich perfekt um ihre Gesichtszüge gelegt hatte. Die vielfältigen Verschnörkelungen und Ranken umflossen ihre hohen Wangen und ließen ihre Augen strahlen.

Ich war mir sicher, dass ich in meinem ganzen Leben noch nichts Schöneres gesehen hatte. Vorsichtig trat ich einen Schritt zurück und nahm ihr gesamtes Erscheinungsbild in mich auf, um es einen Augenblick lang auf mich wirken zu lassen. Ich konnte spüren, wie meine Emotionen bei ihrem Anblick aufwallten und gegen mein Innerstes brandeten wie eine Sturmflut.

Mein Schutzgeist.
Mein Seelenschatten.
Und so viel mehr…

Ich konnte mir noch nicht ganz eingestehen, was zwischen Lynn und mir war. Das Einzige, dessen ich mir sicher war, war die Anspannung zwischen uns. Die Luft schien geradezu elektrisch aufgeladen zu sein, als sie mich mit einem glücklichen Blick bedachte. Das Funkeln ihrer Augen glich weit entfernten Sternen. Sie war immer da, sie ist immer da gewesen und wird immer da sein. Und doch war sie unerreichbar für mich. Unantastbar.

Doch nicht heute Nacht.
Heute Nacht würde ich die Sterne vom Himmel pflücken.

Lächelnd streckte ich eine Hand aus. Ich hielt ihr meine geöffnete Handfläche entgegen. »Es ist Zeit für den Ball«, raunte ich, während sie meine Hand misstrauisch musterte. Als wüsste sie nicht, ob die Berührung sicher sei.

Doch schließlich trat sie auf mich zu.

Mein Herz klopfte wie wild und meine Lunge drohte zu bersten, da ich keine Luft mehr bekam.

Sie ergriff meine Hand. Ihre Finger streiften die meinen. Lang und schlank. Ihr Griff war sanft und doch fest genug, um mir zu verdeutlichen, dass sie tatsächlich da war.

»Hast du die Karte dabei?«, fragte sie schließlich.

Ich klopfte mir kurz gegen die Brust. Unter dem Stoff meines Anzugs lag die Karte Fra Mauros verborgen in einer geheimen Tasche. In meiner hinteren Hosentasche wog die kleine Flasche Weihwasser so schwer, dass ich das Gefühl hatte, sie würde mich zu Boden ziehen.

Für ein paar unendliche Sekunden lang warteten wir ab. Starrten einander in die Augen und warteten darauf, in die Geistersphäre gesogen zu werden. Meine Handflächen prickelten unter ihrer Berührung, doch ansonsten geschah nichts.

Wir atmeten erleichtert aus und lächelten uns an, bevor wir gemeinsam durch die Tür schritten. Hand in Hand.

Fünfundzwanzigstes Kapitel

Lynn

Der Maskenball

Menschlich zu sein, glich einem Rausch.
Jede noch so sanfte Berührung entfachte ein Feuerwerk aus Empfindungen in meinem Inneren. Jeder Windhauch trug eine manchmal kaum wahrnehmbare Duftnote mit sich. Jede Sekunde konnte ich überdeutlich spüren anhand des Rasens meines Herzens. Es war überwältigend und so anders, als ich es mir vorgestellt hatte. Es war nämlich viel, viel besser.

Ich beobachtete Nic heimlich von der Seite. Er hatte sich, ebenso wie ich, für den Ball zurechtgemacht und trug ein dunkelrotes Hemd und einen schwarzen Anzug. Sobald wir die Unterkunft verlassen hatten, hatte er eine silberne Maske aus der Innentasche seines Anzugs hervorgeholt. Sie war aus einem hauchdünnen Material geschaffen und bestand aus unzählig vielen Windungen und Ranken. Das Äquivalent zu meiner eigenen Maske. Ein Zeichen dafür, dass wir zusammengehörten.

Ein Lächeln schlich sich auf meine Lippen, als Nic seinen Kopf zu mir wandte und mir zuzwinkerte, als hätte er meine Gedanken gehört. Das Gefühl von meiner Hand in seiner war fantastisch. Ich konnte seine Wärme spüren, die Rauheit seiner Haut und das sanfte Zittern, das durch seinen Körper ging, wann immer ich meinen Daumen über seinen Handrücken kreisen ließ.

Ich bemerkte gar nicht, wie die Zeit verstrich, bis wir am Markusplatz angelangt waren. Am Rande des Platzes war der Turm zu sehen.

Er überragte jedes einzelne Gebäude und schien der Welt mit seiner Größe imponieren zu wollen.

Mein Blick glitt hinüber zu der gigantischen Menschenmasse, die sich auf dem Platz versammelt hatte. Jeder einzelne von ihnen trug ein schillerndes Ballkleid oder einen perfekt sitzenden Anzug. Manche Menschen waren so kostümiert, dass man sie schon gar nicht mehr als solche erkennen konnte. Vielmehr schienen sie zu Wesen aus Masken und Seide geworden zu sein.

Die Masse bewegte sich im Rhythmus eines Liedes, das ich nur aus weiter Ferne vernehmen konnte. Ein kleines Orchester hatte sich am Rande des Platzes versammelt und ließ Töne des Glücks und Klänge der Freude erschallen. Sie schwebten durch die Luft und forderten die Menschen zum Tanz auf.

Als ich zu Nic hinübersah, schaute er sehnsuchtsvoll auf die Menschen, die in wilden Bewegungen umherwirbelten, Drehungen vollzogen und den Partner wechselten. Sie bewegten sich synchron wie eine Einheit, in die man nicht eingreifen und damit ins Ungleichgewicht bringen wollte.

Warmes Licht erhellte den Platz und die Gesichter der Menschen. Alle Laternen waren eingeschaltet, während zusätzlich noch Fackeln an den Hauswänden angebracht worden waren. Es roch nach Feuer und Rauch und Leidenschaft.

Die Musik klingelte in meinen Ohren, doch es war vielmehr das Lachen und Singen der Menschen, was mir im Gedächtnis blieb.

Als ich mich Nic zuwandte, sah ich bisher ungekannte Trauer in seinem Blick schimmern. Er betrachtete die Menschen vor sich mit solch einer Sehnsucht, dass ich zunächst nicht begriff, warum der Anblick dieses wundervollen Festes ihn so traurig stimmte.

Doch dann verstand ich: *Wenn wir heute nicht das große Unheil verhindern, dann werden in Zukunft keine Feste mehr in Venedig gefeiert.*

Ich schluckte schwer und betastete prüfend meine Oberschenkel. Unter dem Stoff meines Kleides lag der Griff der Klinge verborgen, die in einem Ledergürtel um mein Bein geschnallt war. Insgesamt zwei Dolche trug ich bei mir. Meine Spezialwaffe. Ich hoffte sehr, dass sie mir heute gut dienen würde.

Auch Nic trug seine Klingen bei sich. Insgesamt drei. Eine versteckt unter seiner Anzugjacke, eine in seinem Ärmel, die an seinem Unterarm festgeschnallt war, und die dritte an seinem Bein.

Jede unserer Waffen war zudem in heiliges Wasser getaucht und von dem Priester in der Kirche San Moisè gesegnet worden. Wir hatten ihn heute Morgen ein letztes Mal aufgesucht, um neues Weihwasser für unser Vorhaben zu besorgen. Dabei hatte er angeboten, auch unsere Waffen zu segnen.

Nun würden die Dolche zum Einsatz kommen und ihren Dienst erfüllen. Und plötzlich war mir nicht mehr nach Lachen zumute. Ein Klumpen hatte sich in meinem Hals gebildet und ich war kaum fähig zu schlucken, als ich um meine Selbstbeherrschung rang.

Nein.

Die Zukunft darf nicht unsere gemeinsame Gegenwart beschmutzen. Ich sollte die Zeit mit Nic einfach genießen und sie nicht infrage stellen.

Und so wandte ich mich zu ihm um. Sah ihm fest in die Augen, die mich leicht verwirrt musterten, und hielt ihm meine geöffnete Hand hin.

»Dürfte ich um diesen Tanz bitten, mein Herr?«, meinte ich. Das Lächeln kehrte wie von selbst auf unsere Lippen zurück. Es war so selbstverständlich, so selbsterklärend, wenn ich mit Nic zusammen war. Es gab keine Probleme, keine Schwierigkeiten zwischen uns. Abgesehen von ein paar untoten Geistern natürlich.

Ich wünschte, es wäre immer so einfach wie in diesem Augenblick.

Nic ergriff meine Hand und zusammen traten wir auf den Platz. Das Orchester hatte kurz aufgehört zu spielen, nur um jetzt ein neues Stück anzustimmen. Der melodische Klang einer Flöte strich über unsere Köpfe hinweg und leitete die anderen Instrumente ein. Das rhythmische Schlagen von Trommeln und das tiefe Dröhnen der Blechbläser vibrierten in meinem Körper und setzten mich unter Strom.

Als Nic seine Hand auf meinen Rücken legte und meine Finger kurz drückte, konnte ich das Schlagen der Trommeln nicht mehr vom Pochen meines eigenen Herzens unterscheiden. Und bevor ich überhaupt begriff, was gerade geschah, bewegten sich meine Füße im Takt der Musik. Obwohl ich nicht viel Erfahrung im Tanzen hatte, glitten Nic und ich zusammen über die unebenen Steine des Platzes. Er führte mich, wirbelte mich um sich und fing mich wieder auf, wenn ich außer Atem geriet. Wir erfanden unseren eigenen Tanz, hielten uns nicht an die anderen, sondern wiegten uns zum Klang unseres eigenen Liedes. Eines Liedes, das nur wir hören konnten und niemand sonst.

Wir waren gefangen in unserer Welt, unser Fixpunkt war immer der jeweils andere. Nach jeder Drehung war es sein Gesicht, das ich suchte. Masken blitzten vor meinen Augen auf, ihre ebenmäßigen Konturen flackerten im Schein der Flammen.

Gold und Silber und Stein.

Kleider streiften meine Arme und Beine, sanft wie ein flüchtiger Lufthauch. Eine Brise im Nichts. *Tüll und Taft und Seide.*

Die Musik klimperte in meinen Ohren, versetzte mich in eine andere Welt. Hell und klar und wunderschön.

Nic berührte meine Hände, meinen Rücken. Sein Gesicht so unendlich nah und doch so fern. Unsere Körper eng aneinandergepresst und trotzdem Welten voneinander entfernt. Seine warmen Augen hinter kaltem Metall verborgen. *So sanft und gütig und ...*

Mein Blick glitt von ihm hinfort. An seiner Schulter vorbei zu einer Gestalt, die direkt hinter ihm stand. Beim Anblick des Fremden erlosch die Wärme in meinem Inneren so abrupt, als hätte jemand einen Kübel Wasser über eine Feuerstelle geleert.

Altbekannte Kälte suchte mich heim. Geisterkälte. Die Gestalt war in schwarzen Stoff gehüllt. Er umwand den hohen und trotzdem schmalen Körper wie dunkle Wellen. Doch das, was mich am meisten beschäftigte, war die Maske, die der Fremde trug. Sie bestand aus drei Gesichtern, die alle miteinander verschmolzen waren. Das eine schaute nach links, das zweite nach vorne und das letzte nach rechts. Als teilten sich drei Gesichter einen einzigen Kopf.

Die Maske war aus einem hellen Material geschaffen und besaß winzige schwarze Risse, weshalb sie mich an Marmor erinnerte. Beinahe sah es so aus, als würde das Gesicht zerbrechen. Oder als sei es einst zersplittert und musste nun zusammengeklebt werden.

Goldene Tränen flossen unter den leeren Augenhöhlen und erschufen einen tragischen Kontrast zu dem übertriebenen Lächeln, das jedes Gesicht trug.

Ein Schauder jagte meine Wirbelsäule hinab, doch ich wagte es nicht, wegzusehen.

Wer ist das?
Wer versucht, mich so einzuschüchtern?
Etwa eine verlorene Seele?
Der Fremde stand inmitten der tanzenden Menschenmenge. Doch die Leute schienen sich keineswegs für ihn zu interessieren. Es wirkte beinahe so, als würden sie ihn nicht sehen. Und er starrte mich direkt an. Er beobachtete mich genauestens dabei, wie ich meinen einzigen Tag Menschlichkeit genoss. Ich schluckte schwer.

Ich versuchte, meinen Blick zu fokussieren. Das Herz schlug mir bis zum Hals. Allerdings nicht mehr vor Aufregung, sondern vor Angst. Um nicht eingeschüchtert zu wirken, streckte ich meinen Rücken gerade durch und reckte das Kinn auffordernd nach vorn. Wie als würde ich sagen wollen:

Zeig dich. Lass mich erkennen, wer du bist.
Als hätte der Fremde meinen Ruf gehört, hob er seine behandschuhte Hand an und umfasste seine Maske. In einer einzigen, flüssigen Bewegung zog er sie sich vom Gesicht. Ich hielt den Atem an und riss die Augen auf.

Nein, nein!
Das kann nicht sein!
Hinter der Maske war nichts. Absolute Leere. Provozierend starrte sie mir entgegen, zeigte mir, dass die Geister dieser Nacht nicht schliefen. Ich war nicht die Einzige, die lebendig wurde. Viele andere Wesen waren es heute ebenfalls. Und vielleicht waren sie ebenfalls hier. Tanzten unter den Menschen, als gehörten sie dazu. Auch wenn sich hinter ihrer Maske ein Monster verbarg. Für diese eine Nacht gehörten sie dazu.

Doch die Leere hinter der Maske zeigte mir eines überdeutlich: Ein Geist würde nie menschlich sein. Ich hatte nur heute. Ich hatte kein ganzes Leben, ja nicht einmal ein halbes. Ich hatte nur das Jetzt.

Der Fremde hatte sein Ziel erreicht. Sein schwarzes Gewand fiel in sich zusammen. Sackte ein, als wäre die Person, die sich im Inneren befunden hatte, einfach verschwunden. Die Maske fiel zu Boden und zersplitterte entlang ihrer Maserung in tausend Einzelteile. Direkt vor meinen Füßen landete eine goldene Träne.

Mein Mund war vollkommen ausgetrocknet und schnappte nach Luft, während mein Herzschlag so laut in meinen Ohren dröhnte, dass ich weder die Musik noch die Menschen um mich herum oder gar meine eigenen Gedanken hören konnte. Alles war still geworden. Lediglich das knirschende Geräusch der zerbrechenden Maske hallte ewig nach.

Wie eine Erinnerung. Eine Erinnerung daran, dass Menschlichkeit sterblich war. Dass sie schneller verschwand, als man dachte. Und dass ich nur diese eine Chance hatte.

Eine warme Hand packte mich sanft an der Schulter, und erst als ich Nics Augen vor mir sah, begriff ich, dass ich schon lange nicht mehr tanzte, sondern stehen geblieben war. Sein Mund formte Wörter, die ich nicht verstand.

Stattdessen tigerte mein Blick hektisch umher. Ich versuchte, hinter den Masken der anderen Menschen etwas zu erkennen. Fremde Blicke, die mich musterten, einschätzten oder mich warnen wollten.

Unter wie vielen Masken verstecken sich tatsächlich Menschen?
Und wie viele von ihnen sind auferweckte Geister wie ich?

Und obwohl ich kein Wort verstehen konnte, von dem, was Nic sagte, echote meine eigene Stimme immer wieder in meinem Kopf, als ich ihn anflehte: »Bring mich weg von hier. Bitte.«

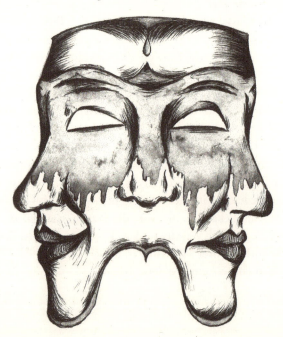

Sechsundzwanzigstes Kapitel

Nic

Geheimer Garten

Lynn blickte hektisch um sich, als ich ihr dünnes Handgelenk umfasste und sie von dem Platz wegführte. Wir wanden uns durch die tanzenden Menschen. Mehr als einmal stolperte ich über meine eigenen Füße, trat auf den Saum eines vorbeirauschenden Kleides und rempelte jemanden an.

Doch das war alles nebensächlich. Alles was zählte, war Lynn hier rauszubekommen. Ihr flehender Blick hatte sich in mich gegraben und meine Gedanken zum Stehen gebracht. Als befände sich in meinem Kopf ein Uhrwerk, das präzise und ohne Unterlass vor sich hin tickte. Und plötzlich wird der stetige Kreislauf von etwas Unbestimmten blockiert. Ein Widerstand verhinderte, dass die Zähnchen ineinandergriffen. Der Kreislauf kam zum Stehen. Nichts bewegte sich. Stille.

Erst als Tränen begannen, im Blick meines Schutzgeistes zu schimmern, war ich in der Lage gewesen, mich selbst wachzurütteln und sie hinter mir herzuzerren.

Wir waren bereits ein ganzes Stück vorwärtsgekommen, als mit einem Mal eine Frau in unseren Weg trat. Ich wollte mich vorsichtig mit Lynn zusammen an ihr vorbeidrängen, als ihre Hand meinen Ellenbogen umfasste. Ihr eiserner Griff lockerte sich auch nicht, als ich versuchte, mich von ihr loszureißen.

»Was zur Hölle! Lassen Sie mich auf der Stelle los!« Der Stress brachte mein Blut zum Kochen. Ich wollte doch nur Lynn in Sicherheit bringen.

»Tu es nicht«, raunte die Frau. Sie wirkte verwahrlost. Wieso war mir das nicht früher aufgefallen? Ihre Kleidung wirkte zerlumpt und fleckig. Waren das etwa Blutspuren? »Du darfst Fra Mauro nicht aufhalten. Er gibt uns unser Leben zurück.«

In meinem Kopf legte sich ein Schalter um. Endlich verstand ich, was hier abging. Vor mir stand eine verlorene Seele. Auch sie war heute Nacht lebendig geworden.

Lynn schien das im selben Moment wie ich zu begreifen, denn sie zog einen ihrer Dolche hervor und richtete ihn in einer geschmeidigen Bewegung gegen die Kehle der Frau. »Lass ihn los«, zischte sie bedrohlich.

Der Klammergriff der ehemals verlorenen Seele lockerte sich und ich nutzte meine Chance, um mich von ihr loszureißen.

Sobald ich genug Abstand zwischen uns gebracht hatte, traute ich mich, in ihre Augen zu blicken. Der milchige Schleier, der den verlorenen Seelen sonst anhaftete, war auch bei ihr wiederzufinden. Allerdings viel blasser, sodass ich darunter ihre blaue Augenfarbe erahnen konnte.

»Bitte. Lasst es geschehen. Wir wollen leben.«

Spricht sie gerade etwa für alle verlorenen Seelen?
Wie viele untote Geister treiben sich noch hier herum?

Unauffällig sah ich mich um, doch in der Nähe konnte ich keine weiteren Bedrohungen ausmachen.

»Das können wir nicht«, erwiderte Lynn bloß. Sie hielt den Dolch weiterhin gegen die Frau gerichtet.

In den Augen der verlorenen Seele brannte Wut. »Dann werdet ihr dem Untergang geweiht sein.« Ohne ein weiteres Wort zu sagen, trat sie den Rückzug an und verschwand in der Menschenmenge.

Lynn ließ ihre Waffe sinken und atmete hektisch. Ohne abzuwarten, ob die Frau noch einmal zurückkehrte, zog ich meinen Schutzgeist mit mir, um diesen Ort endlich hinter uns zu lassen.

Wir brauchten unendlich lange, bis wir an den Rand des Markusplatzes gelangten. Die Musik klimperte weit entfernt und schien aus einer anderen Zeit, einem anderen Universum zu stammen. Aus einer Welt ohne Sorgen und Probleme.

Ich warf einen nervösen Seitenblick zu Lynn hinüber. Diese Zeiten waren für uns vorbei.

Es schien beinahe so, als wolle die Stadt eine neue Ära für uns einläuten, als mit einem Mal der dröhnende Glockenschlag des Markusturms zu uns herüberschallte. Der tiefe Klang vibrierte durch meine Knochen, erschütterte mein Weltbild und riss mich aus unserem kleinen Traum, den Lynn und ich innerhalb der letzten Stunden mühsam errichtet hatten.

»Was ist da gerade passiert?«, wollte ich von ihr wissen. Es war bereits zehn Uhr. In zwei Stunden würden wir verhindern müssen, dass ganz Venedig von reinkarnierten Dämonen zerstört wurde.

Bloß zwei Stunden noch.

Wie sollen wir das nur schaffen?

Einen richtigen Plan hatten wir nicht. Der Fährmann würde uns zur Insel bringen, so sah es unsere Abmachung vor. Danach waren wir auf uns allein gestellt.

Niemand würde uns helfen können.

Niemand würde uns hören.

Niemand würde uns retten, falls diese ganze Sache gewaltig danebenging.

Doch ich war bereit, dieses Risiko einzugehen. Für die Menschen, die hier lebten. Für Lynn, die auf mich zählte. Für mich, damit ich endlich wieder ruhig schlafen konnte. Seitdem ich in der Lage war, Geister zu sehen, suchte mich mein schlechtes Gewissen heim. Ich hatte permanent das Gefühl, zu wenig zu tun. Doch hier und jetzt hatte ich das Gefühl, wirklich etwas Großes vollbringen zu können. Zum ersten Mal etwas richtig zu machen.

Lynn schüttelte auf meine Frage hin bloß den Kopf. Auf ihren Wangen trockneten langsam die letzten Tränenspuren ihres emotionalen Ausbruchs. Wie erkaltete Lava, die am Krater eines Vulkans hinuntergelaufen war.

Ich schluckte schwer. Meine Lungenflügel zogen sich schmerzhaft zusammen, als hätte mein Gegenüber meinen Oberkörper mit seiner Faust umschlossen und würde nun zudrücken.

Lynn hatte mich fest in der Hand und wusste es vermutlich nicht einmal.

Ich schluckte schwer und versuchte mir nicht anmerken zu lassen, wie sehr mich ihre Abwehr kränkte.

Auch Lynn schien ihren Fehler einzusehen und meinte kleinlaut: »Bitte, lass uns woanders hingehen. Das hier ist nicht der richtige Ort dafür.«

Ich nickte, ohne groß über ihre Worte nachzudenken. Erleichterung durchflutete mich. Warm und weich wie Watte wickelte sie mich ein, sodass ich bereitwillig mit Lynn in der nächsten Gasse verschwand.

Die verlorene Seele war uns nicht gefolgt. Hoffentlich lauerten uns nicht noch mehr von dieser Sorte auf.

Die immer stärker werdende Dunkelheit der Nacht verschluckte das Licht der Fackeln, das hinter uns auf dem Maskenball flackerte. Stattdessen erhellten schmiedeeiserne Laternen etappenweise die Wege vor uns. Ihr Lichtkegel tauchte uns alle zehn Meter in schummrige Helligkeit, nur um uns dann wieder in triefender Finsternis waten zu lassen.

Das Wechselspiel zwischen Licht und Schatten verlieh den verlassenen Straßen der Stadt etwas Geheimnisvolles und Mystisches. Als würde sich hinter jeder Ecke eine neue Entdeckung verbergen.

Ich genoss es, wie die kühle Nachtluft die Hitze des Tanzes von meiner Haut wusch und über uns die Sterne am klaren Himmel glommen. Sie glitzerten wie Diamanten auf dunklem Samt, sobald ich nach oben sah.

Der milchige Schein des Mondes floss über die Dächer der Stadt wie ein silbriger Wasserfall. An den Hauswänden tropfte das Mondlicht hinab und tauchte die Welt in einen überirdischen Schein.

In einer schmalen Seitengasse kamen wir schließlich zum Stehen. Ich wollte gerade meinen Mund öffnen und sie mit meinen Fragen konfrontieren, als sich ihr Blick von mir löste und sie etwas hinter mir fokussierte. Ihre Augen weiteten sich leicht. Der Glanz der Sterne hatte sich in ihrem nachtschwarzen Haar verfangen und die feinen Stickereien ihres Kleides schimmerten vor sich hin, ließen ihre Haut geradezu leuchten, als sie an mir vorbeitrat.

Ich folgte Lynns Bewegungen mit meinem Blick und fasste es nicht, als sie wenige Meter hinter mir an ein eisernes Tor herantrat. Ranken und Blumen aus Metall schossen in die Höhe und versperrten den Durchgang zu etwas, das hinter der zwei Meter hohen Mauer lag, die sich neben uns befand.

Ich positionierte mich neben meinem Seelenschatten und spähte durch die Gitterstäbe. Dahinter konnte ich wuchernde Pflanzen, sprießende Blüten und das sanfte Glimmen eines Baches erahnen.

Konnte das sein? War das tatsächlich möglich? Ich dachte, diese Orte seien bloß ein Mythos!

Lynns Hand fand sofort die Klinke, die sich als handgroßes, gewölbtes Blatt tarnte, und drückte sie, ohne zu zögern, hinunter. Ein leises Klacken ertönte, gefolgt von einem Quietschen, als das Tor aufschwang.

Mein Schutzgeist und ich tauschten einen Blick, in dem Verwunderung und zugleich Erstaunen lagen. Doch dann überquerten wir die Schwelle und traten ein.

Wir waren auf einen der geheimen Gärten Venedigs gestoßen.

Lynn

Ungläubig traten Nic und ich durch das Tor.

Laut einigen Legenden gab es viele dieser sogenannten geheimen Gärten. Sie lagen überall in Venedig versteckt. Umzäunt oder eingemauert, sodass nur bestimmten Menschen der Zugang möglich war. Und ausgerechnet wir hatten einen gefunden.

In andächtiger Stille schritten wir über einen schmalen Pfad aus Steinplatten. Links und rechts von uns sprossen Büsche oder rankten sich Blumen in die Höhe. Ich streifte sie im Vorbeigehen mit den Fingerspitzen und befühlte die zarte Oberfläche der Blätter. Das

Mondlicht tanzte über meine Finger, ließ sie in einem schummrigen Licht strahlen.

Ich schaute zurück zum Eingang des Gartens. Man konnte die Mauer, die dieses Fleckchen Natur vom Rest der Stadt abschirmte, beinahe nicht mehr erkennen. Trauerweiden verschleierten den Blick auf den Ausgang, während sich Efeu an das Gestein klammerte. Bloß das eiserne Tor war noch auszumachen. Dahinter lag nichts außer der Dunkelheit der Gasse.

Plötzlich spürte ich eine leichte Berührung an meiner Hand. Ich blickte zu Nic, der gemächlich neben mir herging.

Seine Finger verflochten sich wie selbstverständlich mit den meinen, während unsere Blicke sich ineinander verhakten und den jeweils anderen nicht freigaben. Und obwohl mir die Begegnung mit dem Geist während des Tanzes immer noch in den Knochen steckte, überkam mich mit einem Mal eine Ruhe, die ich zuvor noch nie so erlebt hatte.

Die Wogen in meinem Inneren glätteten sich. Wo zuvor eine wahre Flut an Emotionen mein Innerstes dominiert hatte, herrschte nun vollkommene Ebbe. Ich konnte endlich wieder tief durchatmen und genoss dieses Gefühl der absoluten Freiheit und Sicherheit.

Nic und ich folgten schweigend dem Pfad. Niemand von uns wagte es, die andächtige Stille zu durchbrechen. Sie schien so dünn wie hauchfeines Glas zu sein. Jedes Wort könnte es zum Splittern bringen.

Nach etwa zwanzig Schritten erweckte ein seltsames Gebilde meine Aufmerksamkeit. Eine kleine Baumgruppe stand in einem perfekten Kreis um es herum und verdeckte eine klare Sicht. Jedoch führte der Weg direkt dorthin, weshalb wir unser Tempo beschleunigten.

Es handelte sich um einen Pavillon. Er war aus wundervollem schneeweißem Holz erbaut worden und besaß an jeder Ecke und Kante feine Verzierungen und Ornamente. Wir betraten ihn vorsichtig und positionierten uns in der Mitte. Als ich meinen Kopf in den Nacken legte, erkannte ich, dass das spitz zulaufende Dach aus Glas bestand. Die Sterne blinkten am Nachthimmel und der Mond schien hell auf uns herab.

Die Baumgruppe schirmte uns von Blicken außerhalb des Pavillons ab. Erst jetzt kam mir der Gedanke, dass es möglicherweise nicht rechtens war, was wir hier taten.
Vielleicht gehört der Garten jemandem!
Derjenige kann uns des Einbruchs bezichtigen.
Wir hatten echt Glück, dass wir bis jetzt nicht erwischt wurden.
Meine Befürchtungen krallten sich wie kalte Finger an meinen Gedanken fest und ließen mich einfach nicht los.

Gerade als ich etwas sagen wollte, um Nic zum Aufbruch zu überreden, richtete auch er endlich ein paar Worte an mich und unterbrach die gläserne Stille.

»Würdest du mir einen Tanz schenken?« Er klang bittend und schaute mich aus seinen warmen Augen geradezu flehend an.

Ich öffnete meinen Mund, wusste einfach nicht, was ich sagen sollte und schloss ihn gleich wieder.

Nic schien zu bemerken, wie perplex ich war. »Wir haben auf dem Ball nicht zu Ende getanzt, deshalb dachte ich mir … «

Ohne weiter darüber nachzudenken, ergriff ich Nics ausgestreckte Hand. Wie schon vorhin legte er die andere auf meinen unteren Rücken. Seine Wärme sandte ihre Strahlen von dort durch meinen gesamten Körper und erfasste mich vollkommen.

Wir begannen uns im Takt eines unhörbaren Liedes zu wiegen. Das Pochen unserer Herzen war der Rhythmus, dem unsere Schritte folgten. Die Tiefe in seinem Blick hielt mich in seinen Armen und seine melodische Stimme war der Gesang, dem ich lauschte.

Das leise Klackern meiner Absätze schien in weite Ferne abzudriften, als ich mit Nic zusammen in der Mitte des Pavillons tanzte. Die Bäume des geheimen Gartens ragten wie Schatten in meinem Sichtfeld empor, während der Mondschein uns beleuchtete und die Sterne in unseren Augen glitzerten.

Die bevorstehende Gefahr verblasste in meinen rasenden Gedanken, die in diesem Moment bloß um eines kreisten … Nic.

Seine Augen malten jede Kurve meines Gesichts nach. Jede Kante, jede Wölbung. Als wäre er ein Künstler, der sich jedes Detail genauestens einprägte, um es später nicht zu vergessen.

Der Mondschein verfing sich in den Spitzen seiner schwarzen Haare und ließ es leicht bläulich leuchten, während ich meine Hände in seinem Nacken ruhen ließ. Die Versuchung, durch seine Locken zu streichen, wuchs ins Unermessliche.

Für diesen winzigen Moment schien die ganze Stadt den Atem anzuhalten. Das Universum schenkte uns noch einen einzigen Augenblick zusammen, bevor wir weiterziehen mussten.

Und ich sog diesen Moment in mich auf. Mit jeder Pore, mit jedem Atemzug, mit jedem Blick, den ich Nic unter leicht gesenkten Wimpern zuwarf.

Ich wollte nicht, dass diese Nacht jemals endete.

Doch die Realität war leider nicht so gnädig.

Siebenundzwanzigstes Kapitel

Nic

Fallende Masken

Die Musik in unseren Köpfen verhallte tonlos in der Stille der Nacht und mit einem Mal wurde mir bewusst, wie nah wir uns waren. Bloß eine Handbreit trennte unsere Gesichter voneinander. Ich hatte Lynn an mich gezogen, sodass sich unsere Körper eng aneinanderschmiegten. Wie zwei Puzzlestücke, die perfekt zueinander passten. Mein Herz hämmerte unerlässlich gegen meinen Brustkorb und schlug so schnell, dass es beinahe wehtat. Dieser Schmerz entstand einzig und allein durch ihre Nähe. Ich wusste, dass es nach dieser Nacht vorbei wäre. Die Verbundenheit, die wir heute fühlten, wäre morgen nichts weiter als Schall und Rauch.

Als mir die Vergänglichkeit dieses Moments bewusst wurde, legte sich ein Schatten über meine Gefühle. Eine Decke, die alles dumpf und schwer machte. Ich konnte Lynn nicht einmal mehr in die Augen sehen. Ohne ein Wort zu sagen, ließ ich meine Hände sinken und hörte auf zu tanzen. Meine Schritte erlahmten einfach, als wären meine Füße in Beton gegossen worden. Ich atmete tief durch und schaute Lynn stumm in die Augen.

Ich versuchte, ihr mit meinem Blick mitzuteilen, dass es uns beide nur unnötig verletzen würde, wenn wir uns jetzt auf diese Art annäherten. Außerdem wäre es eine viel zu große Ablenkung in Anbetracht dessen, was noch vor uns lag.

Meine Finger tasteten beinahe automatisch nach den versteckten Messern in meinen Ärmeln. Die spitze Klinge war so scharf, dass ich mir durch die Berührung mit der Fingerkuppe einen winzigen Schnitt zuzog. Doch ich beachtete den unbedeutenden Tropfen Blut nicht weiter, der sich an meiner Fingerspitze sammelte, sondern starrte Lynn weiterhin fest entschlossen an.

Was auch immer sie in meinem Blick sah, es ließ sie zurückweichen. Schmerz flammte in ihren Augen auf, als hätte ich sie vor den Kopf gestoßen mit meiner Ablehnung.

Das war ja schließlich auch der Fall.

Sie trat einen unsicheren Schritt zurück, als wolle sie mir den Freiraum gewähren, den ich durch mein Schweigen erbat.

Und so standen wir uns gegenüber. Kein Wort verließ unsere Lippen, während der Mond sein Licht durch das Glasdach sandte. Die Welt erstrahlte in silbergrauem Glanz, als sei sie aus Mondstein und Licht geschaffen worden.

Schließlich begann ich doch zu sprechen. Meine Stimme ließ den Vorhang der andächtigen Stille niederfallen und zerstörte die Illusion, die wir in den letzten Minuten hier erschaffen hatten. Eine Welt ohne Fehler, ohne Dämonen und Geister. Nur Lynn und ich. Ein Tanz im Mondschein.

Eine solche Welt gibt es nicht.
Und würde es auch nie geben.

»Wir sollten uns auf den Weg zum Fährmann machen. Es ist bald Mitternacht.« Ich konnte nur allzu deutlich das Beben meiner Stimme vernehmen und hoffte sehnlichst, dass Lynn es nicht bemerkte.

Doch sie schien sich an einem weit entfernten Ort zu befinden. Einem Ort, zu dem meine Stimme nicht vordrang. Sie hob ihre Hände an und löste die Schleife an ihrem Hinterkopf. Die feine Maske glitt von ihrem Gesicht.

Ich schnappte hörbar nach Luft. Der wilde Ausdruck in ihren Augen warf mich beinahe um. Ich wusste nicht, ob es davon kam, dass sie verletzt war oder sie sich selbst oder mir etwas beweisen wollte, doch in ihren Augen brannte der Tatendrang. Er überschattete beinahe alles, selbst das kleine Quäntchen Bedauern, das sich in ihren Blick geschlichen hatte.

»Es ist an der Zeit, die Masken fallen zu lassen. Findest du nicht auch?«, fragte sie mit heiserer Stimme, als wäre sie vollkommen außer Atem.

Ich nickte bloß und umfasste meine Maske mit der rechten Hand, um sie mir mit einem Ruck vom Gesicht zu ziehen. Das dünne Metall entglitt meinem Griff jedoch sofort, weshalb die Maske klirrend zu Boden fiel.

Sie blieb im Zentrum des Pavillons liegen, beschienen vom Licht der Sterne und des Mondes. Lynn starrte einen Moment lang auf meine Maske, bevor sie sich bückte und die ihre vorsichtig danebenlegte.

Als sie sich zu mir umwandte und an mir vorbeiging, ohne ein Wort zu verlieren, folgte ich ihr einfach. Ein stechender Schmerz zuckte bei dem Gedanken, sie verärgert zu haben, durch meine Brust. Doch ich ignorierte ihn geflissentlich.

Kurz bevor wir die Baumgruppe durchbrachen und dem Pfad weiter folgten, warf ich noch einen Blick zurück auf den Pavillon, in dessen Mitte nun eine silberne und eine goldene Maske ruhten. Sie glänzten wie weit entfernte Sterne. Sie waren nur ein weiteres Rätsel in diesem geheimen Garten.

Eine Erinnerung an unseren Tanz unter dem Mond.

Ich fragte mich für einen Moment, was wohl der Finder der zwei Masken denken musste.

Wird er verstehen, dass es etwas Größeres mit ihnen auf sich hat?
Vermutlich nicht.
Doch der Gedanke, dass er es verstehen könnte, gefiel mir. Sehr.

Lynn ging schweigend vor mir her. Ihr schwarzes Haar verschmolz mit dem Dunkel der Nacht, während ihre zarte Statur sich von der Finsternis deutlich abhob. Ihre Schritte waren schnell und gezielt, geradezu stampfend.

Sie war definitiv sauer auf mich.

Natürlich könnte sie bloß erbost deswegen sein, dass ich den Moment mit meinem Zögern ruiniert hatte, doch vielleicht hatte sie sich auch einfach mehr erhofft. Möglicherweise hatte sie unsere Verbundenheit genauso gespürt wie ich. Doch im Gegensatz zu mir hatte sie keine Angst vor der Nähe und der Zukunft, die getrennte Leben für uns vorsah.

Lynn war furchtlos.
Sie hatte weder Angst vor dem Heute noch vor dem Morgen.
Sie wollte bloß ihr Leben leben.
Auf die bestmögliche Weise.
Und dafür bewunderte ich sie zutiefst.
Mehr als sie zurzeit ahnen konnte.

Lynn

Ich konnte nicht fassen, dass das gerade tatsächlich passiert war. Nic und ich waren uns so nah gekommen. So unfassbar nah.
Ich hätte ihn küssen können ... sollen ... was auch immer!
Allein bei dem Gedanken daran ihm wieder so nah zu sein, seinen Körper so nah an meinem zu spüren, seine Wärme, seine leisen Atemzüge, wurde mir ganz schwindelig. Ich beschleunigte meine Schritte, doch zugleich war mir bewusst, dass er locker mit meinem Tempo mithielt.
In dem geheimen Garten hatte ich meine Maske fallen lassen. Ich hatte ihm gezeigt, wie sehr ich ihm zugeneigt war. Und hatte es bereut. Sein Zurückweichen war Zeichen genug für mich. Er wollte das nicht. Er wollte *uns* nicht.
Jetzt hör auf zu jammern und konzentriere dich, Lynn!
Ich atmete tief durch und versuchte, einen klaren Kopf zu bewahren, obwohl all meine Gedanken gerade durcheinanderwirbelten, als wäre ein Tornado hindurchgefegt.
Schweigend verließen Nic und ich den geheimen Garten und zogen das Tor mit den metallenen Blumen hinter uns zu. Ich bedachte ihn nur mit einem kurzen Blick, um ihm zu verdeutlichen, dass wir uns keine weiteren Ablenkungen erlauben durften. Wir mussten uns direkt auf den Weg zum Fährmann machen.
Hoffentlich begegnen uns keine weiteren Geister.
Bei dem Gedanken daran, erneut auf einen maskierten Untoten oder eine verlorene Seele zu treffen, wurde mir regelrecht übel.

Ich hatte Nic immer noch nichts von der seltsamen Begegnung erzählt. Eigentlich war ich kurz davor gewesen. Gerade eben im Garten hatte ich mir vorstellen können, über alles mit ihm zu reden. Doch dann war der Moment verstrichen und meine Chance vertan. Und nun kam es mir idiotisch vor, das Thema noch mal aufzugreifen.

Ich kam damit auch allein klar. Und vielleicht hatte ich bloß ein wenig überreagiert. Meine innere Unruhe hatte sich inzwischen beinahe komplett verflüchtigt und das seltsame Gefühl nach der Geisterbegegnung war verschwunden.

Ich atmete tief durch.

Mach dich jetzt bloß nicht wahnsinnig!

Du hast Wichtigeres zu erledigen, als über einen dämlichen Geist nachzugrübeln.

Und so beschritten Nic und ich schweigend die verwinkelten Straßen Venedigs.

Währenddessen betrachtete ich genau, wie der Kanal, neben dem wir herliefen, immer breiter wurde, bis er schließlich in die uns bekannte Lagune mündete.

Unschlüssig, wo der Fährmann uns antreffen wollte, liefen wir den langen Holzsteg entlang. Über unseren Köpfen kreischte eine einsame Möwe.

Der Klang erinnerte mich so sehr an einen menschlichen Schrei, dass ich kurz zusammenzuckte und mein Blick den immer dunkler werdenden Himmel absuchte. Doch es war nichts zu sehen. Ich versuchte, mir den Schreck nicht anmerken zu lassen. Besonders nicht vor Nic.

Die Wellen plätscherten gegen den Steg. Das Rauschen des Wassers ließ mich ruhiger atmen und entspannte meine Nerven. Ein salziger Geschmack legte sich auf meine Zunge und brannte in meinem Hals, während zugleich der Duft von Algen in meiner Nase kitzelte. Menschlich zu sein war unglaublich. Ich nahm meine Umwelt ganz anders wahr als zuvor. Als hätte ich zuvor alles lediglich schwarz-weiß gesehen und nun konnte ich Farben erkennen.

Doch dann entdeckte ich ihn.

Am anderen Ende des Stegs stand der Fährmann in seiner sanft schaukelnden Gondel und beobachtete uns. Seine gelb glühenden

Augen erinnerten mich an die vielen Laternen, die die Straßen Venedigs säumten.

Ohne zu zögern, ging ich auf ihn zu, dicht gefolgt von Nic. Erst als wir direkt vor ihm standen, begann ich zu sprechen.

»Ich habe bis zum Schluss nicht daran geglaubt, dass du auftauchen würdest«, raunte ich.

Der Fährmann warf mir bloß einen belustigten Seitenblick zu. »Das beruht dann wohl auf Gegenseitigkeit.«

Ohne ein weiteres Wort zu verlieren, trat der lange Schatten einen Schritt zur Seite und machte uns den Weg frei, um in seine Gondel zu steigen.

Ich straffte meine Schultern und widerstand dem Drang, zu Nic zu schauen. Stattdessen war ich die Erste von uns beiden, die die Gondel bestieg. Sie begann zu schwanken, als ich einen Fuß in das Innere setzte, also hielt ich einen Moment lang inne. Nachdem sich das Wasser beruhigt und ich meine Balance wiedergefunden hatte, setzte ich auch den anderen Fuß in das kleine Boot. Nic brauchte keine zehn Sekunden, bis auch er in der Gondel saß. Beinahe war ich ein bisschen neidisch, weil sie bei ihm nicht einmal ein winziges bisschen aus dem Gleichgewicht geriet.

Ich vergaß diesen idiotischen Gedanken schnell wieder und ließ mich auf einen Querbalken sinken, der offenbar als Sitzgelegenheit diente.

Nic tat es mir gleich, sodass wir uns nun zwangsläufig gegenübersaßen und direkt in die Augen starrten. Zum ersten Mal seit unserem kleinen Vorfall in dem geheimen Garten.

Ich konnte überdeutlich die stille Entschuldigung von seinem flehenden Blick ablesen, doch ich wollte nicht nachgeben. Noch nicht. Stattdessen wandte ich mich ab und beobachtete, wie der Fährmann seinen langen Riemen nach unten stieß und die Gondel durch die Wellen glitt. Das Wasser glich tiefschwarzer Tinte. Es war nicht klar und spiegelte auch nicht, sondern besaß bloß einen dumpfen Glanz, der nicht erahnen ließ, was in der Tiefe lauerte.

Je weiter wir uns vom Ufer entfernten, desto mehr Nebel begann aufzuziehen. Ein blasser Schleier umgab uns. Der Welt schien jegliche Farbe entzogen worden zu sein. Es gab nur noch das Schwarz der Lagune und das Weiß des Nebels. Totenstille legte sich über uns, welche bloß von dem Eintauchen des Riemens ins Wasser unterbrochen wurde. Das Schweigen legte sich über meine Ohren und erzeugte einen enormen Druck. Ich konnte mein Herz rasen hören, als würde ich mein Ohr an meine eigene Brust halten und lauschen. Beunruhigt begann ich meine Hände zu kneten. Mein Geisterkörper hatte sich ganz anders verhalten als meine menschliche Hülle. Bis jetzt hatte ich nur gute Empfindungen kennengelernt, die ich genießen konnte. Aber dieses unangenehme Gefühl überforderte mich geradezu. Fast wünschte ich mir die Stumpfheit meines astralen Körpers zurück.

Ich konnte weder das Ufer und Venedig sehen, noch unser Ziel, die Insel.

Stattdessen trieben wir im Nichts. Die Zeit schien stehen geblieben zu sein. Die Sekunden glitten nur zähflüssig und langsam davon, während ich mit jedem Augenblick nervöser wurde. Mein Blick irrte ruhelos umher auf der Suche nach einem einzigen Anhaltspunkt. Ich fand rein gar nichts.

Das endlose Weiß zerfraß mich innerlich, während ich in der Schwärze des Meeres zu ertrinken drohte. Ich konnte förmlich spüren, wie die Verzweiflung meine mühsam aufgebaute Fassade bröckeln ließ.

Reiß dich zusammen, Lynn!
So leicht lässt du dich doch sonst nie unterkriegen.

Doch dieses Mal brachte es rein gar nichts, dass ich mich immer wieder selbst um Ruhe bemühte. Die Panik, die sich in meinem Inneren weiter hochschaukelte, hatte ihre Klauen tief in mein Bewusstsein gegraben und wollte mich einfach nicht loslassen.

Erst als ich eine sanfte Berührung auf meinen verknoteten Händen spürte, schreckte ich hoch. Mein Blick traf auf den von Nic. Sorge schimmerte in seinen Augen, während er beruhigend kleine Kreise auf meinen Handrücken malte. Die Klauen zogen sich zurück.

Ich atmete stoßweise, während ich mich förmlich an seinen Anblick klammerte. Nic war mein Anker in diesem großen Nichts. Mein Fixpunkt. Und langsam kam ich zur Ruhe.

Mein Herzschlag beruhigte sich allmählich, während die Panik nicht länger meinen Hals zuschnürte, sodass ich freier atmen konnte.

Ich wagte es sogar, Nic kurz anzulächeln. Ein Entschuldigungsangebot. Er erwiderte es und ich kam nicht umhin, die Erleichterung in seinen Augen aufleuchten zu sehen.

»Wir sind da«, erschallte mit einem Mal die Stimme des Fährmanns hinter meinem Rücken. Seine schwarze Gestalt ragte hinter uns in die Höhe wie ein Monument.

Ich schluckte schwer, als sich etwa zwanzig Meter vor uns der Nebel lichtete und unser Ziel freilegte.

»Willkommen auf der Insel der Toten.«

Achtundzwanzigstes Kapitel

Nic

Die Insel der Toten

Ich hielt Lynn meine Hand hin, als sie die Gondel verließ. Sie ergriff sie nach kurzem Zögern und blickte scheu zu mir hoch, als wäre sie sich unsicher, ob zwischen uns alles im Reinen war. Ehrlich gesagt wusste ich das selbst nicht so genau.

Ihre warme Hand lag in meiner und einen Moment lang stockte ich, bevor ich sie auf den Holzsteg zog. Die pechschwarze Gondel schaukelte sanft, während die Lagune immer noch in Nebel gehüllt vor uns lag.

»Es ist bald Mitternacht, ihr solltet euch beeilen und den Plan durchführen«, ermahnte der Fährmann. Seine gelben Augen blitzten im Dunkel der Nacht noch ein letztes Mal auf, bevor er uns den Rücken zukehrte. Lynn und ich standen stumm nebeneinander und beobachteten, wie er sich mit jedem Stoß seines Ruders in das düstere Wasser immer weiter von uns entfernte.

Der Nebel schlang seine unsichtbaren Arme um ihn und schien ihn zu verschlucken. Er war weg. Und kein Hinweis deutete auf seine Existenz hin.

Vor uns die schwarze Lagune und im Rücken die Insel der Toten. Ich wusste nicht, was ich gerade mehr fürchten sollte.

Eine schmale Hand legte sich auf meinen Unterarm und drückte leicht zu. Mein Kopf ruckte automatisch zu Lynn herum, die mich aus großen Augen ansah.

Was, wenn ich heute Nacht diese Augen zum letzten Mal sehe?
Daran wollte ich gar nicht erst denken.
»Bist du bereit?«, fragte sie im Flüsterton, als hätte sie Angst, die Toten zu wecken.

Ich tastete mit der rechten Hand meinen Brustkorb ab. Unter dem Stoff, in einer geheimen Tasche, befand sich die Karte. Das Gefängnis der Dämonen.

Ich nickte ihr schwach zu, bevor sie ihre Hand von meinem Arm nahm und mich genau musterte. Am liebsten hätte ich ihr Handgelenk ergriffen und sie festgehalten. Nur damit sie mich weiterhin berührte. Doch das hier war nicht der richtige Zeitpunkt dafür.

Räuspernd wandte sie sich von mir ab, und begann den Rock ihres Kleides zu betasten. Ich wusste genau, wonach sie suchte. Ich hatte es gut ausgewählt, schließlich wollte ich nicht, dass meine Begleiterin im Falle einer Konfrontation oder gar eines Kampfes in einem bodenlangen Kleid flüchten musste.

Lynn fand die Widerhaken verblüffend schnell und hakte den seidigen Rock aus, um ihn abzunehmen. Bloß die Korsage aus Spitze blieb erhalten. Dazu trug sie eine schlichte schwarze Hose und ihre Dolche, die sie sich um die Oberschenkel geschnürt hatte. Ich musste mich wirklich zusammenreißen, um sie nicht durchgehend anzustarren. Mein Blick glitt über ihren Körper und ihre schlanke Statur, als sie sich seufzend vor mich stellte.

»Schade um das schöne Kleid«, meinte sie.

Ein sanftes Lächeln lag auf ihren Lippen, doch ich erkannte mühelos die Enttäuschung, die sie versuchte, in ihrem Blick zu verstecken. Offenbar stand das Ereignis im geheimen Garten immer noch zwischen uns.

Dafür haben wir jetzt keine Zeit.
Kümmer dich darum, nachdem du Venedig von diesen Dämonen befreit hast.

Ich versuchte, Lynns Lächeln zu erwidern, versagte dabei aber kläglich. Meine Mundwinkel zuckten verräterisch. Als würde ich bloß eine Grimasse aufsetzen.

Um ihrem Blick nicht länger standhalten zu müssen, wandte ich mich ab. Meine Anzugjacke ließ ich wortlos zu Boden fallen, direkt neben der Pfütze aus Stoff, die einst zu Lynns Kleid gehört hatte. Die Karte nahm ich zuvor noch schnell an mich und steckte sie in die Brusttasche meines roten Hemdes.

»Dann mal los«, raunte ich, sobald mein Schutzgeist neben mich trat und wir uns beide dem meterhohen Tor zuwandten, das sich vor uns erhob. Das Tor wurde von einer Mauer umschlossen, welche die komplette Insel umgab. Wie ein Gefängnis. Als hätte man beim Bau der Mauer befürchtet, dass die Toten fliehen könnten, um zurück ans Festland zu schwimmen.

Ein Schauder durchfuhr mich bei diesem Gedanken. Furcht beherrschte mein Denken. Als würde mir durchgehend jemand ins Ohr schreien: *»Renn weg! Hau schon ab, na los!«*

Doch es war bereits zu spät. Das spürte ich nur allzu deutlich. Von hier an gab es kein Zurück mehr. Nur noch die Flucht nach vorne.

Ich schüttelte den Kopf, um die Furcht abzuwerfen, und trat mit Lynn an meiner Seite einen Schritt nach vorne. Und noch einen. Und noch einen.

Bis wir den Steg hinter uns gelassen hatten und uns dem schmiedeeisernen Tor gegenübersahen.

Ich schluckte all meine bösen Befürchtungen hinunter. Sie schmeckten wie Galle in meinem Hals und schienen mich von innen zu verätzen. Ich stellte mir vor, eine Maske aus Stein über mein Gesicht zu legen, die nicht zuließ, dass meine Gesichtszüge mir entglitten.

Bloß ein leises Keuchen schlüpfte über meine Lippen, als ich meine Hand hob, um das Tor zu öffnen. Ich war fest davon überzeugt, dass es verschlossen sein musste. Allerdings wurde ich eines Besseren belehrt. Meine Finger schlossen sich um das spröde Metall. Kleine Eisensplitter stachen in meine Haut, als ich das Tor aufdrückte. Es knirschte und quietschte lautstark, doch es ließ sich ansonsten ohne Probleme öffnen. Das Schreien der Scharniere zerriss die gespenstische Stille um uns herum.

Ich wagte einen letzten Seitenblick zu Lynn, die direkt neben mir stand und mir selbstsicher zunickte.

Wir werden das hier zusammen durchstehen.
Egal, was uns erwartet.

So traten wir über die Schwelle und hinein in das Reich der Toten.

Lynn

Schweigend betraten wir den Friedhof.

Meterhohe Bäume ragten wie stumme Riesen an der Mauer empor. Ihre Kronen verloren sich in der Schwärze der Nacht. Bloß der Mondschein wies uns den Weg und erleuchtete den großen Platz vor uns.

Abertausende Gräber lagen vor uns. Die Grabsteine strahlten alle in dem gleichen unnatürlichen Licht, das der Mond auf sie warf. Ich erwartete fast, dass uns unzählige verlorene Seelen gegenüberstehen würden, doch tatsächlich erspähte ich keine einzige.

Was konnte das bedeuten?

Mir blieb keine Zeit, um mir darüber Gedanken zu machen, also konzentrierte ich mich auf unsere Aufgabe. Vermutlich waren die Geister von der Insel geflohen, sobald sie gemerkt hatten, dass sie in dieser Nacht lebendig und nicht mehr an diesen Ort gebunden waren.

Am anderen Ende des Platzes fanden wir die Basilika. Ihr kuppelförmiger Bau schien wie ein Hüter über den ganzen Friedhof zu blicken. Das weiße Gestein hob sich von der Dunkelheit ab und schien ein Zeichen setzen zu wollen. Ein Licht in vollkommener Finsternis.

Der ganze Friedhof war in Schatten gehüllt. Sie schienen mit jeder vergehenden Sekunde länger und tiefer zu werden, als würde jemand das Licht dimmen.

Der Geruch von Tannennadeln verbiss sich in meiner Nase. Er stammte wahrscheinlich von den Bäumen um uns herum. Doch da war noch etwas, ein seltsamer Geruch, den ich einfach nicht einordnen konnte. Es roch leicht faulig und zugleich erdig, als würde ein Toter über den Friedhof wandeln.

Meine Augen weiteten sich und mein Blick huschte panisch umher, doch ich konnte nichts entdecken. Der Friedhof lag vollkommen still vor uns. Wahrscheinlich spielte mir mein überanstrengtes Gehirn bloß einen Streich.

In diesem Augenblick hörte ich es. Aus weiter Ferne und beinahe kaum wahrnehmbar, erklangen die Mitternachtsglocken des Markusturms.

In den letzten Nächten sind die Geister immer um Punkt Mitternacht erschienen.

Ich erinnerte mich an die erste Nacht hier in Venedig, als Nic und ich auf einem der Holzstege gesessen und das wahnsinnige Schauspiel zum ersten Mal gesehen hatten. Mein Blick ruckte hinauf zum Himmel.

»Es ist gleich so weit. Wir sollten mit dem Ritual beginnen«, flüsterte ich Nic atemlos zu.

Er trat direkt neben mich und zog die Karte aus der Brusttasche seines Hemdes hervor. Nic hatte sie mehrmals knicken müssen und sobald er sie auseinanderfaltete, knisterte sie. Ich befürchtete fast, sie würde gleich auseinanderfallen.

Zusammen starrten wir erwartungsvoll in den Himmel, als es begann ...

Gewaltige Wolkenberge zogen wie auch in den Nächten zuvor über den Himmel Venedigs. Sie türmten sich scheinbar endlos auf und umwirbelten sich gegenseitig in einem zornigen Tanz aus Donner und Windböen. Der Sturm fegte über das Land und schien diese Nacht kein Erbarmen zu kennen. Wind zerrte an meinen Gliedern und meinen Haaren, die ich kurz vorher noch notdürftig hochgesteckt hatte.

Heute Nacht ist es anders ...

Ich konnte es spüren. Irgendetwas hatte sich verändert. Alles geschah viel zu schnell. Blitze jagten über den Himmel, gefolgt von beinahe sekündlichem Donnergrollen. Jeder einzelne Knall hallte tausendfach in meinem Inneren wider. Ich zuckte jedes einzelne Mal zusammen und widerstand dem Drang, mir die Ohren zuzuhalten. Nic hatte mir inzwischen das Weihwasser gereicht. Ich drehte den Verschluss der Flasche auf und hielt mich bereit.

Unsere Umgebung wurde in immer kürzer werdenden Etappen in gleißendes Licht getaucht. Der Himmel schien in Fetzen gerissen zu werden. Blitze ließen die Nacht zersplittern und taghell strahlen.

Als sich das erste Gesicht im Wolkenturm über uns formte, konnte ich nicht anders, als die Augen vor Schreck zu weiten. Die Fratze hatte sich, ebenso wie der Sturm, verändert. Sie wirkte gehässiger und aggressiver, als sie ihr Maul aufriss und uns nichts als Schwärze entgegengähnte.

Wir mussten dringend etwas unternehmen.

Jetzt!

Ohne lange zu fackeln, kippte ich das Weihwasser über die Karte. Ein lautes Zischen ertönte, während sich das Papier schwarz verfärbte und dunkle Rauchschwaden daraus emporstiegen. Triumphierend lächelte ich Nic an.

Heute Nacht würde sich das Blatt wenden. Die Dämonen und Geister dieser Karte würden nicht ein weiteres Mal den Himmel für sich beanspruchen.

Ein Windstoß nach dem anderen zerrte an uns, drohte sogar Nic die Karte aus den Händen zu reißen, doch er blieb hartnäckig.

Aus einem Impuls heraus fasste ich zwei Ecken der Karte an, damit sie sich zwischen uns straffte.

Ich habe keine Angst.
Ich habe keine Angst.
Ich habe keine Angst.

Ich versuchte, nicht daran zu denken, wie die Finsternis weiterhin von den Kanten der Karte triefte. Meine Finger kribbelten verräterisch, als das dünne Pergament zwischen meinen Fingerkuppen ruhte. Das war das erste Mal, dass ich die Karte berührte und mich der Beklemmung aussetzte, die mich jedes Mal überfiel, wenn ich auch nur in ihre Nähe kam.

Mein Innerstes zog sich schmerzhaft zusammen, doch ich ließ nicht locker. Nicht heute Nacht. Es stand zu viel auf dem Spiel.

Stattdessen fokussierte ich meine Aufmerksamkeit auf Nic, der mich verblüfft anstarrte, als hätte er nicht damit gerechnet, dass ich ihm zu Hilfe eilen würde.

Ich zwinkerte ihm kurz zu, bevor ich es schließlich doch wagte, erneut einen Blick auf die Karte zu werfen. Ihre Vorderseite zeigte gen Himmel. Die Finsternis sammelte sich in der Tinte des Papiers und quoll hervor. Schwarz und dickflüssig sammelte es sich auf der Oberfläche der Karte, bis sie vollkommen mit Nachtschatten bedeckt war und ich nichts von der ursprünglichen Zeichnung mehr erkennen konnte.

Nic tastete seine Hosentaschen ab und kramte ein Feuerzeug hervor. Der Fährmann hatte gesagt, dass wir die Karte mit allen uns zugänglichen Mitteln vernichten sollten. Mein Begleiter ließ die Flamme aus dem Feuerzeug emportanzen und hielt sie unter die Karte, wodurch mir der Geruch von verbranntem Papier in die Nase stieg. Es roch furchtbar und übertraf all meine Vorstellungen, sodass ich für einen Moment wie gelähmt war.

Erst als Nic mich mit meinem Namen ansprach, kam ich wieder zu mir und wurde mir meiner Aufgabe bewusst. Während ich mit einer Hand die Karte festhielt, zückte ich mit der anderen einen meiner eisernen Dolche. Ich wartete nicht ab, sondern stieß die Klinge genau durch die Mitte der Karte. Es wirkte, als würde sie inmitten der schwarzen Rauchschwaden versinken.

Meine Hände zitterten unkontrolliert und ich musste mich anstrengen, um den Dolch nicht loszulassen. Meine Gedanken kreisten wild umeinander, schienen sich gegenseitig zu jagen. So lange, bis ich nichts mehr hörte und nichts mehr sah.

Sollte das Chaos nicht aufhören?
Die Karte ist so gut wie vollständig zerstört!
Warum wütet der Sturm immer noch?
Haben wir etwas falsch gemacht?
Ist der Plan fehlgeschlagen?

Mein Blick schnellte nach oben. Grelles Licht stob uns entgegen. Ein elektrisches Knistern knackte in meinen Ohren, während die Spannung meine Haare zu Berge stehen ließ.

Ich nahm einen tiefen Atemzug und konnte bloß verzweifelt dabei zusehen, wie der Blitz zwischen Nic und mich fuhr und genau ins Zentrum der Karte einschlug.

Ich spürte, wie eine gewaltige Kraft gegen meinen Körper arbeitete. Ich wurde von den Füßen gerissen und jegliche Luft aus meinen Lungenflügeln gepresst. Ein heiserer Schrei kam über meine Lippen, bevor ich mit dem Rücken hart gegen etwas Massives schlug und zu Boden sackte. Das Dröhnen des Einschlags echote in meinem Kopf. Ich hörte nichts anderes mehr, nur diesen gigantischen Knall. Immer und immer wieder.

Erst als ich mich stöhnend auf den Rücken drehte, erkannte ich, dass der Einschlag mich gegen einen Grabstein geschleudert hatte. Für einen unendlich langen Moment glaubte ich, dass es tatsächlich mein Grab sein könnte.

Neunundzwanzigstes Kapitel

Nic

Entfesselung

Wäre das ein normaler Blitz gewesen, wäre ich jetzt vermutlich tot. Bei lebendigem Leib verbrannt. Meine Innereien wären hemmungslos verschmort gewesen, nicht zu retten.

Stöhnend rappelte ich mich auf. Meine Knochen fühlten sich an wie aus Gummi. Der Einschlag hatte Lynn und mich auseinandergerissen. Ach was, *auseinandergeschleudert*.

Mein Kopf wog schwer wie Blei. Schwindel überfiel mich und Taubheit legte sich über meine Ohren. Der Knall hatte mein Trommelfell förmlich zerfetzt, zumindest fühlte es sich so an. Ich hoffte wirklich, dass kein irreparabler Schaden entstanden war.

Darum kannst du dich später kümmern, finde erst einmal Lynn!

Beim Gedanken an meinen Schutzgeist beschleunigten sich meine Schritte. Ihr panischer Blick, als das grelle Licht vom Himmel herabgefahren war und die Karte getroffen hatte, ging mir einfach nicht mehr aus dem Kopf.

»Lynn?« Meine Stimme klang dumpf und weit entfernt in meinen eigenen Ohren. Doch ich gab nicht auf. »Lynn? Wo bist du?«

Ich humpelte von Grabstein zu Grabstein, stützte mich immer wieder ab und atmete tief durch, um zu Kräften zu kommen. Nach einigen Minuten war ich bereits sicherer auf den Beinen, auch wenn sie immer noch zitterten wie Espenlaub. Doch von meiner Begleiterin war weiterhin nichts zu sehen.

Mein Herz raste, als wäre ich einen Marathon gelaufen, während sich in meinen Gedanken die schlimmsten Szenarien abspielten.

Lynn ist anders als ich.
Sie ist kein Mensch.
Vielleicht hat der Blitz bei ihr größeren Schaden angerichtet oder sie womöglich sogar ...
Nein! So darf ich nicht einmal denken!

Ein letztes Mal sammelte ich meinen Atem. Ich konnte spüren, wie meine Lungenflügel nervös flatterten, bevor ich, so laut ich konnte, rief: »Lynn! Wo bist du? Sag doch was!«

Ich hielt inne. Meine Sinne kehrten langsam zurück, was Fluch und Segen zugleich war. Ein schwacher Geruch von Ozon hing in der Luft, durchsetzt mit dem beißenden Gestank verkohlter Haare. Es hatte aufgehört zu stürmen, doch die Wolkenmassen waren nach wie vor da und hingen über mir wie eine Drohung.

Ich runzelte verwirrt die Stirn und rätselte gerade darüber, was das wohl bedeuten konnte, als ich eine leise Stimme vernahm, die meinen Namen rief. Lynn konnte nicht weit weg sein. Sofort setzte ich meine Suche fort und ging jedes einzelne Grab ab, bis ich sie schließlich vor einem Grabstein sitzen sah. Sie stützte sich notdürftig ab und betastete fluchend ihren Kopf, an dem sich eine Platzwunde befand.

Und obwohl Lynn verletzt war, entwich mir ein erleichterter Seufzer. Sie lebte. Und es ging ihr den Umständen entsprechend gut. Ein zentnerschwerer Fels fiel mir vom Herzen, als ich zu ihr eilte. Ich blinzelte eine Träne fort, die sich in meinen Augenwinkel geschlichen hatte, und kniete neben ihr nieder.

Lynn brauchte einen Moment, bis sie mich erkannte, doch dann fiel sie mir um den Hals. Das glückliche Leuchten in ihren Augen war mir nicht entgangen.

»Gott sei Dank geht es dir gut!«, nuschelte sie in meine Halsbeuge. Ich drückte sie an mich und konnte gar nicht fassen, dass wir beide unbeschadet überlebt hatten.

»Die Karte ist vernichtet«, murmelte ich, als wir uns langsam voneinander lösten.

Lynn schaute nun ebenfalls zum Himmel hinauf und legte die Stirn in Falten. Ich konnte an ihrem Gesichtsausdruck ablesen, dass ihr ganz und gar nicht gefiel, dass sich die Wolken immer noch nicht verzogen hatten.

»Irgendetwas stimmt da nicht«, flüsterte sie. Allein der besorgte Klang ihrer Stimme erzeugte eine Gänsehaut auf meinen Armen. Die Gefahr war also noch nicht vorüber.

»Was sollen wir jetzt tun?«, fragte ich ratlos, während mich Lynn ins Visier nahm.

»Wir sollten uns die Einschlagstelle ansehen.«

Ich nickte bloß und half ihr schließlich beim Aufstehen. Auch wenn mein Seelenschatten es sich nicht anmerken ließ, so hatte sie der Blitz doch mehr getroffen, als sie zugeben wollte. Ich erkannte es am zerknirschten Ausdruck ihres Gesichts, der bei jedem Schritt über ihre Miene zuckte. Ich sah es in jedem schmerzvollen Humpeln, das sie Sekunde für Sekunde vollbrachte, und ich beobachtete es an dem festen Griff, mit dem sie sich selbst die Hüfte stabilisierte. Als ich ihr jedoch meine Hilfe anbot, schlug sie das Angebot vehement aus.

»Ich brauche keine Hilfe. Immerhin bin ich diejenige, die dich beschützen soll«, hatte sie bloß erwidert.

Ich konnte nur mit den Zähnen knirschen und sie machen lassen. So lange, bis wir schließlich am Ort des Einschlags ankamen. Mein Mund klappte auf, als ich den Krater sah, der sich an der Stelle gebildet hatte. Auch Lynn war plötzlich sprachlos.

Verkohlte schwarze Erdklumpen hatten sich überall verteilt und beschmutzten unzählige Gräber. Ganz abgesehen von denen, die einfach weggesprengt worden waren. Zudem war der Sand, der die Insel teilweise bedeckte, durch die Hitze geschmolzen. Dadurch hatten sich kleine Pfützen aus Glas gebildet. Der Anblick versetzte mich in Ehrfurcht. So etwas hatte ich noch nie gesehen.

Ich schluckte schwer, als ich einen zertrümmerten Grabstein entdeckte, der genau in der Mitte durchgebrochen war.

Zögernd näherten Lynn und ich uns dem Krater. Die Erde dampfte ein wenig an dieser Stelle, beinahe so, als wäre sie hier immer noch unnormal heiß.

Während Lynn sich hinabbeugte, um den Krater zu untersuchen, behielt ich die Umgebung im Auge. Mein Blick schweifte ein weiteres Mal in Richtung Himmel und glitt beinahe weiter, wäre mir nicht etwas Seltsames aufgefallen. Ich kniff die Augen zusammen, um besser zu erkennen, was da geschah und konnte nicht glauben, was sich über uns abspielte.

Die Wolken hatten begonnen, sich um sich selbst zu winden. Wie eine Spirale, die sich immer weiter in Richtung Erde bewegte. Wie bei einem Tornado senkte sich die Spitze der Wolken hinab. Als würden die Wolken einen Finger formen, der die Erde berühren wollte. Eine Verbindung zwischen Himmel und Erde.

Ich schluckte schwer und wagte es kaum, meinen Blick abzuwenden, während ich Lynn an der Schulter packte und hochzog. Noch bevor sie protestieren konnte, hatte ich meine Arme unter ihre Kniebeugen geschoben und sie in die Höhe gehoben. So schnell ich konnte, trug ich sie von dem Krater fort, in Richtung der Bäume, die am Rand des Friedhofs wuchsen.

Mein Herz raste, während jede Sehne und jeder Muskel meines Körpers rebellierten. Und obwohl ich drohte, an den Schmerzen zu ersticken, hörte ich nicht auf zu rennen und hielt erst inne, als wir die ersten Bäume erreicht hatten.

Doch ich wollte nicht so weit gehen und behaupten, dass wir in Sicherheit waren.

Lynn

Nic hatte mich gerade hinter den Schutz eines Baumes gezogen, als ich durch die tief hängenden Zweige hindurch beobachten konnte, wie die Spitze des Wolkengebildes den Boden berührte. Plötzlich schien die Erde zu beben. Nic hielt mich an den Schultern fest, damit ich nicht den Halt verlor.

Meine Finger krallten sich in die Rinde des Baumes. Der Boden hörte einfach nicht auf, sich zu bewegen. Ein Knirschen und Knacken ging von der Erde aus, sodass ich fast befürchtete, die Insel würde entzweigerissen. Die Äste und Zweige des Baumes raschelten lautstark und vereinzelt lösten sie sich sogar aus der Krone, um neben uns aufzuschlagen.

Ich zuckte jedes Mal zusammen und betete innerlich, dass die Erde sich endlich beruhigte. Nics Griff um meine Schulter verstärkte sich mit jeder Minute, und obwohl alles um mich herum schwankte, blieb er bei mir. Er war mein Halt.

Ich kniff die Augen zusammen und zählte innerlich so lange, bis das Beben endlich schwächer wurde und schließlich ganz erstarb. Ich hatte bereits bis fünfundfünfzig gezählt.

Totenstille legte sich wieder über den Friedhof, als sei nichts geschehen.

Als ich mich jedoch fragend zu Nic umwandte, erkannte ich die tiefen Risse in der Mauer, die durch das Beben verursacht worden waren. Vereinzelt waren Steine aus dem Gemäuer herausgebrochen. Sie wirkte gefährlich instabil. Nic folgte meinem Blick und musterte die Mauer ebenso misstrauisch wie ich.

Sollen wir zurück zum Krater gehen?

Das Beben hatte längst nachgelassen, bloß eine schwache Vibration war übrig geblieben. Und sie steckte tief in meinen Knochen.

Vorsichtig lugte ich am Baumstamm vorbei und starrte geradewegs auf die Stelle, wo zuvor der Krater gewesen sein musste und sich die Wolkenspitze mit der Erde verbunden hatte. Ich erkannte rein gar nichts.

Schwarzer Nebel hatte sich wie eine undurchschaubare Decke über das Terrain gelegt und tauchte diesen Teil des Friedhofs in tiefe Schatten.

Ich schluckte schwer und hielt Nic am Ärmel seines inzwischen verschmutzten Hemdes zurück, als er einen Schritt auf das Geschehen zugehen wollte.

Mit einem Kopfschütteln gab ich ihm zu verstehen, dass wir uns jetzt nicht blind ins Geschehen stürzen, sondern lieber noch einen Moment abwarten sollten. Ich wagte es jedoch nicht, meinen Mund zu öffnen, aus Angst, dass die unheilvolle Stille um uns herum durch meine Stimme etwas heraufbeschwören könnte, auf das ich noch nicht gefasst war.

Nic las die Sorge in meinen Augen und knirschte kurz mit den Zähnen, bevor er sich hinter mir an dem Baumstamm postierte.

Wir starrten auf die schwarzen Wolken, die sich um den Krater gesammelt hatten.

Sie waberten in dichten Schwaden über den Boden und schienen etwas zu verbergen.

Doch es kam nicht infrage, näher heranzugehen. Damit brachten wir uns womöglich in die Schusslinie.

Ich schloss kurz die Augen und versuchte, meinen Atem zu beruhigen, als ich plötzlich hörte, wie Nic geräuschvoll die Luft hinter mir einzog. Sofort riss ich die Lider auf. Es dauerte nicht einmal den Bruchteil einer Sekunde, bis ich erkannte, was seine Aufmerksamkeit erweckt hatte.

Eine Klaue. Eine übernatürlich große Klaue hatte sich aus der weichen Erde des Friedhofs gegraben und lugte aus dem Schattennebel heraus. Sie schimmerte fahl im Mondlicht, geradezu wächsern.

Ich hielt angespannt den Atem an, als sich die Gestalt nun vollständig ins Licht bewegte. Meine Gedanken standen still, als ich versuchte, diesen Anblick irgendwie zu verarbeiten.

Der faulige Geruch, der mir bereits vor einiger Zeit aufgefallen war, intensivierte sich mit dem Auftauchen des Wesens. Die helle und zugleich glanzlose Haut ließ das Lebewesen beinahe tot wirken, wären da nicht diese Augen …

Sie zuckten ruhelos über die Landschaft und die Baumgruppe, in der wir uns verbargen. Doch das war nicht das, was mich so beunruhigte. Vielmehr die Tatsache, dass der komplette Augapfel des Wesens in einem finsteren Schwarz zu glühen schien, bereitete mir eine Gänsehaut. Ich zuckte leicht zusammen, als sein Blick an der Stelle angelangte, wo Nic und ich uns versteckt hielten. Doch es schien uns nicht zu bemerken und so betrachtete es einfach weiterhin seine Umgebung.

Auf diese Weise blieb für uns noch ein wenig Zeit, um die fremde Gestalt genauer unter die Lupe zu nehmen. Sie hatte einen geradezu menschlichen Körperbau. Und doch wirkte sie durch die Art, wie sie sich auf allen vieren fortbewegte und die Nase in die Luft hielt, als würde sie eine Fährte wittern, mehr wie ein Raubtier.

Kopf und Körper waren vollkommen kahl, tiefe Schatten malten ihre Kunstwerke auf den knochigen Rücken der Gestalt.

Die Glieder des Wesens verrenkten sich mit jeder Bewegung ein bisschen mehr, weshalb jede noch so kleine Regung mit einem

Knacken und Knirschen der Knochen untermalt wurde. Das hohle Geräusch ließ mir das Blut in den Adern gefrieren.

Intuitiv zog ich meinen verbliebenen Dolch aus der Lederscheide an meinem Bein. Nic tat es mir gleich, während wir unseren Feind keine Sekunde lang aus den Augen ließen.

»Was ist das?«, raunte er mir ins Ohr, als das Wesen vermeintlich weit genug weg war.

Ich konnte selbst auf die große Entfernung sehen, wie das Ding plötzlich innehielt und sich in einem unnatürlichen Winkel in unsere Richtung wandte. Ich vernahm sogar das Knacken des Genicks, als es seinen Kopf beinahe zu weit überdehnte.

Es hat uns gehört.

Es weiß, dass wir hier sind.

Es fletschte die Zähne. Spitze, scharf zulaufende Zähne wie die eines Raubtieres. Und noch bevor es in einem ungeheuren Tempo begann, auf uns zuzulaufen, wusste ich, dass es nun auf der Jagd war.

Und wir sind seine Beute.

Ich beobachtete geradezu festgefroren, wie das Wesen zu brüllen begann. Ein animalischer Schrei, der mein Innerstes erzittern ließ. Ich schluckte schwer und konnte bloß diese nachtschwarzen Augen anstarren. Dieses unnatürlich weit aufgerissene Maul, das uns zu verschlingen drohte.

Diese Fratze ... kam mir unheimlich bekannt vor.

Und als ich einen weiteren Blick in die seelenlosen Augen riskierte, wusste ich auch, weshalb.

Ohne unseren Gegner aus den Augen zu lassen, ging ich in Angriffsstellung. Meine Knie lockerten sich und mein Rücken streckte sich automatisch durch, während meine Faust den Dolch eisern umschloss.

»Das da«, erklärte ich Nic »ist ein Dämon. Er ist einer der bösen Geister, die zuvor über den Himmel jagten. Und nun ist er hinter uns her.«

Nic zweifelte keine Sekunde an meinen Worten. Er nickte sie kommentarlos ab.

Ich versuchte unterdessen, meine Gedanken zu ordnen. Was war geschehen, nachdem wir die Karte zerstört hatten? Hatten wir durch unsere Taten vielleicht sogar die Pforte für die Dämonen geöffnet? Wären sie vielleicht nicht ausgebrochen, wenn wir die Karte nicht hierhergebracht hätten?

Ich konnte zwar nicht verstehen, was genau wir falsch gemacht hatten, aber die Erkenntnis, dass unser Plan fehlgeschlagen war, ließ mein schlechtes Gewissen nur noch weiter anwachsen.

Und nun trieben sie ihr Unwesen auf dem Friedhof. Ich wettete bei meinem Leben, dass es nicht nur diesen einen Dämon gab, der hinter uns her war.

Doch ich hatte keine Zeit mehr, weiter darüber nachzudenken, denn nur einen Wimpernschlag später sah ich mich einem geifernden Schlund gegenüber, der meine Kehle zerfetzen wollte. Ich duckte mich unter dem unüberlegten Angriff des Untoten weg, genauso wie Nic es mir einmal gezeigt hatte.

Der Dämon verlor das Gleichgewicht, als er an mir vorbeistolperte, und ein gezielter Tritt meinerseits sorgte dafür, dass er vollkommen aus der Balance geriet. Doch wie zu erwarten, hielt ihn das nicht lange auf, weshalb er kurz darauf wieder fauchend auf die Beine kam.

Ich gab Nic mit einer Kopfbewegung zu verstehen, dass er in Deckung gehen sollte, und glücklicherweise ging er tatsächlich aus der Schusslinie.

Nur eine Sekunde später sprang der Dämon wieder auf mich zu und krallte sich an meinen Armen fest. Die spitzen Pranken stachen tief in meine Haut.

Brennender Schmerz zuckte durch mein Fleisch, doch ich presste bloß die Lippen aufeinander, um keinen Schrei auszustoßen. Stattdessen nutzte ich den Schwung meines Gegners geschickt dazu, um eine Rückwärtsrolle zu vollführen und den Dämon mit beiden Füßen von mir fortzustoßen.

Ein Jaulen zerriss die Nacht, als das Monster gegen einen Baumstamm geschleudert wurde.

Meine Konzentration lag voll und ganz auf meinem Feind. Ich bemerkte kaum, wie das Blut von meinen Armen tropfte und tiefe Krallenspuren von nun an meinen Oberarm zierten. Adrenalin rauschte durch meinen Körper und betäubte die Schmerzen, sodass ich nichts anderes spüren konnte als die Anspannung, die mein Herz zum Pulsieren und meine Lunge beinahe zum Kollabieren brachte.

Der Dämon war schon wieder auf den Beinen und taxierte mich mit seinem wilden Blick. Ich konnte nicht erkennen, ob ich ihm durch meine Abwehr irgendwelchen Schaden zugefügt hatte, dafür bewegte er sich einfach zu flüssig und schnell.

»Lynn! Pass auf!« Nics Stimme zerriss die angespannte Stille zwischen mir und dem Gegner. Reflexartig wandte ich mich zu Nic um und sah, wie ein weiterer Dämon, ein exaktes Abbild meines Feindes, auf mich zuhielt. Vor Schreck konnte ich mich kaum bewegen. Erst als ein Schatten sich aus den Bäumen löste und den Geist während seines Absprungs rammte, löste sich der Schock. Nic hatte den zweiten Dämonen, welcher es offensichtlich auf mich abgesehen hatte, mit voller Wucht niedergerannt und zögerte nun nicht, mit seinem Messer auf ihn einzustechen.

Erst die Bewegung einer weißen Silhouette, die ich aus dem Augenwinkel beobachtete, lenkte meine Aufmerksamkeit zurück auf meinen eigenen Feind. Ich hatte die wichtigste Regel, die Nic mir im Kampf beigebracht hatte, missachtet: *Kehre deinem Gegner nie den Rücken zu.*

Der Dämon hatte sich am Baumstamm emporgezogen und ließ sich nun aus drei Metern Höhe auf mich hinabfallen. Seine Fangzähne leuchteten lang und scharf im Schein des Mondes auf.

Ich spürte den Aufprall in meinem ganzen Körper. Er riss mich von den Füßen und presste mich mehrere Zentimeter tief in den Erdboden. Mein Rücken bebte und schmerzte höllisch, als jegliche Luft aus meinem Brustkorb wich und mein Herz einen Schlag aussetzte.

Spitze Krallen schlugen sich in mein Fleisch und dieses Mal konnte ich einen schmerzhaften Aufschrei nicht unterdrücken. Ich sah direkt in die nachtschwarzen Augen des Dämons, konnte genau erkennen, wie sicher er sich seines Sieges war. Triumphierend ragte er über mir auf.

Doch dann ermatteten seine Augen und geradezu ungläubig starrte er an seinem Körper hinab. In seiner Brust, genau an der Stelle, wo bei einem normalen Menschen das Herz schlug, war mein Dolch bis zum Schaft vergraben. Ein grausames Lächeln schlich sich auf meine

Lippen, als ich die Kehle des Untoten umfasste und dabei zusah, wie die in Weihwasser getränkte Klinge dafür sorgte, dass sich jede Faser seines Körpers schwarz verfärbte und die Haut des Dämons wie splitterndes Porzellan zersprang.

Nics zweite Regel hatte ich nicht vergessen: *Sei dir stets deiner Vorteile bewusst.*

Dreißigstes Kapitel

Nic

Tanz aus Klingen und Blut

Wir befanden uns in einem wilden Tanz aus Klingen und Blut. Lynn und ich kreisten umeinander, deckten dem jeweils anderen den Rücken und führten gezielte Stiche und Finten aus. Immer wenn ich einen Schritt zurücktreten musste, rückte mein Schutzgeist nach vorne. Wir bildeten ein Gleichgewicht, das niemand aus der Balance bringen konnte.

Nach dem ersten toten Dämon schien die Jagd auf uns eröffnet worden zu sein. Immer mehr unmenschliche Wesen drangen aus dem schwarzen Rauch und nahmen uns ins Visier.

Ich hatte längst den Überblick verloren, wie viele es waren. Schweiß benetzte meine Haut und Blut befleckte meine Kleidung. Ich konnte nicht mehr unterscheiden, ob es meines oder das meiner Feinde war.

Jede Verletzung brannte wie Feuer und zehrte an meinen Kräften. Ich sah nur noch weiße Haut aufblitzen, fahl und blass wie der Tod. Schwarze Augen schienen von meiner Seele fressen zu wollen, so hungrig starrten mich die Feinde an. Doch ich gab nicht auf.

Eine Klaue schlug nach mir. Ich duckte mich unter ihr weg und rammte der Kreatur meinen Dolch in die Seite. Ich wartete den Schmerzensschrei gar nicht erst ab, sondern riss meine Waffe aus der Wunde, bevor ich einen gezielten Tritt in die Magengrube des Wesens platzierte. Der Dämon wurde mehrere Meter zurückgeschleudert und warf im Flug zwei seiner Artgenossen um. Dadurch, dass die Kreaturen nur aus Haut und Knochen bestanden und im Stehen nicht ganz so groß waren wie Menschen, waren sie verblüffend leicht. Allerdings waren sie auch verdammt schnell und wendig. Die beiden Umgeworfenen kamen schneller wieder auf die Füße als der Verletzte.

Ich zischte einen leisen Fluch, als ich bemerkte, wie viele Dämonen uns im Weg standen. Sie hatten uns umkreist, in ihrer Mitte eingeschlossen. Lynn und ich saßen in der Falle. Sie kamen von allen Seiten.

Unser beider Atem ging schwer und stoßweise, doch keiner von uns erlaubte es sich, aufzugeben. Rücken an Rücken kämpften wir weiter. Immer weiter.

Schweiß vermengte sich mit Blut und tropfte schwer zu Boden, durchtränkte die Erde unter uns. Bei jedem Schlag, jedem Stich und jedem Tritt stieß ich ein wildes Brüllen aus. Ich schaute den Dämonen in die leblosen Augen, während ich jeden einzelnen von ihnen bekämpfte.

Meine Gedanken drehten sich im Kreis, mein Instinkt hatte die Führung übernommen. Ich dachte nicht länger darüber nach, welchen Schritt ich als Nächstes tun könnte. Ich tat ihn einfach. Denn jedes Zögern, jede falsche Entscheidung könnte mein Ende bedeuten.

Ducken.

Schlagen.

Rammen.

Stechen.

Ich schluckte schwer. Ein kupferner Geschmack hatte sich in meiner Mundhöhle ausgebreitet und fraß sich nun meinen Hals hinab. Blut.

Ich spuckte es aus, direkt in das Gesicht eines Feindes.

Der Kampf schien nie zu enden. Sobald ich einen Dämon aus dem Weg räumte, tauchten zwei neue an seiner Stelle auf.

Wie kann das sein?

Nach unermüdlichen Minuten des Kämpfens spürte ich erste Zeichen von Schwäche. Meine Muskeln begannen zu zittern und oftmals traf ich mein Ziel nicht mehr genau, sodass ich ein zweites Mal zuschlagen musste. Meine Arme wurden schwer und meine Bewegungen langsamer, wenn auch nur minimal. Ich spürte, wie der von

Blut getränkte Boden immer rutschiger wurde und ich mehrmals meinen Stand festigen musste, um nicht aus der Balance zu geraten.

Aus dem Augenwinkel sah ich Lynn, die ohne Unterlass weiterkämpfte. Der Knoten in ihren Haaren hatte sich gelöst, sodass sie nun wie eine dunkle Wolke um ihren Kopf schwebten. Sie bewegte sich so schnell, dass es selbst für mich schwer war, ihre Bewegungen nachzuvollziehen. Sie wirbelte im Kreis, streckte innerhalb einer flüssigen Bewegung mehrere Gegner nieder und grinste die nachfolgenden Dämonen an. In ihrem Lächeln lag etwas Grausames und Unberechenbares. Dieser Anblick ließ mich schaudern.

Lynn war eine Kämpferin. Sie war meine Beschützerin. Ihr ganzes Leben hatte sie auf einen Moment wie diesen hingearbeitet. Und obwohl sie eigentlich nicht an meiner Seite kämpfen durfte, tat sie es dennoch. Sie widersetzte sich jeglichen Regeln. Für mich.

Und in ihren Augen sah ich eindeutig die Aufopferungsbereitschaft. Sie war bereit, alles zu geben, und schreckte vor nichts zurück.

Sie perfektionierte den Todestanz. Lynn bestand nur noch aus Klingen, Stahl und tödlicher Präzision. Stolz erfüllte meine Brust, als ich sie so kämpfen sah. Ihr Anblick erdete mich. Ich konnte mich besser auf meine Aufgabe fokussieren, festigte meinen Stand und war bereit dazu, dem nächsten Dämon meinen Dolch zwischen die Rippen zu rammen.

Die Waffe strahlte im Mondlicht, als ich sie durch die Luft sausen ließ. Doch kurz bevor sie ihr Ziel treffen konnte, hallte eine tiefe Stimme über die Insel.

»HALT!«

Der Boden erzitterte, sodass ich stolpernd zurückwich. Kleine Risse bildeten sich in der Erdoberfläche, während selbst die umliegenden Bäume ihre Äste unter dem Nachhall des Rufs beugten.

Unsere Feinde erstarrten mitten in der Bewegung. Wie Statuen, die aus Stein gehauen worden waren. Ihre schwarzen Augen zuckten allerdings immer noch ruhelos über den Friedhof, als würden sie nach etwas Ausschau halten. Oder nach jemandem. Ich konnte nicht glauben, was ich dort sah.

Die Viecher haben doch tatsächlich Angst!
Aber vor wem?

Ich wandte mich langsam zu Lynn um, da die Dämonen anscheinend keine Gefahr mehr darstellten. Doch mein Seelenschatten kehrte mir den Rücken zu. Ihr Blick hatte sich auf den schwarzen Strudel aus Wolken gerichtet, der immer noch über dem Krater waberte.

Sie mahlte mit dem Kiefer, was sie sonst nur tat, wenn sie wirklich *sehr* besorgt war. Sämtliche Haare standen mir zu Berge. Wenn es etwas gab, das Lynn so aus der Fassung bringen konnte, sollte auch ich auf der Hut sein.

Ich wandte mich nun ebenfalls den dunklen, Unheil verkündenden Schwaden zu und konnte es kaum glauben, als sich eine schmale Gestalt aus dem Nebel schälte. Zunächst war er nichts weiter als der Schatten eines Mannes. Doch mit jeder vergehenden Sekunde gewann er an Konturen und Umrissen, bis schließlich eine vollständige Person vor uns stand.

Der Mann schien nicht älter als dreißig zu sein. Muskeln und Sehnen traten unter seiner Haut hervor. Sein aschefarbenes, schulterlanges Haar stand in einem starken Gegensatz zu seinen vollständig schwarzen Augen.

Schatten umspielten ihn immerzu, als würden sie ihm gehorchen wie Tiere. Sie bildeten eine dunkle Aura um ihn herum und ließen mich respektvoll innehalten. Seine Macht ließ die Luft um uns herum vor Elektrizität knistern. Mir schnürte sich der Brustkorb ein und ich wollte einfach nicht wahrhaben, dass *er* tatsächlich vor uns stehen sollte.

Doch als sein Name meine Lippen verließ, wurde aus der Vermutung schreckliche Gewissheit: »Fra Mauro.«

Einunddreißigstes Kapitel

Lynn

Offenbarung

Fra Mauros Blick bohrte sich in meinen Kopf. Wie glühende Kohlen schienen seine Augen mich zu verbrennen, sodass ich nichts anderes tun konnte, als ihn sprachlos anzusehen.

Das war er also, der Mann, der all das hier in Gang gesetzt hatte. Der Grund, weswegen wir überhaupt nach Venedig gereist waren.

Stille hatte sich wie ein Tuch über den Friedhof gesenkt und schien jedes Geräusch zu ersticken. Keiner regte sich.

»Habt ihr mich befreit?« Seine dunkle Stimme rollte wie eine Druckwelle über uns hinweg und ließ mich einen Schritt nach hinten stolpern.

Nics Aufmerksamkeit zuckte kurz zu mir herüber, als wolle er sich trotz allem vergewissern, dass es mir gut ging. Ich nickte ihm zur Beruhigung knapp zu. Die leblosen Augen der Dämonen, die uns weiterhin umzingelten, verfolgten jede noch so kleine Bewegung unsererseits.

»So ist es«, erwiderte Nic tollkühn. Seine Stimme zitterte nur ganz leicht. Beim Gedanken daran, dass wir es gewesen waren, die das Monster entfesselt hatten, wurde mir ganz mulmig.

Wir hätten die Karte nicht mit hierher bringen dürfen.

Die Grenze zwischen Tod und Leben ist durch ihre Präsenz zerrissen worden.

Ein diabolisches Lächeln breitete sich auf den Lippen unseres Feindes aus.

»Ich danke euch beiden. Ihr habt mir ein zweites Leben geschenkt. Und ich werde es nutzen.« Fras Stimme war so rau wie Schmirgelpapier, das über meine Haut gerieben wurde. »Nur leider habe ich keine Verwendung mehr für euch.« Ein kühler Schleier legte sich über seine Iriden. Als sei er innerlich abgestumpft. »Erledigt die Menschen.« Nur eine Handbewegung war notwendig, um seine Handlanger wieder gegen uns zu hetzen. Ich konnte gerade noch rechtzeitig herumwirbeln und meine Dolche anheben, bevor mich schon das erste Biest anfiel. Meine Dolche schlitzten durch Fleisch und ließen das Blut auf ihrer glänzenden Klinge abperlen.

Mir blieb keine Zeit, um Fra Mauro weiterhin im Auge zu behalten oder ihm gar einen erbosten Spruch entgegenzuschleudern. Jetzt zählte einzig und allein das Überleben.

Schweiß trat auf meine Stirn. Ich machte mir nicht die Mühe, ihn wegzuwischen. Ich wagte es kaum zu atmen, so schnell musste ich reagieren.

Links.
Rechts.
Hinter mir!
Drei gezielte Stiche und Schnitte, bevor ich ausatmen konnte.

Die Anzahl unserer Gegner hatte sich nicht mal ansatzweise minimiert. Die Dämonenarmee schien kein Ende zu nehmen. Es waren unendlich viele. Die hinteren Reihen begannen bereits über die Rücken und Schultern ihrer Vordermänner zu klettern, über sie hinwegzuspringen oder sich an ihnen vorbeizupressen, um zu Nic und mir zu gelangen.

Gliedmaßen verbogen sich in unnatürlichen Winkeln. Ich hörte das Knacken und Krachen von berstenden Knochen, das Fauchen und Kreischen der Geschöpfe und dennoch schien keine Anstrengung zu groß zu sein, um zu uns zu gelangen.

Ihre dünnen Klauen reckten sich nach uns, bekamen uns beinahe zu fassen, bevor wir ihnen entwischen konnten. Wut kochte in meinem Inneren hoch. Sie entflammte meine Muskeln und meine Knochen, ließ meine Reflexe aufleben und beherrschte mein Denken.

Ich werde diesen Ausgeburten der Hölle garantiert nicht die Genugtuung geben, sich an uns zu vergreifen oder uns gar zu töten!
Da sind sie bei mir an der falschen Adresse gelandet.
Als sich eine knochige Hand um meinen linken Oberarm schloss, holte ich mit dem Dolch in meiner freien Hand aus und schlug das dünne Handgelenk ab. Die Hand fiel zu Boden, während sich schwarzes Blut über mich ergoss und meine Kleidung befleckte. Ich rümpfte lediglich die Nase und wandte mich meinem nächsten Gegner zu, noch während die Schmerzensschreie des letzten Dämons in meinen Ohren widerhallten.
Ducken.
Vorpreschen.
Umrennen.
Zustechen.
Ich wirbelte umher, kam nicht zur Ruhe und nahm immer wieder einen neuen Gegner ins Visier. Wie ein tödlicher Wirbelwind. Nichts konnte mich aufhalten. Niemand vermochte es, mich zu stoppen.
Bis ich seinen Schrei vernahm.
Er rüttelte mich wach und ließ mich meinen Fokus verlieren. Mein Kopf ruckte zu Nic, der am Boden lag und einen Dämon abwehrte. Spitze Fangzähne blitzten im Mondlicht auf, bevor der unmenschliche Kopf nach vorne schnellte, um sich in Nics Kehle zu verbeißen.
Er ist zu weit weg.
Noch während mir dieser Gedanke durch den Kopf schoss, beschloss ich, auf meine Fähigkeiten als Schutzgeist zurückzugreifen. Nics schutzlose Situation legte einen Schalter in meinem Kopf um. Ich war nicht länger Lynn, die Kämpferin, sondern Lynn, sein Schutzgeist und Seelenschatten.
Ohne lange zu überlegen, was ich da gerade tat, teleportierte ich mich innerhalb eines Wimpernschlags zu Nic hinüber. Ich reckte meine Hand gen Himmel und beschwor das innere Licht hervor, das unter meiner Haut verborgen lag.
Ich spürte die Wärme in meinem Herzen, das sanfte Ziehen, als meine Kräfte zum Leben erwachten und durch meine Adern pulsierten. Erst danach nahm ich das sanfte Glimmen meiner Hand wahr, die sich wie ein Stern vom Dunkel der Nacht abhob. Ich ballte sie zur Faust,

um das Licht im Inneren gefangen zu halten. Als würde es entwischen, sobald ich meine Finger spreizte. Ich stieß einen wilden Kampfschrei aus, als ich meine Hand in das Innere des Dämons versenkte.

Die Leere, die ich in seinem Körper spürte, erschütterte mich mehr, als es seine blutrünstige Grausamkeit jemals könnte. Da war absolut ... Nichts. Bloß gähnende schwarze Leere. Als sei dieses Geschöpf nichts weiter als eine Hülle, ein willenloses Wesen ohne Sinn und Verstand. Ein Gefäß für die Boshaftigkeit seines Meisters.

Gänsehaut bildete sich auf meinen Armen, als ich dies realisierte. Mit diesem Wissen in meiner Gewalt konnte ich mich nicht mehr zurückhalten. Ich leitete mein Licht in den Dämon hinein. Nicht sanft und behutsam, wie ich es bei den verlorenen Seelen tat, denen ich helfen wollte.

Nein.

Ich rammte es wie einen Speer in sein Innerstes. Zwang mein Licht dazu, die Dunkelheit zu vertreiben, zu verdrängen. Sie zersplitterte bei der Berührung mit den ersten Strahlen. Ich zerfetzte die Dunkelheit, zermarterte die Finsternis und hinterließ nichts als gleißendes Licht.

Die Haut des Dämons begann zu zerbrechen, als bestünde sie aus Gestein. Ein lauter Knall ertönte, sodass ich mich beherrschen musste, mir nicht die Ohren zuzuhalten. Es klang wie eine Explosion.

Aber ich blieb standhaft, rührte mich nicht von der Stelle, sondern verteidigte mein Revier. Mein Blick heftete sich auf die Überreste des Dämons. Das Licht hatte ihn vollständig verzehrt, sodass nichts mehr von seiner einst dunklen Präsenz übrigblieb. Lichtfunken stoben um mein Haupt, während eine Wolke aus Staub und Asche an der Stelle zu Boden fiel, an der sich eben noch mein Gegner befunden hatte.

Ich konnte meinen Blick nicht von den Aschefetzen lösen.

Das habe ich getan.

Das ist mein Werk.

Nic lag immer noch am Boden und starrte erschrocken zu mir auf. Er stützte sich mit seinen Ellenbogen von der Erde ab, doch anscheinend wagte er es nicht, aufzustehen. Als meine Augen seinem Blick begegneten, zuckte er zusammen.

Diese winzige, beinahe unbedeutende Geste traf mich unerwartet.

Fürchtet er sich etwa vor mir?

Vor dem, was ich getan habe?
Nic weiß doch über meine Kräfte Bescheid…
In diesem Augenblick überrollte mich die Erkenntnis wie eine Lawine, begrub mich unter sich und erstickte jeden Laut, der aus meinem Mund zu kommen drohte.
Nic hat mich immer nur helfen sehen.
Er hat mich nie mit meinen Kräften kämpfen sehen.
Unentschlossen starrte ich auf meine Hand hinab. Bloß ein leichtes Glimmen zeugte noch von dem vorherigen Strahlen, das meine Adern und Venen durchzogen hatte.
Meine Flamme war erloschen.
Ich atmete tief durch und bemerkte, wie stark mein Brustkorb bebte. Selbst das Atmen fiel mir schwer und wurde von einem seltsamen Zittern begleitet. Als hätte ich mich nicht mehr unter Kontrolle.
Erst als das Rauschen in meinen Ohren nachließ, welches durch die Explosion zustande kam, bemerkte ich die unnatürliche Stille um uns herum. Mein Blick huschte durch die Reihen von Dämonen, die mich allesamt ins Visier genommen hatten.
Sie rührten sich nicht.
Keine einzige Bewegung durchbrach die eiserne Starre, die sich in ihren Gliedern breitgemacht hatte. Als hätte jemand einfach auf Stopp gedrückt und diesen Moment für immer festgehalten.
Die leblosen Blicke der Untoten klebten an meiner Haut wie heißes Pech. Ich versuchte, mir unauffällig über die Arme zu streichen, ließ sie aber schließlich einfach an meinen Seiten baumeln.
Was geht hier vor sich?
Plötzlich hörte ich die Schritte überdeutlich. Sie waren direkt hinter mir. Höchstens wenige Zentimeter entfernt. Sie klangen dumpf auf dem lehmigen Boden, dennoch lag ihnen eine Stärke inne, die ich bis in mein Rückgrat spürte, als würde die Erde beben.
Ich wagte es nicht, mich umzuwenden, als ich seinen heißen Atem an meinem Nacken entlang streifen spürte. Mir gelang es gerade so, nicht zusammenzuzucken, als seine Stimme in einem tiefen Bariton in mein Ohr raunte: »Das war wirklich äußerst interessant.«

Zweiunddreißigstes Kapitel

Nic

Der Pakt

Ich wagte es nicht, mich auch nur einen Zentimeter zu rühren. Fra Mauros Blick lag auf Lynn und mir, wanderte zwischen uns hin und her, als würde er versuchen zu begreifen, was hier vor sich ging.

Bis jetzt hatte er uns beide für Menschen gehalten. Harmlose, wehrlose Menschen. Doch Lynn hatte ihn offensichtlich vom Gegenteil überzeugt.

Spielt das überhaupt eine Rolle?
Ändert es etwas daran, dass er uns beide umbringen will?

»Was willst du?« Lynn atmete schnell und heftig, als wäre ihr jeder Atemzug eine Last.

Allerdings ließ sich der Dämonenherrscher Zeit mit seiner Antwort. Er schien den Moment zu genießen. Die angespannte Stille, die sich vollkommen auf mich richtete. Der kupferne Geruch von Blut, der uns alle umwaberte.

»Ich will … «, begann er schließlich, während er seinen Blick über mich und schließlich den Schutzgeist neben mir schweifen ließ. »… leben. Ich will mein Leben zurück. All die verlorenen Jahre, die jegliches Glück aus meiner Seele gesogen haben. Ich werde es mir zurückholen. Alles.«

Lynn und ich begriffen es zeitgleich.
Wir werden hier nicht lebend wieder herauskommen.

Der Preis, um ein Leben zu begleichen, ist immer der gleiche: ein anderes Leben.

»Ich will dich«, wisperte er zu Lynn. Ich konnte beinahe hören, wie mein Herz in diesem Moment in Abertausende Splitter zerbrach, als sie verstand, was er verlangte. »Ich will deine Kräfte. Deine Existenz. Nur dann verschone ich den Menschen.«

Das kann sie nicht tun!

Nein, das wird Lynn niemals machen!

Ich versuchte zu schreien, mich vom Boden abzudrücken, um ihr zu Hilfe zu eilen. Doch der Griff des Dämons verstärkte sich, sobald ich mich auch nur einen Millimeter rührte.

Mein Schutzgeist stand hilflos neben dem Dämonenbändiger. Fra Mauro.

Noch nie in meinem ganzen Leben hatte ich solch ungezügelten Hass gegenüber einer bestimmten Person empfunden. Doch diesem Mann, dieser Ausgeburt der Hölle, tropfte die Bösartigkeit geradezu aus jeder Pore.

Trotzdem versuchte ich, tief durchzuatmen und irgendwie Lynns Aufmerksamkeit auf mich zu ziehen. Doch ihr Blick klebte förmlich an dem von Fra.

Ich kannte diesen Gesichtsausdruck. Sie hatte vollkommen abgeschaltet, man konnte ihr nicht ansehen, was sie dachte oder fühlte. Da war nur gähnende Leere in ihrem Blick.

Lynn sah jedes Mal so aus, wenn sie eine schwierige Entscheidung traf oder sich wirklich beherrschen musste. Ihre rechte Hand zuckte verräterisch. Öffnete und schloss sich immer wieder, während sie nach dem Dolch an ihrem Hosenbund tastete. Doch würde der überhaupt etwas bringen?

Garantiert wird der Oberdämon uns umbringen lassen, bevor wir auch nur mit der Wimper zucken können.

Lynn sah immer noch nicht zu mir herüber.

Verdammt, sie denkt doch nicht tatsächlich darüber nach, mit diesem Teufel einen Pakt zu schließen, oder?

Mein Seelenschatten hatte mir einmal erklärt, dass ein Mensch auch ohne seinen Schutzgeist überleben konnte, doch ein Schutzgeist nie ohne seinen Schützling. Das bedeutete, dass ich auch ohne Lynn weiterleben könnte. Vermutlich dachte sie in diesem Augenblick genau das Gleiche.

Doch was wäre das für ein Leben, in dem Lynn nicht bei mir ist?

Sie war zu einer Konstante für mich geworden. Nicht nur eine Begleiterin, sondern auch eine Freundin und noch so viel mehr.

Sie durfte das nicht machen!

Ich konnte das nicht zulassen!

»Lynn! Tu das nicht!«, krächzte ich. Meine Stimme klang selbst in meinen eigenen Ohren viel zu heiser und rau.

Die Pranken des Dämons drückten meine Luftröhre zu, sodass ich nur spärlich atmen konnte.

Lynns Aufmerksamkeit wanderte endlich zu mir herüber.

Für einen Wimpernschlag lang verlor sie die Fassung und ich konnte ihre Emotionen lesen.

Furcht.

Panik.

Reue.

Sie hatte ihre Entscheidung getroffen. Ich wusste es in genau dieser Sekunde.

Mein Herz stand still, mein ganzer Körper war wie festgefroren, als ich tatenlos mit ansehen musste, wie sich ihre Hand um den Griff des Dolchs an ihrer Seite schloss. Sie zog die Waffe rasend schnell hervor.

Und doch lief vor meinem inneren Auge alles in Zeitlupe ab. Ich erwartete, dass sie das Messer gegen unseren Feind richten würde. Dass sie ihm die geweihte Klinge tief in die Brust rammen und unser Schicksal besiegeln würde.

Doch das tat sie nicht.

Stattdessen zog sie sich die scharfe Klinge quer über ihre linke Handfläche, sodass ein langer Schnitt auf ihrer Haut klaffte.

Das Blut, das aus der Wunde sickerte, war allerdings nicht von einem dunklen Rot, so wie meines, sondern sah fast aus wie Wasser. Hell und beinahe durchsichtig sammelte sich eine kleine Pfütze in der Kuhle ihrer Hand.

Das Blut eines Geistes.

Ich blinzelte verwirrt, als ich verfolgte, was Lynn da gerade tat. Ich dachte, ich wüsste, was sie vorhatte, doch offenbar hatte ich mich geirrt.

»Damit ist es besiegelt«, meinte sie mit zittriger Stimme. Obwohl ich das Beben der Angst in ihren Worten überdeutlich heraushörte, versprühte sie so viel Kraft und Stärke, dass ich die Luft anhalten musste.

Ihre blutbesudelte Hand ergriff die des Dämonenbändigers.

Erst jetzt begriff ich.

Lynn war auf den Deal eingegangen. Sie opferte sich für mich!

»Nein! Nein, verdammt, tu das nicht!«, brüllte ich und kämpfte gegen die unmenschlichen Kräfte der Dämonen an, die mich am Boden festgenagelt hatten. Meine Muskeln brannten und meine Gelenke knackten geräuschvoll, als ich mich unter dem Griff der Kreaturen wand.

Sie zischten empört, doch ließen nicht locker.

Ich war gefangen. Und musste tatenlos mit ansehen, wie Lynn ihre Existenz für mich aufgab. Ein erstickter Laut drang über meine Lippen, als ich beobachtete, wie mein Schutzgeist sich langsam auflöste. Es schien so, als würden ihre Umrisse verlaufen wie flüssige Tinte. Ihre Konturen, ihre ganze Gestalt schien in den Körper Fra Mauros zu fließen. Durch die Berührung ihrer Hände wurde eine Verbindung geschaffen, die als Brücke zwischen den Körpern diente.

Der Dämonenbändiger saugte Lynn auf. Er fraß sie auf. Zehrte von ihr, bis nichts mehr übrig war.

Im letzten Moment wandte sie ihren tränenerfüllten Blick zu mir. Es lag so vieles in ihren Augen. Sie versteckte sich nicht, sondern ließ mich sehen, wie verzweifelt sie war. Und ich verstand, dass sie dachte, sie hätte keine andere Wahl.

Wut brandete gegen meinen Brustkorb wie eine Sturmflut. Ein Meer aus Emotionen tobte in mir und ließ mich aufschreien, als sich eine einzige Träne aus Lynns Augenwinkel löste und zu Boden fiel.

Wieso glaubt sie nach all der Zeit immer noch, mein Leben sei mehr wert als ihr eigenes?

Mein Kopf war wie leergefegt, als selbst der letzte Schimmer meiner Freundin für immer in der Finsternis verschwand. Selbst die vergossene Träne löste sich mitten in der Luft auf.

Nicht einmal diese eine Träne hat er mir gelassen.

Dreiunddreißigstes Kapitel

Lynn

Erlösung

Die Dunkelheit umfasste mich mit ihren schmalen, nicht greifbaren Fingern und umhüllte meinen Verstand. Jeder Gedanke, der sich in meinem Kopf zu formen drohte, wurde durch eine schwarze Lawine niedergewalzt.

Sobald ich versuchte, mich zu bewegen, ergriffen unsichtbare Fesseln meinen Körper und hielten ihn an Ort und Stelle fest. Ich wollte schreien, doch sobald sich meine Lippen spalteten, drang die Finsternis in meinen Mund und erstickte jeden Laut. Ich würgte und hustete. Mit jeder Sekunde, die ich hier verbrachte, verlor ich das Gefühl für meinen Körper ein bisschen mehr.

Bewegungsunfähig. Lahm. Gebrochen.

Mein Körper war nicht mehr als eine leere Hülle. Erinnerungen an einstige Gefühle hallten tonlos in meiner Brust wider. Die Bilder aus meinen Gedanken riefen nichts hervor. Keine Wärme, keine Zuneigung …

Da war bloß diese Leere. Ein Moloch, der alles fraß, was mich ausmachte. Ich wollte meine Finger krümmen, meine Hände zu Fäusten ballen, doch ich konnte sie kaum spüren. Die Kälte und Taubheit der ewigen Nacht beherrschte mich.

Ich wollte kämpfen. Gegen die Finsternis. Gegen diese Kälte und Unbarmherzigkeit, die mein Herz mit jeder Millisekunde mehr zerfraß.

Wo bin ich?

Ich muss hier raus!

Mein Blick huschte durch den endlosen Raum, doch es war, als wäre ich plötzlich erblindet. Die Finsternis lichtete sich in keinster Weise, egal wie oft ich meine Umgebung nach einem Funken Licht absuchte.

Blind.

Taub.

Stumm.

Als hätte man mich in meinen eigenen Körper eingesperrt. Als wäre ich eine Gefangene meiner selbst.

Panik kroch meine Luftröhre empor, schnürte sie zu und rüttelte mich wach.

Ich muss unbedingt einen Fluchtweg finden!

Ansonsten verrecke ich hier noch.

Ein heiseres Krächzen schlich sich aus meinem Mund und nur einen Augenblick später konnte ich die Dunkelheit auf meiner Zunge schmecken. Schal und metallisch wie Eisen. Ich presste meine Lippen fest aufeinander und kniff meine Augen zusammen. Die Dunkelheit hinter meinen Lidern wirkte seltsamerweise vertrauter als die ewig andauernde Finsternis um mich herum.

Ganz ruhig bleiben, Lynn.

Du hast schon viel beschissenere Situationen gemeistert.

Ich konnte mich nicht einmal gut selbst belügen. Meine Glieder zitterten und meine Augen zuckten hinter den Lidern unruhig hin und her.

Also eins nach dem anderen.

Wie bin ich hier gelandet?

Vor meinem inneren Auge tauchten verschwommene Bilder und Schemen auf. Erinnerungen, die genauso gut aus einem anderen Leben stammen könnten, so weit entfernt erschienen sie mir.

Ich sah auf meine eigene Hand hinab, auf das Blut, das sich in ihr gesammelt hatte. Eine fremde Handfläche legte sich auf die meine.

»*Damit ist es besiegelt.*«

Meine eigene Stimme klang fremd in meinen Ohren.

Was habe ich bloß getan?

Hätten mich die unsichtbaren Kräfte nicht festgehalten und meinen Körper zwangsstabilisiert, so wäre ich in diesem Augenblick garantiert zusammengebrochen. Ich konnte überdeutlich das Zittern meiner Knie und mein schwaches Rückgrat spüren. Am liebsten hätte ich mich in diesem Moment auf dem Boden zusammengerollt und geweint. Vermutlich eine Ewigkeit lang oder noch länger.

Fra Mauro hat mich absorbiert.
Meine Kräfte. Meine Existenz.
Mich gibt es nicht mehr.
Ich bin bloß noch ein Schatten meines früheren Ichs.
Bin das wirklich noch ich?

Ein Schluchzen blubberte in meiner Kehle und drohte an die Oberfläche zu kommen, doch ich presste meine Lippen so fest aufeinander, dass mir nicht ein winziger Laut entkam.

Was ist real?
Sind meine Gefühle echt?
Oder meine Tränen?
Ist das hier die Hölle?
Oder erst der Anfang von etwas noch Schlimmerem?

Fragen kreisten in meinen Gedanken so wild umher wie ein sich schnell drehendes Karussell. Ich konnte es nicht stoppen, sondern nur dabei zusehen, wie es mein Innerstes zerfetzte. Mit jeder neuen Drehung, mit jeder neuen Vermutung und mit jeder verlorenen Hoffnung.

Gerade in dem Moment, als ich dachte, dass mich die Klingen meiner eigenen Gedanken zerschnitten und nichts von der alten Lynn zurückgelassen hatten, hörte ich es.

Durch die Fetzen meiner Erinnerungen hindurch schallte eine leise, kaum hörbare Stimme.

Meine gesamte Aufmerksamkeit ruckte hinfort von meinem eigenen Schicksal und fokussierte sich darauf, die gewisperten Worte zu hören.

Für eine unendliche Sekunde lang war nichts zu vernehmen, doch dann … Da! Ich war mir ganz sicher!

Die Stimme klang weit entfernt und ganz rau, als hätte sie tagelang nach Hilfe gerufen.

»Erlöse mich! Rette mich! Erlöse mich! Rette mich! Erlöse mich! Rette ... « Die Worte waren immer die gleichen und wiederholten sich unzählige Male.

Die heiseren Laute verrieten mir, dass es sich um einen Mann handeln musste, der dort rief.

Und bevor ich mich zurückhalten konnte, hatte ich bereits den Mund geöffnet, um ihm zu antworten. Dieses Mal schwappten die finsteren Schwaden nicht über meine Lippen. Es schien beinahe so, als würde die Dunkelheit erlauben, dass ich der Stimme antwortete.

»Wo sind Sie? Kann ich Ihnen helfen?«, rief ich. Meine Stimme klang unsicher und kratzig. Ich konnte das Salz meiner Tränen schmecken, ebenso wie die Verzweiflung meiner Worte.

Stille.

Eine gefühlte Ewigkeit passierte gar nichts. Doch dann, ganz plötzlich, spürte ich einen fremden Atem über mein Gesicht streichen. Aus Reflex riss ich meine Augen wieder auf, doch vor mir befand sich niemand.

Habe ich mir das bloß eingebildet?

Die Dunkelheit lag weiterhin schwer und samtig wie ein Vorhang über mir, sodass ich völlig blind war.

»Du willst mir helfen?«, hauchte jemand vor mir. Erschrocken zuckte ich zusammen, doch dank der Fänge der Finsternis konnte ich nicht einmal zurückweichen. Ich war dem unsichtbaren Mann vollkommen ausgeliefert.

»Ich würde gerne, aber ich kann Sie nicht sehen«, merkte ich an, während ich meine Stirn nachdenklich in Falten legte.

Ein leises Lachen ertönte. Es schien von jeder Seite zu kommen, aus jeder Himmelsrichtung. Als wäre der Fremde überall und nirgends.

»Um jemandem zu helfen, muss man ihn doch nicht sehen, oder? Die wichtigsten Dinge im Leben sieht man nicht, junge Dame ... « Er machte eine andächtige Pause und schien dem Echo seiner Stimme zu lauschen. » ... man fühlt sie.«

Ich schluckte schwer, bevor ich ihm antwortete: »Und wie soll ich Ihnen helfen?«

Der Fremde schien nachzudenken, da es eine verdächtig lange Zeit still zwischen uns blieb.

»Du bist anders als ich. Du trägst Licht in dir.«
»Ich bin kein Mensch«, erklärte ich, »sondern ein Schutzgeist.«
Schweigen.

Die Gegenwart des Mannes trieb eine Gänsehaut über meine Arme. Ich konnte genau spüren, dass er da war, doch ich sah ihn nicht. Solange er nicht mit mir sprach, schienen wir in einer Zwischenwelt zu schweben, die niemand außer uns beiden wahrnehmen konnte.

»Sie haben es mir genommen«, flüsterte der Fremde irgendwann.

Ich atmete erleichtert aus, da er das Schweigen endlich gebrochen hatte.

»Sie haben mein Licht gestohlen. Es war anders als deines, aber dennoch war es in mir. Erinnerungen an schöne Momente, Gedanken an meine Liebsten ... einfach alles ist fort. Die Nachtwesen haben sie mir entrissen über die letzten Jahrhunderte hinweg. Sie haben mein Licht gestohlen. Das Einzige, was mich von ihnen unterschied.« Ein tiefes Seufzen ertönte und für einen Moment lang meinte ich, eine flüchtige Berührung an meiner Hand zu spüren.

In diesem Augenblick begriff ich, wer vor mir stand. »Fra Mauro«, raunte ich. Doch die Person vor mir war nicht der ungezügelte Dämonenbändiger voller Rachegelüste, der über die Erde jagte, sondern seine Seele. Sein reines Wesen, das durch den Pakt mit dem Teufel vollkommen von der Dunkelheit zerfressen worden war. Die Dämonen, die er einst beherrscht hatte, hatten sich an ihm gerächt und ihm alles geraubt, was ihn ausgemacht hatte.

Zurückgeblieben war lediglich ein hasserfülltes Wesen voller Wut und Schmerz. Und seine verkümmerte Seele.

Ich konnte die Verzweiflung und Hilflosigkeit der Seele vor mir förmlich spüren. Sie war alt und so unfassbar müde. Die Seele Fra Mauros sehnte sich nach Erlösung.

»Es ist schon lange her, dass jemand meinen Namen laut ausgesprochen hat«, wunderte sich mein unsichtbares Gegenüber. »Ich habe beinahe vergessen, wie er sich anhört.«

Ich versuchte, meine Hand auszustrecken, um die verkümmerte Seele zu berühren. Langsam und ganz sachte löste sich der Griff der Finsternis um meinen Arm, sodass ich meine Hand ausstrecken konnte.

»Ich werde dir helfen.« Mein Entschluss stand fest. Ich musste dieser Seele einen Weg nach Hause weisen. In die Unendlichkeit.

Nur einen Sekundenbruchteil später spürte ich eine sanfte Berührung auf meiner Handfläche, als würde jemand seine Hand zögerlich in die meine legen.

Ohne meinen Entschluss noch einmal zu überdenken, schloss ich meine Finger.

Und in diesem Augenblick rollten die ersten Zweifel wie ein Tsunami über mich hinweg, begruben mich unter ihrer Masse und drückten mich förmlich zu Boden.

»Ist alles in Ordnung?«, fragte die Seele.

»Ich weiß nicht, ob ich mein Licht heraufbeschwören kann. Hier ist alles so anders.«

Tatsächlich beherrschte immer noch die Leere meinen Körper. Emotionen verhallten klanglos, ebenso wie meine unruhigen Gedanken. Als wäre ich ein Nichts.

»Ich kann es sehen. Dein Licht. Du besitzt es immer noch. Es ist ein Teil von dir.«

In Fras Stimme schwang so viel Zuversicht mit, dass ich mir wünschte, ein Stück seines Selbstbewusstseins würde auf mich abfärben.

Denn ich sah nichts von dem versprochenen Licht. In meiner Welt herrschte Finsternis und Kälte. Kein wärmender Sonnenstrahl drang zu mir durch, nicht der kleinste Schimmer erhellte meinen Blick. Meine Glieder bebten, als ein kühler Luftzug um meine Beine strich. Ich schwankte und spürte selbst nur allzu deutlich, dass mich meine deprimierten Gedanken in eine negative Gedankenspirale stürzten, aus der ich nicht allein entkommen konnte.

Wie soll ich es bloß schaffen, diese Seele zu retten?
Ich kann ja nicht einmal mich selbst befreien.

Als hätte Fra meine Gedanken gehört, verfestigte sich sein Griff um meine Hand.

»Ich habe es verloren«, wisperte ich. »Ich habe mein Licht verloren. Ich kann es nicht mehr fühlen.«

Jedes Mal, wenn ich in mich hineinlauschte und nach dem Licht, der Wärme tastete, die mich sonst immer erfüllt hatte, echote die Leere tausendfach zurück.

»Du kannst dein Licht nicht verlieren. Vielleicht strahlt es hier nur auf eine andere Art und Weise.« Die Stimme der verletzten Seele klang so mitfühlend und besorgt, dass ich kaum glauben konnte, dass es die Stimme desjenigen war, der mir dieses Übel überhaupt erst angetan hatte.

Vergebung.
Du musst vergeben, um euch beide zu erlösen.

»Ich habe Angst«, gab ich widerstrebend zu.

»Ich auch. Doch das sollte uns nicht aufhalten.«

Er hat recht.
Wenn ich jetzt aufgebe, dann ist das unser Ende und all meine Anstrengungen waren umsonst.
Ich hätte mich selbst umsonst für Nic geopfert.

Für einen Wimpernschlag hielt meine Gedankenwelt inne, als das Echo seines Namens durch meinen Kopf hallte.

Nic.

Ich schloss meine Augen und stellte mir vor, dass die Schwärze meiner Augenlider eine Leinwand war. Mit meinem Blick zog ich Linien und vollführte in Gedanken Pinselstriche. An den Spitzen meiner Gedanken haftete Farbe, die sich langsam auf die Schwärze übertrug. Mit jedem Zug, jedem Strich und jedem Schwung erschuf ich eine Illusion. Ich malte die Person, die meine Erinnerungen, meine Vergangenheit, meine Gegenwart und meine Zukunft bedeutete. Ich zeichnete das Seelenband, das unsere Existenzen miteinander verknüpfte und das ich so leichtfertig durchtrennt hatte.

Nic.

Ich betrachtete mein Werk, das vor meinem inneren Auge ein perfektes Abbild meines Schützlings, meines Freundes darstellte. Ich verlor mich in den Wirbeln seiner dunklen Locken und der Tiefe seiner warmen braunen Augen. Die Versuchung, seine Haut zu berühren, wurde übermächtig, sodass ich meine Hände zu Fäusten ballte, um die Kontrolle zu bewahren.

Ich wollte nur noch einmal seine melodische Stimme hören, ein letztes Mal das amüsierte Aufblitzen seiner lebhaften Augen sehen, wenn er sich über etwas freute. Wie gerne würde ich noch einmal sehen, wie er seine Nase rümpfte, wenn er etwas eklig fand oder sich ein Lachen verkneifen musste. Ich wünschte, ich hätte diese letzte gemeinsame Nacht genutzt, um ihm zu sagen und zu zeigen, wie viel er mir tatsächlich bedeutete.

Erinnerungsfetzen zogen wie ein Film an mir vorbei, zu schnell, als dass ich sie aufhalten konnte. Die vergangenen gemeinsamen Jahre mit Nic. Die Zeit, in der wir zusammen waren und Seite an Seite den Alltag bestritten hatten, aber auch die Zeit vor dem Unfall. Wo ich nichts weiter als ein Schatten war, der ihn auf Schritt und Tritt folgte.

Doch alles lief auf einen gemeinsamen Punkt hinaus, den ich nur allzu gut kannte.

Die Nacht des Feuers.

Ich konnte die Hitze auf meiner Haut prickeln spüren. Ich hatte die Verzweiflung gefühlt, die Nic in diesem Augenblick überschwemmt hatte. Seine Hilflosigkeit hatte mich verzehrt und die Flammen in seinen Augen gespiegelt zu sehen, war die schlimmste Folter für mich gewesen.

Meine Muskeln brannten vor Entschlossenheit, genau wie in jener Nacht. Ich meinte sogar, den Rauch riechen zu können, der damals schwer in der Luft gehangen hatte.

Ich war Feuer und Glut und Asche.

In diesem Augenblick zog sich mein Herz zusammen, nur um umso entschlossener Blut durch meine Adern pulsieren zu lassen. Ich spürte diesen ersten Herzschlag so deutlich, als hätte er mich wiederbelebt. Ein Ruck ging durch meinen Körper, ließ meine Lungenflügel flattern und meine Knochen beben.

Die Fesseln der Finsternis lösten sich von meiner Haut und gaben mich vollends frei. Die Kälte fiel von mir ab wie eine lästige Decke aus Schnee und Hitze strömte durch meine Venen.

Ich horchte tief in mich hinein. Die Leere war verschwunden. An ihrer Stelle stob ein einzelner Funke durch die Dunkelheit. Ziellos und verwirrt.

Ich hielt ihn in meinem Geist fest und fokussierte meine gesamte Konzentration auf diese winzige Hoffnung.

Er muss wachsen.

Und so nährte ich ihn. Jedes positive Gefühl, an das ich mich erinnern konnte, ließ ich in den Funken fließen. Ein goldener Fluss verband meinen Geist und den winzigen Schimmer inmitten vollkommener Finsternis.

Loyalität.

Ich erinnerte mich an die Zeiten, in denen ich an Nics Seite geblieben war, obwohl er die falschen Entscheidungen getroffen hatte. Ich hatte ihm stets den Rücken gedeckt, obwohl er nicht einmal wusste, dass es mich gab.

Freude.

Ich ließ jedes Lächeln, jedes Lachen, das ich selbst oder meine Mitmenschen hatten erklingen lassen, in den Fluss fließen und hinforttreiben.

Freundschaft.

Die gemeinsame Zeit mit Nic beherrschte mein Denken. Jeder Witz, jedes gemeinsame Training, jede dumme Aktion, die wir zusammen begangen hatten. Ich dachte zurück an unsere stundenlange Suche in der Bibliothek, an unseren Diebstahl im Vatikan und an die Reise nach Venedig. Freundschaft ließ sich nicht erklären, doch die Verbindung, die sie zwischen zwei Seelen schuf, bedurfte keiner Erklärung. Sie war selbstverständlich.

Liebe.

Für eine Sekunde lang waren meine Gedanken verstummt. Aus dem Funken war bereits eine ansehnliche Flamme geworden. Doch es fehlte noch ein wenig, um es zu dem Licht anschwellen zu lassen, das wir brauchten, um uns vollends von der Dunkelheit loszusagen.

Ich schluckte und rief das Bild von Nic in meinen Gedanken hervor, welches ich kurz zuvor noch gezeichnet hatte.

Liebe?

Was ist das überhaupt?

Habe ich jemals echte Liebe empfunden?

Ich dachte an die Zuneigung zurück, die offenbar zwischen Nic und mir in der Luft schwirrte, wann immer wir uns ansahen.

Dieser Funke, der übersprang, sobald sich unsere Blicke begegneten.

Die elektrische Spannung, die uns gleichzeitig gegenseitig anzog und voneinander abstieß.

Ich erinnerte mich zurück an den Tanz unter dem Mond in dem geheimen Garten, als er mich gehalten hatte. Als es nur uns beide auf dieser Welt gab und der Rest der Menschheit nicht existierte. Wir hatten zwischen Sternen und Mondlicht getanzt. Samt und Seide hatten uns wie im Traum umwirbelt und zum Schluss hatten wir unsere Masken abgelegt.

Wir hatten uns gegenseitig offenbart. Keine Mauer hatte mehr zwischen uns gestanden.

Liebe ist roh und scharf wie Metall.

Doch sie kann auch weich und zart sein, wenn man die Flamme zügelt und den Stahl schmilzt, der zwei Seelen voneinander trennt.

Liebte ich Nic?

Alles stand still, denn ich kannte die Antwort auf diese Frage nicht.

Ich kannte bloß die Gefühle, die er in mir hervorrief. Ich erinnerte mich an mein rasendes Herz, meinen rasselnden Atem und mein unlogisches Denken, sobald er in meiner Nähe war. Wir waren miteinander verbunden.

Doch konnte ein einziges Wort wie »Liebe« uns tatsächlich beschreiben?

Das hier war etwas Größeres. Etwas Bedeutsameres. Ein einziges Wort wurde der Masse an Emotionen in meinem Inneren einfach nicht gerecht.

Also warf ich meinen Klumpen aus undefinierbaren Gefühlen ebenfalls in den Fluss, der die Flamme meines Seelenlichts nährte.

Plötzlich jagte eine Welle aus Licht durch mein Innerstes. Es flutete und umwogte mich. Es füllte die Leere in meinem Inneren aus und ließ mich strahlen. Das Licht floss unter meiner Haut und die Hitze schien mich mit einem Mal zu zerreißen. Als wäre mein menschlicher Körper nicht für derartige Kräfte geschaffen worden.

Ich hatte das Licht nicht unter Kontrolle, es schoss über seine Grenzen hinaus. Das Licht war zu mächtig, schwappte über den Rand meines Bewusstseins und walzte wie ein Tsunami in die Dunkelheit. Die Finsternis bekam Risse und zerfiel lautlos wie ein Feind, der sich seines Verlusts bewusst war.

Mein Gegner fiel. Ich hatte gewonnen.

Die ewige Nacht war dem hereinbrechenden Tag gewichen.

»Ich habe es geschafft«, flüsterte ich ungläubig. Das Licht wallte immer noch in regelmäßigen Wellen aus meinem Inneren und tauchte alles in gleißende Helligkeit.

Erst in diesem Moment wurde mir klar, dass Fra Mauro nicht länger meine Hand hielt.

Verwundert wandte ich mich um, denn neben mir stand nun ein Schatten, ein Schemen aus purem Licht. Es waren keine klaren Konturen zu sehen, doch ich wusste instinktiv, dass er es war.

Bevor ich auch nur ein weiteres Wort an ihn richten konnte, zerfiel die Gestalt vor mir zu Lichtstaub. Winzige Partikel stoben durch die Luft und explodierten in einer schimmernden Wolke. Ich hielt die Luft an und verfolgte, wie sich die Funken immer weiter in die Höhe schraubten. Ein sanfter Lufthauch trug sie auf unsichtbaren Händen hinfort. Und während ich den Überresten der verlorenen und nun erlösten Seele hinterher starrte, meinte ich, aus weiter Ferne ein leises Flüstern vernehmen zu können:

»Ich danke dir. Mögest auch du deinen Frieden finden.«

Vierunddreißigstes Kapitel

Nic

Licht und Finsternis

In dem Augenblick, in dem Lynn vom Antlitz der Erde verschwand, nahm sie ein Stück meiner Seele mit sich. Ich konnte spüren, wie sie es abriss und mit sich in die Dunkelheit nahm. Für immer.

Ihre Abwesenheit, die Leere, die sie hinterließ, höhlte mich innerlich vollkommen aus. Jegliche Emotionen waren wie weggefegt und ich konnte einfach nicht begreifen, dass sie tatsächlich weg war. Als wäre ich bloß eine Hülle ohne Seelenleben.

Die Dämonen ließen von mir ab und zogen sich in ihre Gruppe zurück, während ich am Boden lag und fassungslos in den Sternenhimmel über mir starrte. Der wunderschöne Anblick zerfetzte mein Herz.

Wie kann die Welt nur ihre Schönheit zeigen, wo Lynn nicht mehr da ist?

Ein stechender Schmerz fuhr durch meine Brust, als hätte jemand ein Messer hineingetrieben. Der Verlust meines Schutzgeistes bedeutete, dass ich von nun an allein war. Wirklich vollkommen allein. Niemand stand mir zur Seite, niemand half mir, wenn ich tatsächlich Hilfe benötigte. Die Einsamkeit bohrte sich wie eine Klinge in mein Herz und drehte sich immer wieder um sich selbst, als würde jede Sekunde, in der Lynn nicht bei mir war, bestraft werden.

Ich konnte sie nicht retten.
Ich konnte sie nicht beschützen.

Eine eiskalte Träne rann meine Wange hinab und löste sich schwerfällig von meinem Gesicht, als ich mich langsam aufrichtete. Dabei hob ich einen der zu Boden gefallenen Dolche auf. Ich umklammerte die Waffe fest, als wäre sie der Anker, der verhinderte, dass ich durch die Wellen der Hilflosigkeit fortgespült wurde.

Die Dämonenarmee hatte sich erneut um mich herum versammelt. Als würden die Biester auf eine Reaktion meinerseits warten.

Aus der bitterkalten Verzweiflung, die in meinem Inneren immer weiter anstieg, wurde schließlich kochender Zorn. Es brodelte und zischte in meinem Inneren. Das Bild von Lynns Gesicht, das sich langsam auflöste, hatte sich wie ein Parasit in meine Gedanken gekrallt. Ich knirschte mit den Zähnen, als ich mich mühselig auf die Beine kämpfte. Mit meiner dreckverschmierten Hand fuhr ich mir durchs Gesicht, um die letzten Tränenspuren fortzuwischen.

Sobald ich meinen Blick hob, trafen meine Augen die Fra Mauros.

Ein gehässiges Lächeln lag auf seinen Lippen, während er seine Hände unablässig zu Fäusten ballte und wieder löste. An seinen Fingern klebte noch das Blut meiner Seelenfreundin.

Lynn war so viel mehr gewesen als bloß ein Schutzgeist.

Sie war eine Kämpferin, die für das einstand, was ihr wichtig war.

Sie war eine Beschützerin, die bis zum Schluss einfach alles gegeben hatte.

Sie war eine Freundin, die ihre Loyalität mehr als einmal bewiesen hatte.

Und sie war so viel mehr.

In vielerlei Hinsicht hat Lynn mehr Menschlichkeit bewiesen als die meisten Menschen, die ich kenne.

Ich ertrug es nicht. Den Gedanken an die Ungerechtigkeit, die Lynn das Leben gekostet hatte. Sie hatte mehr verdient. Ein besseres Ende. Eines, das nicht so früh gekommen war.

Der Wunsch nach Rache wuchs in mir heran wie giftiger Efeu. Den Samen hatte Fra Mauro gesät. Meine Verzweiflung wässerte die Ranken und die Hitze meines Zorns ließ die Pflanze immer weiter in die Höhe schießen.

Nun vergiftete der Gedanke mein Tun und Handeln. Das Gift floss durch meine Adern und Venen, pulsierte durch meine Schläfen hinein in mein Gehirn. Es beherrschte meine Muskeln und Knochen. Die Rache beherrschte mich.

Ich werde dich rächen, Lynn.

Du hast es nicht verdient zu sterben.

Und ich werde alles geben, damit dein Tod nicht umsonst gewesen ist.

Fra Mauro stand nur wenige Schritte von mir entfernt, als ich ein ungezügeltes Brüllen ausstieß und Anlauf nahm. Die Wut trieb meine Füße an, schneller zu laufen, während ich in wilder Entschlossenheit meinen Arm hob. Die Rachsucht flüsterte mir ihre utopischen Versprechungen ins Ohr, während ich die Welt um mich herum ignorierte und zum Todesstoß ansetzte.

Wenn ich ihn töte, wird Lynn vielleicht zurückkehren.

Und selbst wenn nicht, so besiege ich zumindest das Monster, das sie mir genommen hat.

Meine Ohren waren beinahe taub. Mein eigener Herzschlag rauschte durch meine Gehörgänge, sodass ich die kreischenden Schreie der Dämonen nur aus weiter Ferne vernehmen konnte.

Sie waren zu spät. Sie konnten mich nicht aufhalten. Niemand konnte das.

Mein Herz pochte in unendlicher Langsamkeit dahin, das Blut sickerte lahm durch meine Adern, als der Augenblick gekommen war. Ich hatte nicht gedacht, dass sich ein Moment wie eine Unendlichkeit anfühlen konnte. Wie eine nie vergehende Sekunde.

Zäh tropfte die Zeit dahin, während die Spitze meines Dolches in die marmorweiße Brust des Dämonenbändigers tauchte. Bis zum Schaft stieß ich die Klinge gewaltsam in seinen Körper hinein. Genau ins Herz.

Das geweihte Metall zischte, sobald es mit dem Blut des Untoten in Berührung kam. Ein Geruch nach verbranntem Fleisch stieg in meine Nase. Schwarzes Blut spritzte mir wie Regen ins Gesicht, doch ich wagte es nicht, auch nur ein einziges Mal zu blinzeln.

Ich wollte es sehen.

Ich wollte nicht verpassen, wie das Leben aus ihm wich.

Aus Lynns Peiniger, ihrem Zerstörer.

Doch noch während ich mir meines Triumphes sicher war, ertönte sein schallendes Lachen.

Irritiert ruckte mein Kopf zu seinem Gesicht, als das kehlige Geräusch verklang. Mein Herz stand still.

»Ich dachte wirklich, du würdest deine zweite Chance nutzen, Mensch. Doch wie von deiner Rasse zu erwarten, warst du einfach zu dumm.« Bevor ich reagieren konnte, hatte sich eine seiner Pranken um meinen Hals geschlossen. Ohne Anstrengung hob er mich in die Höhe. Ich krächzte und schnappte nach Luft, als seine Krallen gegen meinen Kehlkopf drückten und sein Handballen meine Luftröhre abquetschte.

Aus dem Augenwinkel konnte ich sehen, wie die metallische Klinge meines Dolchs zu schmelzen begann. In silbernen Tropfen perlte sie vom Körper meines Feindes ab, bis der nutzlose Schaft zu Boden fiel, hinein in eine Pfütze aus flüssigem Silber.

Nein, nein, das kann nicht sein!

Ich hatte meine Augen panisch aufgerissen und starrte Fra Mauro direkt entgegen. Ein Zittern durchfuhr mich. Meine Muskeln begannen zu brennen und gefühlt jeder Zentimeter meines Körpers pulsierte, sehnte sich nach Sauerstoff.

Meine Lungenflügel weiteten sich und fielen immer wieder in sich zusammen. Der Schmerz in meinem Brustkorb ließ mich auf der Suche nach Halt verzweifelt mit den Beinen strampeln, während ich an seinen Händen kratzte, um mich zu befreien und zu wehren. Doch das schien meinen Feind herzlich wenig zu interessieren.

Stattdessen musterte er mich geradezu gelangweilt, als würde er darauf warten, dass ich endlich starb.

Es tut mir so leid, Lynn ...
Ich konnte ihn nicht einfach so ziehen lassen.
Ich musste etwas tun.
Auch wenn es mich das Leben kostet.

Schwarze Punkte krochen vom Rand meines Sichtfelds immer weiter auf das Zentrum meines Blickes zu, während meine Lunge kollabierte und meine Anstrengungen immer kraftloser wurden.

So geht es also zu Ende.

»Gib auf«, raunte mir der Dämonenbändiger zu, bevor ein grausames Lachen über seine Lippen sprudelte.

Ich keuchte. Meine Hände glitten von seinen Pranken ab, mein Körper erschlaffte und mein Blick rutschte immer wieder von seinen

Konturen hinfort zum Sternenhimmel. Ich spürte, wie der Tod mich langsam einholte. Nichts hielt mich mehr in dieser Welt. Ich dachte wirklich, ich sei bereit zu gehen.

Bis ich das Licht sah.

Zuerst hielt ich es nicht für real, sondern für eine Illusion. Eine Einbildung meines geschwächten Gehirns.

Wie winzige Risse oder Adern begann es, sich über dem Körper meines Gegners auszubreiten. Als hätte man einen Spiegel zerbrochen und seine Kanten in flüssiges Licht getaucht. Die strahlenden Risse knisterten und knackten in meinen Ohren, als sie den Körper Fra Mauros aufbrachen.

Der Dämonenbändiger hatte die Veränderung inzwischen selbst bemerkt und seinen eisernen Griff um meinen Hals gelockert. Ich sog gierig die Luft ein, die nun durch meine ausgezehrte Lunge strömte und meinen Körper mit Sauerstoff versorgte. Doch das war nicht genug. In einem verzweifelten Versuch, mich zu retten, sammelte ich meine letzten Kräfte und stieß mich mit beiden Beinen vom Oberkörper meines Feindes ab.

Das Überraschungsmoment war auf meiner Seite, denn die geschlossene Faust um meinen Hals wurde aufgesprengt. Ich war frei!

Haltlos fiel ich zu Boden. Der Aufprall erschütterte meinen entkräfteten Körper, sodass ich bloß liegen bleiben konnte. Ich hustete und spuckte Erde von meiner Landung aus, doch ich lebte.

Ich lebe!

Lynn, ich lebe!

Beinahe hätte ich aufgelacht, doch dann besann ich mich eines Besseren. Zwar fühlte sich mein Hals immer noch so an, als hätte man ihn wie eine leere Getränkedose zusammengedrückt, doch ich bekam immerhin genug Sauerstoff, um nicht das Bewusstsein zu verlieren.

Meine Aufmerksamkeit zuckte zurück zu meinem Feind, Fra Mauro, der bloß wenige Meter von mir entfernt stand und sprachlos an seinem eigenen Körper hinabsah. Und nur einen Augenblick später erkannte ich auch weshalb.

Die goldenen Lichtrisse überzogen inzwischen seine gesamte Haut. Er war ein Wesen aus strahlendem Licht und tiefster Dunkelheit. Himmel und Hölle miteinander vereint.

Ich schluckte schwer, was meinen ausgetrockneten Hals wie Feuer brennen ließ.

»Was geschieht hier?«, murmelte der Dämonenherrscher.

Nur einen Wimpernschlag lang hörte ich das Knacken. Als würde man eine Nuss aufbrechen, nur lauter. Dem seltsamen Laut folgte ein schmerzhaftes Brüllen. Ich konnte nicht fassen, was ich sah:

Der Körper Fra Mauros löste sich auf. Seine Haut löste sich ab und die dunklen Partikel seines Körpers, die die Lichtrisse nicht erreicht hatten, fielen wie schweres Gestein zu Boden, während das Licht in den Himmel stieg. Die Risse bildeten einen goldenen Fluss, der geradewegs zu den Sternen führte.

»Nein! NEIN!«, brüllte er, während sein Leib sich immer weiter in Licht und Finsternis teilte und Fra Mauro sich langsam zersetzte. »Helft mir doch! Helft eurem Meister!«, wies er in einem letzten Befehl seine Dämonenarmee an, doch seine Handlanger starrten ihren einstigen Herrscher nur unschlüssig an. Als würden sie spüren, dass sie nichts tun konnten, um ihn zu retten.

Ich war wie betäubt und konnte bei diesem Schauspiel bloß zusehen. Im Nachhinein konnte ich nicht einmal mehr sagen, wie lange diese Trennung von Licht und Schatten vonstattenging, oder wann sich die Schmerzensschreie in Todesschreie wandelten.

Doch ich erinnerte mich an seinen letzten Schrei, das unmenschliche Brüllen, als sich sein Gesicht zersetzte.

Ein Riss hatte es genau in der Mitte gespalten, sodass die linke Seite in Dunkelheit gehüllt wurde und die rechte in pures Licht. Die Finsternis bröckelte ab wie altes Gestein. Zunächst sein Kinn, dann die Lippen und schließlich sein Auge. Sie fielen als schwarze Gesteinsklumpen zu Boden, während sich die rechte Gesichtshälfte in flüssiges Gold verwandelte. Es schien in den Himmel zu tropfen, als würde es falsch herum fallen. Ich verfolgte fassungslos die Lichtspur, bis sie sich in dem Schimmern der Sterne am Himmelszelt verlor.

In diesem Moment überkamen mich eine Ruhe und ein Frieden, den ich noch nie zuvor gespürt hatte. Mein Herz schlug langsamer und ich suchte nicht länger ruhelos meinen Gegner.

Zumindest blieb die Ruhe bis zu der Sekunde, in der ich ihre Stimme hörte und die Zaghaftigkeit, mit der sie meinen Namen aussprach. Augenblicklich begann mein Herz zu rasen.

»Nic?«

Fünfunddreißigstes Kapitel

Lynn

Auferstanden von den Toten

Ich lebe.

Ich konnte es spüren. Ich hatte meinen Körper zurück. Mein Geist wurde mit einer Gewalt in ihn zurückkatapultiert, die ich nicht kontrollieren konnte. Krampfhaft tat ich meinen ersten Atemzug, der meine Lunge beinahe zum Bersten brachte.

Stolpernd wagte ich meine ersten Schritte auf dieser fremden und doch bekannten Erde. Kühler Wind strich über meine Haut, deren feine Haare sich sofort aufrichteten. Ein erdiger, geradezu modriger Geruch stieg mir in die Nase. Ich schmeckte Blut und fuhr mir mit meiner Zunge nervös über die Lippen. Mein Blick zuckte hin und her, konnte nichts richtig fokussieren und nahm dennoch alles überdeutlich wahr.

Als wäre ich fast ertrunken und hätte nun die Wasseroberfläche durchbrochen. Ich war wie neugeboren und erfuhr die Welt um mich herum nun auf eine völlig andere Art und Weise. In diesem Augenblick wurde es mir klar.

Ich war eine andere.

Ich spürte die Veränderung tief in meinem Inneren, als hätte man mich wie ein Kleidungsstück umgekrempelt. Alles fühlte sich fremd und ungewohnt an, obwohl so viel Bekanntes vor mir lag.

Meine Erinnerungen waren jedoch die gleichen geblieben. Sie waren das Einzige, was wirklich *mir* gehörte. Jede Sekunde in diesem anderen Reich, dieser *Nicht*-Realität hatte sich in mein Gehirn gebrannt. Die Berührung dieser alten Seele, der verlorenen Seele von Fra Mauro, erzeugte immer noch ein seltsam deprimierendes Gefühl bei mir.

Ich wollte mich nicht daran erinnern, was ich getan hatte.

Nie wieder.

Mein Blick zuckte zu dem jungen Mann, der nur wenige Meter von mir entfernt am Boden lag. Seine Augen fokussierten eine Stelle vor mir am Boden, von der aus eine dünne Rauchwolke in den Himmel stieg. Er wirkte schwach und gebrochen, wie jemand, der einen Kampf gegen einen Gegner ausgefochten hatte, der ihm weit überlegen war. An seinem Hals waren dunkelblaue Würgemale zu erkennen, die mich erschrocken zischen ließen.

Ich musterte die zerzausten, dunklen Haare und die warmen Augen, die mich noch nicht entdeckt hatten. Für eine Sekunde war mein Kopf wie leergefegt. Nichts hatte mehr Platz darin, als ich ihn sah.

Es war, als hätte sich ein Schleier von meinem Sichtfeld gehoben, sodass ich die Welt nun klarer sah. Ich spürte das Band, das unsere Seelen miteinander verknüpfte und unsere Schicksale miteinander verband. Das Seelenband vertrieb die Leere meiner Körperhülle und schenkte mir mein Leben zurück.

»Nic?«, wisperte ich. Ich konnte ein Schluchzen nicht unterdrücken, als ich beobachtete, wie sein Blick nach oben ruckte und mich endlich fokussierte. Ich konnte eindeutig das Erkennen in seinen Augen ablesen. Die Ungläubigkeit, die seinen Körper lähmte, und die Freude, die ihn bei meinem Anblick überrollte.

Ich spürte seine Emotionen beinahe so deutlich, als wären es meine eigenen. Ein Tornado aus wilden, ungezügelten Gefühlen wütete durch mein Innerstes und hinterließ eine Schneise aus Chaos.

Was soll ich tun?

Soll ich zu ihm gehen?

Noch während ich verzweifelt mit mir selbst rang und eine Entscheidung heraufbeschwören wollte, kämpfte sich Nic auf die Beine. Seine Glieder und Gelenke wackelten gefährlich und ich erkannte sofort, dass er kaum sein Gleichgewicht halten konnte.

Mein Beschützerinstinkt sprang sofort an, sodass ich auf ihn zurannte, um ihn zu stützen.

Es dauerte kaum einen Wimpernschlag, bis ich vor ihm stand. Bevor ich überhaupt über die Konsequenzen nachdenken konnte, legte ich seine Hände auf meine Taille, damit Nic die Balance halten konnte. An dieser Stelle kribbelte meine Haut verräterisch und mein Herz schlug augenblicklich schneller. Als würde es aus meiner Brust ausbrechen wollen.

Nic starrte mich schockiert an, doch ich erkannte schnell, dass unsere Berührung uns nicht in die Geistersphäre teleportieren würde.

Unser Atem vermischte sich zwischen uns, während unsere Blicke einander festhielten. In dieser Welt, in diesem Leben.

Ich konnte es nicht fassen.

Wir haben es geschafft.
Wir leben beide noch.

Meine Lippen begannen zu zittern, während ein wimmernder Laut aus meinem Mund entkam. Ich bebte am ganzen Körper. Das Adrenalin ließ langsam nach und ich realisierte endlich, dass wir in Sicherheit waren. Dass uns nun nichts mehr bedrohte.

Tränen der Erleichterung stahlen sich aus meinen Augenwinkeln und zerrannen auf meinen Wangen. Ihr Salz brannte wie Feuer, doch ich biss mir auf die Unterlippe, um nicht schmerzerfüllt zu keuchen.

Es ist vorbei.

Ich spürte jeden blauen Fleck, den ich durch einen Schlag kassiert hatte. Jede Wunde, die mir mit spitzen Krallen zugefügt worden war, und jede Verletzung, die ich im Kampf hatte einstecken müssen. Mein Körper war ein Schlachtfeld, doch die Hauptsache war, dass wir die Schlacht gewonnen hatten.

Endlich wagte ich es auch, meinen Blick von Nic zu lösen und unsere Umgebung in Augenschein zu nehmen. Der Friedhof war ruiniert. Einzelne Grabsteine waren vollkommen aus dem Boden gerissen worden. Manch andere waren zersplittert, kleingeschlagen oder umgeworfen worden. Der Erdboden war völlig zerwühlt durch tiefe Furchen und Krallenspuren sowie unzählige Blutlachen. Rauch und Dunst waberten über dem nun ruhigen Ort, während sich Morgentau langsam auf die Spuren der Nacht legte.

Von der Dämonenschar Fra Mauros war nichts zu sehen.

Vielleicht haben wir Glück und sie sind ihrem Herrscher in die Verdammnis gefolgt.

Viel wahrscheinlicher war jedoch, dass sie sich zurückgezogen hatten, während ihr Anführer erlöst worden war.

Doch das war nun nicht mehr unser Problem. Zumindest nicht in diesem Augenblick.

Alles was zählte, war, dass wir überlebt und das Unheil von Venedig abgehalten hatten.

Ich seufzte schwer, als ich mich wieder Nic zuwandte. Sein Blick ruhte schon die ganze Zeit auf mir.

»Du hast dich für mich geopfert«, sagte er. Seine Stimme war heiser und zugleich unnormal tief.

Meine Aufmerksamkeit wanderte automatisch zu seinem Hals, an dem immer noch die dunklen Male fremder Finger zu sehen waren. »Hat er dir das angetan? Er hat doch gesagt, er würde dich verschonen«, entfuhr es mir. Ich rückte automatisch näher an Nic heran.

Er lachte oder versuchte es zumindest. Das leicht pfeifende Geräusch, das aus seiner Kehle drang, kam dem melodischen Klang seines wahren Lachens nicht im Entferntesten nahe.

»Das war, nachdem ich ihn angegriffen hatte. Ich wollte kämpfen.«

»Warum?«

»Weil ich schon alles verloren hatte, was mir wichtig war.« In seinem Blick lag ein stummer Vorwurf, den er nicht auszusprechen brauchte.

Ich verstand ihn auch so. »Doch ich habe es geschafft.«

»Du hast einen Dämon erlöst.« Der Unglaube in seiner Stimme ließ mich schmunzeln.

»Ich habe der verlorenen Seele, die in ihm schlummerte, das Licht der Erlösung geschenkt. Danach hat bloß das Schicksal seinen Lauf genommen.« Ich grinste ihn an. Nics Blick wandelte sich von Unglauben in Bewunderung. Ich konnte es an dem Glitzern seiner Iriden erkennen.

»Ich glaube, ich habe mich die ganze Zeit geirrt«, flüsterte er leise, während er sich immer weiter nach vorne lehnte.

Mein Puls raste, pumpte in ungeheurer Geschwindigkeit das Blut durch meine Adern, sodass es in meinen Ohren rauschte. »Worin hast du dich geirrt?«, fragte ich vorsichtig. Meine Stimme stolperte und überschlug sich, während ich meinen Blick nicht von ihm nehmen konnte.

»In dir«, erwiderte er. Ich zuckte leicht zusammen, doch sein Griff um meine Hüfte verfestigte sich. »Du bist nicht mein Seelenschatten.«

Irritiert blickte ich zu ihm auf. »Aber natürlich bin ich das«, entgegnete ich, woraufhin er vielsagend lächelte.

Wir standen nun Brust an Brust. Nicht einmal ein Geist hätte sich zwischen uns drängen können.

Er ist so nah ...

Seine Augen waren nur wenige Zentimeter von den meinen entfernt, als er meinen Blick erwiderte.

Wir hielten einander fest, während um uns herum Chaos und Verwüstung herrschten.

Wir waren die Glut, die in der Asche glühte.

Wir waren Lebende in einer Welt voller Tod.

Und während die ersten Sonnenstrahlen des neuen Tages über den Horizont krochen und die Welt in sanfte Wärme tauchten, senkte Nic den Kopf und strich mit seinen Lippen sanft über die meinen.

Die Zeit stand still. Mein Herz stolperte und mein Körper schien zur Salzsäule erstarrt zu sein. Ich konnte nur noch meine Augen schließen, bevor mein Innerstes explodierte. Wie ein Blitz zuckte die Berührung seiner Lippen durch mich hindurch und setzte mich unter Strom. Meine Haut kribbelte und ein leichtes Kitzeln tanzte auf meinen Armen.

Erst als Nic sich langsam zurückzog und sich ein glückliches Lächeln auf unsere Lippen stahl, eröffnete er mir: »Du kannst nicht mein Seelenschatten sein, weil du bereits mein Seelenlicht bist, Lynn.«

Epilog

Lynn

*Jedes Licht wirft einen Schatten.
Jede Nacht bringt einen neuen Morgen.
Und jeder Tag eine Veränderung.*

In jener Nacht veränderte sich alles, denn *ich* hatte mich verändert.

Der neue Morgen kam und ich blieb. Meine Seele hatte sich in einen menschlichen Körper eingenistet und ließ ihn nicht gehen. Sie hielt ihn fest, klammerte sich an ihn.

In jener Nacht waren die Grenzen zwischen Menschenreich und Geisterwelt unscharf und verschwommen. Ich hatte kaum bemerkt, wie ich die Grenze überschritten hatte. Und nun fand ich keinen Weg mehr zurück.

In jener Nacht wurde ich zum Menschen. Ein sterbliches Wesen.
Was soll ich jetzt bloß tun?

*Fortsetzung folgt in Band zwei:
Living Legends – Des Räubers Gewissen*

Danksagung

*Let us be grateful for the people who make us happy.
They are the charming gardeners who make our souls blossom.
Marcel Proust*

»Living Legends« ist meine erste Trilogie und ich kann gar nicht oft genug betonen, wie sehr sie mir deswegen am Herzen liegt.

Zuerst möchte ich deswegen Astrid Behrendt danken, die mein neustes Werk unter ihre Drachenschwingen genommen und aus meinem Manuskript ein richtiges Buch gemacht hat. Ich weiß noch genau, wie ich dir auf der Leipziger Buchmesse von der Idee hinter der Reihe erzählt habe und du sofort Feuer und Flamme dafür warst. Ich danke dir vom ganzen Herzen für deine Unterstützung und kann mein Glück immer noch gar nicht fassen, dass ich in deinem Drachenschwarm mitfliegen darf.

Weiterhin möchte ich mich bei Stephan Bellem für das Lektorat bedanken. Es war bereichernd, witzig und eine geniale Erfahrung. Ich freue mich schon sehr darauf, an Band zwei und drei mit dir zusammen zu arbeiten.

Dankeschön auch an Roswitha Uhlirsch für das gründliche Korrektorat.

Außerdem danke ich der Cover-Göttin Marie Graßhoff dafür, dass wir so auf einer Wellenlinie miteinander harmonieren. Die Zusammenarbeit mit dir ist jedes Mal ein tolles Erlebnis!

Natürlich gebührt ein großer Dank auch der gesamten Drachenfamilie! Mit euch wird jede Messe, jedes Treffen, jedes Sommer-

und Winterfest zu einem unvergesslichen Erlebnis. Ganz besonders möchte ich der lieben Emily Thomsen danken, die von Anfang an an diese Reihe geglaubt und mir immer wieder Mut gemacht hat.

Dankeschön auch an meine Testleser, die das Manuskript vom ersten Moment an geliebt haben.

Außerdem danke ich jedem Mitglied meines Bloggerteams. Ihr seid der absolute Wahnsinn und euer Rückhalt bedeutet mir unsagbar viel.

Nicht zu vergessen sind natürlich meine Familie und meine Freunde. Durch eure Unterstützung und euren beständigen Zuspruch werden die Erlebnisse und Erfolge, die wir zusammen feiern, umso schöner. Danke, dass ihr immer für mich da seid!

Schließlich möchte ich Marc Ribeiro danken. Danke, dass du meine Sorgen verstehst und mich immer wieder aufbaust, wenn ich an mir selbst zweifle. Ich danke dir dafür, dass du meine Träume unterstützt und immer hinter mir stehst. Das bedeutet mir mehr, als ich es in Worte fassen kann.

Last but not least möchte ich dir, meinem Leser, danken! Danke, dass du zu meinem Buch gegriffen und es bis zu diesem Punkt gelesen hast. Für mich sind eure Meinung das Wichtigste. Ich freue mich jedes Mal über die Nachrichten, Bilder und Rezensionen, die ihr mir schickt. Dankeschön!

Eure Maja

Maja Köllinger
Mondstaub und Sonnenstürme
ISBN: 978-3-95991-156-6, kartoniert, EUR 14,90

Stell dir vor, du siehst in die Augen deines Gegenübers und erblickst sein Universum. Du erkennst Gedanken, die wie Planeten in seinem Kopf umherkreisen. Gefühle, die sich in Sternenbildern auf seinen dunklen Pupillen abzeichnen. Geheimnisse, die sich in der schimmernden Nebula am Rande seiner Augen sammeln.
Stella ist eine Sternenseele. Sie verfügt über die Gabe, den Kosmos in unseren Köpfen zu ergründen. Denn wir alle bestehen aus Sternenglanz, Mondstaub und Sonnenstürmen.
Wir alle tragen die kleinsten Teile des Universums in uns.
Wir haben nur verlernt, hinzusehen.

Prolog

*Wir tragen das Universum in uns. Es ist Teil von uns und
tief in unseren unwissenden Seelen verwurzelt.
Ganze Galaxien schlummern in unseren Genen.
Sterne strahlen im Licht unserer Augen.
Planeten kreisen in unseren Köpfen umher wie ziellose Gedanken.*

Eigentlich müsste mir beim Anblick des Nachthimmels mulmig zumute werden. Ich sollte mich klein und unbedeutend fühlen.

Stattdessen versetzt mich das Aufblitzen der Sterne in Euphorie. Meine Haut kribbelt und meine Finger tasten nach dem Himmel. Die Sterne sind Abertausend Lichtjahre entfernt, doch das hält ihr Licht nicht davon ab, auf meiner Haut zu tanzen. Mondschimmer fließt über die Arme und taucht mich in silbrigen Schein. In diesen Momenten strahlen meine Augen sicherlich im Licht fremder Galaxien.

Ich fühle mich mit allem verbunden. Mit dem Sternenschimmer, dem Mondlicht und der samtenen Schwärze des Universums. Die unersetzlichen Gegebenheiten des Kosmos sind aus demselben Stoff, den gleichen Atomen und Teilchen gesponnen wie ich. Wie wir alle.

Jeder Mensch trägt einen Teil des Universums in sich, ohne es zu wissen. Der Kosmos in unseren Köpfen leitet uns. Manche nennen es Zufall oder Schicksal. Ich weiß, dass es viel mehr ist. Die Universumsfragmente in unseren Körpern sind Naturgewalten, Überbleibsel fremder Welten, die stärker an uns zerren als die Anziehungskraft der Erde. Materie zerfällt niemals. Sie setzt sich immer wieder, ebenso wie die Fragmente, neu zusammen.

In uns vereinen sich die Milchstraße, die Sterne, alle toten Sonnen und der Urknall. *Wir* sind der Kosmos.

Mit der Geburt des Universums sind auch wir entstanden. Mir gefällt der Gedanke, dass wir Menschen die Funken sind, die der große Knall bei der Entstehung unseres Universums gesprüht hat, und dass der Kosmos seitdem unsere Wege lenkt.

Schließlich wird sich niemand jemals seinem inneren Universum widersetzen. Vermutlich, weil niemand weiß, dass es existiert.

Niemand, außer mir ...

Denn ich sehe das Miniaturuniversum in euren Augen strahlen und könnte innerhalb von Sekunden bis auf den Grund eurer Seele hinabschauen, um eure dunkelsten Geheimnisse zu ergründen.

Fremde Seelen werden auf meinen Befehl hin in ihre kleinsten Teilchen zerlegt. Meistens zeigt sich mir das Universum in einer Ahnung, dem Gefühl von gut und böse. Bezeichnet es ruhig als Bauchgefühl, doch an solche Dinge, die einem Zufall gleichkommen, glaube ich nicht, wie ihr wisst. Die Pläne des Universums sind zu durchdacht, um Zufälle zuzulassen.

Allerdings grenzt mein Wissen mich aus. Einmal auf den Seelengrund geschaut, bin ich kaum in der Lage, mich ihm zu entziehen. Neugierde wird durch Gewissheit ersetzt und Nähe kommt nicht zustande. Menschen sind kompliziert und verwirren mich. Ständig widersprechen sie sich, lügen oder verschleiern die Wahrheit. Dabei lese ich die Realität in ihrem Blick ab.

Deshalb bevorzuge ich die Sterne und den Nachthimmel gegenüber anderen Menschen. Sie sind ehrlich zu mir. Ihr Schein hat mich noch nie fehlgeleitet. Wenn ich zu ihnen spreche, dann spüre ich, dass sie zuhören. Sie leiten mich selbst durch die dunkelsten Stunden meines Lebens.

Seltsam, dass ich mich der Unendlichkeit des Weltalls verbundener fühle als Nachbarn oder meinen eigenen Eltern. Niemand versteht mich und im Gegenzug erwarte ich auch von niemandem Verständnis.

Das bedeutet nicht, dass ich mir nichts für meine Mitmenschen wünschen darf. Ich habe nur einen Wunsch. Jede Nacht flüstere ich ihn den Sternen zu, in der Hoffnung, dass mir eines Tages vielleicht einer von ihnen antwortet und ihn erfüllt.

Ich wünsche mir, dass die Menschen dem Universum lauschen werden, wenn es seine Stimme erhebt und meine Geschichte erzählt ...

Erstes Kapitel

Haltlos

Farblose Nebelschwaden krochen über den Asphaltboden, als ich von der Schule nach Hause ging. Sie verschleierten meine Sicht und ich musste darauf achten, wohin ich trat. Die Gurte des Rucksacks schnitten mir schmerzhaft in die Schultern, da das Gewicht der Lehrbücher ihn zu Boden drückte. Lautlos schlich ich voran. Die dichten Schlieren verschluckten jegliche Geräusche, sodass ich in meinem schwarzen Hoodie und der tief ins Gesicht gezogenen Kapuze nichts weiter als einen wandelnden Schatten darstellte.

Ich wich keinen Zentimeter vom Weg ab. Keine Ablenkungen, keine Abkürzungen, keine Umstimmung, keine Diskussion. Meine Eltern hatten mir diese Lektion mehr als einmal eingeflößt. Ich sollte mich von fremden Dingen fernhalten.

Das beinhaltete nicht nur den Heimweg, sondern auch den Einfluss unbekannter Menschen.

Ich schaute hoch, als mir ein Mann auf dem Bürgersteig entgegenkam. Für jeden anderen wäre er bloß ein weiterer Schatten, der durch den Nebel streifte. Für mich war er eine potenzielle Bedrohung. Mein Rücken versteifte sich bei seinem Anblick und ich zog die Kapuze noch ein Stückchen tiefer, damit unsere Augen in keinen Kontakt miteinander kamen.

Meine Eltern hatten mir oft genug eingebläut, dass ich mich von jedem, dessen Absichten ich nicht auf Anhieb durchschauen konnte, fernhalten sollte.

Jede Bekanntschaft, die sich zwischen mir und einem anderen Menschen anbahnte, wurde von meinen überfürsorglichen Eltern im Keim erstickt. Besonders während meiner frühen Schulzeit war das ein Problem gewesen. Ich wurde ausgeschlossen und gemieden. Falls sich trotzdem Gleichaltrige in meine Nähe wagten, bemerkten sie schnell, wie eigenartig ich war. Es kam mehr als einmal vor, dass ich in den Universen anderer Menschen versunken war. Intensiver Augenkontakt mit einem anderen Schüler reichte aus, dass ich in einen Strudel aus Sternenwirbeln hinabgesogen wurde. Wie ein Komet schoss ich über das fremde Firmament und beobachtete, wie sich die Welt meines Gegenübers zusammensetzte. Ich gewann schnell ein Gefühl dafür, wie sie tickten. Doch immer wenn ich einen kurzen Blick auf die neue Galaxie erhaschte, zog sich mein Gegenüber zurück.

Es dauerte nicht lange, bis mir der »Außenseiter«-Stempel förmlich auf die Stirn gedrückt wurde. Offenbar mochte es niemand, wenn das Gegenüber einen in Grund und Boden starrte. Natürlich wussten sie nichts von meiner Gabe; das Unbehagen, das ich durch mein Starren und Schweigen auslöste, reichte völlig aus. Die meisten Gleichaltrigen hielten sich schnell fern von mir. Niemand wollte sich länger als unbedingt nötig mit mir befassen. Tatsächlich machte mir das wenig aus. Ich war geradezu unbegabt im Umgang mit Menschen. Zwar entschlüsselte ich ihre inneren Universen, allerdings bescherte das einem nicht gerade viele Freundschaften. Doch das war mir egal. Immerhin hatte ich meine Sterne. Meine ständigen Begleiter.

Manchmal war meine Gabe wie eine Sucht. Zum Beispiel in Momenten wie diesen, in denen ich den unmittelbaren Drang verspürte, die Seele dieses fremden Menschen zu berühren, zu fühlen, zu sehen …

Der Mann rauschte an mir vorbei, seine Schritte echoten in meinem Kopf. Sein flüchtiger Blick strich über meine Gestalt hinweg und schien meine Gabe geradezu hervorkitzeln zu wollen. Ich blieb stark und starrte auf den Betonboden. Erst als er mehrere Meter hinter mir war, atmete ich durch.

Leise seufzte ich auf. Heimlich wünschte ich mir ein normales Leben, normale Eltern, normale Mitschüler. Wäre es so viel verlangt, nur einen einzigen Tag lang normal zu sein?

Das Wissen, niemals gewöhnlich, sondern immer anders zu sein, zerfetzte mein Herz und meinen Verstand. Es fühlte sich an, als würde man ein Blatt Papier in kleine Stücke zerreißen. In meinen Gedanken hallte das ratschende Geräusch endlos nach.

Vehement verdrängte ich dieses Bild an den Rand meines Bewusstseins. Ich wollte jetzt nicht darüber nachdenken.

Als ich an unserem Bungalow ankam, stand der Wagen meiner Eltern unverändert in der Auffahrt. Normalerweise müssten sie längst zum Labor aufgebrochen sein. Meine Eltern waren zwei Wissenschaftsnerds, die zwischen Reagenzgläsern und Destillatoren ihre wahre Liebe gefunden hatten … wie romantisch.

Vermutlich hatten sie sich einen Tag freigenommen und mir nichts erzählt. Auf diese Art und Weise beruhigte ich mein Gewissen ein wenig. Eigentlich wusste ich, dass meine Eltern nur in Extremfällen Urlaub nahmen oder sich krankschreiben ließen. Gänsehaut überzog meine Haut, trotz des warmen Kapuzenpullovers.

Ich schüttelte die seltsame Empfindung ab. Währenddessen marschierte ich auf die Haustür zu, die zu meinem Erschrecken lediglich angelehnt war.

Wie konnte das sein? Heute Morgen hatte ich sicher abgeschlossen.

Ich beugte mich vor. Am Türrahmen war das Holz gesplittert und sofort schlug mir das Herz bis zum Hals. Das Schloss musste gewaltsam ausgehebelt worden sein. Ein gigantischer Kloß verschloss meine Kehle, weshalb ich nur gepresst atmen konnte.

War jemand bei uns eingebrochen?

Und viel wichtiger: War dieser Jemand noch im Haus?

So ein Quatsch! Mach dich nicht wahnsinnig. In einer verschlafenen Vorstadt wie dieser hier passiert nie etwas.

Ohne lange darüber nachzudenken, schob ich die Tür ein wenig weiter auf.

»Hey! Wer von euch hat schon wieder seinen Schlüssel vergessen?« Ich lachte über meinen eigenen Witz und versuchte so die Anspannung von meinen Schultern zu schütteln. Bestimmt würde meine Mutter gleich um die Ecke schießen und mich begrüßen. Dann konnte sie mir auch gleich die Sache mit der Tür erklären.

Das Geräusch meines Lachens verklang in der Stille des Hauses. Anscheinend war tatsächlich niemand da. Aber der Wagen stand doch in der Einfahrt.

Allein der Gedanke daran, dass jemand uns berauben würde, wirkte weiterhin so absurd, dass ich mich dazu entschloss, durch den entstandenen Spalt zwischen Tür und Rahmen ins Haus zu schlüpfen. Der Teppichboden, auf dem ich Spuren aus Pfützenwasser und zusammengeklumpten Dreck hinterließ, dämpfte meine Schritte. Meine Mutter würde mir den Hals umdrehen, wenn sie das sähe. Das war gerade meine geringste Sorge.

Die Stille des Hauses umfing mich wie eine erstickende Decke. Es wirkte geradezu ausgestorben. Das war ungewöhnlich.

Ganz ruhig bleiben, Stella.

Sieh dich erst einmal um und sobald du merkst, dass hier etwas schiefläuft, rennst du los und holst die Polizei.

Wieso kam ich mir wie ein Einbrecher vor, während ich durch den Eingangsbereich schlich?

Langsam ließ ich den Rucksack auf den Boden gleiten, da mich seine Last in meinen Bewegungen einschränkte. Zudem schlug ich mit bebenden Händen die Kapuze des Hoodies zurück, um besser zu hören, falls sich ein ungebetener Besucher näherte. Die ganze Situation wirkte so unrealistisch und fremd, dabei stand ich in meinem eigenen Zuhause. Was, wenn doch mehr hinter der offenen Tür steckte, als zunächst gedacht?

Ich benötigte eine Waffe, irgendetwas, um mich im Notfall verteidigen zu können! Lediglich das Schüreisen für unseren Kamin entdeckte ich. Das Feuer war längst erloschen und die Glut zu Asche zerfallen. Ein kalter Windzug streifte über meinen Rücken.

Ich ergriff den schweren Gegenstand und drückte ihn fest an meinen Oberkörper. Nun war ich nicht gänzlich unvorbereitet auf die Gefahren, die auf mich lauerten.

Als ich langsam auf die verschlossene Wohnzimmertür zuging, atmete ich tief ein und aus. Sie ragte wie ein böses Omen vor mir auf. Was würde mich dahinter erwarten? Ich presste mich an den Rahmen, zählte bis fünf und langte zur Klinke, die ich hastig hinunterdrückte.

Die Tür schwang auf und knallte gegen die dahinter liegende Wand. Mein Herz sprang mir beinahe aus der Brust. Das Pochen musste durch den gesamten Flur zu hören sein. Fast glitt mir das

Schüreisen aus der schweißnassen Hand. Ich festigte meinen Griff und zwang mich zur Ruhe.

Atemlos zählte ich in meinem Kopf erneut einen Countdown hinunter, während ich abwartete, ob sich irgendwo im Haus etwas regte. Das plötzliche Geräusch würde jeden Einbrecher verschrecken oder zumindest aus seiner Deckung locken.

Als ich die Null erreichte und sich immer noch nichts geregt hatte, kam ich mir ein bisschen peinlich vor. Wie sollte ich das bloß meinen Eltern erklären, wenn sie jetzt nach Hause kommen würden?

Weitere zehn Sekunden verharrte ich in vollkommener Stille, dann spähte ich um die Ecke des Türrahmens, hinein ins Wohnzimmer.

Ich stolperte in den Raum hinein und ließ jegliche Deckung fallen. Das Schüreisen rutschte mir aus der Hand und fiel mit einem lauten Klirren zu Boden. Meine Beine schienen in Beton gegossen worden zu sein. Ich konnte sie keinen Zentimeter weiterbewegen. Meine Glieder begannen unangenehm zu kribbeln, als würden unzählige Ameisen über die Haut wandern. Obwohl mein Gehirn wie leer gefegt war, schlug der Anblick des Raumes wie ein Tsunami über mir ein. Mit einer steifen Bewegung meines Kopfes versuchte ich das gesamte Bild zu erfassen.

Die Couch sah aus, als wäre darauf eingestochen worden. Die weiche Füllung ergoss sich in einer Masse aus flauschigen Wolken über den Fußboden. Das groteske Bild einer ausgebluteten Couch schlich sich in meinen Kopf.

Oh, verdammte…!

Der Glastisch, der vor der Couch gestanden hatte, hatte sich in einen Haufen Scherben verwandelt. An einigen scharfen Kanten haftete rote Flüssigkeit. Auf dem Boden hatte sich bereits eine kleine Pfütze gebildet.

Mein Körper versteifte sich bei diesem Anblick. Die Zeit stand still. Ich wagte es nicht, meine Augen von der Szenerie abzuwenden.

Die Sekunden flossen träge dahin, während meine Gedanken rasten. Ich konnte mir nichts mehr vormachen. In diesem Haus war etwas Grauenhaftes passiert. Jemand war verletzt worden. Vielleicht meine Mutter oder mein Vater? Möglicherweise auch der Eindringling.

Ich blinzelte diese grauenhaften Gedanken hinfort und versuchte, das Bild vor mir irgendwie einzuordnen. Natürlich scheiterte ich kläglich.

Was ist hier vorgefallen?

Mein hektischer Blick tigerte umher und erfasste blutige Handabdrücke an der Wand des Wohnzimmers. Mit zittrigen Knien trat ich näher heran. Plötzlich zogen Bilder an meinem inneren Auge vorbei, die ich unmöglich ausblenden konnte. Matter Nebel umwirbelte die Szene. Alles wirkte blasser, farbloser als in der Realität.

Ich sah, wie mein Vater keuchend gegen genau diese Stelle stolperte und sich abstützte. Es wirkte so real …

Mein Arm schnellte nach vorn, doch er griff ins Leere. Der Gedankennebel hatte sich genauso schnell verzogen, wie er aufgetaucht war, und hinterließ nichts als ein Echo der Vergangenheit.

Ein Schrei bahnte sich in meiner Kehle an, steckte mir im Hals und verschloss meine Luftröhre. Ich ließ die Hand sinken und versuchte meine Atmung zu beruhigen, indem ich mehrmals tief ein- und ausatmete.

So etwas ist noch nie passiert.

Hat das etwas mit meiner Gabe zu tun?

Will mir das Universum etwas mitteilen?

Falls dem so war, so entschloss ich mich, nicht auf das Universum zu hören. Ich taumelte von einer Blutspur zur nächsten. Mit jedem weiteren Tropfen, den ich entdeckte, verstärkte sich der Druck auf meinem Brustkorb. Währenddessen fand ich weitere zerstückelte Teile unserer Möblierung. Selbst die Lampen waren zerschlagen worden und baumelten an offen gelegten Kabeln von der Decke.

Ich schlich an diesem Abbild fremden Hasses vorbei. In meinem Kopf war kein Platz mehr, um die Eindrücke zu verarbeiten. Meine Gedanken wurden ausgefüllt von dem Blut, das schmatzend unter meinen Fußsohlen klebte und jeden weiteren Schritt erschwerte.

Bitte. Bitte nicht!

Tränen rannen an meinen Wangen hinunter und gruben tiefe Furchen in meine Seele. Ich wischte sie eilig fort, da mein überfordertes Gehirn das Bild erzeugte, dass Blut über mein Gesicht lief und keine Tränen. Alles war so absurd und anormal. Meine Gedanken kamen nicht hinterher.

Ich weinte fast nie. Früher, in meiner Kindheit einige Male, aber diese Zeiten waren längst vorbei. Ich hatte gelernt, meine Gefühle zu verdrängen und eine Mauer zu errichten, die mich von allen abschottete. Meine Andersartigkeit hatte mich in der Hinsicht gestärkt. Wenn man Tag für Tag schief angeglotzt wurde und sich dumme Sprüche anhören musste, härtete das einen ab. Schon seit Jahren hatte ich keine Träne mehr vergossen.

Ein Mädchen, das nicht weint?

Ein Mädchen, das in die Seele anderer Menschen schaut, indem es ihr Universum, ihre innersten Bestandteile entschlüsselt?

Ich gebe zu, das klingt verrückt. Doch ich habe nie das Gegenteil behauptet.

Meine Eltern hatten mich immer geliebt, so wie ich war. Sie hatten meine Tränen getrocknet, als ich noch wegen der Gemeinheiten der anderen Kinder geweint hatte. Sie hatten mich vor der Welt zu beschützen versucht, und als sie gemerkt hatten, dass das nicht für immer gehen würde, hatten sie mich gewappnet. Durch ihre aufbauenden Worte und ihre Unterstützung hatte ich mir ein dickes Fell zugelegt. Und ich wusste, dass sie mich genauso verehrt hätten, wenn ich nicht über eine seltene Gabe verfügt hätte. Sobald meine seltsame Begabung aufgetaucht war, hatten sie dafür gesorgt, dass ich mir keine Sorgen um meine Andersartigkeit machen musste. Ich war kein Problem, sondern ein Geschenk. Und ich verdankte ihnen alles ...

Allein der Gedanke daran, dass ihnen etwas Schlimmes zugestoßen sein könnte, drehte mir den Magen um.

Meine Hände ballten sich zu Fäusten, während die Tränen unaufhörlich flossen. Das interessierte mich nicht im Geringsten. Ich wollte sie nicht stoppen. Sie waren die Zeugen meiner Hilflosigkeit.

Wie Sand zerrann die Hoffnung zwischen meinen Fingern. Die Zuversicht, die beiden lebendig zu finden, schwand von Sekunde zu Sekunde mehr. Jeder Blutstropfen war ein weiterer Hinweis dafür, dass hier Leben verschüttet worden war.

Kopflos stolperte ich umher. Auf der Suche nach den einzigen Personen auf dieser Welt, die mir etwas bedeuteten. Schließlich rannte ich in die angrenzende Küche und blieb stocksteif im Türrahmen stehen.

Nein, nein, nein!

Auf den polierten Fliesen lagen sie, längs über den Boden gestreckt. Ihre Finger waren ineinander verschränkt, als wollten sie sich selbst im Moment des Todes nicht voneinander lossagen. Ihre trüben Augen begegneten sich in einem ewig andauernden Blick voll Trauer.

Meine ohnehin schon wackeligen Knie versagten nun vollends ihren Dienst, sodass ich neben meiner Mutter zusammensackte. Ich konnte mich nicht von ihrem Gesicht losreißen. Überall war Blut. Gänsehaut überfiel meinen ganzen Körper, als ich realisierte, dass ich mich nicht traute, meine eigene Mutter zu berühren. Ihre Haare waren verkrustet und die blasse Haut zierten dunkelrote Sprenkel. Ihre Bluse hing, vollgesogen vom Blut, in Fetzen von ihrem Leib. Ich musste schlucken.

Das Bild meiner Mom konnte ich nicht mit dieser Frau vereinbaren. Heute Morgen hatte sie mir noch einen Kuss auf die Stirn gedrückt, bevor sie mich, ein Lächeln auf den Lippen, zur Schule geschickt hatte. Nun waren dieselben Lippen zu einem Todesschrei verzerrt.

Zögernd streckte ich die Hand aus und strich ihr über das weiche Haar. Meine Knie ragten in die Blutlache hinein. Kalt. Nass. Ich erschauerte, doch ich schreckte nicht zurück. Es zählte nur, meiner Mutter nahe zu sein.

Obwohl ich wusste, dass sie mich nicht mehr hören würde, flüchtete ein erstickter Laut aus meinem Mund und die ungesagten Worte hingen wie eine Gewitterwolke über mir. Meine Tränen waren der Regen, der auf die Wangen meiner Mutter prasselte. Sie zersprangen auf ihrer Haut in winzige Rinnsale.

Verzweifelt starrte ich in ihre Augen, die sonst so lebendig gewirkt und in einem hellen Blau gestrahlt hatten. Immer wenn ich sie ansah, machte ich hinter der Regenbogenhaut das Glitzern weit entfernter Sterne und Kometen aus. Ich allein bildete die Sonne ihrer Galaxie. Ihre Planeten, ihre Monde und ihre Asteroidengürtel hielten ihre Umlaufbahn zuverlässig ein und umkreisten mich. Kontinuierlich. Immerwährend. Ihr inneres Licht hatte mich stets gewärmt. Nun war es erloschen.

Ihr trüber Blick verwandelte sich in ein Schwarzes Loch. Jegliche Wärme, Liebe, jedes noch so kleine Anzeichen von Licht wurde absorbiert und verschwand für immer. Nichts war mir von ihr geblieben. Ihr Mörder hatte das Fundament ihres Universums zerstört, sodass jeder Funke Hoffnung erbarmungslos von der Finsternis erstickt wurde.

Eine eiserne Faust umschloss mein Herz und drückte zu. Es krampfte sich zusammen, schüttelte meinen Körper, während ich nicht in der Lage war, mich von meiner Mutter abzuwenden. Einen Wimpernschlag lang dachte ich, dass ich noch an Ort und Stelle sterben würde. So unerträglich war der Gedanke an eine Welt ohne Mom und Dad.

Mein tränenverschleierter Blick folgte den Krümmungen und Windungen des Körpers meiner Mutter. Bei jeder der dreizehn Stichwunden spürte ich ein Brennen in meiner Brust, als wäre ich selbst niedergestreckt worden. Ich prägte mir alles genau ein und brannte die Erinnerung in mein Gedächtnis. Als Warnung.

Schließlich betrachtete ich die ineinander verschränkten Hände meiner Eltern. Weitere Schluchzer erschütterten mich, sobald sich meine Aufmerksamkeit auf Dad richtete. Er lag so still und stumm dort.

Mein Dad hatte stets ein Lächeln auf den Lippen getragen und ein offenes Ohr für all meine Geheimnisse und Blödeleien gehabt. Und er hatte mich nie, niemals für das verurteilt, was ich war. Für ihn blieb ich immer seine geliebte Tochter. Stella.

Er hatte mir geholfen, meine Gabe zu verstehen. Indem er mir von den Sternen und den Universen erzählt hatte, hatte ich begonnen zu verstehen. Ich wusste plötzlich, was ich in den Köpfen der Menschen suchte. Dad wusste vermutlich selbst nicht einmal, wie gravierend er mich mit seiner Sternenkunde beeinflusst hatte, doch ich würde es niemals vergessen. Mein Vater hatte mir die Welt erklärt, obwohl er sie nie so wie ich gesehen hatte.

Trotzdem war er immer an meiner Seite gewesen, um mich zu trösten, wenn mir alles über den Kopf wuchs und meine Gedanken in den Wolken festhingen.

Das Universum hinter seinen Augen hatte in jedem erdenklichen Rotton gestrahlt. Seine Sonne hatte ebenso hell geglüht wie die meiner Mutter. Doch seine Abgründe waren tiefer gewesen als die ihren.

Wo besonders viel Licht herrscht, werden auch die Schatten immer länger.

Er hatte einiges durchgemacht. Bis heute wusste ich nicht, was genau. Gedanken las ich schließlich nicht. Meistens offenbarte sich mir ein Universum in einer Ahnung. Ich war dazu fähig, einzuschätzen, was für ein Mensch mein Gegenüber war, mehr nicht. Ich sah, dass jemanden böse Absichten antrieben, jedoch nicht, welche Ereignisse ihn dazu gebracht hatten.

Hatte ein Mensch die Kontrolle über seine Gedanken und Gefühle, war es für mich unsagbar schwer, ihn zu durchschauen. Erwachsene bauten im Laufe ihres Lebens Schutzmauern auf, die anscheinend selbst die eigene Tochter nie in der Lage war, zu durchdringen.

Kinder oder Jugendliche besaßen keine Schutzmechanismen. Stattdessen spazierten sie blind und naiv durch die Welt und trugen ihre seelischen Narben auf der Haut. Für jeden sichtbar, besonders für mich.

Glücklicherweise waren die meisten in meinem Alter relativ reif. Selbst mit siebzehn Jahren hatte die Welt einen bereits gelehrt, nicht jedem zu vertrauen, sodass die Narben verschleiert wurden:

Verdrängung, Vergessen, Überlagerung.

Die Menschen waren herzlose Wesen.

Das hatte die Welt mir an dem heutigen Tag beigebracht und ich würde die Folgen dieser Lektion von nun an immer in meinem Geist tragen.

Sobald mein Blick wieder das leblose Gesicht meines Vaters fokussierte, erstarrten meine zuvor rasenden Gedanken. Keine meiner Erinnerungen spielte eine Rolle, da meine Eltern nie wieder bei mir sein würden.

Wieso habe ich es nicht gesehen?
Warum hat mir das Universum kein Zeichen gesendet?

Ich hatte nicht erwartet, dass der Tod an uns vorbeizog wie ein ungebetener Besucher. Allerdings hatte ich immer geglaubt, es zu spüren, wenn meinen Eltern oder mir tatsächlich eines Tages etwas passieren sollte. Doch das Universum hatte geschwiegen.

Ich fühlte mich wie eine Versagerin. Ich hatte alles verloren. In meiner Brust brannte der Verrat, denn mehr als jeder andere wusste ich, dass der Kosmos unseren Weg vorherbestimmt hatte. Obwohl ich immer auf seine Worte lauschte, hatte er mich nicht gewarnt. Vielleicht war der Fremde auf der Straße der Mörder meiner Eltern gewesen. Mit einem Blick in seine Augen hätte ich es herausfinden können.

Das Schicksal war unergründlich. Der Weg des Lebens war nicht immer richtig oder gar leicht. Warum sollte es für mich eine Ausnahme machen?

Hätte ich das Schicksal aufhalten können?

Wäre ich dazu fähig gewesen, den Plan des Universums zu vereiteln?

Nein, unsere Lebenspfade sind verworren, ineinander verschlungen, sie überkreuzen sich und verlangen von einem, wieder rückwärts zu laufen. Und manchmal steht man in einer Sackgasse und weiß sich nicht mehr zu helfen.

Ich verharrte eine Ewigkeit im Schweigen, bevor ich überhaupt bemerkte, dass meine Lippen sich gespalten hatten und ein sterbender Laut aus meinem Mund drang. Mein eigener Schrei, so schrill und kreischend wie splitterndes Glas, zerfetzte die Realität und riss mein Universum endgültig aus den Fugen.

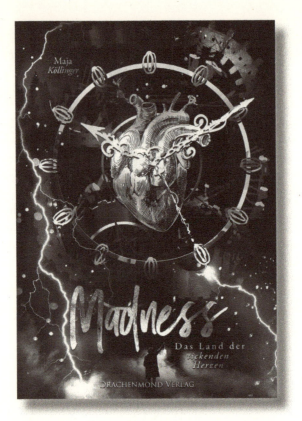

Maja Köllinger
Madness – Das Land der tickenden Herzen
ISBN: 978-3-95991-115-3, kartoniert, EUR 14,90

»Ich hätte wissen müssen, dass es keine gute Idee war, dem Kaninchen quer durch London zu folgen. Doch wer hätte denn ahnen können, dass dieses seltsame flauschig weiße Ding mit der Taschenuhr mich hierher bringen würde? Ich meine, wo bin ich hier überhaupt? Die Bäume bestehen aus Kupfer und ihre Blätter wiegen schwer wie Blei. Überall schwirren Käfer mit Flügeln aus Glas umher und am Firmament drehen sich gigantische Zahnräder, als würden sie allein diese Welt in Bewegung halten. Und dann … ist da noch Elric. Ein Junge, aus dem ich einfach nicht schlau werde und der so herz- und emotionslos scheint. Doch ich bin entschlossen, sein Geheimnis zu lüften, um zu erfahren, was der Grund für seine Gefühlskälte ist.
Oh, und falls ich es noch nicht erwähnt habe: Ich bin übrigens Alice. Und wie es scheint, bin ich im Wunderland gelandet… kennst du vielleicht den Weg hinaus?«

1
Cocktails and Dreams

Es war Samstagabend und die Nacht hatte sich bereits wie ein Schatten über die Straßen Londons gelegt. Die Erwartung an das bevorstehende Ereignis ließ mein Herz vor Aufregung rasen. Ich würde zum ersten Mal in meinem Leben einen Szene-Club besuchen.

Den weißen Kajal beiseitelegend, warf ich einen letzten Blick in den Spiegel. Die blonden Locken fielen wild über meine Schultern und offenbarten bei jeder Bewegung einen Blick auf die lila Strähnchen, die ich mir gestern eigenhändig nachgetönt hatte. Zusammen mit dem perfekt geschwungenen Lidstrich, um den mich meine Freundinnen so oft beneideten, und der blassen Haut haftete mir etwas Zerbrechliches an – als wäre ich aus Porzellan geschaffen. Ein Blick in meine Augen belehrte mich jedoch eines Besseren. Sturheit und Trotz spiegelten sich darin und offenbarten meinen wahren Charakter.

Das bin ich. Nimm mich, wie ich bin, oder verschwinde.

Das war meine Lebensdevise. Ich wollte mich für das, was ich war, nicht schämen und hatte vor einiger Zeit beschlossen, mein inneres Wesen auch nach außen hin zur Schau zu stellen.

Ich war sowohl bunt und farbenfroh als auch blass und durchsichtig. Meine Seele entsprach der eines Rebellen, der aus den Zwängen und Normen der Gesellschaft auszubrechen versuchte und sich seinen Weg zur Selbstfindung erkämpfte. Aber zeitgleich wünschte ich mir auch die Zugehörigkeit zu einer Gruppe, das gemeinsame Teilen eines Lebensgefühls, die Verbundenheit einer Gemeinschaft … So war ich zum Punk geworden und hatte mich der Szene angeschlossen.

Ein drängendes Klopfen riss mich aus meinen diffusen Gedankengängen. Ich hastete eilig zu meiner Zimmertür und öffnete diese anscheinend ein wenig zu vorschnell, denn mir stolperten sogleich zwei Personen entgegen, die sich zuvor an die Tür gelehnt hatten.

Ich wich einen Schritt zurück und ruderte mit den Armen, um die Balance zu halten. Ohne das Korsett, das um meinen Oberkörper geschlungen war, wäre das nur halb so schwer gewesen. Bevor ich vollends das Gleichgewicht verlor, bekamen mich zum Glück zwei

Hände zu fassen und zogen mich in eine aufrechte Position. Keinen Augenblick später stand ich meinen zwei liebsten Menschen auf diesem Planeten gegenüber.

»Oh mein Gott, Alice! Du siehst …«, kreischte Lucy mit übertrieben hoher Stimme.

»… umwerfend aus!«, beendete Katy deren unvollendeten Satz und fächelte sich mit der Handfläche Luft zu. Gleich darauf täuschte sie einen Ohnmachtsanfall vor.

Ich verdrehte bloß die Augen, bevor ich entgegnete: »Seht euch an! Neben euch verblasse ich komplett.«

Wir warfen vielsagende Blicke in die Runde und begannen zu lachen. Das war unser Ding. Während andere Teenager diesen Quatsch tatsächlich ernst meinten, machten wir uns einen Spaß daraus, dieses mädchenhafte Getue ins Lächerliche zu ziehen. Ich meine: Diesen Mist konnte doch niemand wirklich ernst nehmen. Oder?

Während Lucys Haare pink leuchteten, erstrahlten Katys in ihrer Lieblingsfarbe Blau. Wir gaben ein buntes Trio ab, das bewusst aus der anonymen grauen Masse namens *Gesellschaft* herausstach.

»Oh mein Gott, Lucy! Die neue Farbe ist echt der Wahnsinn!«, sagte ich und meinte es dieses Mal tatsächlich so.

»Ja, nicht wahr?«, stimmte Katy zu, während Lucys Wangen allmählich die Farbe ihrer Haare annahmen.

»Meine Mutter war nicht so begeistert, als sie bemerkt hat, dass ich die blonde Haartönung ausgetauscht habe«, gestand sie.

»Ach was!«, meinte Katy. »Die soll sich nicht so anstellen. Das Pink steht dir hervorragend, fast so gut wie mir Blau.«

Wir lachten und waren damit einstimmig ihrer Meinung.

»Können wir endlich los?« Durch meine Venen pumpte die Vorfreude, meine Finger zuckten vor Euphorie und ich war mir sicher, dass in meinen Augen ein abenteuerlustiges Funkeln zu sehen war. »Ich muss nur noch kurz meinem Vater Bescheid sagen.«

Lucy und Katy nickten. In ihren Blicken erkannte ich die gleiche Sorge, die auch in meinen schimmern musste.

Zu oft hatte er in letzter Sekunde einen Rückzieher gemacht und mir verboten, auszugehen. Seine Angst vor der Welt außerhalb seines Büros würde ich nie nachvollziehen können. Ich verstand nicht, wie er es bevorzugen konnte, tagein, tagaus hinter seinem Schreibtisch über irgendwelchen Büchern zu hocken, anstatt zu leben.

Ich war nicht wie er. Ich glaubte zu ersticken, wenn ich zu lange im Haus blieb.

Nervös klopfte ich an seine Bürotür, die aus einem mir unbekannten Grund rot gestrichen war. Vielleicht diente sie als Warnung, um nicht gestört zu werden.

Schon als Kind hatte ich lernen müssen, dass mein Vater es hasste, bei seiner Arbeit unterbrochen zu werden, weshalb ich auf Zehenspitzen schleichend und mit angehaltenem Atem einen großen Bogen um besagte Tür gemacht hatte.

Doch heute war ich nicht mehr so gehorsam.

Ich stieß die Tür auf, ohne auf sein genuscheltes *Herein* zu warten. Mein Vater sah auf, sein Kiefer klappte nach unten und ein verblüffter Ausdruck legte sich über sein Gesicht. Ich hatte damit gerechnet, dass er mich wie sonst auch missbilligend von Kopf bis Fuß mustern würde, aber auf seine überraschte Reaktion war ich nicht gefasst gewesen.

»Alice ... Du siehst ...« Erkenntnis verhärtete seine Züge und eine Sekunde später hatte er sich wieder im Griff. »... aus wie sie.«

Ich schluckte.

Auch ohne nachzufragen, wusste ich, von wem er sprach. *Mutter.*

Die Frau, die ihn vor 18 Jahren kurz nach meiner Geburt sitzen gelassen hatte.

Die Frau, von der es weder Bilder noch sonstige Andenken oder gar Erinnerungen gab, da mein Vater alles restlos verbrannt hatte. Es war ein Wunder, dass er mich nicht schon längst verstoßen hatte, erinnerte ich ihn doch tagtäglich an sie.

Die Frau, die mich zur Welt gebracht und danach sofort wieder vergessen hatte, als wäre ich für sie nichts weiter als eine Last gewesen, die sie neun Monate mit sich herumtragen musste. Zumindest vermutete ich das. Warum sonst würde man sein Neugeborenes sich selbst überlassen?

Ich war für sie nicht von Bedeutung.

Manchmal ertappte ich mich bei der Frage, ob sie tatsächlich jemals existiert hatte.

Kaum auszumalen, wie mein Vater sich fühlen musste. Er wurde von seiner großen Liebe verlassen. Und das Einzige, was sie hinterlassen hatte, war ich. Eine stetige Erinnerung daran, was er verloren hatte. Und das ließ er mich auch spüren.

Wer brauchte schon Vaterliebe? Vermutlich wusste meiner nicht einmal, was das war.

Ich traf meine eigenen Entscheidungen, egal ob sie ihm gefielen oder nicht. Und wenn ich ihm durch ein besonders ausgefallenes Outfit ein Grummeln, einen schwachen Protest entlocken konnte, umso besser. In diesen seltenen Momenten war ich mir zumindest sicher, dass er mich beachtete und er wusste, dass ich noch existierte.

Heute war anscheinend einer dieser seltenen Zufälle eingetreten, denn mein Vater musterte mich so eingehend, dass ich mir unweigerlich vorstellte, wie ich zurzeit auf ihn wirken musste. Eine widerspenstige Tochter mit kuriosem Modegeschmack.

Das silbrig schimmernde Korsett mit den seidigen Schnüren war ihm sicherlich zuwider. Ihm wäre es lieber gewesen, wenn ich mich unserer Gesellschaft angepasst hätte und den ganzen Tag in einer Schuluniform herumgelaufen wäre.

Doch er verlor kein Wort über mein Erscheinungsbild, was mich ziemlich enttäuschte. Schon seit Jahren redete er kaum ein Wort mit mir, kauerte hinter seinem Schreibtisch und wirkte in sich zusammengesunken. Ich wollte ihn aus seinem Kokon locken, damit er endlich mehr als ein zustimmendes Brummen oder ein paar erboste Worte von sich gab. Doch es war zwecklos: Mein Vater sollte auf ewig ein verblassendes Abbild seines früheren Ichs bleiben.

»Wir wollen jetzt los, Dad. Ich will nur schnell Bescheid geben, damit du dir keine Sorgen machst.«

Er nickte betreten und schien nachzudenken. Als er mir einen flüchtigen Blick zuwarf, sah ich Wärme in seinen Augen aufblitzen. Vielleicht hatte ich durch die Ähnlichkeit mit meiner Mutter tatsächlich etwas in ihm hervorgekitzelt. Eine Empfindung, die längst in den Abgründen seiner Seele verschollen gewesen war.

Und mit einem Mal tat er das Unfassbare: Mein Vater stand auf und umarmte mich, zwar etwas steif und ungelenk, aber das war in dieser Sekunde völlig egal. Ich hielt überrascht die Luft an. Einen Moment lang wusste ich nicht, wie ich mit dieser Situation umgehen sollte. Unbeholfen schlang ich meine Arme um den schmächtigen Oberkörper meines Vaters und unterdrückte das Bedürfnis, ihn fester an mich zu ziehen. Dad zeigte nie Gefühle, er wirkte immer abwesend, nicht ganz präsent, nicht vollständig bei Sinnen, als hätte meine Mutter damals seine Seele mitgenommen.

Umarmungen gab es in meiner Kindheit, wie auch heutzutage, viel zu selten, deshalb genoss ich jede, die ich kriegen konnte, denn mir war bewusst: Es könnte immer die letzte sein. Mutter hatte mich eines gelehrt: Man konnte sich nie sicher sein, ob man sich je wiedersah.

Viel zu schnell verflog der innige Moment und mein Vater löste sich schwer seufzend. Er fasste meine Schultern und hielt mich eine Armeslänge von sich entfernt, sodass sich unsere Blicke schließlich trafen. Ich konnte unmöglich sagen, wann ich ihm zuletzt richtig in die Augen gesehen hatte.

»Kein Alkohol, keine Drogen, nicht zu Fremden ins Auto steigen …« Er ratterte eine ewig lange, scheinbar auswendig gelernte imaginäre Liste herunter. Ich nickte jeden einzelnen Punkt brav ab. Seine Stimme klang so blechern, dass die geschürten Emotionen durch die Umarmung schlagartig verpufften. Die gezwungene Art und Weise, wie mein Vater mich behandelte, ließ mich vermuten, dass er hier bloß seine Pflicht erfüllen wollte und ihm eigentlich nichts an meinem Wohlergehen lag.

»Mach bloß keinen Unsinn, hörst du? Und komm nicht zu spät zurück!« Er schenkte mir schließlich ein kleines Lächeln, das ich erleichtert erwiderte. Vertraute er mir endlich? Ich konnte es nicht fassen. Er ließ mich tatsächlich gehen, trotz all seiner Bedenken.

»Das werde ich nicht.«

Mit diesen Worten verließ ich das Arbeitszimmer und zog die Tür lautlos hinter mir zu. Katy und Lucy hatten im Flur auf mich gewartet und starrten mich abwartend an, woraufhin ich ihnen zunickte. *Entwarnung.*

Erleichtert atmeten beide aus und bevor mein Vater tatsächlich noch auf die Idee kommen konnte, uns einen Strich durch die Rechnung zu machen, zogen die beiden mich mit sich, während wir schleunigst die Wohnung verließen und das marode Treppenhaus hinunter sprinteten.

Als wir schließlich auf der Straße standen und uns die kalte Nachtluft um die Nase wehte, stieß ich einen Freudenschrei aus. Lucy blickte mich als Reaktion darauf bloß fragend an.

»Ich bin so aufgeregt!«, verkündete ich, während ich mit zitternden Händen die Haustür des mehrstöckigen Reihenhauses krachend ins Schloss fallen ließ.

Die Fassade war bis zum dritten Stockwerk mit Graffitis überzogen, weshalb die Farben selbst bei Nacht in giftigen Neontönen leuchteten. Ein verhüllter Künstler war gerade dabei, seinen Namenszug über die Mauer zu sprühen, und beachtete uns nicht weiter. Offenbar hatte er keine Furcht, entdeckt zu werden. Warum auch? Wir befanden uns im East End Londons und kaum einer scherte sich um ein Graffiti mehr oder weniger. Zudem war es mitten in der Nacht, die Polizei hatte bestimmt Wichtigeres zu tun, als einem Einzelgänger aufzulauern, der sich mit ein paar Sprühdosen vergnügte.

Die Dämpfe der Farben strömten durch meine Nase und benebelten mein Gehirn. Die Kombination aus Euphorie und toxischen Gasen versetzte mich in einen Rausch, der jegliche Gedanken an meinen Vater aus meinem Kopf verbannte. Ich fühlte mich schwerelos und befreit von seiner Obhut, sodass ich nicht anders konnte, als triumphierend zu grinsen.

»Ich weiß echt nicht, was du an diesen Street-Art-Künstlern so aufregend findest«, murrte Katy, während sie mich bereits weiterzog. Das Skelett, welches auf ihrem schwarzen Pullover abgebildet war, leuchtete im Dunkeln und ihre blauen Haare wippten im Gleichtakt ihrer Schritte.

»Kannst du denn nicht sehen, wie diese Menschen mit nichts weiter als einer leeren Wand, Sprühdosen und einem unaufhaltsamen Drang nach Kreativität wahre Kunstwerke erschaffen?«, hauchte ich und inhalierte gierig die kühle Nachtluft.

In der Ferne hupten Autos und schrien Menschen. Der übliche Lärm Londons. Die schrillen, disharmonischen Laute waren mir seltsam vertraut.

»Der Club macht gleich auf, wir sollten uns beeilen!«, drängte nun Lucy. Die Schnallen, die an dem Korsett und an ihren schwarzen Stiefeln angebracht waren, klapperten bei jeder Bewegung und verhallten in der Geräuschkulisse der Millionenmetropole.

Ich liebte London, besonders wenn es dunkel wurde: die abertausend Lichter, die grell erhellten Plakate, Werbebanner und Bilder, die pausenlos an mir vorbeizogen. Das Bewusstsein, in der nächtlichen Stadt nicht allein umherzustreifen, sondern sich mit unzähligen anderen Menschen auf den Weg zu machen, um die unscheinbaren Orte zu erkunden, die sich einem erst auf den zweiten Blick offenbarten.

Wir durchquerten verwinkelte Gassen und Seitenstraßen, sodass ich nach einiger Zeit vollkommen die Orientierung verlor, obwohl ich in dieser Gegend aufgewachsen war. Ich kannte immerhin unser Ziel: das Mill Mead Industrial Estate. Ein Industriegebiet, das direkt an unseren Wohnbezirk grenzte.

»Wisst ihr überhaupt, wo wir lang müssen?«, fragte ich an meine Freundinnen gerichtet.

»Voll und ganz!«

»Natürlich!«, antwortete Katy in einem verräterischen Ton.

Ich seufzte.»Ihr habt nicht den Hauch einer Ahnung, oder?«

»Nein«, erwiderten die beiden wie aus einem Mund und fingen an zu lachen. Ich schüttelte bloß meinen Kopf und grinste in mich hinein. Dafür liebte ich meine Freundinnen: Sie meisterten ihr Leben nur durch ihre Spontaneität.

»Immerhin haben wir so noch ein wenig Zeit zum Quatschen!«, meinte Katy vergnügt und wickelte sich eine Strähne ihres blauen Haares um den Zeigefinger.

»Alice, erzähl mal von dem Album dieser Newcomer-Band, das du dir letztens gekauft hast«, forderte Lucy mich auf.

Ich seufzte verträumt und begann, ihnen von den wummernden Bässen und den fantastischen Gitarrenriffs zu erzählen, die die Lieder von *Aroa* prägten.

»Wirklich, dieses Solo war einfach unglaublich! Ihr müsst euch unbedingt diesen Song anhören. Und die Stimme des Sängers erst! Sie ist einfach nur göttlich!«

Ich gestikulierte während des Sprechens mit meinen Armen, worüber Katy und Lucy sich lustig machten.

»Alice, hast du etwa einen neuen Schwarm? Dieser Leadsänger scheint es dir ja wirklich angetan zu haben«, gab Lucy mit zuckersüßer Stimme von sich, woraufhin ich sie spaßeshalber in die Seite knuffte.

»Erzähl mal lieber, wie es zwischen dir und Tyler läuft«, entgegnete ich, ohne auf ihre Frage einzugehen.

Tyler war der Mädchenschwarm unserer Stufe und selbst die unabhängige Lucy war seinem Charme verfallen. Sobald ich das Thema angesprochen hatte, verfiel sie in einen minutenlang andauernden Monolog über die Farbe seines haselnussbraunen Haares (obwohl sie der Meinung war, dass Neongrün ihm bestimmt viel besser stehen würde), seine stahlblauen Augen und seinen grandiosen Musikgeschmack, der identisch mit dem unseren war.

Katy stieß mich in die Seite und zog entnervt ihre Augenbrauen in die Höhe, als wollte sie damit sagen: »*Was hast du nur wieder angerichtet?*«

Ich warf ihr einen entschuldigenden Blick zu und versuchte mit ihr gemeinsam, die nächste halbe Stunde zu überstehen, ohne an einem plötzlich eintretenden Hirntod zu sterben, der durch Lucys Schwärmerei ausgelöst worden wäre.

»Versprich mir, dass du dich niemals in irgendeinen hirnverbrannten Jungen verlieben wirst, Alice. Noch eine von der Sorte ertrage ich nicht«, meinte sie mit einem Seitenblick zu Lucy.

Wir lachten und neckten uns, bis wir nach knapp zwei Stunden des Herumirrens an einem verlassenen Gebäude innerhalb des Industriegebiets ankamen, dessen Außenwände vor Dunkelheit geradezu trieften. Wir befanden uns auf einem ungenutzten Abschnitt des Fabrikgeländes, dessen Herzstück ein kastenförmiger Plattenbau war, der sich vor uns in den Nachthimmel bohrte. Der Kies knirschte unter unseren Schritten, als wir auf das Gebäude zugingen. Durch zerbrochenes Fensterglas strahlten Scheinwerfer und erleuchteten den leeren Parkplatz vor uns. Die Musik schlug mir schon jetzt entgegen. Sie wirkte verzerrt und von Bässen beherrscht, sodass mein Trommelfell bei den schiefen Klängen schmerzhaft dröhnte. Ein beißender Geruch stieg mir in die Nase… Urin, Erbrochenes und eindeutig: Alkohol. Ich versteifte mich, weshalb Katy und Lucy sich gezwungen sahen, stehenzubleiben. Irgendwie hatte ich mir das alles ganz anders vorgestellt.

»Was ist das hier? Ich dachte, wir besuchen einen angesagten Club!«, konfrontierte ich die beiden.

»Das hier *ist* der angesagteste Underground-Club der Umgebung. Zumindest solange kein Cop darauf aufmerksam wird«, merkte Katy an und rollte mit den Augen. Sie hatte mir bereits vor Tagen erklärt, dass der Underground-Club einem Wanderzirkus glich. Er tauchte dort auf, wo niemand damit rechnete, wie beispielsweise in einem verlassenen Fabrikgebäude, und verschwand nach ein paar Wochen wieder, sobald die Behörden davon Wind bekamen. Niemand bat um Erlaubnis oder gar um eine Genehmigung. Das machte den Reiz der Sache aus: das Gefühl, an etwas Verbotenem teilzuhaben.

»Nicht ganz legal, nicht wirklich ansehnlich, aber genau nach meinem Geschmack.« Lucys Stimme zitterte vor Aufregung.

»Keine Security, keine Kontrollen, keiner, der uns aufhalten könnte, ein kleines Abenteuer zu erleben!«

Die Begeisterung der beiden ging langsam auf mich über und erweckte die Euphorie in meinem Inneren von Neuem. Vielleicht war der Club gar nicht so schlecht, wie er von außen wirkte. Und der Gedanke, für diese eine Nacht tun und lassen zu können, was ich wollte, war ziemlich reizvoll.

»Na dann mal los!«, verkündete ich und trat auf den Eingang des Clubs zu, der lediglich aus einem schwarzen Vorhang bestand.

Ich schob den samtenen Stoff behutsam zur Seite und wurde sogleich in strahlend pinkfarbenes Neonlicht getaucht. Staunend ließ ich den Stoff hinter mir zurückfallen und betrachtete sprachlos die Halle.

Betonwände und Stahlträger schraubten sich endlos in die Höhe, während sich vor uns eine Halle erstreckte, in welcher sich eine breite Masse an Menschen tummelte. Das Dröhnen der elektronischen Musik hallte in meinen Ohren nach und das stechende Stroboskoplicht ließ die Menge vor mir bloß in abgehackten Sequenzen aufblitzen.

Zwischenzeitlich flogen mehrfarbige Scheinwerfer an dünnen Drahtseilen über unsere Köpfe hinweg und erleuchteten das wirre Schauspiel. Street-Art, Graffitis und bunte Neonröhren zierten die haushohen Fassaden, sodass die Kunst durch das synthetische Licht scheinbar zum Leben erweckt wurde.

Links von mir befand sich eine Bar, an deren Rückwand ein Schild prangte, welches in ineinander verschnörkelten, strahlenden Buchstaben *Cocktails & Dreams* verkündete.

Lucy und Katy zogen mich hinein in die Menge, weshalb ich mich viel zu schnell inmitten einer Masse aus dynamischen, schwitzenden und energiegeladenen Menschen wiederfand. Der penetrante Schweißgeruch brannte in meiner Nase und der Anblick der anderen Besucher löste für einen kurzen Moment Unwohlsein in mir aus, bis ich mir bewusst wurde, dass auch sie zur Punkszene gehörten. Ich befand mich unter Gleichgesinnten, die allesamt nichts anderes wollten, als ein wenig Spaß zu haben und die Grauzone der Gesetze auszukosten. Ich begann, mich im Takt der auf mich niederprasselnden Musik zu bewegen und im Rhythmus der Bässe zu wiegen. Meine Haare wirbelten wild um mich herum und mein Körper geriet in Ekstase.

Die Welt drehte sich und verschwamm zu einem grellen Lichtermeer. Ich geriet in einen Strudel aus Stimmen, Klängen und Farben, der mich immer tiefer hinab zog. Ich sang mit meinen Freundinnen Songpassagen mit, die jedoch von dem enormen Lautstärkepegel verschluckt wurden. Ein Echo im Stimmenmeer.

Ich fühlte mich mit den Menschen um mich herum verbunden und tat es Lucy und Katy gleich: Ich legte jegliche Hemmungen ab, indem ich rückhaltlos bei den E-Gitarren-Soli mitfeierte, die tiefen Gesänge der Backgroundsänger nachahmte und mich vollkommen in der elektrisierenden Musik verlor.

Der Geruch nach Alkohol und Rauch wurde für mich zu einem Zeichen der Ausgelassenheit, die Musik zu meiner Freiheitshymne und die Menschen um mich herum zu einem Teil von mir. Ich konnte nicht sagen, wie lange ich dort zusammen mit Lucy und Katy auf dem spröden Betonboden getanzt und mich von der Atmosphäre in ihren Bann ziehen lassen hatte.

Als ich jedoch nach geraumer Zeit meine Augen auf der Suche nach meinen Freundinnen umherschweifen ließ, fehlte jegliche Spur von ihnen. Die Feierwütigen hatten uns auseinandergetrieben, ohne dass ich davon Notiz genommen hatte. Panik beschlich mich und ich hatte mit einem Mal das Bedürfnis, aus der Meute zu fliehen.

Wo waren sie bloß?

Ich fühlte mich bedrängt, eingesperrt und im Stich gelassen, obwohl ich kurz zuvor noch das Gefühl der Zugehörigkeit und Gemeinschaft in mich aufgesogen hatte.

Ich kämpfte mich durch den Pulk, Angstschweiß bildete sich auf meinen Armen und Furcht schnürte mir die Kehle zu. Das Stroboskoplicht erzeugte tiefe Schatten, Gesichter blitzten vor mir auf, während ich durch die Menge hetzte, ohne Rücksicht zu nehmen. Vereinzelt wurden entnervte Stimmen laut, doch ich ignorierte sie. Ich musste Lucy und Katy finden.

Die Feiernden um mich herum stieß ich achtlos zur Seite. Ich bahnte mir auf diese Weise einen Weg durch den Club und hinterließ eine Schneise der Verwirrung und Empörung. Mein Herz raste, die stickige Luft raubte mir jeglichen Verstand und Verzweiflung hallte in jedem meiner gehetzten Schritte wider.

Sobald ich am Rande des Geschehens angelangt war, flüchtete ich vor den Gleichgesinnten hinter mir, hastete zu dem Vorhang, der mich von der Außenwelt trennte, und riss ihn hektisch zur Seite, sodass ich auf den Platz vor dem Gebäude hinauseilen konnte. Womöglich hatten sich Lucy und Katy eine Auszeit gegönnt und waren hier draußen zu finden.

In meinen Ohren summte der Nachhall der Musik, machte mich taub für die scheinbare Stille außerhalb der rissigen Mauern, während die Kälte an meinen Armen empor kroch und die Hitze des Clubs von meiner Haut wusch. Ich sah mich um, doch weder in der Nähe des Gebäudes noch in den Schatten der anderen Bauwerke des Industriegebiets verbargen sich zwei Mädchen mit blauen oder pinken Haaren. Hatte ich sie etwa verloren? Oder hatte ich sie bloß im Club übersehen?

Ich entließ die Luft stoßweise aus meinen Lungen und gönnte mir eine kurze Atempause. Bevor ich mich wieder in den Club begab, wollte ich wieder zu Kräften kommen. Die Panik saß mir noch in den Knochen und verhinderte, dass ich einen Schritt nach vorn tat. Keuchend stützte ich meine Hände auf den Knien ab und kniff die Augen für einige Sekunden zusammen, um zur Ruhe zu kommen. Das half ein bisschen.

Als ich mich wieder aufrichtete und meine Augen öffnete, sah ich plötzlich an der Ecke des Gebäudes etwas strahlend Weißes davonhuschen. Ich runzelte die Stirn und verharrte inmitten meiner Bewegung.

Was war das?

Sah ich etwa schon Gespenster?

Ich verfluchte meine Neugierde und dachte einen Moment lang tatsächlich darüber nach, der Gestalt zu folgen, doch ich besann mich eines Besseren und fasste den Entschluss, zunächst meine Freundinnen zu suchen.

Sobald einen Schritt in Richtung des Eingangs trat, entdeckte ich vor meinen Füßen einen Gegenstand im Kies.

Die Musik aus dem Inneren des Gebäudes drang nicht mehr bis zu meinen Gedanken vor, als ich mich auf den Boden hockte, um das Objekt an mich zu nehmen. Die Kieselsteine bohrten sich in die Haut meiner Knie und hinterließen dort rote Abdrücke. Ich fixierte das Objekt in meiner Hand und versuchte, die trommelfellzerfetzende Musik sowie den Uringestank der Umgebung auszublenden. Stattdessen nutzte ich das Licht der Scheinwerfer aus, das durch die Fenster des Gebäudes über den Platz zuckte.

Ich hatte eine vergoldete Taschenuhr gefunden, auf deren Deckel zahlreiche Gravuren und Verzierungen aufblitzten, sobald das Licht darüber hinweg strich. Als ich sie dicht vor meine Nase hielt, erkannte ich trotz der Dunkelheit um mich herum, dass sich hinter den schmalen Zeigern kein Zifferblatt befand, weshalb man geradewegs auf die Zahnräder des Uhrwerks blicken konnte. In einem strikten Mechanismus griffen diese immer wieder ineinander und brachten damit das winzige Schmuckstück in meiner Hand zum Ticken.

Ich drehte den Zeitmesser hin und her, konnte jedoch keinen Hinweis auf den Besitzer finden. Als ich zu der Häuserecke hinüberblickte, wo zuvor die weiße Gestalt verschwunden war, erspähte ich an derselben Stelle einen Hasen, dessen Fell sich von der Schwärze der Nacht abhob. Er saß vollkommen still am Boden und schien mich zu betrachten.

Moment mal ... ein Hase?

Was hatte der denn bitte in einer Millionenmetropole wie London zu suchen?

Das Tier war vollkommen erstarrt und bewegte sich nicht. Sein Blick fixierte mich, als würde es auf eine Reaktion von mir warten. Sollte ich auf es zugehen? Würde ich das Kaninchen verscheuchen?

Ich biss mir auf die Unterlippe und schaute abwägend zwischen der Taschenuhr, den nervös zuckenden Hasenohren und dem Eingang des Underground-Clubs hin und her. Der heutige Tag war schon verrückt genug. Ich hätte mich am besten einfach umdrehen und so tun sollen, als hätte ich den Hasen nicht bemerkt, bevor ich mir weiter den Kopf darüber zerbrach. Dennoch blieb ich stehen. Die Uhr wog schwer in meiner Hand und der Blick des Hasen fesselte mich an Ort und Stelle.

Das Pflichtgefühl gegenüber meinen Freundinnen verblasste und meine Abneigung gegenüber dem Club wuchs. Ich wollte das Gebäude ungern noch einmal betreten. Bestimmt hatte ich den Unmut einiger Besucher auf mich gezogen und vermutlich würde ich Lucy und Katy nicht wiederfinden, wenn sie in der Gruppe aus Feiernden abgetaucht waren. Die Menschenmassen würden mich zerquetschen, obwohl ich zuvor ein Teil von ihnen gewesen war. Die Musik zermarterte mein Gehör und der Mief, zusammengesetzt aus Schweiß und Kippen, trieb einen Schauder über meinen Rücken. Erneut befiel mich der Drang, zu flüchten.

Ich wich einen Schritt von dem Eingang zurück und umfasste den verzierten Goldchronometer fester, dessen Kette gegen meine Beine baumelte. Ich brauchte unbedingt ein wenig Ablenkung. Vielleicht sollte ich doch einen näheren Blick auf den Hasen riskieren. Was sollte schon passieren? Im schlimmsten Fall könnte sich das Tier aus dem Staub machen.

Ohne noch eine weitere Sekunde zu verschwenden, näherte ich mich dem Hasen behutsam, um das flauschige kleine Ding nicht zu verscheuchen. Es mochte eine dumme Entscheidung sein, doch von diesem Wissen ließ ich mich nicht aufhalten.

Als ich mich der Gebäudeecke näherte, reckte das Tier den Kopf witternd in die Höhe, legte die Ohren an und hoppelte los. Sobald es mir den Rücken zukehrte, geriet ich ins Stolpern. Was zur Hölle war das denn?

Selbst ein flüchtiger Blick auf den Körper hatte ausgereicht, um zu erkennen, dass dieser Hase nicht normal war. Die hintere Hälfte des Langohrs bestand nicht aus Fell, Fleisch und Knochen, sondern aus … glänzendem Metall. Spulen und Zahnräder griffen ineinander und gaben ein leises Klicken von sich, sobald sich das Wesen bewegte. Der goldene Schein des Materials blitzte noch ein letztes Mal auf, bevor sich die Gestalt verflüchtigte.

Ich rammte meine Fersen in den Boden und starrte auf die Stelle am Boden, wo das Karnickel eben noch gehockt hatte. Was ging hier vor sich? Was war das für ein seltsames Geschöpf gewesen?

Unentschlossen starrte ich dem Tier hinterher. Mein Blick fiel schließlich auf die beständig vor sich hin tickenden Zeiger des Zeitmessers und sein Innenleben in meiner Hand. Die winzigen Zahnräder und Schrauben, die in einem strikten Mechanismus immer wieder ineinandergriffen und sich trennten, ähnelten verdächtig dem metallischen Unterleib des Kaninchens.

War es möglich, dass diese Taschenuhr … Ich musste wahnsinnig geworden sein.

Oder war es vielleicht doch möglich?

Konnte es sein, dass die beiden in Verbindung zueinander standen?

Mein Ehrgeiz wurde geweckt und ich wollte unbedingt herausfinden, was es mit dem Ganzen auf sich hatte.

»Warte!«, rief ich mit brüchiger Stimme. Meine Kehle schmerzte so sehr, als hätte jemand mit Schmirgelpapier darüber gerieben, obwohl ich lediglich ein paar Songs mitgegrölt hatte.

Mein Ausruf scheuchte das Kaninchen noch mehr auf und trieb es schneller voran, denn natürlich befolgten instinktgesteuerte Fluchttiere keine Befehle. Mir blieb also nichts anderes übrig, als meinen Gang zu beschleunigen und dem eigenartigen Hasen durch die nächtlichen Straßen des East Ends von London zu folgen.

Ich hetzte dem Tier hinterher, immer darauf bedacht, das weiße Fell nicht aus den Augen zu verlieren. Dank der Hinterläufe aus Metall, die bei jedem Hopps auf dem Boden schrappten und klackerten, hätte ich zur Not den Geräuschen nachlaufen können.

Meine hohen Schuhe erzeugten nach dem Tanzen ein schmerzerfülltes Stechen an meinen Füßen, weshalb ich sie, ohne weiter darüber nachzudenken, auszog, in die Hand nahm und dem Kaninchen in Stulpen hinterher hetzte.

Die Nachtluft ließ den Schweiß auf meiner Stirn augenblicklich erkalten, während ich atemlos durch verwinkelte Gassen und über unbefahrene Straßen rannte. Zum Glück war der Verkehr in diesem Viertel nicht so stark wie im Zentrum Londons, sonst wäre mein Vorhaben unmöglich gewesen.

Werbebanner, Leuchtreklamen und Neonschilder zogen unbeachtet an mir vorbei. Abgase erfüllten die Luft und nach und nach begann die Geräuschkulisse um mich herum anzuschwellen. Hupende Autos und quietschende Bremsen trieben mich dazu an, meinen Schritt nochmals zu beschleunigen, doch so sehr auch meine Anstrengungen wuchsen, der Abstand zwischen mir und dem weißen Kaninchen verringerte sich nicht.

Sobald ich um eine Hausecke bog, verschwand das Tier hinter der nächsten Abbiegung, überquerte gerade die Straße oder verkroch sich in einer Seitengasse. Offensichtlich versuchte das gerissene Ding, mich abzuschütteln, doch so leicht gab ich mich nicht geschlagen.

Ich war wie im Wahn und hatte nur noch Augen für das Wesen vor mir. Ich vergaß meine Umwelt vollkommen. Die rauen Pflastersteine des Bürgersteigs schabten durch die Strümpfe und scheuerten an meinen blanken Fußsohlen, während die kalte Nachtluft meine Lungen flutete und ein schmerzhaftes Stechen erzeugte. Ich hatte das Gefühl, als würde ich ertrinken, da ich unfähig war, auch nur einen tiefen Atemzug zu tun.

Schließlich gelangte ich völlig aus der Puste und mit einem beunruhigenden Bauchgefühl am schmiedeeisernen Tor des Abney Parks an.

In der Ferne konnte ich etwas weiß Leuchtendes zwischen einer Baumgruppe verschwinden sehen. Vermutlich handelte es sich dabei um das Fell des Kaninchens. Missmutig stemmte ich die Hände in die Hüften, keuchte rastlos und nahm die Kühle des Windes, das raue Gestein unter meinen Füßen und den aufziehenden Duft von Wald und Bäumen in mich auf. Ich war so an den Rauch und die Abgase dieser Stadt gewöhnt, dass ich umso erstaunter war, die Frische der Blätter, des Grases und des sich bildenden Taus zu riechen.

Unentschlossen blickte ich an dem Hindernis vor mir hoch und überlegte noch einmal, ob meine kopflose Verfolgungsjagd die Anstrengung wirklich wert war. Ich konnte mir selbst nicht erklären, wieso ich diesem seltsamen Wesen gefolgt war. Der Anblick des mechanischen Körpers hatte mich so gefesselt und für sich eingenommen, dass der Gedanke, das Tier einfach ziehen zu lassen, mindestens genauso abstrus schien, wie die Taschenuhr wegzuwerfen.

Ich schaute hinab auf den edlen Gegenstand in meiner Hand und betrachtete das Voranschreiten der Zeiger auf dem Ziffernblatt. Dieser winzige Mechanismus ähnelte auf verwirrende Art und Weise dem des Kaninchens. Inzwischen war ich mir sicher, dass die beiden miteinander in Verbindung stehen mussten. Es konnte sich unmöglich um ein normales Tier und eine alltägliche Uhr handeln.

Woher kam dieser unerklärliche Drang, der Sache auf den Grund zu gehen?

Ich zögerte keine Sekunde, stellte meine Schuhe auf dem Boden ab und schwang mich an dem Tor hoch. Meine Finger umklammerten die Eisenstangen, während meine Füße Halt an den Querbalken suchten. Kurzerhand hangelte ich mich an den metallischen Streben empor und sprang auf der anderen Seite des Tores hinunter. Leider hatte ich nicht allzu viel Übung darin, über Tore zu klettern und in Parks einzubrechen, weshalb ich trotz größter Bemühungen eine Bruchlandung auf meinem Hintern hinlegte. Mir entfuhr ein genervter Laut, während ich mein schmerzendes Steißbein rieb.

Trotz der unsanften Landung, die meine Gliedmaßen und Knochen bis ins Mark erschütterte, hatte ich es mir wesentlich schwieriger vorgestellt. Langsam rappelte ich mich auf und hielt einen Moment inne. Ich nahm sofort wahr, wie weich sich der Boden unter meinen Füßen anfühlte und wie der erfrischende Waldgeruch jede meiner angespannten Fasern zum Seufzen brachte.

Je weiter ich in den Park vordrang, desto mehr veränderte sich die Umwelt und nach einer kurzen Weile fühlte es sich nicht länger so an, als würde ich mich innerhalb Londons aufhalten. Statt Steinen befanden sich Erde und Gras unter mir und der ohrenbetäubende Lärm wurde von gigantischen Baumkronen abgeschirmt, denn hier herrschten nichts als Ruhe und Stille. Im Gegensatz zu den umherzuckenden Lichtern der Straßen umhüllte mich nun Dunkelheit.

Ich entschied mich dafür, einen Weg abseits der allgemeinen Pfade zu beschreiben, und schob Äste und Zweige zur Seite, während ich nach dem Grund für meine Anwesenheit Ausschau hielt. Meine Fingerkuppen strichen über Tau und Blätter hinweg, während ich gierig den Duft nach Beeren, Erde und Moschus in mich aufsaugte und die Stille der Natur genoss. Meine Schritte federten ungewohnt, sodass mich eine Leichtigkeit und Unbeschwertheit überfiel, die ich nicht einmal aus meiner Kindheit kannte. Ich folgte keinen Wegen, keinen Pfeilen oder Schildern, sondern bahnte mir blind meinen Weg durch den Park, ließ meine Füße, Instinkte und Intuition die Richtung weisen, während ich auf jedes verräterische Knacken und Rascheln lauschte…

Bis ich endlich inmitten einer Baumgruppe das weiße Paar Kaninchenohren ausmachte.

Sofort ging ich in Deckung, hockte mich hinter einen Brombeerstrauch und gab keinen Laut mehr von mir. Allerdings schlug mein Herz so lautstark gegen meine Rippen, dass ich befürchtete, es könnte mich in der Stille der Nacht verraten. Nachdem ich wenige Minuten hinter dem Busch verharrt hatte und sich Schweißperlen auf meiner Stirn bildeten, beschloss ich, meinen Weg fortzusetzen. Äste und Steinchen bohrten sich in meine Fußsohlen.

Möglichst leise pirschte ich mich nun von hinten an das Kaninchen heran, bis ich inmitten der Geräuschlosigkeit des Waldes plötzlich eine hohe Fistelstimme vernahm.

»Zu spät, zu spät … Immer sind diese vermaledeiten Menschen zu spät.«

Für einen Moment glaubte ich, dass es sich bei der Stimme um einen der Wächter handelte, die des Nachts im Abney Park patrouillierten, weshalb ich mich hektisch umsah und den Sichtschutz eines nahebeistehenden Baumes aufsuchte.

Ich war nichts weiter als ein umherstreifender Schatten.

Das Moos dämpfte meine Schritte und ich atmete so flach wie möglich, um bloß kein Geräusch zu erzeugen. Die Nacht hatte mich voll und ganz verschluckt, ich war so gut wie unsichtbar für jeden in meiner Umgebung.

Doch ich entdeckte kein Wachpersonal in der Nähe. Die Stimme stammte von dem Hasen selbst.

Verlor ich nun komplett den Verstand?

Ich gab mein Versteck auf, ohne nachzudenken, fuhr in die Höhe und hauchte mit kratziger Stimme: »Du kannst sprechen?«

Mit meiner Frage durchschnitt ich die Ruhe des Waldes und gab mich dem Blick des Kaninchens preis. Die an meinen Gliedern hinaufziehende Kälte erschwerte jede meiner Bewegungen, während die alles einnehmende Lautlosigkeit um mich herum dafür sorgte, dass sich kein klarer Gedanke in meinem Kopf formen konnte. Die pechschwarzen Augen des Hasen weiteten sich und nachdem ich einmal gewagt hatte, zu blinzeln, hoppelte er davon.

Nur wenige Meter entfernt war er in einem Kaninchenbau verschwunden. Ich stolperte mit zitternden Beinen zu dem Loch hinüber und ließ mich davor auf die Knie fallen, um in die Tiefe hinabzuschauen.

Das Gras strich über meine nackten Arme, was unweigerlich eine Gänsehaut erzeugte. Der Wald roch nicht länger nach Taufrische und Rinde, sondern nach nasser Erde und Baumwurzeln. Ich nahm nur noch das erdige Aroma wahr, das aus dem Kaninchenloch zu mir hinaufwehte.

Unfähigkeit schlich sich zusammen mit dem Bewusstsein, machtlos zu sein, in mein Gedächtnis.

»Ich hätte nicht gedacht, dass Kaninchenlöcher so verdammt riesig sind«, murrte ich, während ich mich an den Rand des Abgrunds setzte und die Beine über den Schlund hinweg streckte. Vorsichtig lugte ich in die Tiefe.

»Ich weiß, dass du da unten bist!«, rief ich in das Loch hinab, wobei meine Stimme mehrmals von allen Seiten zu mir zurück echote. Natürlich wusste ich, dass mir das Karnickel wohl kaum antworten würde. Doch irgendwie musste ich meinen Unmut darüber, dass mir das Tier entkommen war, deutlich machen. Ich zuckte durch den Klang meiner eigenen Stimme, die die nächtliche Stille zerriss, zusammen.

Kaum war der Nachhall verklungen, griff ich nach einem Stein, der einige Zentimeter neben meinem Arm lag. Ich streckte meine geballte Hand über dem Loch aus und ließ ihn fallen. Angestrengt lauschte ich auf den Aufprall, doch es war, als würde der Stein ewig fallen und niemals landen. Kein Laut war aus der Tiefe zu vernehmen, sodass sich in mir Beklemmung ausbreitete.

Ich sollte nicht hier sein.
Ich hätte dem Kaninchen nicht folgen dürfen …

»Zeit, zu verschwinden«, flüsterte ich mir selbst warnend zu und wollte mich gerade wieder aufrichten, als die ausgetrocknete Erde unter mir ins Rutschen kam. Meine Hände fanden keinen Halt mehr, sodass mein Rücken über den Rand des Erdlochs schürfte und meine Beine hilflos in der Luft strampelten, als ich rückwärts in die Schwärze stürzte.

Ich überschlug mich mehrmals und schrie ununterbrochen, doch meine verzweifelten Rufe wurden von niemandem erhört, was mich umso krampfhafter schreien ließ.

Wenige Sekunden später setzte sich in meinen Ohren ein hartnäckiges Ticken fest, dessen Ursprung ich zunächst nicht ausmachen konnte, bis mein nach Hilfe suchender Blick die Wände des Kaninchenbaus streifte, die mit abertausend Uhren und Ziffernblättern gesäumt waren. Ich versuchte, das monotone Geräusch auszublenden, welches sich in meinem Kopf wie ein Tinnitus festsetzte.

Der Fall dauerte ewig an, obwohl das rhythmische Schlagen der Uhren mich davon überzeugte, dass es sich bloß um wenige Sekunden handeln konnte. Der Gestank nach Moder setzte sich ebenso hartnäckig in meiner Nase fest wie die feuchte Erde unter meinen Fingernägeln. Mein Verstand erzeugte plötzlich das Bild, hier unten lebendig begraben zu sein.

Furcht krallte sich in meinem Herzen fest, sodass meine Hände in einem letzten Versuch, Halt zu finden, über die Wände des Lochs schabten. Außer dass sich einige Uhren lösten und an mir vorbei in die Tiefe sausten, erreichte ich damit nichts.

Schwarze Punkte sammelten sich am Rande meines Sichtfelds und drangen langsam in dessen Mittelpunkt vor, während auch meine anderen Sinne allmählich ihre Funktion aufgaben. Der erdige Geruch wurde fahl und stumpf, bis ich nicht einmal mehr die leichteste Duftnote wahrnahm. Auch das Ticken der Uhren wurde von Sekunde zu Sekunde immer leiser und leiser, bis schließlich nur noch gedämpfte Laute zu mir vordrangen.

Der endlose Fall ließ mich mit dem Gefühl zurück, allein zu sein. Bloß die Tränen, die schwerelos in der Luft über mir schwebten, waren Zeugen meiner Einsamkeit.

Als ich mich im Flug um meine eigene Achse drehte, drohte ich, das Bewusstsein zu verlieren. Der Schwindel setzte selbst den letzten Funken meines Verstandes außer Kraft. Doch dann entdeckte ich eine weit entfernte Lichtquelle, die das Ende des Kaninchenbaus andeutete.

Meine schmerzenden Glieder und starren Gedanken lechzten nach Erlösung, weshalb die Hoffnung auf Rettung in mir aufkeimte. Ich klammerte mich an den Rest meines Bewusstseins und ließ das Licht nicht aus den Augen, während die Schwärze über mein Sichtfeld kroch.

Aus dem kleinen Punkt wurden flutende Wellen, die mich umspülten und in ihren Bann zogen. Ich verschränkte schützend die Arme vor meinem Kopf und kniff die Augen zu, um den Aufprall abzumildern, wenn ich ihn überhaupt überleben sollte.

Während die Luft an meinen Ohren vorbeisauste, der Untergrund immer näher rückte und mir heiße Tränen über die Wangen strömten, konnte ich nur an eines denken:

Sah so etwa das Ende aus?

Ich konnte zu diesem Zeitpunkt ja nicht ahnen, dass dies erst der Beginn meines Abenteuers war.

Du brauchst Lesenachschub und hast Entscheidungsschwierigkeiten, möchtest dich überraschen lassen oder wünschst Empfehlungen? Da können wir helfen!
Wir stellen für dich ganz individuell gepackte Buchpakete zusammen – unsere

Drachenpost

Du wählst, wie groß dein Paket sein soll, wir sorgen für den Rest.

Du sagst uns, welche Bücher du schon hast oder kennst und zu welchem Anlass es sein soll.
Bekommst du es zum Geburtstag #birthday
oder schenkst du es jemandem? #withlove
Belohnst du dich selber damit #mytime
oder hast du dir eine Aufmunterung verdient? #savemyday
Je mehr wir wissen, umso passender können wir dein Drachenmond-Care-Paket schnüren.
Du wirst nicht nur Bücher und Drachenmondstaubglitzer vorfinden, sondern auch Beigaben, die deine Seele streicheln. Was genau das sein wird, bleibt unser Geheimnis ...

Die Wahrscheinlichkeit ist groß,
dass sich das ein oder andere signierte Exemplar in deiner Box befinden wird. :)

Wir liefern die Box in einer Umverpackung, damit der schöne Karton heil bei dir ankommt und als Geschenk nicht schon verrät, worum es sich handelt.

Lisan bringt das kleinste Drachenpaket zu dir, wobei *klein* bei Drachen ja relativ ist. € 49,90
Djiwar schleppt dir in ihren Klauen einen seitenstarken Gruß aus der Drachenhöhle bis vor die Tür. € 74,90
Xorjum hütet dein Paket wie seinen persönlichen Schatz und sorgt dafür, dass es heil bei dir ankommt – und wenn er sich den Weg freibrennt! € 99,90

Der Versand ist innerhalb Deutschlands kostenfrei. :)

Zu bestellen unter www.drachenmond.de